Melissa Foster

Geheimnisse in Seaside

Die Autorin

Melissa Foster ist eine preisgekrönte *New-York-Times-* und *USA-Today*-Bestsellerautorin. Ihre Bücher werden vom *USA-Today-Bücherblog*, vom *Hagerstown Magazin*, von *The Patriot* und vielen anderen Printmedien empfohlen. Melissa hat mehrere Wandgemälde für das *Hospital for Sick Children*, eine Kinderklinik in Washington, D. C., gemalt.

Besuchen Sie Melissa auf ihrer Website oder chatten Sie mit ihr in den sozialen Netzwerken. Sie diskutiert gern mit Lesezirkeln und Bücherclubs über ihre Romane und freut sich über Einladungen. Melissas Bücher sind bei den meisten Online-Buchhändlern als Taschenbuch und E-Book erhältlich.

www.MelissaFoster.com

Melissa Foster

Geheimnisse in Seaside

Seaside Summers

LOVE IN BLOOM – HERZEN IM AUFBRUCH

Aus dem Amerikanischen von Stefanie Kersten

Die Originalausgabe erschien erstmals 2014 unter dem Titel
»Seaside Secrets« bei World Literary Press, MD, USA.

Deutsche Erstveröffentlichung
2022 bei World Literary Press, MD, USA
© 2014 der Originalausgabe: Melissa Foster
© 2022 der deutschsprachigen Ausgabe: Melissa Foster
Lektorat: Judith Zimmer, Hamburg
Umschlaggestaltung: Elizabeth Mackey Designs

ISBN: 978-1-948004-09-1

Vorwort

Als ich angefangen habe, Amys und Tonys Geschichte zu schreiben, war mir nicht klar, wie viel Schmerz diese beiden schon erlebt haben. Ihre Vergangenheit wurde für mich erst während des Schreibprozesses lebendig, und ich konnte nicht fassen, wie tief die Liebe dieser beiden Menschen zueinander ging. Ich hoffe, dass Sie es auch so empfinden und mit ihnen mitfiebern werden wie ich. Wenn das Ihr erster »Love in Bloom«-Roman ist: Alle meine Liebesgeschichten können Sie ohne Vorkenntnisse der anderen Bände lesen, also stürzen Sie sich kopfüber ins amüsante, sexy Abenteuer.

Um sich über Neuerscheinungen, Aktionen und exklusive Neuigkeiten auf dem Laufenden zu halten, können Sie meinen Newsletter abonnieren:
www.MelissaFoster.com/Newsletter_German

Die Reihe »Love in Bloom – Herzen im Aufbruch«

Seaside Summers ist nur eine der vielen Serien aus der weitverzweigten Reihe »Love in Bloom – Herzen im Aufbruch«. Sie werden den Figuren aus jeder Geschichte immer wieder begegnen, sodass Sie keine Verlobung, Hochzeit oder Geburt verpassen. Eine vollständige Liste aller Serientitel sowie eine Vorschau auf den nächsten Band dieser Serie finden Sie am Ende dieses Buches und auf meiner Website:

www.MelissaFoster.com/herzen-im-aufbruch

Checklisten, Stammbäume und Veröffentlichungstermine finden Sie unter:
www.MelissaFoster.com/LIB_Lesereihenfolge.html
www.MelissaFoster.com/Braden_Familienstammbaum.html

*Für Amy Manemann,
die einfach zu lieb für diese Welt ist*

Eins

»Ich kann einfach nicht fassen, dass Jamie tatsächlich als Erster heiratet. Ich meine, Jamie? Das kam doch nie in seinem Lebensplan vor.« Amy Maples saß sturzbetrunken in einer Bar im Ryder Resort in Boston. Sie fand, das war auch in Ordnung am Vorabend der Hochzeit ihrer guten Freunde Jessica Ayers und Jamie Reed, die sie alle zusammen feierten. Außerdem war Amy jetzt die einzige Single-Frau in der Gruppe, nachdem ihre drei anderen Freundinnen auch bereits verlobt waren. Dieses Wochenende überstand sie definitiv nur mit viel Alkohol.

»Aber da kannte er Jessica noch nicht und die hat seine Welt gründlich auf den Kopf gestellt.« Jenna lehnte sich über den Tisch und ergriff Amys Hand.

Amy sah im schummrigen Licht, wie sich ein Lächeln auf Jennas Lippen stahl, als sie zu Tony Black schaute, der wie üblich neben Amy saß und einen Arm um sie gelegt hatte. Jenna zog vielsagend die Augenbrauen hoch, aber mit ihrer offensichtlichen Vermutung irrte sie sich gewaltig. Amy verdrehte die Augen. Tony und sie kannten sich schon ewig, er machte das immer und das bedeutete gar nichts, egal wie sehr sie sich das auch wünschte.

Amy und ihre besten Freundinnen Jenna Ward, Bella Abbascia und Leanna Bray verbrachten – ebenso wie Tony und Jamie – schon seit ihrer Kindheit die Sommer gemeinsam in der Seaside-Ferienhaussiedlung in Wellfleet am Cape Cod und das hatte sich bis heute nicht geändert. Ihre Eltern hatten die Seaside-Häuser ursprünglich gekauft und inzwischen an die nächste Generation vererbt.

Der Sommer war Amys liebste Zeit im Jahr. Jetzt, wo ihr Unternehmen Maples Logistical & Conference Consulting so erfolgreich war, konnte sie sich die acht Wochen wirklich freinehmen, während ihr kleines Team sich zu Hause um die Arbeit kümmerte. Sieben Jahre hatte es gedauert, ihre Firma aufzubauen, sie zu hegen und zu pflegen, was in den letzten drei Jahren mit einem ansehnlichen Gewinn belohnt wurde. Im Angebot für die Kunden war alles von Buchhaltung bis hin zur umfassenden Logistikberatung. Amy konnte kaum glauben, wie sich ihr Leben – und ihre Sommer – verändert hatten. Noch vor vier Jahren musste sie in einem der örtlichen Restaurants jobben, um sich die Zeit am Cape überhaupt leisten zu können. Jetzt, wo sie nicht mehr arbeiten musste, war sie sogar noch lieber hier als vorher. Natürlich konnte das durchaus auch damit zu tun haben, dass sie seit Jahren in den knapp eins neunzig großen Profi-Surfer und Motivationstrainer verliebt war, der gerade neben ihr saß.

Wenn das doch nur auf Gegenseitigkeit beruhen würde. Sie nahm noch einen tiefen Schluck von ihrem »Vergiss-Tony-endlich«-Drink.

»Petey, würdest du mir noch was zu trinken holen?« Jenna schenkte ihrem Verlobten Pete Lacroux einen Augenaufschlag. Pete war Bootsbauer, kümmerte sich aber auch um die Wartung des Pools in Seaside. Pete vergrub sein Gesicht an Jennas Hals, und Amy wandte den Blick ab. Vielleicht hätte sie sich besser gefühlt, wenn Petes Schwester Sky da gewesen wäre. Sky war im Moment auch Single, aber da sie arbeiten musste, war Amy auf sich allein gestellt.

Bella und ihr Verlobter Caden Grant hatten die Köpfe zusammengesteckt und flüsterten miteinander, Leanna saß auf Kurts Schoß und lehnte ihre Stirn an seine, und Jamie und Jessica sahen sich an, als würden sie sich jeden Moment gegenseitig die Kleider vom Leib reißen. Amy schielte vorsichtig zu Tony und ihr Herz machte einen kleinen Hüpfer. Wundervolle und zugleich schmerzliche Erinnerungen an den Sommer, bevor sie aufs College gegangen war, standen ihr plötzlich vor Augen. Doch wie immer in den letzten vierzehn Jahren verdrängte sie diese sofort wieder.

Plötzlich lehnte sich Tony dicht zu ihr. Gott, sie liebte seinen Duft nach Zitrus und etwas Würzigem vermischt mit purer Männlichkeit. Sie wusste, dass er »The One« von Dolce & Gabbana trug. Zu Hause in Boston stand ein Flakon davon neben ihrem Bett, und hin und wieder, mitten im Winter oder wenn der Frühling Einzug hielt und die Monate bis zum nächsten Wiedersehen mit Tony ihr unendlich lang vorkamen, sprühte sie das Parfüm auf ihr Kopfkissen, um ihn beim Einschlafen zu riechen. Es roch jedoch nie ganz so gut wie an Tony.

Andererseits roch Tony auch noch schweißgebadet nach einer Fünf-Meilen-Joggingrunde oder nach einem kompletten Tag Surfen im Meer himmlisch. Doch da sie Freunde waren und es nicht so aussah, als würde je mehr daraus werden, musste Amy sich eben mit ihren Fantasien begnügen. Wenn sie nachts allein im Bett lag, schwelgte sie in der Vorstellung von Tony nur in Boardshorts, und auf seinen breiten Schultern und der trainierten Brust glitzerten Wassertropfen. Durch das Surfen war er unglaublich fit und seine straffen Bauchmuskeln führten geradewegs zu seinem …

Tony legte ihr eine Hand auf die Schulter und drückte sie sanft an sich, um sie in die Gegenwart zurückzuholen.

»Zeit für ein Glas Eiswasser?«, raunte er ihr leise zu.

So viel zu ihrer Fantasie. Sie war das *brave Mädchen*, das immer das Richtige tat — nur ab und zu mal ein oder zwei Drinks zu viel, wenn sie mit ihren Seaside-Freunden ausging. Zumindest ließ sie alle in diesem Glauben. Nur sie selbst und Tony wussten, dass das nicht stimmte, doch Amy hatte das zum Tabuthema gemacht, anders hätte sie nicht damit leben können. Er würde nie wagen, es anzusprechen. Die Erinnerung ernüchterte sie ein wenig, dann vergrub sie sie hastig wieder tief in sich, wo sie hingehörte. Amys Geheimnis war einsam an diesem leeren Ort, das einzige, das dort unter Verschluss gehalten wurde.

Sie schaute Tony in die blauen Augen und ein vertrautes Kribbeln machte sich in ihrem Bauch breit. Vielleicht würde sie heute Abend ja doch nicht das brave Mädchen sein.

»Ich hätte lieber noch einen Drink.«

Tony zog eine Augenbraue hoch, was seinen Blick noch viel durchdringender wirken ließ. Er drückte seine Wange gegen ihre und flüsterte: »Amy, du kannst morgen nicht mit einem Kater bei der Hochzeit auftauchen.«

Nein, wohl nicht. Aber Tony konnte gerne noch eine Weile bleiben, wo er gerade war. Amy hatte ein lebensveränderndes Jobangebot in der Tasche — einen Traumjob, für den es sich lohnte, ihre mühsam aufgebaute Firma auf ein paar Kunden herunterzuschrauben. Deswegen hatte sie gemeinsam mit ihren Freundinnen beschlossen, dass es an der Zeit war, alles auf eine Karte zu setzen und Tony ihre Gefühle zu gestehen.

Amy fuhr mit einem Finger am Rand ihres Glases entlang, in der Hoffnung, eine sexy Geste hinzubekommen. Dann steckte sie sich den Finger in den Mund, kam sich dabei aber reichlich albern vor.

Ich bin echt schlecht in dieser Verführungsnummer.

»Ich bin erwachsen, Tony. Ich weiß ganz gut, wie viel ich vertrage.« *Und ich will heute Abend nicht vernünftig sein. Ich habe Pläne. Große Pläne.*

Tony erhob sich, musterte Amy jedoch besorgt und rieb sich übers stoppelige Kinn. »Ganz sicher?«

»Hmhm.« Noch während sie eine Zustimmung brummte, drängte sich ihr ein »*Wasser ist gut. Bring mir einfach ein Wasser mit*« auf. Doch sie schaute Tony nur hinterher, wie er zur Bar ging. Im Grunde ihres Herzens war Amy ein anständiges Mädchen. Ihr Mut schwand und sie klammerte sich verzweifelt an den letzten Rest. Sie musste wissen, ob es auch nur die geringste Chance gab, mit Tony zusammen zu sein.

Aber sie war keine gute Verführerin. Sie hatte keine Ahnung, wie sie das anstellen sollte. Jenna mit ihren Kurven und ihrem Humor konnte das. Selbst Bella, die ebenso vorlaut wie mitfühlend war, hatte es geschafft, mit Caden ihre verführerische Seite zu finden. Der sexy Katzenprint auf Amys Pyjama war verführerischer als sie selbst.

»Oh mein Gott. Ich dachte schon, er würde nie gehen.« Jenna warf Caden, Kurt und Jamie einen kurzen Blick zu, die immer noch mit ihren Verlobten am anderen Ende des Tisches beschäftigt waren. Sie zog Amy über den Tisch zu sich heran und flüsterte: »Das ist dein Abend. Ich weiß es!« Sie lehnte sich wieder auf ihrem Stuhl zurück und wiegte sich im Rhythmus der Musik. Der Ausschnitt ihres grünen Spaghettiträger-Kleids war so tief, dass sich Pete wahrscheinlich darin verlief.

Amy schaute auf das schwarze Kleid hinunter, das die anderen ihr aufgeschwatzt hatten. Sie versuchten immer, ihren Stil aufzupeppen. *Ein Blick auf dich in diesem Kleid mit diesen Fickmich-Absätzen und Tony wird sich auf dich stürzen*, hatte Jenna gesagt, während Jessica und Bella das Kleid an Amys schlankem Körper zurechtzupften. *Passt wie angegossen. Zum Anbeißen sexy*, hatte Leanna hinzugefügt.

Amy hatte einen Stuhl und ein Glas Wein bekommen, und irgendwann später – keine Ahnung wie viel später, der Alkohol hatte Amy nicht nur jedes Zeitgefühl geraubt und sie entspannt, sondern auch ihr Hirn zu Brei verarbeitet – saßen sie mit den Männern in dieser Bar. Ihre Freundinnen waren so überzeugend gewesen, dass Amy sich tatsächlich zugetraut hatte, einen Abend lang auf Sexbombe zu machen.

Ihr Verstand war ein bisschen vernebelt, aber sie hatte genug aufgeschnappt, während die anderen sie zu einer heißen Frau stylten, in der sie sich selbst kaum wiedererkannte. Da waren Worte wie *sexy, heiß* und *Hol ihn dir* gefallen, als könnten sie damit Amys Selbstvertrauen puschen.

Jetzt zupfte Amy jedoch nervös am Saum des Kleids, der kaum den Tanga verdeckte, den ihre Freundinnen ihr ebenfalls besorgt und dann darauf bestanden hatten, dass sie ihn trug. Unruhig rutschte sie auf der Sitzfläche herum. Sie fühlte sich unwohl in dem spitzenbesetzten Ritzenflitzer.

Vielleicht wäre es besser, wenn sie es gar nicht erst versuchte, sondern einfach mit diesem neuen Job auch ein neues Leben anfing. Nach Australien ziehen, was eine Beziehung mit Tony durch die große Entfernung unmöglich machte, und alles hinter sich lassen. Aber jedes Mal, wenn sie Tony ansah, bekam sie wieder dieses kribbelige Gefühl im Magen. Das war schon so, seit sie sechs war, also würde es sich wohl auch nicht ändern.

Caden, Pete, Jamie und Kurt hatten Jennas Flüstern und auffordernde Blicke offenbar mitbekommen, denn sie machten sich auf den Weg zur Bar, was Jessica, Bella und Leanna die Gelegenheit gab, näher zu Amy und Jenna zu rücken.

»Wie wär's, wenn du die Zwillinge wieder einpackst, bevor die Jungs da in ihre Drinks sabbern?«, sagte Leanna zu Jenna und warf den drei attraktiven Männern am Nebentisch einen finsteren Blick zu, die ihrer Freundin ziemlich offensichtlich auf die Brüste glotzten. Als sie Bellas drohende Miene sahen, wandten sie sich schließlich ab.

Jenna sortierte ihre Oberweite genervt um. Sie tat immer so, als ob sie sich über ihre Brüste ärgern würde, aber es war mehr eine Hassliebe. Jenna wäre nicht Jenna, wenn ihre Brüste nicht ständig versuchen würden, sich zu befreien.

»Schaut euch nur unsere Männer da an der Bar an.« Bella winkte Caden mit einem Fingerwackeln zu. »Pete behält die sabbernden Kerle im Auge. Kurt und Jamie sehen Leanna und Jessica an, als würden sie auf der Speisekarte stehen, und Tony …«

»*Eure* Männer«, korrigierte Amy sie. »Tony gehört nicht zu mir, und er sieht irgendwie sauer aus, oder?«

»Eher sexuell frustriert. Nicht sauer.« Bella nahm einen Schluck aus ihrem Glas. »Aber das wirst du heute Abend ändern. Mal ehrlich, Amy. Man sagt einer Frau doch nicht, dass sie *es nicht übertreiben und vorsichtig sein* soll, wenn man kein Interesse an ihr hat. Warum kümmert ihn das sonst? Und er sagt dir auch immer, dass du ihm eine Nachricht schicken kannst, wenn du ihn brauchst. Mach das, und er lässt alles stehen und liegen. Immer.«

Amy konnte sich ein genervtes Schnauben nicht verkneifen. »Du warst an meinem Handy?« Nur so konnte Bella wissen, dass Tony ihr immer anbot, für sie da zu sein, wenn sie ihn brauchte.

»Klar doch. Alles Teil der Mission. Ich musste doch wissen, womit wir es hier von seiner Seite aus zu tun haben.« Bella versuchte schon seit einer halben Ewigkeit, Amy und Tony zusammenzubringen. Sie sprang auf und zerrte Amy zur Tanzfläche. »Komm schon, Süße. Zeit, sich zu amüsieren.«

Die anderen folgten ihnen. Amy spürte Tonys Blicke auf sich, noch bevor sie zu ihm hinüberschaute. Das machte sie nervös, war aber auch aufregend. Der Bass der lauten Musik wummerte in schnellem Rhythmus. Amy war schwindelig vom Alkohol, doch als Bella und Jenna sich lasziv tanzend an ihren Körper schmiegten, versuchte Amy, das Gefühlschaos in ihrem Inneren zu ignorieren.

Leanna und Jessica tanzten neben ihnen deutlich weniger aufreizend, was mehr nach Amys Geschmack war, aber sie schaffte es erst, sich von Jenna und Bella loszueisen, als Tony sich auf den Rand der Tanzfläche zubewegte. Er musterte Amy langsam von oben bis unten, was einen lustvollen Blitz durch ihren Körper schickte. Seine Kiefermuskeln spannten sich an, als er den Blick zur Bar wandern ließ und die gaffenden Männer am Tisch ein paar Meter weiter finster anstarrte.

Das sexy Tanzen, der Alkohol und die Tatsache, dass Tony sie kaum aus den Augen ließ, als wäre sie ein kostbarer Schatz – sein kostbarer Schatz? –, gaben Amys Selbstvertrauen einen Schub. Sie bewegte die Hüften im Takt, schloss die Augen und streckte die Hände über den Kopf nach oben, um sich in der Musik treiben zu lassen. Hoffentlich sah sie so verführerisch dabei aus, wie sie beabsichtigte.

»Ran an den Kerl«, ermutigte Jenna sie. »Er wird gar nicht wissen, wie ihm geschieht. Du bist sexy und bereit für Action.

Welcher Mann könnte da widerstehen?« Sie rieb ihren Hintern an Amys Hüften.

»Oh, bitte. Er wird meine Gefühle wahrscheinlich *nie* erwidern, weshalb ich das Jobangebot von Duke Ryder ernsthaft in Betracht ziehe.« *Jedenfalls wird er meine Gefühle nie wieder erwidern.* Ihr Brustkorb wurde bei dem Gedanken schmerzhaft eng.

»Nein, tust du *nicht*.« Mit weit aufgerissenen Augen erstarrte Bella mitten in der Bewegung und deutete mit ausgestrecktem Zeigefinger auf Amy. Dabei war ihr auch egal, dass sie noch immer auf der Tanzfläche standen. »Du wirst *nicht* für zwei Jahre nach Australien ziehen. Wenn du in *Australien* bist, kommst du im Sommer nicht mehr nach Seaside. Kannst du Duke nicht fragen, ob er dir die Sommermonate frei gibt?«

Duke Ryder war ein Investor, der mehr als hundert Immobilien in der ganzen Welt besaß. Er war außerdem der ältere Bruder von Blue und Jake Ryder. Blue hatte sich auf Schreinerei der besonderen Art spezialisiert und Kurts altes Atelier in Leannas Marmeladenküche umgebaut und ein Kunststudio für Jenna und Pete errichtet. Seitdem gehörte er zur Clique und war oft mit ihnen unterwegs. Jake war Army Ranger und ausgebildeter Bergretter. Im vergangenen Jahr war Amy ein paarmal mit ihm ausgegangen, aber er war ihr zu jung und zu wild. Und … er war nicht Tony.

»Nein, das geht nicht«, antwortete Amy. »Er will jemanden in Vollzeit als Leitung des neuen Ryder Conference Centers. Das Konferenzzentrum wird der Dreh- und Angelpunkt für Meetings mit großen, internationalen Unternehmen. Da muss ich permanent vor Ort sein.«

Duke war mehrere Jahre lang einer ihrer Kunden gewesen. Als Jessica und Jamie verkündet hatten, dass sie ihre Hochzeit im Ryder Resort in Boston feiern würden, war Amy zur Stelle gewesen, um bei der Planung des Events zu helfen und wieder ein Team mit Duke und seinen Mitarbeitern zu bilden. Sie hatte daher gewusst, dass Duke über eine Immobilie in Australien verhandelte, aber nicht, dass der Deal bereits durch war. Vor zwei Tagen hatte er ihr eine Vollzeitstelle als Betriebsleiterin für das Konferenzzentrum angeboten. Amy war noch nie in Australien gewesen, aber inzwischen waren alle ihre engen Freunde verlobt, während sie selbst immer noch einem Mann nachhing, der sie eher wie eine Schwester behandelte als wie eine Frau, mit der er sich eine Beziehung vorstellen konnte. Höchste Zeit, etwas grundlegend in ihrem Leben zu verändern.

Amy strich sich ihr glattes, blondes Haar hinter die Ohren und bewegte die Schultern im inzwischen langsameren Takt der Musik. »Ich weiß ehrlich nicht, ob ich weiter jeden Sommer hier verbringen will. Damit quäle ich mich nur selbst.« Doch beim Gedanken, nicht mehr jedes Jahr nach Seaside zurückzukehren, hörte sie auf zu tanzen. War das wirklich eine Option? Wollte sie das überhaupt? Konnte sie damit leben, Tony nicht mehr zu sehen, selbst wenn sie wusste, dass er sie nicht wollte? Genau deshalb musste sie ihr Leben überdenken und etwas ändern. Das war ja erbärmlich.

Sie spürte wieder Tonys Blick auf sich und zwang ihre Hüften, den Takt wiederzufinden, während Bella und Leanna näher zu ihr herantanzten. »Vielleicht ist es jetzt wirklich an der Zeit, das hinter mir zu lassen«, meinte sie selbstsicherer, als sie sich fühlte.

»Über Tony hinwegkommen?« Bella nahm ihre Hand und zog Amy zurück zu ihrem Tisch. Die anderen blieben ihnen dicht auf den Fersen.

Tony verengte die Augen ein wenig, als sie an ihm vorbeikamen. Warum war er auf einmal so wütend?

»Er ist so sehr in dich verliebt, er wird dich nicht einfach so gehen lassen.« Bella stieß sie mit dem Ellbogen an, als sie sich setzten. »Er schreibt dir fast jeden Tag.«

»Ja, Sachen wie: *Hab wieder einen Wettkampf gewonnen* und *Schau mal, ich bin nächsten Monat im Surfer Magazin!* Er sagt mir Bescheid, wenn er nicht zu einem Event in Seaside kommen kann. Nicht weil er mich vermisst oder mich sehen will.«

Damit hatte Tony angefangen, als sie noch Teenager waren, weil Amy die Einzige war, die während der Wochen am Cape regelmäßig auf ihr Handy schaute. Irgendwann hatte es sich daraus ergeben, dass sie auch über das ganze Jahr in Kontakt blieben. Das hatte aufgehört, während Amy auf dem College war und Tony seine Karriere als Surfer und Redner aufbaute. Aber Amy kannte den wahren Grund für den Kontaktabbruch und der hatte nichts mit ihren unterschiedlichen Lebenswegen zu tun.

Nach Amys Abschluss nahm Tony das Nachrichten-Schreiben wieder auf. Warum er damit plötzlich erneut anfing, wusste sie nicht, aber nachdem sie so lange keine Verbindung mehr zu ihm gehabt hatte, fragte sie auch nicht nach. Sie war einfach nur froh, ihn wiederzuhaben. Seitdem hatte er sich wohl einfach daran gewöhnt, aber nicht so, wie Amy das gerne hätte.

»Das ist anders als bei euch. Ich will das, was ihr habt. Ich will einen Mann, für den ich die einzige Frau bin, ohne die er nicht leben kann. Eure Männer sagen euch das doch.« *Ich will, dass Tony mir das sagt.*

Ihre Freundinnen waren so verliebt, und erst dadurch war Amy so richtig bewusst geworden, wie einsam sie sich in den letzten Sommern zunehmend gefühlt hatte.

»Für mich sieht das eher so aus, als wärst du ihm echt wichtig. Ich meine, wie viele Hetero-Kerle schicken dir eine Nachricht, dass sie ein Schlafanzugoberteil mit Katzenprint gesehen haben, das dir fantastisch stehen würde, wenn sie kein Interesse an dir haben?« Bella zuckte mit den Schultern, als wäre damit alles klar.

»Ich bin wahrscheinlich die einzige Frau in seinem Bekanntenkreis, die Kätzchen-Schlafanzüge trägt. Er hat mich damit nur aufgezogen, nicht geflirtet.« *Oder?* Nein, definitiv nicht. Es gab Momente, in denen Amy sich einbildete, dass Tony mehr von ihr wollte, aber das waren flüchtige Sekunden, die so schnell vergingen, wie sie kamen. Wahrscheinlich sah sie auch nur, was sie sehen wollte, und nicht, was er wirklich fühlte. Liebte sie ihn denn wirklich nach all der Zeit immer noch, oder war er für sie auch zu einer Art Gewohnheit geworden?

»Dir ist schon klar, dass er noch nie eine Frau mit nach Seaside gebracht hat?« Leannas dunkle Locken hingen ihr zerzaust über die Schultern. Mit ihrer sonnengebräunten Haut und dem schlichten Sommerkleid sah sie aus, als käme sie gerade vom Strand. Am liebsten hätte Amy sich in die Arme ihrer verständnisvollen Freundin geworfen und sich darin versteckt. »Und denk doch nur mal, wie er mit dir umgeht. Er legt immer einen Arm um dich, und wenn du bei unseren Grillpartys zu viel trinkst, trägt er dich nach Hause.«

Amy wollte ihnen so gerne glauben und sehen, was sie anscheinend sahen, wenn Tony sie anschaute, aber das konnte sie nicht. Hoffnung keimte in ihr auf, wenn sie sich daran erinnerte, wie sie in jenem Sommer vor vielen Jahren in Tonys starken Armen lag, wie ihre Herzen im gleichen Takt schlugen, wie sie sich sicher und geliebt fühlte. Hoffnung, dass der Tag kommen würde, an dem sie wieder zueinanderfanden.

Doch dann wanderten Amys Gedanken jedes Mal zum

Ende der Abende, die Leanna eben angesprochen hatte. An denen sie zu viel getrunken hatte und Tony sie nach Hause trug. Sie ins Bett brachte und dann in sein eigenes Haus auf der anderen Straßenseite ging. Jedes Mal holte die kalte Realität sie ein und machte ihre Hoffnungen zunichte. Was immer sie in jenem Sommer gehabt hatten, Amy hatte es zerstört.

»Genau, Leanna. Deshalb wird sie erst *nach* diesem Wochenende eine Entscheidung wegen Australien treffen«, warf Jenna ein. »Stimmt's, Amy?«

»Ja, genau. Ich werde mit Tony reden, und wenn er mir in die Augen sieht und sagt, dass sein Interesse nicht über Freundschaft hinausgeht, werde ich den Job annehmen. Eigentlich ziemlich dumm. Wie oft hatte er schon die Gelegenheit, um ... ihr wisst schon.« Sie senkte den Blick auf ihr Glas und fuhr mal wieder mit dem Finger am Rand entlang.

Im Gegensatz zur sehr direkten Bella war Amy ein zurückhaltender Mensch, und allein der Gedanke daran, Tony zu verführen und herauszufinden, wo sie bei ihm stand, ließ Übelkeit in ihr aufsteigen. Ihre Freundinnen waren mit der Idee angekommen und erst hatte Amy sich mit Händen und Füßen dagegen gewehrt, aber die anderen waren sich so sicher gewesen, dass Tony nach dem ersten Kuss verloren sein würde. Daran hatte sie sich geklammert wie an einen Rettungsring. Der ihr jetzt mehr und mehr entglitt.

»Reden? Das war aber nicht der Plan«, erwiderte Jenna.

Jessica schüttelte den Kopf. »Nee, geplant war Verführung. Wirst du es versuchen?«

»Wenn ich den Mut aufbringe.« Amy holte tief Luft und hoffte, dass sie keinen Rückzieher machen würde. So sehr sie sich auch Klarheit wünschte ... Die Vorstellung, einen Korb von Tony zu bekommen, ließ sie beinahe kneifen. Aber sie wollte nicht kneifen. Sie hatte ein fantastisches Jobangebot bekommen und mit zweiunddreißig war sie bereit für eine feste Beziehung und vielleicht sogar eine eigene Familie. Der Gedanke war sogar noch schmerzhafter als Tonys mögliche Abweisung.

Tony hatte den Blick immer noch nicht von ihr abgewendet und das brachte Amy ziemlich aus dem Konzept. Als er dann auch noch selbstsicher wie immer zusammen mit den anderen Jungs zum Tisch zurückkam, beschleunigte Amys Puls sich.

Sie unterbrach den Blickkontakt und musterte stattdessen Tonys tief sitzende Jeans und sein kurzärmeliges Hemd. War das Ärger in seinem Blick oder Interesse? Amy hatte zu viel Angst, dieser Frage auf den Grund zu gehen. Wahrscheinlich würde sie sowieso nur wieder das sehen, was sie sehen wollte.

Großer Fehler. Jetzt war sie noch nervöser.

Ein paar der anwesenden Frauen schauten den fünf attraktiven Männern auf ihrem Weg durch die Bar hinterher, aber Amy war sich sicher, dass ihre Blicke allein Tony galten. Seine sonnengeküsste Haut, die hellbraunen Haare, die ihm über die verboten langen Wimpern fielen, und die kantigen Gesichtszüge, die ihm etwas Raues verliehen, waren immer noch unwiderstehlich für Amy. Sie griff nach einem Glas, um sich noch ein bisschen mehr Mut anzutrinken, ohne zu wissen, wem es gehörte. Den Inhalt kippte sie in einem Zug runter, als Tony sich neben sie setzte. Sein Bein streifte ihres und sein verdammter Duft ließ schon wieder Hitze in ihr aufsteigen. Sie griff nach einem weiteren Glas und nach noch einem, bis alle leer waren und das nervöse Flattern in ihrem Magen verstummte.

»Seit wann machst du denn einen auf Beyoncé?«, fragte Tony mit grollender Stimme.

Beyoncé? War das gut oder schlecht? Amy konnte kaum

einen klaren Gedanken fassen. Nach heute Abend würde sich ihr Leben für immer verändern – so oder so.

Tony hatte die letzten drei Stunden damit verbracht, Männer im Auge zu behalten, die Amy in ihrem verdammt knappen Kleid begafften. Wenn sie Alkohol trank, machte er sich jedes Mal Sorgen um sie. Amy war zu zierlich, um sich vor unerwünschten Anmachen zu schützen, und sie strahlte eine süße Unschuld aus, die sie zu einem leichten Ziel für Kerle mit unlauteren Absichten machte.

Er wusste außerdem nur zu gut, dass Amy tatsächlich so süß war, wie sie aussah – und außerdem scharf und alles dazwischen, was sie so unwiderstehlich machte. Aber das war lange her, und Tony stellte schon jahrelang seine eigenen Wünsche hintenan, damit Amy das bekam, was sie verdiente. Zumindest versuchte er es. Er ging jedoch davon aus, dass niemand bemerkte, wie sehr er sich in ihrer Gegenwart zusammenreißen musste, wofür er wirklich dankbar war.

Wie Amy ihn anschaute … Das erinnerte ihn an jenen Sommer vor vielen Jahren. Wahrscheinlich war das auf die vielen Drinks zurückzuführen, die sie schon intus hatte. Sie hatte Alkohol noch nie gut vertragen. Tony fuhr sich mit einer Hand durch die Haare und biss die Zähne zusammen. Vielleicht sollte er lieber noch mal an den Tresen gehen, um von den Arschlöchern wegzukommen, die Amy beobachteten. Pete hatte ihnen bereits Todesblicke zugeworfen, wenn sie Jenna angrinsten, aber Pete war Jennas Verlobter. Er hatte das Recht, sie zu beschützen.

Amys Verlobter war Tony zwar nicht, aber es musste doch jemand ein Auge auf sie haben.

Sie ist bei Bella und den anderen. Die passen schon auf sie auf. Das ließ er sich eine Weile durch den Kopf gehen. *Bella und die anderen.* Ja, sie würden Amy nicht im Stich lassen. Die Clique war genauso auf Amys Sicherheit bedacht wie er selbst, aber der Gedanke, dass irgend so ein Mistkerl Amy anbaggerte, sobald Tony ihr von der Seite wich, machte ihm zu schaffen. Sie war so wunderschön und viel zu naiv für diese Welt. Ihr umwerfendes Lächeln konnte einen Mann schon mal eiskalt erwischen und dessen war sie sich nicht bewusst.

Verdammt. Es war so einfach, das alles zu verdrängen, wenn sie sich den Rest des Jahres in verschiedenen Staaten aufhielten, aber im Sommer? *Gott.* Das war pure Folter. Und dass sich alle in ihrem gemeinsamen Freundeskreis während der letzten Jahre verliebt hatten, machte die Wochen mit Amy noch schwieriger. Als er und Amy diese Grenze vor Jahren überschritten hatten, war es nicht gut ausgegangen. Schlimmer noch – Amy schien problemlos darüber hinweggekommen zu sein, was Tony nie geschafft hatte.

Er dachte an all die Sommernächte, die er seither damit verbracht hatte, sie nicht aus den Augen zu lassen und dafür zu sorgen, dass sie sicher nach Hause kam. Das Jahr, als sie zweiundzwanzig war und unbedingt mit diesem Drecksack Kevin Palish ausgehen wollte. So ein Arschloch. Tony hatte sich damals nicht vom Fenster wegbewegt, bis Amy wohlbehalten nach Hause gekommen war.

Normalerweise versuchte er, den Seaside-Klatsch zu ignorieren, mit wem Amy sich aktuell traf, und soweit er es mitbekam, schien sie nie jemanden mit in die Siedlung zu bringen. Aber vor ein paar Jahren war sie mit diesem einen Kerl ausgegangen, der mehr als nur ein paarmal vorbeikam. Wie hieß der doch gleich? Mr. Groß, Dunkel und Nervtötend.

Tony hatte eine Woche lang jeden Abend darauf gewartet, dass Amy gut nach Hause kam – und um sicherzustellen, dass der Kerl direkt wieder ging, nachdem er sie bei ihrem Ferienhaus abgesetzt hatte. Nicht dass es Tony etwas anging oder dass er etwas hätte tun können, wenn sie die Nacht zusammen verbracht hätten.

Und genau das war das Problem. Es ging ihn nichts an. Glücklicherweise war Amy irgendwann zur Vernunft gekommen und hatte mit dem Typen Schluss gemacht, bevor Tony sich am Ende noch damit auseinandersetzen musste, sein Auto morgens in Amys Einfahrt zu entdecken.

Amy rutschte neben ihm unruhig auf der Sitzfläche herum und zupfte an ihrem viel zu kurzen Kleid. Ihr Oberschenkel drückte sich gegen Tonys und plötzlich war ihm viel zu warm. Er öffnete einen weiteren Knopf seines Hemds, atmete angespannt aus und hielt sich nur mit Mühe von einem Gang zum Tresen ab. Nein, er blieb besser hier, um direkt eingreifen zu können, wenn Typen wie dieser Dunkelhaarige vom Tisch der Glotzer nebenan sie anstarrten. Amy lächelte und fummelte erneut am Saum ihres Kleids herum. *Verdammt noch mal.*

Tonys Gedanken schweiften zum letzten Sommer, als sie mit diesem Bergretter-Bad-Boy Jake Ryder zusammen gewesen war, der aussah wie ein verfluchter Brad-Pitt-Verschnitt. Alle auf der Strandparty anwesenden Singlefrauen hatten ein Auge auf Jake geworfen und Amy war in seiner Nähe so liebenswert nervös geworden wie immer. Jake war auch jünger als Amy, was Tony noch mehr verärgerte, dabei war er selbst mit ihm befreundet. Er mochte ihn sogar. Aber Amy brauchte einen richtigen Mann, keinen Jungen.

Verdammter Mist. Wenn er schon nicht der Mann sein konnte, den sie verdiente, dann würde er wenigstens dafür sorgen, dass keiner sie schlecht behandelte. Er griff nach Amys Hand und legte ihre miteinander verschränkten Finger auf ihren Oberschenkel.

»Was?«, fragte Amy.

Tony deutete mit dem Kopf auf den Mann am Nebentisch. »Flirte nicht mit so einem wie dem. Der wird dich nur verletzen.«

»Dann solltest du mich vielleicht zurück auf mein Zimmer bringen.« Der Blick aus ihren großen, unschuldigen Augen ging Tony durch Mark und Bein.

Er erhob sich und zog Amy mit hoch.

»Wir machen Schluss für heute«, informierte er ihre Freunde. Er musste Amy hier wegschaffen, bevor sie sich in Schwierigkeiten brachte – oder er sich selbst. »Ich bringe Amy auf ihr Hotelzimmer. Jamie, Jessica, genießt eure letzte Nacht in Freiheit.«

»Soll das ein Scherz sein?« Jamie rieb seine Nase liebevoll an Jessicas. »Wer braucht schon Freiheit? Ich will nur für den Rest meines Lebens mit Jessica in meinen Armen aufwachen.«

Ja, und ich will mit Amy in meinen Armen aufwachen.

Tony schaute auf Amy hinunter, die mit geröteten Wangen und glasigen Augen vor ihm stand. In dem knappen, superengen schwarzen Fummel sah sie noch heißer aus als sonst und die High Heels ließen ihre schlanken Beine noch länger wirken. Er zwang seinen Blick weiter nach oben, über ihre perfekten kleinen Brüste bis zur Wölbung ihres Schlüsselbeins, die er unbedingt mit der Zunge nachzeichnen wollte.

Eins ihrer grünen Augen wurde von ein paar Haarsträhnen verdeckt, die ihr ins Gesicht fielen. Ihre Lider waren inzwischen schwer, was ihr einen Schlafzimmerblick verlieh, der Tony Hitze in die Körpermitte trieb. Als Amy sich auf die Unterlippe biss, musste er sich zusammenreißen, um nicht mit einem *»Verdammt, du siehst so heiß aus«* herauszuplatzen. Und … wie sollte er ihr jetzt noch widerstehen?

Amy legte ihm einen Arm um die Schultern und lehnte ihren Kopf an seine Brust.

»Okay, starker Mann. Bring mich nach Hause.«

Wenn sie nur wüsste, was diese Worte in diesem Outfit in ihm auslösten. Doch wie die unzähligen Male davor auch unterdrückte er sein Verlangen und begleitete sie zurück auf ihr Zimmer. Er holte ihre Zimmerkarte aus seiner Hosentasche, und in diesem Moment dämmerte es ihm, dass er immer Amys Sachen bei sich hatte. Ihre Schlüssel, ihren Geldbeutel, ihr Handy. Irgendwann war er zu ihrer persönlichen Handtasche geworden.

Tony hielt Amy die Tür auf und legte ihr eine Hand auf die Hüfte, als sie auf unsicheren Beinen an ihm vorbeiging. Dann schloss er die Tür und sah sich im Raum um. Es war ein gehobenes Standardzimmer, genau wie seins, mit einem Kingsize-Bett, einer langen Kommode mit Spiegel sowie einer recht großen Sitzecke. Amys Parfüm und Cremes waren ordentlich auf der Kommode aufgereiht, zusammen mit einer Schachtel Antibabypillen, was Tony einen Stich ins Herz versetzte. Er wollte nicht daran denken, dass Amy mit irgendwem Sex hatte. Na ja, außer vielleicht mit ihm, aber …

»Hey.« Amy drehte sich zu ihm um und machte auf ihren viel zu hohen Absätzen einen Schritt auf ihn zu. Noch bevor er einatmete, wusste er, dass sie nach warmer Vanille roch, ein Duft, der ihn bis in seine Träume verfolgte.

Sie schwankte ein wenig und instinktiv hielt er sie erneut an der Taille fest. Amy hatte schon so oft in seinen Armen gelegen, wenn Tony sie tröstete, weil sie traurig war oder er sie trug, wenn sie ein bisschen zu viel getrunken hatte. Er hatte sich um sie gekümmert, wenn es ihr schlecht ging, und ihr Gesellschaft geleistet, wenn sich wieder einmal eine ihrer Freundinnen verliebt hatte und Amy das Alleinsein nicht mehr ertrug. Tony war sich ziemlich sicher, dass niemand außer ihnen davon wusste, denn Bella, Jenna oder Leanna hatten nie etwas dazu gesagt, und eigentlich erzählten die Freundinnen sich alles.

Als Amy jetzt näher kam und ihm mit einem Finger über den Bauch strich, schaute sie ihn an, wie sie es vor vielen Jahren getan hatte. Nicht wie die süße, viel zu liebe Amy, deren Fassade sie in Tonys Nähe immer aufrechterhielt, wenn sie nicht gerade ein bisschen zu tief ins Glas geschaut hatte. Auf einmal fiel es ihm unendlich schwer, auf Distanz zu bleiben und seine Gefühle unter Kontrolle zu halten.

Er zwang sich zu einer lässigen Haltung. »Was denn?«

Erneut biss sie sich auf die Unterlippe und Tony wurde heiß.

Plötzlich knickte Amy auf ihren hohen Absätzen um und suchte Halt an Tonys Brust. Sie ließ die Hände über sein Hemd nach oben wandern und sein Körper reagierte umgehend wie ein pawlowscher Hund darauf. Das passierte ihm bei Amy jedes Mal, aber bisher hatte er es immer gut verbergen können. Was war nur los mit ihm? War es die romantische Stimmung der bevorstehenden Hochzeit? Lag es daran, dass seine besten Freunde mit ihren Verlobten turtelten und kuschelten, während er selbst eine so dicke Mauer um sein Herz errichtet hatte, dass sie vielleicht nie wieder jemand durchdringen würde?

Amy sah ihn so naiv-neugierig an, und es war diese Unschuld, die seine eiserne Entschlossenheit ins Wanken brachte.

Jedes Mal, wenn sie miteinander allein waren, brachte ihn das fast um den Verstand. Doch dieses Mal drängte sie sich auch noch gegen ihn, sodass er ihre Hüften und Brüste deutlich an seinem Körper spürte.

Oh Gott. Er umfasste ihre Hände mit seinen und atmete tief durch. Durch Amys Absätze waren sie beinahe gleich groß. Nur ein wenig den Kopf neigen, dann könnte er endlich wieder ihre süßen Lippen kosten.

Mit diesem egoistischen Gedanken drückte Tony ihre Hände fester auf seine Brust, um sie daran zu hindern, ihn weiter zu streicheln. Amy blickte ein wenig verwirrt zu ihm auf, und das war so verdammt sexy, dass er nur mit Mühe den Wunsch unterdrücken konnte, sie in seine Arme zu ziehen.

»Brauchst du was, Amy?«

»Du weißt doch ziemlich genau, was ich brauche«, erwiderte sie heiser und drängte ihre Hüfte wieder an ihn.

Das meinst du nicht ernst. Du bist nur betrunken. Er biss die Zähne zusammen, um sein wachsendes Verlangen unter Kontrolle zu halten. Nie hatte er eine Frau mehr begehrt als Amy, und doch war sie der Mensch, von dem er sich unbedingt fernhalten sollte.

»Amy.«

»Tony.« Ihre Stimme klang unsicher und zittrig.

»Du hast zu viel getrunken.« Er löste ihre Hände von seiner Brust. So wurde sie immer, wenn sie betrunken war: sinnlich, sexy. Seit sie erwachsen waren, hatte Amy es jedoch nie so weit getrieben. Im Laufe der Jahre hatte sie immer mal Andeutungen gemacht, aber immer mehr im Scherz.

Tony war nicht dumm. Er wusste, dass Amy immer noch Gefühle für ihn hatte, aber sie vergaß auch manchmal Dinge. Wichtige Dinge. Lebensverändernde Ereignisse, die man besser vergaß, um den Schmerz zu mildern. Mit Sicherheit trank Amy deswegen zu viel, wenn sie mit Tony in einem Raum war, und genau deswegen beschützte er sie schon so lange. Nicht dass sie oft Schutz gebraucht hätte.

Alkohol war für Amy eigentlich nur im Sommer ein Thema, und sie trank selten zu viel. Wenn sie nicht am Cape war, rührte sie keinen Tropfen an. Das wusste Tony so sicher, weil er wieder mehr in Kontakt mit ihr war, seit Amy das College abgeschlossen und Stück für Stück ihr Geschäft aufgebaut hatte. Er hatte sein Bedürfnis nach einer Verbindung zu ihr einfach nicht mehr ignorieren können. Dabei konnte er an einer Hand abzählen, wie oft sie in der Zeit Alkohol erwähnt hatte.

»Ich bin vielleicht ein bisschen betrunken.« Auf ihren hübschen Lippen zeigte sich ein nervöses Lächeln. »Aber ich glaube, ich weiß, was *du* willst.«

Was ich will und was ich mir erlaube, sind zwei grundverschiedene Dinge.

Tony atmete tief durch, nahm Amy an der Hand und wandte sich dem Bett zu. »Setz dich, ich helfe dir aus den Schuhen, und dann gehe ich zurück in mein eigenes Zimmer. Ich will nicht, dass du dir auf den Dingern den Knöchel brichst.«

Amy taumelte erneut und schmiegte sich wieder an seine Seite. »Ich will nicht, dass du in dein Zimmer gehst.«

Tony machte einen Schritt von ihr weg und stieß prompt gegen die Kommode. »Amy ...«

»Tony«, gab sie überraschend heiser zurück.

»Amy.« Er flüsterte jetzt. Sie brachte ihn um den Verstand. Viele andere Männer hätten sie mit einem Kuss zum Schweigen gebracht, sie zum Bett getragen, ihr das verdammt sexy Kleid ausgezogen und ihr gegeben, was sie wollte. Aber Tony hatte es über die Jahre perfektioniert, Amy zu widerstehen und für ihre Sicherheit zu sorgen. Er respektierte sie zu sehr, um sie einen Fehler begehen zu lassen, den sie sicher bereuen würde, wenn sie wieder nüchtern war.

Rasch fasste er Amy an den Unterarmen und hielt sie so auf Abstand. Sie verengte die Augen leicht und griff ihm in den Schritt. Für einen winzigen Augenblick schloss Tony die Augen und genoss das Gefühl ihrer streichelnden Finger, von dem er so lange geträumt hatte. Jeder Muskel in seinem Körper spannte sich an, als er widerstrebend ihr Handgelenk festhielt.

»Amy, hör auf damit.« Er hatte seine Lektion mit ihr als Teenager gelernt und keiner von ihnen sollte zu diesen schmerzlichen Ereignissen zurückkehren müssen. »Daraus wird nichts.«

Der sinnliche Ausdruck in Amys Augen war so schnell verschwunden, wie er gekommen war. Sie zog die Schultern sichtlich verletzt nach oben.

»Warum nicht?«

Er fühlte sich so mies. Wie ein Arschloch. Ein Kerl, der mit ihr ins Bett hätte gehen *sollen*, um sie zu verwöhnen, wie sie es verdiente. Auch wenn sie sich am nächsten Morgen vielleicht nicht mehr daran erinnerte oder es bereute. Stattdessen legte Tony ihr einen Arm um die Schulter und zog sie fest an sich.

»Komm schon, Amy. Du hast einen im Tee und wirst das morgen alles vergessen haben. Lass mich dir helfen, dich bettfertig zu machen.«

»Willst du mich nicht?«

Sie klang so niedergeschlagen, dass es ihm das Herz zerriss, und als sie kraftlos die Arme sinken ließ, verstärkte er seine Umarmung noch. »Amy«, flüsterte er noch einmal.

Plötzlich schob Amy ihn nachdrücklich von sich. Um ihren

Mund lag ein angespannter, entschlossener Zug und sie ballte die Hände zu Fäusten.

»Warum willst du mich nicht? Sind meine Brüste zu klein? Bin ich nicht hübsch genug?«

»Nein.« *Shit. Du bist die attraktivste Frau, die ich kenne.* Es war so untypisch für Amy, so wütend zu werden, dass Tony sie einen Moment lang nur perplex anstarren konnte.

»Ich bin eine Niete in Sachen Verführung, ich weiß, aber machen dich die Fick-mich-Absätze und dieses blöde Kleid nicht an? Nicht mal ein bisschen?«

»Deine Fick-mich-Absätze? Du bist so betrunken, du weißt doch gar nicht mehr, was du da sagst. Komm schon.« Er griff wieder nach ihrer Hand, doch Amy wich ihm aus. »Verdammt noch mal, Amy. Lass mich dir helfen.«

Bevor ich meiner Lust nachgebe und mich auf deinen verletzlichen, wunderschönen, sexy Körper stürze.

»Daran liegt es also. Du stehst nicht auf mich.« Sie eierte auf unsicheren Beinen durch den Raum und sah dabei aus, als würde sie in den High Heels ihrer Mutter Verkleiden spielen – und das weckte unmögliche Gefühle in Tony. Er folgte ihr sicherheitshalber, falls sie stolperte, musste dabei aber gegen den Wunsch ankämpfen, ihr zu zeigen, wie sehr sie ihn anmachte.

»Wäre vielleicht anders, wenn ich größere Brüste hätte oder wenn ich nicht so langweilig oder klüger wäre.«

Es überraschte ihn, dass sie das Geheimnis nicht ansprach, das sie beide schon so lange mit sich herumtrugen, aber andererseits hatte sie nach jenem Sommer auch nie wieder ein Wort darüber verloren. Und er hatte es akzeptiert, weil sie wohl nur so das Geschehene ertragen konnte. Genau wie er.

»Amy, das stimmt doch überhaupt nicht.« Dieses Gespräch wollte Tony auf keinen Fall mit ihr führen. Viel lieber wollte er sie in die Arme nehmen und ihre Ängste wegküssen.

Tränen liefen ihr über die Wangen.

Verdammte Scheiße. Tony konnte vieles durchstehen, aber Amy weinen zu sehen, brach ihm das Herz, und dass er der Grund dafür war, zementierte seine Überzeugung, dass er nicht der richtige Mann für sie war.

»Warum dann, Tony? Raus damit. Warum willst du mich nicht? Ich muss es wissen, damit ich entscheiden kann, ob ich den Job in Australien annehme.«

Tony öffnete den Mund, um zu antworten, hatte aber noch zu viel damit zu tun, ihre Worte richtig einzuordnen. »Australien? Ich dachte, du wolltest da nicht hin?«

Sie verschränkte die Arme vor der Brust, eine ganz klare Schutzhaltung vor seiner Abweisung. Tony kam sich unfassbar mies vor, aber er wusste, dass es nur schlimme Erinnerungen wecken und Amy verletzen würde, wenn er auf ihre Verführungsversuche einging. Sie hatten beide so lange ihre gemeinsame Vergangenheit verleugnet, sogar vor sich selbst.

»Ich habe gesagt, dass ich mich noch nicht entschieden habe.« Amy senkte den Blick und Tony griff nach ihrer Hand, wie er es schon so unendlich oft getan hatte. Es war eine instinktive Reaktion. Sich um sie zu kümmern. Sie zu beschützen. Dafür zu sorgen, dass sie sich sicher fühlte. Er wusste, dass er ihr damit ständig falsche Signale schickte, aber er konnte einfach nicht anders. Ihre Hand lag schon in seiner, bevor er es richtig gemerkt hatte.

»Du würdest alles aufgeben, was du dir aufgebaut hast, um für Duke zu arbeiten? Du würdest nach Australien ziehen?« Er hatte nichts gegen Duke Ryder. Aber die Vorstellung, dass Amy ihr Leben auf den Kopf stellte, um ihm unter die Arme zu greifen, machte Tony wütend.

Sie ließ sich aufs Bett sinken und vergrub ihr Gesicht in ihren Händen. Tony legte ihr einen Arm um die Schultern, und als sie versuchte, sich von ihm loszumachen, zog er sie nur fester an sich und gab ihr einen Kuss auf den Kopf.

»Amy, du bist wunderschön, klug und alles, was ein Mann sich nur wünschen kann.«

Sie drehte den Kopf zur Seite und kniff die tränenfeuchten Augen zusammen. Tony fühlte sich wie das größte Arschloch auf Erden und gleichzeitig kämpfte sein Herz mit aller Kraft gegen die Distanz, die er verzweifelt zwischen ihnen aufrechterhielt.

»Verdammt.« Er rieb sich mit der freien Hand übers Gesicht. »Du bist all das und noch so viel mehr, aber …«

»Aber ich bin für dich nur eine Freundin.«

Er hatte noch nie so viel Schmerz in den Augen eines anderen Menschen gesehen, und dass es hier um Amy ging, machte es nur noch schlimmer. Er lehnte seine Stirn gegen ihre und tat das Einzige, was ihm übrig blieb, ohne ihre Beziehung endgültig zu zerstören.

»Du bist eine wirklich gute Freundin.« Die Lüge kam ihm nur als Flüstern über die Lippen.

Bella, Caden und die anderen waren gute Freunde, verdammt noch mal. Was er für Amy empfand, war so viel mehr als Freundschaft, dass es ihm jeden Moment das Herz zerreißen würde.

Amy sagte jedoch nichts dazu, sondern nickte nur, und in diesem Moment wurde Tony bewusst, dass sie nicht betrunken genug war, um seine Worte bis zum Morgen zu vergessen – und er wünschte sich beinahe, es wäre anders.

Zwei

Manchmal musste eine Frau einfach dem Gedankenkarussell in ihrem Kopf entkommen. Und jetzt gerade war einer dieser Momente. Amy stand am Rand der Tanzfläche auf Jamies und Jessicas Hochzeitsfeier und dachte über die Ereignisse des vorherigen Abends nach. Die ganze Nacht hatte sie damit verbracht, die Sache nüchtern zu betrachten und sich selbst davon zu überzeugen, dass sie auch ohne Tony ein glückliches Leben führen konnte.

Und sie hatte versagt.

Auf ganzer Linie.

Eigentlich hätte ihr Kissen angesichts der vielen Tränen vollkommen durchgeweicht sein müssen. Was hatte sie sich nur bei diesem Verführungsversuch gedacht? Sie hatte absolut keinen Plan, wie man so etwas anstellte. Hatten ihre Freundinnen ernsthaft geglaubt, dass Tony sie nach all den Jahren plötzlich mit anderen Augen sehen und ihr seine unsterbliche Liebe gestehen würde? *Wollte ich daran glauben?* Sie musste wohl im Grunde ihres Herzens eine Masochistin sein.

Er. Liebt. Mich. Nicht.

Jenna hatte eine Stunde gebraucht, um Amys verheultes Gesicht zu schminken und die dunklen Ringe unter ihren

Augen mithilfe von Concealer verschwinden zu lassen. Vor der Zeremonie hatten Leanna und Jessica ihr dermaßen gut zugeredet, dass sie fast selbst daran glaubte, Tony wäre ihrer Gedanken nicht mehr wert. Bella war jedoch weniger versöhnlich eingestellt. Sie wollte Tonys Kopf auf einem Silbertablett sehen.

Immerhin hatten sie die Trauungszeremonie ohne Enthauptungen überstanden und tatsächlich hatte Amy noch Tränen übrig gehabt. Sie hatte geweint, als Jessica und Jamie ihr Ehegelübde ablegten. Jessica trug ein Chiffon-Hochzeitskleid mit herzförmigem Ausschnitt und geschnürtem Mieder, die perfekte Kombination aus Eleganz und Schlichtheit. Jamie sah in seinem dunklen Smoking unglaublich gut aus, und die Liebe in seinen Augen war so intensiv und fast greifbar, dass Amy sich wie eine Voyeurin vorkam. Jessica strahlte übers ganze Gesicht.

Der Empfang war inzwischen zur Hälfte vorbei, und bis jetzt hatte Amy es erfolgreich vermieden, auch nur zwei Worte mit Tony zu wechseln. Bella war immer noch auf Krawall gebürstet, und wahrscheinlich ging Tony deshalb auf Abstand, um keine Szene zu provozieren. Amy war außerdem genug damit beschäftigt gewesen, ihrem Vater aus dem Weg zu gehen. Sie liebte ihn sehr, aber er war so überfürsorglich, dass sie sich so emotional aufgewühlt nicht mit ihm auseinandersetzen wollte. Glücklicherweise unterhielt er sich prächtig mit Jamies Großmutter Vera und Leannas Eltern.

Sie erlaubte sich einen kurzen Blick zu Tony. Musste sich denn bei seinem Anblick wieder dieses Kribbeln in ihrem Magen ausbreiten? Und heiliger Bimbam, musste er denn in seinem Smoking so heiß aussehen? Seine Schultern waren so unglaublich breit. Smokings sollten doch nicht so eng sitzen, dass sich jedes Mal der Stoff über dem Bizeps spannte, wenn

Tony seinen Drink an die Lippen hob. Er hätte mal wieder zum Friseur gehen müssen. Eigentlich hätten das seine Haare fast immer vertragen können. Aber Amy mochte es, wie ihm die sandfarbenen Strähnen in die Augen fielen. Und es machte ihn nur noch attraktiver, dass er nicht so glattgebügelt war wie viele andere Männer.

Sie dachte an all die Sommer zurück, die ihre Familien gemeinsam am Cape verbracht hatten, und wie sie im Laufe der Zeit die Veränderungen an seinem Körper beobachtet hatte in der Hoffnung, er würde sie bei ihr ebenso wahrnehmen. Im Jahr nach seinem Highschool-Abschluss war er so groß und schlaksig gewesen und ihre Körper hatten so perfekt zueinandergepasst, als wären sie füreinander geschaffen. Rasch verdrängte sie diese intimen Erinnerungen wieder und rief sich lieber ihre College-Jahre ins Gedächtnis, während der Tony um die Welt gesurft war und sich in der Szene einen Namen gemacht hatte. In dieser Zeit war er breiter geworden und hatte an Muskelmasse zugelegt, bis seine Proportionen einfach zum Dahinschmelzen waren. Da sie sich nicht oft gesehen und sich auseinandergelebt hatten, war es ihr leichter gefallen, auch ihre gemeinsame Vergangenheit hinter sich zu lassen. Aber ihre Gefühle für Tony hatten sich nie geändert. Gott, sie liebte ihn so sehr. Sie hatte ihn damals geliebt und sie liebte ihn auch jetzt noch. Auch wenn er ihre Gefühle nicht so erwiderte, wie sie es sich wünschte.

»Amy.«

Bellas Stimme ließ sie aufschrecken und plötzlich entdeckte sie ihre Freundinnen vor sich. Ihre Retterinnen. Ihre Seaside-Schwestern. Bella, Leanna, Jenna, Jessica und auch Sky.

»Hey.« Amy strich sich ihr königsblaues Brautjungfernkleid glatt. Jessica hatte kurze Kleider ausgesucht, die elegant genug waren, um sie zur Hochzeit zu tragen, aber dennoch leger genug, um sie anschließend bei schicken Abendessen oder Partyabenden in der Stadt zu nutzen. Jenna hatte sich ihre dunklen Haare wachsen lassen, sodass sie wie bei Bella, Leanna und Amy bis zur Mitte ihres Rückens reichten. Das machte sich sicher toll auf den Hochzeitsbildern.

»Komm schon, Süße.« Bella griff nach ihrer Hand. »Du schmollst doch nicht etwa wegen des Surfer-Boys.«

»Nein, ganz sicher nicht«, schwindelte Amy.

»Außerdem ist dein Vater gerade auf dem Weg zu dir. Da habe ich gleich mal Verstärkung mitgebracht.« Bella schaute über Amys Schulter.

»Verflixt«, flüsterte Amy. Ihre Eltern hatten sich scheiden lassen, als sie zwölf war. Danach hatte sie abwechselnd bei beiden gelebt, die Sommer hatte sie aber weiterhin mit ihrem Vater am Cape verbracht. Die Scheidung war von Amys Mutter auf ihrem Selbstfindungstrip ausgegangen, was Amy nie wirklich verstanden hatte. Schon davor war sie immer ein Papakind gewesen, und danach hatte er ihr so leidgetan, dass sie sich noch mehr anstrengte, es ihm recht zu machen.

Nun legte ihr Vater ihr eine Hand auf die Schulter und der Duft von Old Spice stieg ihr in die Nase. Hastig setzte Amy ein Lächeln auf und drehte sich zu ihm um. »Hi, Dad.«

»Wie geht es meiner Prinzessin?« Er umarmte sie fest, doch bevor sie antworten konnte, fuhr er fort: »Ich bin so stolz auf dich, Amy. Als du mir erzählt hast, dass du deinen Gewinn um dreißig Prozent gesteigert hast, musste ich direkt vor meinen Kollegen damit angeben.«

Natürlich musstest du das. »Das freut mich, Dad.« Ihr Vater war Ende fünfzig, sein einst dichtes blondes Haar war jetzt von weißen Strähnen durchzogen und wurde am Scheitel schütterer.

Noch immer hielt er sich recht fit, aber die Falten in seinem Gesicht verrieten zunehmend sein Alter.

»Hab dir ja gesagt, dass es sich lohnen wird, an die Brown University zu gehen. Der Apfel fällt eben nicht weit vom Stamm.« Er legte ihr einen Arm um die Schultern und zog sie fest an sich. »Das ist mein Mädchen.«

»Danke, Dad.«

»Deine Entschlossenheit wird dich ganz nach oben bringen, Prinzessin. Du bist klüger und ehrgeiziger als alle anderen.« Als würde er die anderen jetzt erst bemerken, lächelte er in die Runde. »Ihr Lieben, ihr seht alle wunderschön aus.«

»Danke«, erwiderten sie unisono.

Bella griff nach Amys Hand und zog sie aus der Umarmung ihres Vaters. Amy war ihr wirklich dankbar, würde sich aber keinesfalls anmerken lassen, dass hier gerade eine willkommene Rettungsaktion im Gange war.

»Mr. Maples, wir müssten uns noch um ein paar Brautjungfern-Sachen kümmern«, meinte Bella.

»Oh.« Er zog die dicken Augenbrauen zusammen. »Auf jeden Fall gut gemacht, Prinzessin. Ruf mich demnächst mal an. Ich würde gerne deinen Businessplan für das kommende Jahr mit dir durchgehen.«

Amy konnte sich nur mit Mühe davon abhalten, die Augen zu verdrehen. »Mache ich, Dad.« Sie nutzte die Gelegenheit, um sich Jessica zuzuwenden. Hoffentlich verstand ihr Vater diesen Wink mit dem Zaunpfahl. »Jess, das war die schönste Hochzeit, auf der ich je gewesen bin.« Glücklicherweise unterhielt ihr Vater sich bereits mit jemand anderem und Amy atmete erleichtert auf. »Danke, Bella.«

»Wahrscheinlich meint er es nur gut, aber der Mann würde dein Leben komplett für dich bestimmen, wenn du ihn lässt«, erwiderte sie.

»Er meint es wirklich gut. Er meint es nur … zu gut. Aber hey, Themawechsel: Jetzt seid ihr – du, Leanna und Jenna – mit Heiraten dran.«

»Keine Chance.« Jenna schlang einen Arm um sie. »Wir haben eine Abmachung. Wir vier werden zusammen heiraten, schon vergessen?«

»Falls du es noch nicht bemerkt hast, ich bin immer noch Single.« Trotzdem musste Amy bei dem Gedanken lächeln, dass ihre Freundinnen nach der Katastrophe von gestern immer noch auf sie warten wollten.

»Ha! Ich sehe hier genug geeignete Kandidaten.« Jenna zeigte zur anderen Seite des Raums, wo Blue und Duke Ryder in ihren Anzügen wirklich eine gute Figur machten. Warum machte so ein einfaches Kleidungsstück viele Männer so unglaublich sexy?

»Sky hätte bestimmt was dagegen, wenn ich mit Blue ausgehe, und Duke könnte demnächst mein neuer Chef werden. Ich komme auch allein ganz gut klar. Außerdem habe ich ja noch euch. Ich brauche keinen Mann.«

Sky verdrehte die Augen und warf sich ihr langes braunes Haar über die Schulter nach hinten. Durch ihren lässigen Stil und ihre entspannte Art bekam man manchmal den Eindruck, als wäre sie direkt den Siebzigern entsprungen. »Blue und ich sind nur Freunde. Das habe ich euch schon hundertmal gesagt.«

»Klar doch. Dann hast du sie einfach nicht mehr alle.« Bella lachte. »Warum wehren sich die Leute nur so, wenn sie doch so offensichtlich Interesse aneinander haben?«

»*Ich* wehre mich gegen gar nichts. Zumindest nicht bewusst.« Amy warf Tony einen Seitenblick zu, auf den gerade eine große, kurvige Brünette zuhielt.

Jessica folgte ihrem Blick und schüttelte sich leicht. »Tut mir leid, Amy. Das ist eine meiner Bekannten aus dem Orchester. Sie ist eine Worthington. Sehr reich, ein bisschen versnobt. Sicher nicht der Typ Frau, auf den Tony steht.« Jessica spielte Cello im Boston Symphony Orchestra.

Bella drehte sich mit Amy so, dass sie mit dem Rücken zu Tony stand. »Was diesen Job angeht … Ich finde, dass du ihn nur annehmen solltest, wenn du während der Sommermonate freibekommst – ganz unabhängig von der Sache mit Tony.«

»Das weiß ich, Bella. Ich spreche morgen mal genauer mit Duke darüber. Aber ganz ehrlich: Tony hat mir gestern sehr deutlich gemacht, was er für mich empfindet – oder besser gesagt, nicht empfindet. Das muss ich einfach endlich akzeptieren und mein Leben weiterleben. Das könnte auch bedeuten, nicht mehr den kompletten Sommer in seiner Nähe zu verbringen.«

In diesem Moment wurde Jessica von Jamie auf die Tanzfläche entführt. Caden und Pete waren ihm direkt auf den Fersen.

»Kleines?« Caden reichte Bella die Hand und deutete mit dem Kopf in Richtung Tanzfläche.

Bella zögerte. »Amy?«

»Alles in Ordnung. Geht ruhig.« Sie beobachtete ihre Freundinnen, wie sie von ihren jeweiligen Partnern in die Arme genommen wurden. Sogar Blue und Sky bewegten sich eng umschlungen im Takt der Musik, nur Freunde oder nicht. Wie gerne würde sie so mit Tony tanzen. *Du bist eine wirklich gute Freundin.* Konnte sie das akzeptieren und trotzdem die Freundschaft zu ihm aufrechterhalten? Eigentlich sollte sich doch nichts daran ändern, nur weil Amy jetzt ihre Antwort bekommen hatte. Wenn überhaupt, dann sollte sie noch stabiler werden. Jetzt, wo sie die Grenzen klar kannte, sollte sie doch endlich alle Hoffnungen und Erwartungen loslassen können, die darüber hinausgingen.

Sie beobachtete die Paare auf der Tanzfläche und musste lächeln, als sie einen von Jessicas Freunden mit seiner Teenagertochter entdeckte. Doch dann ging Tony an den beiden vorbei, und plötzlich war Amy wieder in der Vergangenheit, als sie beide in diesem Alter gewesen waren.

Tony schaute auf und ihre Blicke trafen sich. Amys Knie wurden weich. Das war zu viel. Er war zu viel.

Wem wollte sie etwas vormachen?

Er war nicht nur zu viel.

Er war alles für sie.

Tony beobachtete, wie Amy sich auf einen Stuhl sinken ließ und den Blick abwandte. Doch er hatte den Ausdruck in ihren Augen gesehen. Vielleicht hatte sie die Vergangenheit doch nicht so tief begraben wie gedacht.

Sie war ihm den ganzen Tag über aus dem Weg gegangen, und das gefiel ihm genauso wenig wie die Vorstellung, dass sie mit einem anderen zusammenkam. Sie sah in ihrem blauen, trägerlosen Kleid umwerfend aus, aber kein noch so gekonntes Make-up konnte von dem Schmerz ablenken, den er in ihrem Gesicht gelesen hatte. Ihre Augen logen nie. Nicht als Teenager und nicht als Erwachsene. Nicht einmal gestern Abend, als sie voller Liebe und Lust gewesen waren, bis Schmerz alles andere verdrängt hatte. Er musste sich dafür entschuldigen, dass er sie verletzt hatte. So gerne würde er sich den Schmerz auch selbst ersparen, aber damit musste er leben.

Während Tony noch damit beschäftigt war, über die Grenze nachzudenken, die er sehr deutlich gemacht hatte, setzte sich Duke zu Amy an den Tisch. Der Mann überragte Tony noch um ein gutes Stück. Alle Ryders waren groß, athletisch gebaut und strahlten Entschlossenheit aus. Duke erinnerte Tony an seine Surfer-Konkurrenten: klug und immer das große Ganze im Blick. Aber unter dieser sorgfältig kultivierten Fassade steckte auch ein netter Kerl, der ständig von seiner Familie sprach. Er war ein guter Mann und er würde einen guten Chef für Amy abgeben. So wie er immer auf seine Schwester aufpasste, würde er es auch bei Amy tun.

Duke lehnte sich in diesem Moment dicht zu Amy hinüber und erzählte ihr irgendetwas. Wahrscheinlich über den Job. Amy lächelte, aber das war nicht das Lächeln, das Tony kannte und liebte. Es wirkte gezwungen und erreichte ihre Augen nicht. Nahm Duke das auch wahr? Wahrscheinlich übersah er es, was bei einem neuen Arbeitgeber nicht ungewöhnlich wäre.

»Hallo, schöner Fremder.«

Tony biss die Zähne zusammen. Cher Worthington war eine Arbeitskollegin von Jessica, eine aufdringliche Brünette mit großen Brüsten und einer Sanduhrfigur. Frauen, die auf eine Nacht ohne Verpflichtungen mit Tony aus waren, gab es immer reichlich. Von jung bis reifer, vom Groupie bis zum Promi, seine Auswahl war beinahe unbegrenzt. Und so war es ihm auch immer recht gewesen angesichts der Mauer, die er schon vor langer Zeit um sein Herz errichtet hatte. Aber mit vierunddreißig schwand sein Interesse an überdrehten Dreiundzwanzigjährigen und lüsternen Silberlöwinnen, die sich über ihr fortschreitendes Alter hinwegtrösten wollten – und auch an allem, was dazwischen lag.

»Hi, Cher.« Ohne sie weiter zu beachten, ging er zu Amy

und Duke hinüber. In den letzten Jahren hatten sich praktisch alle seine Freunde in Seaside verliebt und näherten sich unaufhaltsam dem Altar, während sein Interesse an Frauen immer weiter zusammengeschrumpft war. Bis es sich nur noch auf eine einzige beschränkte.

Cher legte besitzergreifend eine Hand auf Tonys Schulter. Ihr Atem strich über sein Ohr. »Hättest du nicht Lust, mir ein bisschen Gesellschaft zu leisten? Tanz mit mir.«

Amy schaute hoffnungsvoll zu Tony, als er in ihre Richtung ging. Dann bemerkte sie jedoch Cher, die an Tony klebte, und plötzlich war der Ausdruck in ihren Augen wie weggeblasen. Was zum Teufel war nur los mit ihm? Das war auch einer der Gründe, warum er nicht mit Amy zusammen sein konnte. Innerlich verzehrte er sich nach ihr, zerfleischte sich, weil er sie verletzt hatte, und begehrte sie so sehr, wie er nie eine andere Frau begehrt hatte – und er war nicht mal auf den Gedanken gekommen, Cher direkt abzuwimmeln. Er hatte sich so sehr an die Aufmerksamkeit von Frauen gewöhnt, dass er sie einfach ignorierte und damit Amy ungewollt wieder verletzt hatte. Das war doch vollkommen irrsinnig.

Er warf einen Blick auf die Tanzfläche. Caden versank geradezu in Bellas Augen. Pete und Jenna küssten sich zärtlich und Jamie und Jessica … na ja, waren die jemals nicht scharf aufeinander? Und Kurt und Leanna? Diese beiden strahlten so viel Liebe aus, dass man es noch im Weltall sehen konnte.

Amy strahlt auch so. Die süße Amy. Wie sie Tony ansah, stellte die Gefühle ihrer Freunde noch in den Schatten. Wenn es auch nur den Hauch einer Chance gäbe, der richtige Mann für sie zu sein, würde er alles andere in seinem Leben aufgeben, nur um mit ihr zusammen zu sein.

»Entschuldige mich, Cher.« Tony ließ die Frau stehen und

überwand den letzten Abstand zu Amy. Er würde das Surfen aufgeben und die Arbeit als Motivationstrainer. Er würde das Atmen aufgeben, wenn er damit gut genug für sie sein könnte, aber er hatte ehrlich keine Ahnung, wie er zu seinen Gefühlen stehen sollte, nachdem er sie so lange unterdrückt hatte.

»Hi, Tony.« Duke nickte ihm lächelnd zu. »Ich habe den Wettbewerb im Frühjahr gesehen. Verdienter Sieg.« Er hatte dunkle Augen, einen kantigen, wie aus Granit gemeißelten Kiefer und seine tiefe Stimme zog seine Gesprächspartner mühelos in ihren Bann.

Als Tony ihm die Hand schüttelte, bemerkte er, wie Cher Duke einen lasziven Blick zuwarf. *Besser er als ich.*

»Danke. Es war ein erfolgreiches Jahr.«

»Hättest du Lust, in meinem neuen Resort in Australien unterzukommen, wenn du dort in der Gegend antrittst? Ich stoße gerne zu dir und wir können zusammen feiern.« Duke lächelte Amy an. »Und wenn ich Glück habe, leitet Amy bis dahin das Konferenzzentrum, dann kann sie sich uns anschließen.«

»Klingt toll«, erwiderte Tony knapper, als er beabsichtigt hatte.

»Entschuldige mich, Amy. Ich lasse euch beide mal allein«, verabschiedete Duke sich.

Tony nickte nur stumm. Er fragte sich, was wohl gerade in Amys Kopf vorging. Wie sehr sie ihn nach dem gestrigen Abend wohl hasste? Hatte sie noch Hoffnung, dass er seine Meinung änderte? Das wäre für sie beide gefährlich. Wie lange konnte ein Mann die einzige Frau auf Distanz halten, mit der er je zusammen sein wollte? Seine Gedanken kreisten um all die verlorenen Chancen – und um das, was aus ihm geworden war. Er pflegte durchaus den Lebensstil eines Playboys. Das bewahrte ihn vor schmerzhaften Erfahrungen, denn Amy hatte die Macht, ihm den Rest zu geben. Das wusste er aus erster Hand. Sie hatte es einmal getan und … Nein, daran durfte er jetzt nicht denken.

»Hi.« In Amys Stimme lag ein niedergeschlagener Unterton, für den allein Tony verantwortlich war.

Er wollte nach ihrer Hand greifen, doch Amy senkte zögernd den Blick. Das war doch eine ganz normale Geste, oder? Sie saßen immer Arm in Arm in Seaside am Lagerfeuer. Sie hielten Händchen, wenn sie mit den anderen unterwegs waren. Er hatte einen Schlüssel zu ihrem Haus und sie zu seinem. Diesmal nahm sie seine Hand nicht, und als sie Tony wieder anschaute, war der Schmerz zurück. So viel Trauer. Die Dunkelheit ihrer gemeinsamen Vergangenheit traf ihn mit voller Wucht – doch diesmal war nur er allein schuld.

Vierzehn Jahre. Er konnte noch immer die feuchte Seeluft auf der Haut spüren. Amy war achtzehn, er selbst zwanzig. Ihr glattes Haar fiel ihr bis weit über die Schultern, so wie er es immer am schönsten gefunden hatte. Tony konnte immer noch ihr Parfüm riechen, *Angel* von Victoria's Secret. Die süße Amy trug ein Parfüm einer so gewagten Marke, aber das war noch die kleinste Überraschung, die dieser Sommer für ihn bereithielt. Ein paar Stunden später hatte er erfahren, dass Amy auch ein paar Geheimnisse hütete. *Ich liebe dich, seit du die Krebse am Sheep Pond für mich gerettet hast, und ich werde dich bis zu meinem letzten Atemzug lieben. Bitte sag mir, dass es dir auch so geht.* Sie hatte ihm ihre Liebe vollkommen offenherzig und voller Vertrauen gestanden. Bei dieser Krebsrettung war Amy gerade einmal sechs gewesen, und in den Jahren danach hatte er immer das Gefühl gehabt, Vertrauen und Liebe in ihrem Blick zu sehen, die weit über eine oberflächliche Verknalltheit hinausgingen. *Unmöglich*, hatte er sich all die Jahre eingeredet, aber dann hatte sie ihm die Wahrheit anvertraut.

Als wäre ein Damm gebrochen, konnte er von da an seine Gefühle für sie nicht mehr verleugnen. Trotzdem hatte er sich noch ein oder zwei Wochen lang zurückgehalten – oder es zumindest versucht. Schon damals hatte er gewusst, dass seine Gefühle für Amy so stark waren, dass er sie unmöglich dauerhaft unterdrücken konnte. Er hatte so sehr versucht, ihr zu widerstehen, weil sie Amy Maples war – so anständig und liebenswert. Und er, Tony Black, war nicht nur älter und erfahrener, sondern befand sich auch auf dem besten Weg zu einem sehr öffentlichen Leben als Profi-Surfer.

Seine Gefühle für Amy waren so ungewohnt für ihn gewesen. Allein der Gedanke, sie zu berühren, hatte ihm trotz der Liebe eine Heidenangst eingejagt. Er war so ein Glückspilz, dass Amy seine Gefühle für ihn erwiderte. Doch was, wenn er seine Gefühle nie wieder in den Griff bekommen würde, sobald ihre Körper zueinanderfanden? Es stand so viel auf dem Spiel. Ihre Familien kannten sich schon ewig. Amys Vater hatte hohe Erwartungen an sie, zu denen ganz bestimmt keine ausgedehnten Reisen mit einem Surfer-Boy gehörten, der zwar als platonischer Freund für seine perfekte Tochter in Ordnung war, aber wahrscheinlich als Partner für sie nicht infrage kam. Einer, dessen eigener Vater ihm alles beigebracht hatte, was er brauchte, um Erfolg im Leben zu haben, der aber ebenfalls nichts von seiner Karriere als Surfer hielt. In Amys Leben war kein Platz für ihn, so wie sie es sich von ihm wünschte. Das war Tony vollkommen klar gewesen. Ihr Vater war ein angesehener, einflussreicher Anwalt und Amy sollte in diesem Jahr ihr Studium an der Brown University beginnen. Doch dann hatte sie etwas gesagt, das die Mauern zum Einsturz brachte, hinter denen Tony sich versteckte, seit er alt genug war, um Gefühlen einen Namen zu geben. Gefühlen, die ihn jedes Mal zu überwältigen drohten, wenn er in Amys Nähe war. *Sei nicht nur mein Erster, sei mein Einziger.* Sie hatte nicht nur mit ihm schlafen wollen. Sie hatte ihn um ein ganzes Leben gebeten, und Tony war bereit gewesen, ihr die Welt zu Füßen zu legen.

Erst da hatte er sich erlaubt, den Gefühlen nachzugeben, die sich des Nachts wie eine weiche Decke um ihn legten und ihn die Wintermonate überstehen ließen, bis er Amy wiedersah. Zwischen den Dünen, eingehüllt in den Schutz der Dunkelheit, hatte er sie das erste Mal in die Arme genommen, ihren schlanken Körper an seinem gespürt und ihr hübsches Gesicht mit beiden Händen umfasst. Und die Welt um sie versank, als sich ihre Lippen berührten. Haut an Haut, die zarte Liebkosung eines Kusses. Dass er nun endlich erlebte, was er sich so oft ausgemalt hatte, raubte Tony den Atem. Im nächsten Moment pressten ihre Lippen sich fester aufeinander, ihre Zungen tanzten mit Liebe und Lust umeinander. Ein inniger Kuss, der das Band zwischen ihnen knüpfte und nach mehr verlangte.

Danach hatten sie sich zu jeder Gelegenheit kostbare Momente gestohlen. Sie schlichen sich nachts raus und teilten sich einen Schlafsack unter den Bäumen hinterm Pool. Erst nur Küsse, später berührten sie sich, erforschten den Körper des anderen.

Gerade hatte Tony sein Herz noch mit aller Macht beschützt, nur um es ihr dann unendlich weit zu öffnen. Und sie hatte es angenommen. Amy hielt nichts vor ihm zurück, sie begehrte ihn, mehr als nur körperlich. Bei ihr hatte er das Gefühl, der einzige Mann auf der Welt für sie zu sein, und sie war die einzige Frau für ihn – auch wenn sie ihre Beziehung geheim hielten. Amy hatte darauf bestanden, dass nicht einmal

Bella, Jenna und Leanna es erfuhren, weil diese unglaublich neue und intensive Intimität mit Tony ein Schock für ihren Vater sein würde. Ihr Vater wollte Amy vor der Welt beschützen und redete ihr ständig ein, dass sie sich keine Ablenkungen vom Lernen leisten konnte, wenn sie es im Leben zu *etwas bringen wollte.* Sie hatte sich schon immer alle Mühe gegeben, ihn nicht zu enttäuschen, und wollte kein Risiko eingehen. Zuerst hatte er versucht, sie davon abzubringen, denn er wusste, dass er seine Gefühle für sie nur schwer würde verbergen können. Doch das war ihre Bedingung. Seine Liebe zu ihr war so stark, dass er schließlich widerwillig zustimmte.

Aber sie *waren* ein Risiko eingegangen. Einmal. Eine Woche, nachdem sie sich zum ersten Mal ihre Gefühle gestanden hatten. Zu überwältigt von der Leidenschaft, um innezuhalten und Vorsichtsmaßnahmen zu treffen.

Es wird schon nichts passieren, hatte Amy gesagt. *Du kannst ihn rausziehen.*

Tony war älter als sie, erfahrener. Er kannte die Risiken. *Ich weiß nicht*, hatte er halbherzig erwidert.

Schlaf mit mir, Tony. Bitte, ich will dich.

Er hätte nicht nachgeben sollen, aber er konnte Amy einfach nichts abschlagen. Seine Liebe für sie ging so tief, dass er sein komplettes Leben für sie umgekrempelt hätte. Und Gott … Nie würde er den Ausdruck in ihren Augen vergessen, als sie sich in jener Nacht geliebt hatten. Selbst jetzt breitete sich noch Wärme in seiner Brust aus bei der Erinnerung daran.

In den folgenden acht Wochen schliefen sie noch etliche Male miteinander, und als der Sommer sich dem Ende zuneigte, schmiedeten sie heimlich Pläne, für ein Wochenende allein nach Seaside zurückzukehren. Ein Wochenende, für das Tony alles gegeben hätte – ein Wochenende, an dem sie ihre Beziehung nicht verstecken mussten.

Drei Wochen, nachdem ihre Familien Seaside verlassen hatten und Amy an der Brown University ihr Studium begonnen hatte, waren sie wieder zurückgekehrt. Knapp drei Monate waren sie nun ein Paar. Die besten zwölf Wochen in Tonys Leben. Er war mit Amy zusammen. Mit der süßen, lieben Amy, und sie erwiderte seine Gefühle von ganzem Herzen. Es war überwältigend. An diesem Tag wollte Amy mit ihm reden, doch Tony stand der Sinn mehr nach Surfen, bevor die Sonne unterging.

Die Wellen waren fantastisch nach dem großen Sturm in der vergangenen Woche. Amy war zwar schlank, besaß aber erstaunlich viel Kraft und den Gleichgewichtssinn einer geübten Turnerin. Doch an diesem Nachmittag hatte sie sich zu Tony umgedreht, gerade als eine Welle ihr Brett erwischte, und sie verdrehte sich den Fuß. Tony blieb beinahe das Herz stehen, als er sah, wie sie ins Wasser fiel. Er stürzte ihr hinterher, doch die Wellen schleuderten sie bereits gegen den felsigen Untergrund des Meeresbodens. Im ersten Moment hatte Tony keine Ahnung, was passiert war. Blut sammelte sich in Amys Neoprenanzug. Hatte sie ihre Periode bekommen? Dafür war es zu viel Blut. Amy starrte ihn verzweifelt an. Sie klammerte sich an ihn, grub die Nägel in seine nasse Haut, weinte. »Oh Gott. Oh Gott. Oh nein«, schluchzte sie. Tony trug sie zum Auto und fuhr sie direkt ins nächste Krankenhaus.

Eine Fehlgeburt. Er hatte nicht einmal gewusst, dass sie schwanger war. Amy war zu verstört, um zu sprechen. Sie lag still und regungslos im Krankenhausbett und starrte mit leerem Blick auf den Vorhang. Die Krankenschwester, diese gottverdammte Krankenschwester, schaute Tony finster an und zischte: »Wie konntest du deine schwangere Freundin surfen lassen?«

Es war seine Schuld. Tony war an allem schuld.

Am Abend nahm er Amy mit zu sich ins Ferienhaus, kümmerte sich um sie, weinte mit ihr, doch am nächsten Morgen bat sie ihn um Zeit und Abstand. *Zeit.* Das Wort hing schwer zwischen ihnen im Raum, während sie ihre Tasche packte. *Abstand.* Tonys Herz zersprang in tausend Scherben. Und er spürte die Veränderung bereits, als er Amy zum Abschied in den Arm nahm. Sie hielt ihn mit einer kalten, halbherzigen Umarmung auf Distanz. So gerne wollte er ihr sagen, dass er sie immer lieben würde, egal, was passierte. Er wollte ihr versprechen, dass sie eines Tages eine große Familie haben würden, mit so vielen Kindern, wie Amy sich wünschte.

Aber Amy hatte andere Pläne. Pläne, in denen Tony seine Karriere nicht für sie aufgab und sie ihren Vater nicht enttäuschte. Pläne, in denen Tony nicht mehr vorkam.

Sie hatte sich gegen seine Brust gestemmt, die Augen weit aufgerissen und so … ängstlich ausgesehen. War es Angst gewesen? Bis heute war er sich da nicht sicher.

»Ich kann nicht, es tut mir leid«, sagte sie noch, bevor sie in ihr Auto stieg und wegfuhr. Tony war ihr direkt gefolgt, aber sie war zu schnell gefahren und hatte anschließend seine SMS und Anrufe ignoriert.

Wochen vergingen ohne ein Wort von ihr, und als er vierzehn Tage später in ihrem Wohnheim auftauchte, wollte sie sich nicht mit ihm aussprechen. Es gab keine Versöhnung, kein Gespräch über die schreckliche Zeit seit ihrem letzten Treffen und keine Erklärung für ihre Schweigsamkeit, die über die halbgare Ausrede hinausging, dass sie sich nicht an diesen Moment erinnerte, den er selbst nie vergessen würde.

Tony hatte versucht, es zur Sprache zu bringen. »Wir sollten über das reden, was passiert ist.«

Amy schaute ihn an, als ob er den Verstand verloren hätte. »Passiert? Keine Ahnung, wovon du sprichst.« Sie hatte so getan, als hätte es die Gefühle zwischen ihnen nie gegeben.

Danach hatte sie seine Anrufe und Nachrichten ignoriert, und in den folgenden Jahren war Tony immer nur für ein paar Tage im Sommer ans Cape gekommen. Bis er sie schließlich nach ihrem College-Abschluss in Seaside wiedersah. Amy tat immer noch, als wäre nie etwas zwischen ihnen gelaufen, aber wenigstens sprach sie wieder mit ihm. Ihre Freundschaft knüpfte an die Vergangenheit an, als wäre nie etwas passiert – doch das stimmte nicht. Tony hatte es nicht vergessen und würde es auch nie. Von diesem Tag an beschützte er Amy, als wäre sie immer noch die Liebe seines Lebens, während er sich ständig vor Augen führte, warum sie das nie wieder sein konnte.

Es war seine Schuld, dass sie zu einem Zeitpunkt schwanger geworden war, zu dem sie sich sorglos auf dem College amüsieren sollte. Es war seine Schuld, dass sie surfen gegangen war, seine Schuld, dass sie eine Fehlgeburt erlitten hatte.

»Kann ich was für dich tun, Tony?«

Amys Stimme holte ihn in die Gegenwart zurück. Die Traurigkeit, die er empfand, spiegelte sich in ihrem Blick wider. Er musste sie beide von dieser endlosen Folter erlösen, aber er konnte sie trotzdem nicht gehen lassen. Noch nicht. Sie ein letztes Mal in den Armen halten, bevor er sie für immer freigab.

»Tanzt du mit mir?«

Amys Blick huschte zur Tanzfläche und über ihre Freunde, die ihnen beiden so viel bedeuteten. Als sie wieder zu Tony schaute, kühlte sich die Stimmung zwischen ihnen deutlich spürbar ab. Die vielen Jahre, die sie miteinander verbanden, hingen fast greifbar in der Luft.

»Ich glaube nicht, dass das eine gute Idee ist.«

Ihr harter Tonfall schnitt ihm ins Herz. Sie tat, wozu Tony zu feige gewesen war. Er sehnte sich nach einem letzten Tanz, aber sie wusste, dass er sie danach endgültig loslassen würde. Wahrscheinlich konnte sie in seinen Augen genauso gut lesen wie er in ihren, also fällte Amy die Entscheidung für sie beide. Er hatte es so gewollt, es sollte ihn wohl nicht überraschen.

Das Gefühl, dass er gerade seine beste Freundin verlor, war vollkommen unsinnig. Aber obwohl es ihm das Herz brach, wusste er, was er zu tun hatte.

»Ich denke, du solltest den Job in Australien annehmen.«

Drei

»Bist du sicher, dass ich nicht hierbleiben und mit dir zurückfahren soll?« Bella umarmte Amy so fest, dass sie ihr dabei beinahe die Rippen brach.

»Nein, schon gut. Ich fahre heute Abend zurück nach Seaside. Dann habe ich tagsüber noch Zeit, mit Duke ein paar Einzelheiten wegen des Jobs zu besprechen.« Amy wollte nicht, dass Bella noch wütender auf Tony wurde, als sie es ohnehin schon war, also erzählte sie ihr nichts von seiner Aufforderung, die Stelle anzunehmen. Sie hatte sich gestern Abend zusammengerissen und so getan, als wäre alles in Ordnung, obwohl sie innerlich langsam zugrunde ging.

»Vergiss nicht …« Bella verengte die Augen und zeigte auf Amy. »Verhandle den Sommer am Cape, sonst mache ich es für dich.«

»Oh, Bella. Setz sie nicht so unter Druck.« Jenna umarmte Amy wesentlich sanfter.

Jamie und Jessica waren am Morgen zu ihrer Hochzeitsreise aufgebrochen und Leanna und Kurt hatten sich in aller Herrgottsfrühe auf den Weg gemacht, damit Leanna rechtzeitig am Cape war, um ihre Marmeladen auf dem Flohmarkt in Wellfleet zu verkaufen. Ihr gehörte das kleine Unternehmen

Luscious Leanna's Sweet Treats, das sich in den letzten Jahren sehr positiv entwickelt hatte. Restaurants und Geschäfte in der Region boten ihre Marmeladen an und die Verkäufe auf dem Flohmarkt hatten sich fast verdoppelt.

»Bist du sicher, dass es dir gut geht? Wegen Tony und so …«, meinte Jenna. »Ich glaube immer noch, dass er es sich anders überlegen wird. Er war mit dir immer schon so vorsichtig, jetzt ist er es einfach noch ein bisschen mehr.«

Er war nicht vorsichtig, als er mir gesagt hat, dass ich nach Australien ziehen soll.

»Wenn man vom Teufel spricht.« Bella nickte in Richtung Eingangstür.

Tony kam gerade in einen dunklen Anzug und ein weißes Hemd gekleidet nach draußen. Seine Manschettenknöpfe funkelten in der Sonne, und Amy fragte sich, ob es wohl die waren, die sie ihm vor zwei Jahren zu Weihnachten geschenkt hatte. Aber sie wagte sich nicht in seine Nähe. Seine schönen hellblauen Augen hatten einen sehr ernsten Ausdruck, als er auf seine Uhr schaute.

»Warum hat er sich so fein gemacht?«, fragte Amy.

»Er hält einen Vortrag im Marriott«, erklärte Jenna. »Wusstest du nicht, dass er heute in Boston bleibt?«

»Nein. Ich habe nicht mehr mit ihm gesprochen, seit … na ja, ihr wisst schon.« *Seit er mir gesagt hat, dass ich den Job in Australien annehmen soll.*

»Hey«, grüßte Tony mit einem Winken in die Runde. »Wollt ihr los?«

In diesem Moment hielten Pete und Caden in Bellas Geländewagen vor dem Hotel.

»Ja.« Bella reichte Caden ihren Koffer. »Viel Glück bei deinem Vortrag.«

»Oh, du sprichst also wieder mit mir?« Tony schenkte Bella ein breites Grinsen. Amy schaute er wohl absichtlich nicht an, was ihr überhaupt nicht passte.

»Ja. Natürlich rede ich mit dir.« Bella rückte näher an Amy heran. »Aber ich hasse dich dafür, dass du Amy wehgetan hast.«

»Bella!«, zischte Amy. Ihre Wangen wurden heiß.

»Was? Ich mag ihn echt gern. Wirklich. Das tun wir alle, aber trotzdem.« Bella gab Tony einen Klaps auf den Arm.

Tony schaute mit hochgezogener Augenbraue zu Caden, als wollte er ihn fragen, was seine Freundin für ein Problem hatte.

Caden hob die Hände. »Was soll ich dazu sagen? Du und Amy, ihr seid füreinander bestimmt, das sehe sogar ich, und ich kenne euch erst seit ein paar Jahren.«

»Oh mein Gott.« Amy stöhnte. »Okay, das muss aufhören, Leute. Tony ist mir rein gar nichts schuldig. Und Bella …« Sie warf ihrer Freundin einen scharfen Blick zu. »Ich kann nicht glauben, dass du es Caden erzählt hast! Können wir nicht einfach so tun, als wäre alles wieder wie früher? Bitte!« Sie musste die Beziehung zu Tony irgendwie wieder kitten, sonst würde es ihr dauernd schmerzhafte Stiche versetzen. Sie waren schon zu lange miteinander befreundet, um sie von ihrem gebrochenen Herz zerstören zu lassen.

Tony legte ihr einen Arm um die Schultern. Offensichtlich setzte ihr Umzug nach Australien ihm nicht so zu wie ihr. Und trotz ihrer verletzten Gefühle kribbelte ihr verräterischer Körper schon wieder so aufregend. In ihrem Magen breitete sich ein Flattern aus und ihre Gedanken überschlugen sich augenblicklich. *Eines Tages könnten wir vielleicht wieder …*

»Hört mal, ich habe Amy genauso gern wie euch alle und das wird sich auch nie ändern. Stimmt's, Amy?«

Der Wunschtraum einer gemeinsamen Zukunft wurde

prompt von der hässlichen Realität eingeholt.

Tonys Vorträge und seine Karriere als Profi-Surfer brachten ihm einen komfortablen siebenstelligen Betrag pro Jahr ein. Normalerweise mochte er seinen zweigleisigen Berufsweg wirklich gern – die ehrfürchtigen Blicke der Seminarteilnehmer ebenso wie die sich ständig wiederholenden Fragen nach seinem Erfolg. Ein paar Jahre nach Beginn seiner Surfkarriere hatte er festgestellt, dass er sowieso ständig aus dem Stegreif kleine Vorträge über seinen Weg zum Erfolg hielt. Sein Agent wurde darauf aufmerksam und überredete Tony, ein entsprechendes Seminar anzubieten. Im Laufe der Jahre wuchs diese Veranstaltung, zu der beim ersten Mal nur ein paar Leute erschienen waren, auf Hunderte von Teilnehmern und Termine im ganzen Land an. Tony sprach nun nicht mehr nur darüber, wie man seinen eigenen Weg zum Erfolg fand, sondern auch darüber, wie man Ängste und andere Hindernisse überwinden und auf dem Weg dorthin sogar noch etwas an andere weitergeben konnte.

Zum ersten Mal seit Beginn dieser Vorträge musste Tony heute die positive Einstellung und Zuversicht jedoch vortäuschen, die er normalerweise von Natur aus ausstrahlte. Amy verbrachte den Tag mit Duke und das schmeckte ihm überhaupt nicht. Wahrscheinlich hatte sie die Stelle bereits angenommen, womit es kein Zurück mehr gab. Alles, was er in den vergangenen beiden Tagen gesagt und getan hatte, machte ihn wütend. Er musste sich dringend in die Wellen stürzen und den Kopf freibekommen, etwas Dampf ablassen.

Vor ihm breitete sich ein Meer von Teilnehmern aus und in jedem blonden Haarschopf wünschte er sich, Amy zu erkennen. Er hatte gespürt, wie sich ihr Körper versteifte, als er behauptet hatte, sie so zu mögen wie ihre anderen Freunde. Erst im Nachhinein wurde ihm bewusst, wie sehr diese Worte ihr wahrscheinlich wehgetan hatten. Sie konnte nicht wissen, wie sehr er sie bewunderte. Sie konnte nicht wissen, dass er jede Nacht ihr Gesicht vor Augen hatte oder dass er oft Nachrichten mit ihr austauschte, nur um eine Verbindung zu ihr zu spüren. Sie wusste so vieles nicht, weil Tony seine Gefühle für sie tief in sich unter Verschluss hielt, wo die Wut und Verzweiflung jener Tage vor vierzehn Jahren noch schwelten. Und die er mit anderen Frauen betäubte, die er jedoch nie länger als ein paar Nächte an sich heranließ. So verdammt tief, dass er sich manchmal fragte, ob er wohl jemals darüber hinwegkommen würde. Bis zu diesem Wochenende hatte er das gar nicht gewollt.

Tony zwang seine Aufmerksamkeit zu dem Seminar zurück, bei dem er anderen Menschen half, ihren Lebensweg zu finden. Die Ironie daran entging ihm nicht – er hatte sich zwar sein eigenes Leben geschaffen, aber den wichtigsten Teil auf ganzer Linie vermasselt.

Vier

Amy beschloss, diesen Sommer als den *Sommer der frischen Perspektiven* in Erinnerung zu behalten. Mehr und mehr wurde ihr klar, dass sich die Beziehung zu ihren Freundinnen grundlegend verändert hatte. Früher waren sie quasi Lebenspartnerinnen gewesen und hatten die Lücken gefüllt, die normalerweise von festen Freunden eingenommen wurden. Jetzt war das nicht mehr so. Jede ihrer Freundinnen hatte bewusst Schritte unternommen, um ihr Leben so zu gestalten, wie *sie* es haben wollte. Keine von ihnen ließ sich dabei von den Gefühlen anderer beeinflussen und sie hatten sogar die große Liebe gefunden. Amy wurde schmerzhaft bewusst, dass sie als Einzige immer noch stillstand. Sie war dieselbe Frau, die sich nach demselben Mann sehnte. Den sie liebte, seit sie sechs Jahre alt war.

Es war an der Zeit für eine Veränderung, und wenn sie tatsächlich noch Zweifel gehabt hatte, ihre Sehnsucht nach Tony Black endlich loszulassen, hatte er ihr unmissverständlich Klarheit verschafft. Dreimal. Drei schmerzhaft ehrliche Male.

Amy verbrachte den Tag mit Duke und besprach mit ihm Ideen für die Eröffnung des Australien-Resorts. Er war ein weitsichtiger Geschäftsmann mit soliden Plänen für die

Immobilie und einem praktisch unbegrenzten Budget. Je mehr sie über den Job erfuhr, desto mehr freute Amy sich darauf. Sie war nicht begeistert, das Unternehmen aufzugeben, in das sie ihr Herzblut gesteckt hatte, aber wie bei den meisten Dingen im Leben hatte alles Wertvolle auch einen hohen Preis.

Duke bestellte ihnen etwas zum Mittag- und Abendessen und sie arbeiteten bis nach sieben Uhr durch. Die Chemie zwischen ihnen stimmte und Amy hatte ein gutes Gefühl bei ihrem neuen Chef. Er und sein Bruder Blue standen sich nahe und darüber hinaus hatte er an diesem langen Tag auch Anrufe von seiner Schwester Trish und seinem Bruder Gage entgegengenommen. Er hatte die beiden nicht abgewimmelt, was andere vielleicht als unprofessionell in einem Business-Meeting empfanden. Für Amy dagegen war es erfrischend, wie viel ihm seine Geschwister offenbar bedeuteten, und es machte sie glücklich, dass sie für einen Mann arbeiten würde, dem Familie so wichtig war. Sie von Australien zu überzeugen, war nicht besonders schwer gewesen. Bisher war sie nie groß von der Ostküste der USA weggekommen, und mit der Entscheidung, ihre Gefühle für Tony loszulassen, kam auch die Erkenntnis, dass die Entfernung es ihr nur leichter machen würde.

Als sie das Resort verließ, war sie davon überzeugt, sich richtig entschieden zu haben. Gleichzeitig konnte sie sich aber auch nicht gegen den Wunsch wehren, Tony noch ein letztes Mal zu sehen. Sie wollte gar nicht mit ihm reden und auch auf keinen Fall versuchen, ihn von einem neuen Versuch mit ihr zu überzeugen. *Das* würde sie sich nicht mehr antun. Sie musste einfach sein Gesicht sehen und sich dabei klarmachen, welchen Platz er in ihrem Leben zukünftig einnehmen würde – auf ewig nur ein guter Freund –, bevor sie ihm das nächste Mal in Seaside begegnete.

Auf dem Rückweg zum Cape machte Amy deswegen einen Abstecher zum Boston Marriott. *Nur ein kurzer Zwischenstopp.* Sie würde sich in das Seminar schleichen, einen letzten Blick auf Tony werfen und dann mit einem neuen Job im Gepäck und einer neuen Perspektive auf ihr Liebesleben weiterfahren.

Das war ein guter Plan. Und richtig. Danach konnte sie den romantischen Teil ihrer Beziehung – oder besser gesagt das Fehlen desselben – für immer hinter sich lassen.

Sie parkte das Auto und ging ins Hotel. Ob Tony jetzt überhaupt noch da war, wusste sie gar nicht. Seine Seminare waren in der Regel Ganztagesveranstaltungen, aber sie hatte schon einige Zeit keine Nachrichten mehr von Tony bekommen und kannte daher seinen Zeitplan nicht.

Hör sich das einer an. *Seinen Zeitplan kennen. Oh Gott.* Was war nur los mit ihr?

Sie hatte immer über seine sommerlichen Zeitpläne Bescheid gewusst. Wenn sie so darüber nachdachte, hatte sie nicht auch seine Termine für die letzten Winter, Frühlings- und Herbstmonate im Kopf gehabt? Sie hatte ihren Freundinnen gegenüber heruntergespielt, wie häufig sie mit Tony geschrieben hatte. Das musste sie. Viel zu schmerzhaft, dass er sie nur als *gute Freundin* betrachtete, während er längst Amys Ein und Alles war.

Im Hotel angekommen, machte sich ihre Nervosität bemerkbar. Sie folgte den Schildern zu dem Konferenzraum, in dem Tonys Seminar stattfand. Sie hatte Glück. Das Ende des Seminars war für acht Uhr angesetzt und es war erst zehn vor. Sie hatte also noch Zeit, einen Blick hineinzuwerfen und dann schnell wieder zu verschwinden.

Doch vor der Tür angekommen, setzte Amys Hirn plötzlich aus. *Mach sie auf.* Ihre Hände gehorchten ihr nicht. *Mach einfach die Tür auf und sieh hin. Ein letzter Blick, dann kannst du ihn für immer in die Friendzone verbannen.*

Tony war schon immer fester Bestandteil ihrer »*Verknallt*«-Zone. Ihrer »*Ich liebe dich*«-Zone. Ihrer »*Eines Tages*«-Zone. Er war der einzige Mensch, der diese Bereiche ihres Herzens jemals bewohnt hatte.

Amy atmete noch einmal tief durch und strich sich Rock und Bluse glatt. Vielleicht hätte sie sich nach ihrem Meeting umziehen sollen. Warum war sie immer noch so förmlich angezogen? Und warum dachte sie über ihre Kleidung nach, wo sie doch im Begriff war, sich von »*Eines Tages*«-Tony zu verabschieden und ihn durch den Tony, *der nur ein Freund war,* zu ersetzen?

Es war die richtige Entscheidung, den Job anzunehmen.

Mit zitternden Fingern öffnete sie die Tür und spähte in den großen Konferenzraum. Das Seminar musste gerade zu Ende gegangen sein. Tony stand an der Stirnseite des Raumes, umringt von Menschen. Amys Blick wurde magnetisch von ihm angezogen. Das war der Mann, der sie nie wegen ihrer flachen Brust oder ihrer dünnen Beine aufgezogen hatte. Der Mann, der wusste, dass sie nur zwei Drinks vertrug, sich aber ab und zu mal drei mit ihren Seaside-Freunden gönnte. Der Mann, der sie anschließend nach Hause trug und ihr nie am nächsten Tag Vorwürfe machte. Er fiel mit seinen attraktiven, sonnengebräunten Zügen zwischen all den anderen Menschen auf. Er lächelte und schaute die Leute um sich herum freundlich und hellwach an, wahrte dabei jedoch eine gewisse Distanz. Amy kannte diesen Blick. Es war sein professioneller Gesichtsausdruck. Seine Fassade. Die hatte keinerlei Ähnlichkeit mit seinem echten Lächeln. Dieses Lächeln, das dafür sorgte, dass sie nicht von dem warmherzigen, liebevollen, fürsorglichen Mann loskam und das sie manchmal fast vergessen ließ, wie man atmete.

Dreh dich um. Geh weg. Lass ihn für immer hinter dir.
Für immer ist ganz schön lange.

Fünf

Eine salzige Brise fegte über die Dünen des Cahoon Hollow Beach und brachte dabei zu viele Erinnerungen mit sich, schöne wie schmerzhafte. Der Tag neigte sich bereits dem Ende zu und Amy ließ sich von Bella, Leanna und Jenna trösten. Gott sei Dank hatten die noch nicht die Nase voll von ihr, obwohl sie sich wie ein trübsinniger Teenager verhielt. Sie nahm einen Schluck aus der Flasche Middle-Sister-Wein, die sie auf dem Weg gekauft hatte, und wischte sich die Tränen aus den Augen. Wie oft hatte sie schon hier gesessen und Tony beim Surfen zugesehen, ohne dass er es merkte? Wie viele Jahre hatte sie das Spiel seiner Muskeln beobachtet, wie sie sich anspannten, wenn er sein Brett wachste? Und wie oft hatte sie sich dabei vorgestellt, dass dieses Muskelspiel noch viel besser aussehen würde, wenn sie unter Tony läge, während er ihren erwachsenen, weiblicheren Körper erkundete und ihn zum Singen brachte? In wie vielen Sommernächten hatte sie in ihrem Bett gelegen und sich gefragt, ob er irgendwann mit einem Liebesgeständnis an ihrem Fenster auftauchen würde? Aber es waren immer nur die Mädels gewesen, die eine Runde Nacktbaden gehen wollten.

Amy spürte, wie Jenna näher an sie heranrückte, bis sich ihre Beine berührten.

»So ist es gut, Amy. Lass alles raus. Heul dir die Liebe zu Tony von der Seele.« Jenna nahm ihr die Flasche ab, genehmigte sich einen Schluck und reichte sie dann an Bella weiter.

»Aber nicht ganz«, erwiderte Leanna. »Ich kann einfach nicht glauben, dass es das gewesen sein soll. Ich weiß, dass dieser sture Surfer dich liebt, Amy. Ich spüre es einfach.«

»Das hilft mir nicht«, sagte Amy leise. »Ich muss ihn loslassen.«

»Sie hat recht. Dieser große Trottel liebt sie vielleicht, aber im Moment … verdient er sie nicht. Schau doch, wie traurig sie wegen ihm ist.« Bella stand auf und zog ihr Handy aus der Tasche. Einen Moment später ertönten die ersten Takte von Hedleys »Anything«.

»Wir müssen das positiv sehen.« Bella zog Amy auf die Beine. »Du kannst alles schaffen, Amy.« Sie stieß Amys Hüfte mit ihrer an.

»Aber er verdient mich doch.« Amy schwankte ein wenig, wohl eher wegen des Alkohols als wegen der Musik, und sie stützte sich ein wenig an Jennas Schulter ab. »Er ist ein guter Mann, Bella. Ehrlich. Ehrlicher als jeder andere Mann, den ich kenne.«

Jenna erhob sich und richtete Amys Kapuzenpulli, der sich um ihre Taille verdreht hatte. »Das glaube ich auch, Bella. Ich weiß, dass du ihm böse sein willst, aber das wäre unfair. Er hat sie freigegeben. Nur so kann Amy im Leben vorankommen. Das ist dir doch auch klar.«

Bella verdrehte die Augen. »Wenn du meinst. Ich finde es jedenfalls unerträglich, wenn Amy so traurig ist, und dann fällt mir auch nichts Nettes über Tony ein. Er ist daran schuld.« Sie drehte die Musik an ihrem Handy lauter.

Leanna griff nach Amys Hand und zog sie in Richtung des

steilen Trampelpfads, der von der Düne hinunter zum Strand führte. »Kommt schon, Mädels!«

Sie liefen los, stolperten alle zusammen den Weg hinunter und hielten sich aneinander fest. Jenna verschränkte beim Rennen die Arme über ihren Brüsten. »Nicht so schnell! Die Dinger verpassen mir noch einen Kinnhaken.«

Lachend erreichten sie den Strand. Der Sand fühlte sich kalt unter Amys nackten Füßen an, aber die Fröhlichkeit ihrer Freundinnen verursachte ihr wohlige Wärme im Bauch. Die Mädels waren immer für sie da – wenn sie nicht gerade Geheimnisse vor ihnen hatte.

Er war immer für sie da.

Aber er würde nicht immer für sie da sein und daran musste sie sich gewöhnen.

Jenna hielt schnurstracks aufs Wasser zu. »Hilf mir beim Steinesuchen.«

Sie sammelte die schon seit Jahren. In jedem Zimmer ihres Ferienhauses und in ihrem und Petes Haus gab es Steine in allen Formen und Größen – auf dem Boden, den Tischen, in Glasschalen und auf den Fensterbänken. Jenna wählte sie sehr sorgfältig aus und begutachtete jeden einzelnen so intensiv wie andere Leute Diamanten. Sie wollte sichergehen, dass die Steine ihren Erwartungen entsprachen, die sich von Jahr zu Jahr änderten.

»Ich habe eine bessere Idee: Ich sollte mir die Gedanken an Tony vom Wasser wegspülen lassen. Wortwörtlich.« Wenn sie wirklich ein neues, Tony-freies Kapitel aufschlagen wollte, musste sie damit aufhören, ständig ängstlich zurückzustecken. Sie musste mutig sein und die Kontrolle über ihr Leben übernehmen. Amy zog sich ihren Kapuzenpullover über den Kopf. Die kalte Luft schickte ihr Gänsehaut über den Oberkörper.

»Was machst du denn da, Amy?« Leanna bekam große Augen.

»Einen Neuanfang.« Amy schlüpfte aus ihrer Jeans, sodass sie nur noch ihre pinke Unterwäsche trug. Sie hatte immer das Richtige getan, war immer vorsichtig und bescheiden gewesen. Mit Ausnahme des Nacktbadens nachts im Pool in Seaside – »die nackte Wahrheit«, wie die Mädels es nannten – hatte sie nie etwas wie das hier angestellt. Es war unglaublich untypisch für sie, aber so mutig wie gerade hatte sie sich noch nie gefühlt, also ließ sie sich darauf ein.

»Du gehst da nicht rein.« Leanna schnappte sich Amys Jeans und hielt sie ihr hin. »Haifischköder, weißt du noch? Wie oft hat Tony uns schon gesagt, dass wir nachts nicht schwimmen gehen sollen?«

Amy stemmte die Hände in die Hüften. »Noch ein Grund, es zu machen. Er ist nicht mein Boss. Und mein Herz gehört ihm auch nicht mehr, schon vergessen? Also, kommst du jetzt mit oder willst du lieber weiter hier rumstehen?«

Jenna zog sich ihr Oberteil aus. »Ich bin dabei!«

»Ihr seid verrückt.« Bella entledigte sich ebenfalls ihrer Kleidung. »Ich mache nur mit, um aufzupassen, dass ihr nur bis zu den Knien reingeht. Pappnasen.«

»Ihr seid so schlimm.« Leanna streifte sich ihr Sweatshirt über den Kopf. »Und was ist, wenn ihr wirklich von einem Hai gebissen werdet?«

»Oh, bitte. An mir ist doch nichts dran. Die wollen mich nicht.« Amy schlüpfte aus ihrer Unterwäsche und warf ihren BH über die Schulter, während sie nackt zum Wasser stolzierte. Sie fühlte sich so unendlich frei. Gott sei Dank gab es den Middle-Sister-Wein, den sie ab jetzt vielleicht »Mut aus der

Flasche« nennen sollte.

»Selbst Tony will mich nicht. Ich habe es übrigens satt, immer vorbildlich zu sein. Ich habe es satt, diejenige zu sein, die immer das Richtige tut.«

Die Präsenz ihrer Freundinnen gab Amy Kraft. Mehr Selbstbewusstsein als je zuvor in ihrem Leben. Sie streckte die Hände hinter sich aus und wackelte auffordernd mit den Fingern.

Helft mir, ein neues Leben zu beginnen, Seaside-Schwestern. Sie spürte, wie Jenna ihre rechte Hand ergriff, Bella nahm ihre linke und Leanna umfasste Jennas freie. Zu viert standen sie splitterfasernackt vor dem Wasser und Amys Gedanken schweiften zurück zu jenem schicksalhaften Sommer. Schmerzhafte Erinnerungen stiegen in ihr auf – das Blut, die Panik auf Tonys Gesicht, der Schmerz in ihrem Herz. Sie drückte die Hände ihrer Freundinnen ein wenig fester und sagte sich wieder einmal, dass es diesen Sommer nie gegeben hatte. Mit einem harten Schlucken, um die Lüge zu verdauen, reckte sie ihre Hände in die Luft und rief: »Waschen wir Tony ein für alle Mal von mir ab!«

Sie gingen gemeinsam auf die Wellen zu. *Ich tue das. Ich tue es wirklich. Keine Reue. Sobald ich da drin bin, bin ich über ihn hinweg.*

Ganz gleich, was passiert.

Das Meer umspülte ihre Füße und prompt rannten sie kreischend wieder den Strand hinauf.

»Scheiße, ist das kalt!« Bella verschränkte die Arme vor der Brust.

»Kalte Nippel! Kippel!« Jenna lachte.

»Oh mein Gott. Oh mein Gott.« Leanna hüpfte von einem Fuß auf den anderen.

»Heiliger Bimbam, ist das kalt. Aber ich *muss* das tun.« Amy wappnete sich gegen die Kälte und streckte erneut die Hände aus. Es dauerte nur einen Moment, bis die anderen sich ihr anschlossen.

»Alle für einen und so.« Bella klapperte mit den Zähnen.

»Tschüss, Tony. Hallo, Australien!« Amy klammerte sich an die Hände ihrer Freundinnen und rannte ins Wasser. Sie sog scharf Luft ein, als das Wasser ihre Oberschenkel umschloss und die Kälte ihr wie ein eisiger Schock über den Schritt und bis zur Taille nach oben schoss.

Jenna rief: »Runter!«

Sie tauchten gleichzeitig unter und dann lachend wieder auf, bevor sie hastig wieder zum Strand sprinteten. Sand stob in alle Richtungen auf. Kalt und nass und voller Salzwasser griffen sie zitternd nach ihrer Kleidung.

»Du …« Bella bibberte hörbar. »Du hast …« Sie zog sich das Sweatshirt über den Kopf. »Den Job angenommen?«

»Hm … ja.« Amy schlüpfte in ihre Jeans. Ihre Finger waren taub und ihre Haut klebrig, aber sie fühlte sich weitaus besser als in den vergangenen beiden Tagen.

»Bekommst du die Sommer frei?«, fragte Bella.

»Nein.« Amy zog sich fertig an und bedeutete den anderen, näher zu kommen. Sie kuschelten sich mit klappernden Zähnen zusammen. Amy versuchte, die Tränen hinunterzuschlucken, die ihr beinahe die Stimme versagen ließen.

»Er … Er hat gesagt, dass ich gehen soll …« Sie schloss die Augen. »Ich glaube, ich bin nicht stark genug …« Ein heftiger Schauer raubte ihr den Atem. »Um ihn nächsten Sommer wiederzusehen. Ich werde im Jahr danach wieder herkommen …« Sie biss die Zähne zusammen, um das Klappern zu unterdrücken. »Für zwei oder drei Wochen.«

Sie drängten sich noch enger zusammen.

»Er hat das *gesagt*? Tony?« Bella verengte die Augen, als Amy nickte. »Dieser Mistkerl. Ich werde ihn umbringen.«

»Amy …« Leanna nahm Amy in den Arm. Jenna tat das Gleiche von der anderen Seite. Bella schmiegte sich von vorne an Amy und machte die Gruppenumarmung damit komplett.

Amy schaute zu den Dünen hoch. Hier hatte vor so vielen Jahren alles angefangen. Sie erinnerte sich noch gut daran, wie sie als kleine Mädchen für Jenna Steine suchten und in den Wellen spielten, während ihre Eltern auf den Decken saßen und lasen, sich unterhielten und machten, was Erwachsene damals eben so machten.

Sie war jetzt selbst erwachsen. Jetzt wäre sie an der Reihe, *ihren* Kindern beim Spielen in der Brandung zuzusehen. Der Gedanke versetzte ihr einen Stich.

Sie hatte immer gehofft, dass sie diese Dinge mit ihren besten Freundinnen teilen würde, und sie hatte immer geglaubt, dass Tony dabei an ihrer Seite wäre, dass seine liebevollen Blicke ihr galten.

Plötzlich fielen ihr Autoscheinwerfer oberhalb der Dünen ins Auge. Caden hatte heute Nachtdienst, und er schaute immer mal nach ihnen, wenn sie spät noch unterwegs waren. Das grelle Licht machte es Amy jedoch unmöglich zu erkennen, ob er es tatsächlich war. Eine große, breitschultrige Gestalt kam in Sicht. Der Mann mit den kräftigen Oberschenkeln und den muskulösen Armen war nicht zu verkennen, wie er da in Badeshorts auf dem Kamm der Düne stand. Diese Arme hatten Amy an so vielen Abenden in die Sicherheit ihres Ferienhauses getragen, dass sie geradezu spüren konnte, wie sie sich um sie legten und sie wärmten.

Aber das hier waren nicht seine Arme. Es waren die ihrer

Freundinnen. Denen sie eben versichert hatte, dass sie die letzten Gefühle für den Mann weggewaschen hatte, der da im Mondlicht auf sie herabblickte.

Sie hatte sie belogen, um sich selbst zu schützen.

Einen Moment lang schloss Amy die Augen. Als sie sie wieder öffnete, war Tony verschwunden, und ihr Herz fühlte sich noch genauso gebrochen an wie zuvor. Nur, dass es jetzt noch mehr schmerzte, weil sie wusste, dass sie Tony niemals ganz loslassen können würde, wenn ihr das nicht einmal in der Umarmung ihrer besten Freundinnen gelang.

Sechs

Tony paddelte mit kräftigen Bewegungen durchs Wasser, um seine zweite Welle an diesem Morgen zu erwischen. Frustriert und wütend hatte er die halbe Nacht wach gelegen, und sich schließlich entschlossen, auf Dawn Patrol zu gehen – ein Surferbegriff für das Wellenreiten am frühen Morgen. Für Tony fühlte es sich an, als hätten er und Amy sich getrennt, was verrückt war, sie waren ja nicht mal zusammen gewesen. Nach seinem Seminar am vergangenen Abend war er zurück nach Seaside gefahren, hatte dort aber die hintere Einfahrt in die Ferienhaussiedlung genommen, damit er nicht an Amys Häuschen vorbeimusste. Geholfen hatte das nicht. Einfach alles war anders. Amy wohnte auf der gegenüberliegenden Seite des Weges nur zwei Häuser weiter. Tony hatte so etwas wie einen Riecher für ihre Anwesenheit entwickelt, und obwohl ihr Auto in der Einfahrt stand, wusste er genau, dass sie nicht da war. Die Siedlung fühlte sich wie ausgestorben an, obwohl Pete und Kurt auf Leannas Terrasse bei einem Drink zusammensaßen. Selbst Pepper, Kurts und Leannas energiegeladener Labradoodle, konnte Tony nicht aufheitern. Dabei war Pepper so verdammt süß und brachte einfach jeden zum Lächeln.

Amy war sicher mit den Mädels unterwegs, und er kannte

sie gut genug, um zu wissen, wohin sie in dieser Situation wollte. Irgendwann konnte er den Impuls einfach nicht mehr unterdrücken, nach ihr zu sehen, und war zum Cahoon Hollow Beach gefahren. Wie sollte er das nur durchstehen? Allein ihr Anblick hatte seine Gefühle für sie sofort wieder aufflammen lassen. Und inzwischen war er fast davon überzeugt, dass er den größten Fehler seines Lebens begangen hatte, als er ihr geraten hatte, diesen verfluchten Job anzunehmen.

Wie immer war Tony aufgeblieben, bis Amy in ihr Ferienhaus zurückkehrte. Er musste einfach wissen, dass sie in Sicherheit war. Würde dieses Bedürfnis je nachlassen? Würde er je wieder in seinem Ferienhaus wohnen können, *ohne* auf das Kichern der Mädels zu lauschen, wenn sie auf dem Weg zum Nacktbaden im Pool bei ihm vorbeikamen? Er stellte sich ihr süßes Lächeln und ihre grünen, glücklich strahlenden Augen vor, deren Blick ihm überallhin zu folgen schien. So viele gemeinsame Grillabende auf der Rasenfläche zwischen den Häusern. *Amy, kannst du Ketchup aus meiner Küche holen?* Sie waren immer im Ferienhaus des jeweils anderen ein- und ausgegangen, aber das würde sich nun alles ändern. Das tat es jetzt schon.

Würde sie den Job wirklich annehmen und nach Australien ziehen? Natürlich war Tony zum Surfen schon da gewesen. Bells Beach war einer der großen Point Breaks an der Südküste von Victoria. Beim letzten Mal hatte er Amy vor seinem Wettkampf angerufen. Das tat er oft. Ebenso oft, wie er vor dem Wellenritt sein stilles Mantra aufsagte: *Das hier ist für dich, Amy.* Früher hatte er es sogar laut ausgesprochen. Als sie noch Teenager gewesen waren und er ständig in die Brandung rannte, um eine Welle zu erwischen. Schon vor diesem einen Sommer hatte Amy ihn mit großen Augen beobachtet, ihm das Gefühl gegeben, etwas Besonderes zu sein. Als ob sich ihre ganze Welt nur um ihn drehen würde. Jedes verdammte Mal, wenn er sich in die Brandung stürzte, tat er es für sie. Jetzt brach diese Welt, die er so sehr liebte, um ihn herum zusammen. Gestern Abend, als er sie am Strand gesehen hatte, hätte er Amy am liebsten in die Arme genommen und ihr gesagt, dass er gelogen hatte, dass er sie nie nur als Freundin gesehen hatte und auf keinen Fall wollte, dass sie nach Australien zog.

Aber das wäre nicht fair gewesen, und nun hoffte er inständig, dass die Wellen ihren Dienst taten und ihn vergessen ließen. Alles. Ihr Lächeln, ihre Berührung. Ihr süßes Lachen. Wie sich kleine Fältchen um ihre Augen bildeten, wenn das Lächeln echt war, und wie ihre tiefgrünen Augen seinen Blick einen Moment länger festhielten als nötig.

Tonys Brett kam in Kontakt mit der Welle und das vertraute, berauschende Gefühl durchströmte ihn. Die Kraft des Wassers wanderte seine Beine hinauf bis tief in ihn hinein, testete seine Stärke, rang mit seinem Gleichgewicht, aber er war Tony Black. Er war eins mit dem Ozean. Auf diesem Ritt gab es nur ihn und das Meer. Von der Herausforderung der Wellen konnte er nie genug bekommen. Jede von ihnen war neu und auf ihre Weise komplex. Und es war unfassbar intensiv. Adrenalin schoss durch seinen Körper, als er immer mehr an Tempo gewann, seine Muskeln sich anspannten und wieder locker ließen. Er verlor sich in dem Moment, und als die Welle brach, war es viel zu schnell wieder vorbei, sodass er zwar kurzfristig zufrieden war, sich aber wie immer nach mehr sehnte.

»Verfluchter Mist!« Um ihn herum toste und schäumte das Wasser aufgebracht.

Er legte sich wieder bäuchlings aufs Brett und paddelte

weiter aufs Meer hinaus, wobei er sich kaum eine Atempause ließ. Er hatte bekommen, was er brauchte: einen klareren Kopf. Doch ein Blick auf die leeren Dünen ließ seine Gedanken sofort wieder dorthin zurückkehren, wo er am glücklichsten war – bei Träumereien von Amy.

Eine Stunde später hievte er sich aus dem Wasser, gestärkt, leicht benebelt und immer noch frustriert. Er musste mit ihr reden. Um ihrer Freundschaft willen, die sie beide so sehr brauchten. Nachdem er sein Brett im Sand abgelegt hatte, zog er sich Stück für Stück den Neoprenanzug aus. Ja, er würde mit Amy reden.

»Hey, Arschgesicht.«

Tony drehte sich um, als er Bellas wütende Stimme hinter sich hörte. Sie, Jenna und Leanna trugen ihre typischen Outfits, kurze Sommerkleider über Badesachen. Bella stapfte mit geballten Fäusten und wutverzerrter Miene durch den Sand auf ihn zu. Wenn Blicke töten könnten, wäre er jetzt schon zweimal unter der Erde. Jenna und Leanna schauten ernst drein, aber sie wirkten zurückhaltender, als wären sie nur hier, um sicherzustellen, dass Bella nicht zu weit ging. *Mist.*

Tony warf seinen Neoprenanzug auf sein Brett und stellte sich dem Erschießungskommando. »Meine Damen.«

»Spar dir das. Was hast du zu Amy gesagt?« Bella war eine große Frau, sie reichte Tony fast bis zum Kinn und rückte ihm gerade unangenehm auf die Pelle.

Tony wich jedoch nicht zurück, sondern hielt ihrem bohrenden Blick stand. »Dass ich sie als Freundin sehr gerne habe.«

Sie stieß ihm einen Finger gegen die Brust. »Du bist ein Mistkerl. Was noch?«

»Bella, beruhig dich.« Jenna berührte sie am Arm, doch Bella schüttelte sie ab.

»Ich werde mich nicht beruhigen.« Sie versetzte Tony noch einen Stoß vor die Brust. »Du bist ein totaler Volldepp. Sie zieht nach Australien, weil du sie dazu getrieben hast. Weißt du überhaupt, von wem du da redest? Ist es dir vollkommen egal?«

Ihre Augen wurden feucht, und Tony öffnete den Mund, um zu antworten, aber sie kam ihm zuvor.

»Das ist Amy. Nicht Leanna, die jederzeit ihre Sachen packen und irgendwo neu anfangen kann, ohne mit der Wimper zu zucken. Die liebe, vertrauensselige Amy. Die bodenständige, vernünftige Amy. Sieben Jahre lang hat sie sich ein Business aufgebaut, hat akribisch Kundenpflege betrieben und Geschäftsbeziehungen gepflegt, als wären es besonders gute Freundschaften. Und jetzt gibt sie das alles auf, weil du zu viel Angst hast, ihr zu sagen, dass du sie liebst. Was soll der Scheiß, Tony?« Sie atmete so schwer, dass ihr Gesicht rot anlief.

»Bella …«

»Nein. Nichts *Bella*. Ich bin dabei gewesen, ist dir das klar? All die Sommer habe ich zugesehen, wie du dich um sie gekümmert hast, ihr die Haare gehalten hast, wenn sie verdammt noch mal gekotzt hat. Was zum Teufel ist mit dir los, Tony? Was. Ist. Mit. Dir. Los?«

Tony rieb sich mit einer Hand übers Gesicht. Als ob er sich nicht schon selbst genug quälen würde. Das hier brauchte er wirklich nicht, auch wenn sie recht hatte. »Hör auf damit, Bella. Was soll ich denn deiner Meinung nach tun? Amy ist lieb und nett und verdient echt einen besseren Kerl als mich.«

»Blödsinn.«

Leanna trat zwischen sie. Ihr dunkles Haar war zu einem Pferdeschwanz zusammengebunden und auf ihrem Kleid zeigten sich, wie auf fast allen ihren Outfits, rote Marmeladenspritzer. »Tony, was redest du da? Sie betet dich an.«

»Ach was. Ich bin nicht blind, Leanna.« *Sondern einfach nur dumm.*

»Warum hast du ihr dann gesagt, dass sie nach Australien ziehen soll?« Leannas Ton wurde freundlicher.

Tony schüttelte den Kopf. Dieses Gespräch wollte er mit Amy führen, nicht mit ihren Freundinnen. *Verfluchter Mist.* Wem wollte er was vormachen? Diese Frauen waren ein Gesamtpaket. Das waren sie alle in dieser Feriensiedlung und eigentlich mochte er auch genau das so sehr daran. Im Moment hatte er nur ein Problem damit, im Mittelpunkt dieses Dramas zu stehen, für das er allein verantwortlich war.

Er atmete langsam aus und biss ein paarmal die Zähne zusammen, um seine Gefühle unter Kontrolle zu bringen. »Weil es eine große Chance für sie ist und sie die verdient hat.« Auf keinen Fall wollte er zu sehr ins Detail gehen, bevor er mit Amy gesprochen hatte. Mit ihr musste er reinen Tisch machen. Und das hatte er auch vor, aber zuerst musste er sich die anderen vom Hals schaffen. »Hört mal, Amy ist erwachsen. Sie kann für sich selbst Entscheidungen treffen. Ich weiß, dass du dich um sie sorgst, aber du kannst mich nicht zu irgendwas zwingen, Bella.«

Bella ließ sich auf seinen Liegestuhl fallen. »Du kannst mich mal.«

»Bella.« Jenna legte ihr eine Hand auf den Arm, doch Bella schüttelte sie wieder ab.

»Bella, sieh mal.« Tony ging neben ihr in die Hocke. »Ich muss mit einer Menge Mist in meinem eigenen Kopf fertig werden, okay? Du kannst mich gerne hassen, und wenn ich du wäre, würde ich mich wahrscheinlich auch zum Teufel schicken. Aber wenn du mich auch nur ein bisschen kennst, ist dir doch sicher klar, dass ich Amy nie verletzen wollte.«

»Tony ...«, sagte Jenna. »Bist du sicher, dass du das willst? Wenn ja, ist es eben so. Du bist uns wichtig und wir werden deine Entscheidung respektieren. Aber wenn nicht, wirst du eine Frau verlieren, die dich wirklich liebt.«

Ich glaube, das habe ich schon.

Amy verbrachte den Nachmittag mit einem Liebesroman am Duck Harbor Beach. Die Sonne war schon längst untergegangen und eine feine Gänsehaut überzog ihren Körper, aber das war ihr egal. Sie war in der Liebesgeschichte zweier erfundener Menschen versunken, und das war um einiges besser, als über ihr eigenes gebrochenes Herz nachzugrübeln. Sie beschloss, noch eine Weile in der fiktiven Welt zu schwelgen. Wozu sollte sie auch nach Hause? An diesem Abend fand in der Siedlung eine Grillparty statt, und sie wusste schließlich genau, wie das ablaufen würde. Sie hatte im Hotel einen netten kleinen Vorgeschmack auf die Zukunft bekommen. Sie war ihren Freundinnen sehr wichtig und auch wenn sie Tony mochten, waren die Loyalitäten hier sehr klar. Glasklar, und genau das würde sie die ganze Sache durchstehen lassen. Aber der Gedanke, dass die anderen wütend auf Tony waren, weil er Amy nicht wollte, verursachte ihr ein unangenehmes Gefühl in der Magengrube. Sie wusste, dass Tony die Freundschaften zu den Mädels genauso schätzte wie ihre. Und sie wollte nicht der Grund für irgendwelchen Ärger zwischen ihnen sein.

Außerdem war ihr inzwischen klar geworden, dass ihr einfach die nötige Erfahrung in der Liebe fehlte, um das alles allein durchzustehen. Ihr Herz kannte nur Tony. Etwas anderes kam gar nicht infrage. Würde Amy diese Gefühle jemals ruhen lassen können und einem anderen Mann erlauben, Tonys Platz einzunehmen? Noch war sie sich da nicht sicher, aber sie musste zurück in ihr Ferienhaus und sich der Sache stellen. Tony und die Mädels waren ihre Freunde und Amy musste das zwischen ihnen wieder geraderücken.

Auf dem Rückweg nach Seaside legte sie einen Zwischenstopp im Wellfleet Market ein, um Hühnchen für den Grill und Wein zu besorgen und sich bei den neuen Büchern umzusehen. Fürs Erste hatte sie genug von Romantik, und Krimis gingen ihr zu sehr unter die Haut. Ihre Vorlieben gingen definitiv in Richtung Liebesroman oder zeitgenössische Literatur. Aber heute konnte nicht mal Letzteres ihr Interesse wecken. Sie hatte keine Lust, schwere Kost zu lesen. Sie war gerade auf dem Weg zur Kasse, als ihr Blick auf den Ständer mit Grußkarten fiel. Sie liebte Karten. Ein hübsches Bild und ein paar Worte konnten einem den ganzen Tag versüßen. Vielleicht fand sie ja etwas Lustiges für die Mädels, um sie zu überraschen. Sie ignorierte die Geburtstagskarten und las sich ein paar der »Freundinnen«-Karten durch. *Igitt.* Auf allen ging es nur um Männer und Beziehungen. Konnte sie dem nicht mal für einen Tag entfliehen? Ihre Freundinnen hatten Partner. Perfekte, romantische, liebevolle Partner, die alles für sie tun würden.

Amy drehte den Ständer noch einmal und fischte eine Karte aus dem dünnen Drahtgestell. Darauf waren ein kleiner Junge und ein Mädchen auf einer Treppe sitzend zu sehen. Der Junge flüsterte dem Mädchen etwas ins Ohr. *Niedlich.* Sie klappte die Karte auf und las den Text. *Mein Leben ist einfach besser mit dir.* Sie schob sie zurück in das Fach und versuchte, die Gedanken an Tony zu verdrängen, die diese blöde Karte heraufbeschwor. Das hätte sie sich auch denken können. Sie schnappte sich eine

Karte mit dem Bild einer Weinflasche und eines unattraktiven Manns auf der Vorderseite und klappte sie auf. *Trink noch was, dann sieht er gleich besser aus.*

Seit wann waren Grußkarten so doof? Sie verwarf die Idee mit den Karten, doch dann fiel ihr Blick auf einen kleinen Schlüsselanhänger mit einem Surfbrett, der neben dem Kartenständer hing. Sie angelte ihn aus der Auslage und fuhr mit den Fingern über die Aufschrift: *No. 1 Surfer Dude.* Ein Lächeln breitete sich auf ihrem Gesicht aus, aber Amy schalt sich sofort dafür, dass sie schon wieder an Tony dachte.

Ja, klar. Nicht an Tony denken. Als ob das möglich wäre.

Sie nahm den Schlüsselanhänger mit den anderen Einkäufen zur Kasse.

In Seaside war das Grillfest bereits in vollem Gange. Das Lagerfeuer brannte, Tony und Kurt beaufsichtigten den Grill auf Leannas Terrasse und Pete und Caden trugen gerade einen Tisch auf die Rasenfläche. Jenna und Bella folgten ihnen mit jeweils einem Liegestuhl. Leanna kam gerade aus der Richtung vom Pool herauf von einer Gassirunde mit Pepper. Sobald Amy in ihrer Einfahrt aus dem Auto stieg, wurde sie auch schon von ihren Freundinnen umringt.

»Wir haben uns schon gefragt, wann du kommst.« Bella nahm Amy die Tüte mit den Einkäufen aus den Armen, damit Amy ihre Strandtasche und ihr Handtuch aus dem Kofferraum holen konnte.

»Ich habe doch gesagt, dass ich zum Duck Harbor fahre, um ein bisschen zu entspannen.« Amy zwang sich, nicht automatisch zu Tony zu schauen. Sie eilte mit den anderen im Schlepptau die Treppe zu ihrem Ferienhaus hinauf.

»Hast du mit Tony gesprochen?«, fragte Jenna, als sie im Haus waren.

»Nein, warum?« *Hat er etwas gesagt?* So schnell, wie der Gedanke aufblitzte, verdrängte Amy ihn auch wieder.

»Nur so.« Jenna räumte die Einkäufe aus, während Amy ihr Strandtuch über das Geländer ihrer Terrasse hängte. Okay, vielleicht war das nur eine Ausrede, um einen Blick auf Tony zu werfen. Sie war schließlich auch nur ein Mensch, und er lebte quasi in seinen Schwimmshorts – in denen er verflixt heiß aussah, weil er sie so exzellent ausfüllte. An diesem Abend trug er dazu ein graues Tanktop, das seinen wohlgeformten Bizeps und die beeindruckenden Rückenmuskeln perfekt zur Geltung brachte.

Hatte er heute überhaupt schon an sie gedacht? Oder quälte sie sich hier ganz allein?

»Hey, Liebes.« Leanna gesellte sich zu ihr auf die Terrasse. »Geht's dir gut? Jenna wollte wissen, ob das Hühnchen für heute Abend ist.«

Amy schüttelte den Kopf, um die lüsternen Gedanken zu vertreiben. »Ja, alles in Ordnung.«

»Ist dir das zu unangenehm? Wir können hier essen, wenn du willst. Lass die Jungs da drüben zusammensitzen.«

»Nein, Leanna, ist schon gut. Ich will mit Tony reden und die Sache aus der Welt schaffen.«

Plötzlich schaute Tony über die Schulter und ihre Blicke trafen sich. Für eine Millisekunde driftete Amy wieder in die Vorstellung ab, dass es *vielleicht heute Abend* passieren würde … Doch dann setzte die Erinnerung ein. Für sie würde es nie ein *heute Abend* geben.

Wegsehen konnte sie jedoch auch nicht. Sie kannte ihn gut genug, um die Anspannung in seinen Kiefermuskeln richtig zu deuten. *Kummer.* Seine Augen weiteten sich. *Du willst mir etwas sagen.* Und dann hob er das Kinn, auf seinen Lippen erschien ein halbes Lächeln, und er winkte zu ihr herüber, was Amy gleichermaßen verwirrte wie freute.

»Willst du nicht zurückwinken?«, raunte Leanna ihr zu.

Amy versuchte, den Kloß in ihrer Kehle runterzuschlucken. Sie befahl ihrem Arm, sich zu bewegen, aber er rührte sich nicht. Ihr Körper hatte sie inzwischen so oft verraten, dass sie sich daran gewöhnt hatte. Sie zwang sich zu einem zittrigen, nervösen »Alles gut zwischen uns?«-Lächeln, das ihr ein Stirnrunzeln und Nicken von Tony einbrachte.

Prompt fiel ihr das Atmen wieder etwas leichter. Vielleicht überlebte ihre Freundschaft ja doch den Sommer. Es war zwar nicht das, was sie sich erhofft hatte, aber besser als nichts.

Amy kehrte mit Leanna ins Ferienhaus zurück. »Ich muss duschen. Nehmt ihr das Hühnchen mit rüber?« Sie ging in ihr Schlafzimmer, um sich saubere Kleidung zu holen, und rief den anderen noch zu: »Vergesst die Teriyaki-Soße nicht. Die, die Tony so gerne mag, steht in der Kühlschranktür.« Sie drückte ihre Kleidung an ihre Brust. »Verflixt und zugenäht.«

Bella steckte ihren Kopf ins Schlafzimmer. »Was ist los?«

Amy verdrehte die Augen. »Ich muss aufhören, an ihn zu denken.«

Bella reichte ihr ein Glas Wein. »Hier. Das wird helfen.«

Amy nahm einen Schluck. »Dann werde ich wohl die ganze Flasche brauchen.«

Um zehn Uhr hatten Kurt und Leanna sich bereits verabschiedet. Tony saß wie immer neben Amy auf der Bank, nur legte er dieses Mal nicht den Arm um sie. Er wollte es so sehr, dass es wehtat, und musste permanent gegen den Drang ankämpfen. Aber sie hatte sich den ganzen Abend über distanziert verhalten, und er wollte nicht noch mehr Unruhe zwischen ihnen stiften, indem er seine eigenen, klar definierten Grenzen überschritt.

»Wir fahren morgen nach Chatham.« Bella schmiegte sich dichter an Caden, was das leere Gefühl an Tonys Seite nur noch verstärkte – dort sollte Amy sein. »Will jemand mitkommen?«

Jenna lehnte ihren Kopf an Petes Schulter. »Pete? Wir könnten zum Fischmarkt am Chatham Pier gehen und Hummer fürs Abendessen besorgen.«

»Was immer du willst, Babe. Ich muss irgendwann noch eine Runde am Schiff arbeiten, aber wenn wir getrennt fahren, kann ich gegen zwei Uhr nach Hause und du hast Zeit mit Bella, wenn du willst.« Pete war gerade dabei, ein zehn Meter langes Bristol-Segelschiff zu restaurieren. Er küsste Jenna auf die Wange und flüsterte ihr etwas ins Ohr, was sie zum Kichern brachte.

Das Feuer knisterte in der Brise. Amy verschränkte die Arme vor dem Bauch und zog die Beine unter den Körper. »Ich überlege, morgen wieder an den Strand zu gehen. Es sollen über fünfundzwanzig Grad werden und sonnig.« Sie rutschte ein wenig auf ihrem Platz herum und zog sich das Sweatshirt über die Knie.

»Ich gehe morgen früh zum Surfen, aber danke, Bella.« Tony bemerkte, wie Amy fröstelte und versuchte, sich mit den Armen warmzuhalten. Er gab seinem Impuls nach und tat, was er getan hätte, wenn sie nie das »Nur Freunde«-Gespräch geführt hätten – er zog Amy an sich und nahm sie in den Arm. Sie versteifte sich jedoch sofort, was sich wie ein Schlag in die Magengrube anfühlte, aber Tony ließ sich nicht beirren. Irgendwann gab sie schließlich nach und zumindest ein Teil der

Anspannung wich aus ihren Schultern.

Ein paar Minuten später erhoben Bella und Jenna sich und nahmen Caden und Pete mit.

»Wir machen Schluss für heute«, meinte Jenna mit einem verschmitzten Grinsen in Richtung Pete.

»Wir auch«, sagte Bella.

»Wir sehen uns morgen, Mann«, verabschiedete Caden sich von Tony.

»Klar.« Tony spürte, wie Amy sich nach vorne lehnte. »Bleib«, flüsterte er ihr zu, und verdammt, sofort verkrampfte sie sich wieder. Er musste reinen Tisch machen und ihre Freundschaft retten. Vielleicht konnte er nicht der Mann sein, den sie brauchte, aber er konnte ihr auf jeden Fall ein Freund sein. Selbst wenn es ihn umbrachte.

Nachdem die anderen gegangen waren, saß Tony eine Weile stumm da und überlegte, wie er die unangenehme Stille brechen konnte, die sich zwischen ihnen ausgebreitet hatte.

»Ich muss gehen.« Amy schlüpfte unter seinem Arm hervor.

»Willst du nicht darüber reden?« Er beobachtete die Emotionen, die über ihr Gesicht huschten. Besorgnis trat in ihren Blick und verwandelte sich dann in Traurigkeit. Ihre Mundwinkel zogen sich nach unten und sie schaute weg.

»Es tut mir leid, Amy. Ich wollte dir nie wehtun.«

Als Amy wieder zu ihm aufsah, war ein kalter Ausdruck in ihre Augen getreten. Sie presste die Lippen fest aufeinander, doch die Fassade geriet schnell ins Wanken – anders als an jenem Abend im Hotelzimmer. Sie gab sich unbeeindruckter, als sie war, und er respektierte dieses Bedürfnis, aber musste sie ausgerechnet diesen Moment wählen, um so stark zu sein? Ganz egoistisch hatte er gehofft, dass sie ihn wie früher ansehen und seinen Entschluss damit vielleicht dahinschmelzen lassen würde.

»Du hast mir einen Gefallen getan.« Sie stand auf. »Oh, Tony. Ich hätte wohl noch die nächsten zehn Jahre damit verbracht, dir hinterherzuweinen.« Sie lachte ein trauriges, kleines Lachen, das Tonys Schmerz noch verstärkte.

Einen Gefallen. Genau das hatte er auch gedacht, aber jetzt war er sich nicht mehr so sicher. Tat er sich selbst einen Gefallen, indem er sie so weit wegziehen ließ, dass eine Beziehung unmöglich war? Dann sah er sie zwar nicht mehr, doch seine Gedanken würden trotzdem ständig um Amy Maples kreisen. Das taten sie immer. Warum brauchte es erst die Drohung, dass sie das Land verlassen würde, damit ihm klar wurde, dass er sie auf keinen Fall verlieren wollte?

»Wäre es denn so schlimm gewesen, mich weiterhin so zu mögen wie bisher?«, fragte er betont gelassen. Er erhob sich ebenfalls und legte ihr einen Arm um die Schultern, um sie nach Hause zu begleiten.

Doch Amy machte sich los und machte einen Schritt zur Seite. »Ganz ehrlich? Wahrscheinlich ja.«

»Es tut mir leid.« Tony griff nach ihrer Hand. »Ich bringe dich nach Hause.«

»Nicht nötig. Ich muss mich daran gewöhnen, allein zu gehen.« Sie schob die Hände in die Hosentaschen und marschierte über die Rasenfläche in Richtung ihres Ferienhauses.

Tony wünschte sich fast, sie hätte zu viel getrunken, damit er sie zurück nach Hause tragen und ins Bett bringen konnte. Wie konnte man jemanden vermissen, der direkt vor einem stand? Und wie konnte das so wehtun? All die Jahre war es nicht gerade einfach gewesen, seine Gefühle für Amy unter Kontrolle zu halten, aber immerhin machbar. Andere Frauen hatten seine Lust befriedigt, und Amy war jeden Sommer da gewesen, auf der anderen Seite der Schotterstraße. Langsam setzte die

Erkenntnis bei ihm ein, dass sich das nun radikal ändern würde, und es fühlte sich falsch und schmerzhaft an.

Auf dem Weg zu seinem Ferienhaus kam er an Leannas Schlafzimmerfenster vorbei und hörte sie leise lachen. *Verfluchte offene Fenster.* Dass man Leanna und Kurt gerne mal beim Sex hörte, war ein Running Gag in Seaside. Sie vergaßen immer, ihre verdammten Fenster zu schließen. Normalerweise konnte Tony darüber lachen oder es einfach ignorieren. Heute aber vermisste er Amy noch mehr, als Leannas Lachen in ein leises Stöhnen überging.

<h1 style="text-align:center">Sieben</h1>

Mitternacht kam und ging, und Amy war es leid, auf ihren blöden Wecker zu starren. Sie wollte sich in Tonys Arme schmiegen und wieder die Nähe spüren, die sie vor ihrer schiefgelaufenen Verführung und Tonys Offenbarung geteilt hatten. Aber es gab kein Zurück mehr. Sie war in einen unglaublich klugen, gut aussehenden Mann verliebt, der dummerweise nicht zu schätzen wusste, was er an ihr hatte. Sie schlug die Decken zurück, zog ihr Lieblings-Pyjama-Oberteil aus – das mit dem Kätzchen in Marilyn-Monroe-Pose, das sich mit überschlagenen Beinen auf einen Ellbogen stützte, und dem Text: *Let me show you what purrfect feels like* – und schlüpfte aus ihrer Unterwäsche. Sie stapfte ins Badezimmer, schnappte sich ein Handtuch, wickelte es um ihren nackten Körper und ging nach draußen auf ihre Terrasse. Die kalte Luft jagte ihr einen Schauer über den Rücken. Aber das war ihr egal. Es war eine dunkle, mondlose Nacht, und genau das brauchte sie jetzt. In ihr herrschte auch Dunkelheit. Das Wasser war sicher kalt, aber auch das war in Ordnung. Sie musste ihrem Körper offenbar noch einen Schock verpassen, um sich von Tony zu befreien.

Sie trat von ihrer Terrasse auf die Einfahrt. Verdammt. Sie hatte ihre Flip-Flops vergessen. Tja. Damit mussten ihre nackten Füße jetzt wohl leben, denn Amy Maples war auf einer Mission. Auf Zehenspitzen huschte sie über den Schotter zu Leannas Schlafzimmerfenster und betete, dass sie und Kurt mit ihrer Fummelei fertig waren. An der Schlafzimmerfront war alles ruhig, aber Amy war nicht groß genug, um hineinzusehen, und sie wollte Pepper nicht wecken, also schlich sie stattdessen auf Zehenspitzen zu Jennas Terrasse und dann weiter zu ihrem Schlafzimmerfenster. Jennas Ferienhaus war immer tadellos aufgeräumt, ebenso wie Petes Haus an der Bay, in dem die beiden die Hälfte ihrer Zeit verbrachten. Die Wände waren weiß gestrichen mit orangefarbenen, schwarzen und *Stein*-Akzenten. Jenna war geradezu besessen von Steinen, und sie hatte in jedem Zimmer welche, die sie im Laufe der Jahre an den Stränden gesammelt hatte. Ein kurzer Blick bestätigte Amy, dass ihre Freundin und Pete schliefen. Pete lag auf dem Rücken, das Laken bis zur Hüfte hochgezogen – *Gott sei Dank* –, und Jenna ruhte splitternackt auf seiner Brust. Joey, ihre Golden-Retriever-Hündin, lag quer auf ihrem Hundebett in einer Zimmerecke.

»Jenna«, flüsterte Amy.

Ihre Freundin rührte sich nicht. Joey dagegen hob den wuscheligen Kopf.

»Jenna!«, versuchte sie es etwas lauter. Joey gähnte, ließ den Kopf wieder sinken und schloss die Augen.

»Amy.«

Erschrocken quiekte Amy auf. Bella hielt ihr hastig den Mund zu und sie gingen zusammen zu Boden.

»Nicht so laut.« Bella trug ebenfalls nur ein Handtuch, hatte aber an ihre Flip-Flops gedacht. Bei ihrem zerzausten, wirren Haar brauchte man nicht zu raten, womit sie bis vor Kurzem beschäftigt gewesen war.

Hatten heute Abend alle außer Amy Sex gehabt? Sie seufzte und zog sich Bellas Hand vom Mund.

»Du hast mich zu Tode erschreckt.«

»Ich wollte dich gerade holen«, flüsterte Bella. »Ich dachte, du könntest etwas Aufmunterung gebrauchen.«

»Tja, zwei Dumme, ein Gedanke.«

Sie stemmten sich hoch und spähten ins Schlafzimmer. Jenna und Pete rührten sich immer noch nicht.

»Sie schlafen beide wie ausgeknipst.« Bella drückte ihren Mund gegen das Fliegengitter und zischte laut: »Jenna!«

Jenna hob den Kopf und blinzelte ein paarmal. Dann erschien ein Lächeln auf ihrem Gesicht, als sie vom Bett rutschte und immer noch unbekleidet zum Fenster kam. »Nackte Wahrheit?«

»Ja, und weck Pete nicht. Wir gehen Leanna holen.« Bella nahm Amy an der Hand und zog sie in die entsprechende Richtung.

»Autsch. Nicht so schnell. Ich habe meine Flip-Flops nicht dabei.« Amy klammerte sich an Bellas Arm, während Jenna mit einem Handtuch vor der Brust von der Terrasse über den Rasen geflitzt kam.

»Das wird eine Kippel-Nacht«, flüsterte Jenna.

»Wenn du dabei bist, sieht man immer Kippel«, stichelte Amy. »Pack dich in dein Handtuch ein. Meine Güte, Jenna. Und wie kannst du nur bei sperrangelweit offenen Fenstern nackt schlafen?«

»Wenn du einen Mann wie Pete an deiner Seite hättest, würdest du dann nicht auch jeden Zentimeter von ihm spüren wollen?« Jenna wickelte sich ihr Handtuch um ihren Körper und steckte es fest. »Zufrieden?«

»Nicht wirklich, aber zufrieden mit deinem Handtuch, ja.«

»Psst.« Bella warf ihnen einen finsteren Blick zu, als sie sich Leannas Fenster näherten. Bella war die Größte in der Gruppe, sie überragte Jenna ein gutes Stück und war auch ein paar Zentimeter größer als Amy. Sie spähte durchs Fenster, dann ging sie mit dem Rücken zur Hauswand in die Hocke. »Sie ist nicht da.«

»Was?« Jenna stand auf und hüpfte ein paarmal hoch, um durchs Fenster zu sehen. Bella zog sie wieder nach unten, sodass Jenna lachend auf ihrem Schoß landete und Bella ihr eine Hand vor den Mund hielt.

»Psst. Denkst du, ich bin blind?«, zischte Bella.

»Nein, aber manchmal wünschte ich, du wärst stumm«, erwiderte Leanna, die gerade um die Hausecke bog. »Geht weg vom Fenster, bevor Pepper euch hört.« Sie winkte sie zur Straße herüber. »Ich habe euch schon gehört, bevor ihr überhaupt am Fenster wart, *Kippel*-Crew.«

Jenna schlug sich lachend eine Hand vor den Mund.

Arm in Arm gingen sie – dank Amys nackten Füßen im Schneckentempo – zum Pool hinunter. Leanna war die Einzige, die daran gedacht hatte, den Schlüssel für das Tor mitzunehmen.

»Was würdet ihr nur ohne mich machen?«, stichelte Leanna, als sie aufschloss.

»Wahrscheinlich mehr Schlaf bekommen.« Jenna verschränkte die Arme vor der Brust und schürzte die Lippen. »Oh, Kurt. Ja, mehr, Baby, bitte …«

Leanna gab ihr einen Klaps auf den Arm. »Halt die Klappe, bevor du noch Theresa aufweckst, und ab in den Pool mit dir.« Theresa Ottoline war die Verwalterin der Feriensiedlung und besaß ebenfalls ein Haus hier. Sie achtete streng auf die Einhaltung der Regeln. Schwimmen war nach acht Uhr abends verboten, aber das hielt die Freundinnen nicht davon ab, ihrer unerlaubten Lieblingsbeschäftigung nachzugehen.

»Die nackte Wahrheit« war ein Ritual, das sich im Laufe der Jahre nicht großartig verändert hatte. Normalerweise gehörte Wein oder Keksteig dazu, aber Amy war wegen Tony zu verzweifelt gewesen. Sie wollte einfach nur mit den Mädels zusammen sein und den Schmerz der Zurückweisung wegwaschen.

»Theresa ist nicht da, sie musste für ein paar Tage nach Hause«, erklärte Leanna, während Jenna bereits nackt an ihnen vorbeilief.

Jenna ließ ihr Handtuch immer direkt am Tor fallen und flitzte dann zum anderen Ende des Pools, um die Treppe zu benutzen. Das machte sie schon seit Jahren so, und es war allen ein Rätsel, warum sie ihr Handtuch so von sich warf, anstatt es wie die anderen auf der gegenüberliegenden Seite des Beckens zu deponieren. Andererseits war ihnen vieles von dem ein Rätsel, was ihre leicht zwanghafte Freundin tat, wie das Sammeln von Steinen und das Sortieren jeder Kleinigkeit, die sie in die Finger bekam.

Die Mädels stiegen die Treppe hinunter und tauchten bis zu den Schultern ins Wasser. Amy vermisste Jessica, die zu dieser Gelegenheit immer *»Kalt, kalt, kalt«* vor sich hinbrabbelte. Sie hoffte, dass ihre Freundin und Jamie eine wunderbare Hochzeitsreise verbrachten – aber egal, wo sie gerade waren, Hauptsache, sie waren zusammen. Sie würden auch in einer Schuhschachtel glücklich werden, wenn sie einander hätten.

Ich wäre auch mit Tony in einer Schuhschachtel zufrieden. Nackt.

Stopp …

»Verdammt. Das ist verflucht kalt.« Bella griff nach den

Pool-Nudeln und warf jeder der Freundinnen eine zu. Sie hatten alle vergessen, ihre Haare hochzustecken, weswegen ihre Strähnen nun im Wasser um sie herumflossen.

Amys Zähne klapperten. »Ich brauche die Kälte. Ich muss die Gedanken an Tony aus mir rausfrieren.« Sie strampelte mit den Beinen, um sich warm zu halten, während sie sich zum tiefen Ende des Beckens treiben ließen.

»Gib ihn nicht auf, Amy.« Leanna schwamm zu ihr hinüber.

»Ich bin Leannas Meinung. Er war heute Abend superangespannt, bevor er endlich seinen Arm um dich gelegt hat«, fügte Bella hinzu.

»Von wegen. Er hat mir praktisch ins Gesicht gesagt, dass ich ihn aufgeben soll. Und er hat mich nur in den Arm genommen, weil mir kalt war.« Amy entfernte sich von der Gruppe, sie brauchte einen Moment zum Durchatmen. Sie hatte nicht damit gerechnet, dass die anderen auf einen weiteren Versuch drängen würden.

»Weil er sich um dich sorgt«, warf Jenna ein. »Wenn du ihm egal wärst, hätte er dich frieren lassen.«

»So wie wir jetzt gerade.« Leanna lachte. »Brrr, es wäre entspannter hier drin, wenn wir betrunken wären. Hey, frühstücken wir morgen zusammen?«

»Aber natürlich. Ich bringe Kaffee mit«, bot Jenna an.

»Und ich Muffins. Bei Bella?«, fragte Leanna.

»Klar.« Bella schwamm zu Amy hinüber. »Wie können wir helfen, Amy? Soll ich ihn verprügeln?«

»Niemand kann Tony verprügeln. Er ist …« Amy stockte kurz. *Heiß, stark, sexy, frustrierend und überhaupt nicht in mich verliebt.* »Ein absolutes Alphatier.« *Nur nicht mein Alpha.* Sie schluckte die Traurigkeit hinunter, bevor sie sie am Ende noch erstickte.

Jenna ließ ihre Schaumstoffrolle los und klammerte sich mit an Leannas. Langsam arbeiteten sie sich durchs Wasser zu Bella und Amy vor.

»Na, wenn er wirklich so ein Testosteron-Bolzen wäre, würde er Sex mit dir nicht ablehnen«, sagte Jenna.

Amy verdrehte die Augen.

»Was denn?« Jenna hängte sich mit an Amys orangefarbene Pool-Nudel.

»Das hat damit überhaupt nichts zu tun. Er ist einfach nur rücksichtsvoll.« *Viel zu rücksichtsvoll.* »Er hat das Richtige getan. Und ich bin es so leid, immer das Richtige zu tun.« Die Worte schmeckten bitter und falsch. Sie wusste schließlich nur zu gut, was passierte, wenn man das Falsche tat.

Leanna und Bella schwammen auf ihre Schaumstoffrollen gelehnt vor Amy und Jenna.

»Das war's dann also? Du gibst ihn auf?«, fragte Bella. »Ich bin mir nämlich inzwischen nicht mehr so sicher.«

»Ich glaube nicht, dass ich jemals nichts für ihn empfinden werde, aber ich will mehr. Ich bin bereit für echte, erwiderte Liebe. Eine echte Beziehung. Ich bin bereit für das, was ihr alle habt. Keine Ahnung, ob ich mich für einen anderen Mann öffnen kann, aber ich muss es versuchen.« Amy starrte zu Tonys Ferienhaus hinauf. Sie hatte unzählige Stunden auf seiner Terrasse verbracht, in seiner Küche, auf seiner Couch. *Von ihm geträumt.* Sie dachte daran, wie er sie beschützte, wie er sie ansah, wenn die anderen sich unterhielten, und eine Art geheimes Band zwischen ihnen entstand, als könnten sie die Gedanken des anderen lesen. Zum Beispiel, wenn ihre Freundinnen so innig mit ihren Partnern kuschelten, dass Amy es kaum ertrug. Dann fing Tony ihren Blick auf und ließ dieses Lächeln aufblitzen, das besagte: *Sie ist deine Freundin. Lächle und belass es dabei.*

Aber das wollte Amy eigentlich gar nicht von ihm sehen. Sie sehnte sich nach dem teuflischen Grinsen, in dem ein dunkles, lustvolles Versprechen lag. Das, von dem sie immer geträumt hatte, und das sagte: *Komm her, Baby. Zeigen wir ihnen, wie man es richtig macht.*

Tony hatte sich noch nie wie ein Stalker gefühlt. Nicht in all den Jahren, in denen er auf Amy aufgepasst hatte. Zugegeben, vor heute Abend hatte er auch noch nie in der Dunkelheit auf sie gelauert. Wobei, eigentlich lauerte er nicht. Er wartete unter dem Baum neben ihrer Terrasse, damit die anderen ihn nicht sahen. Vorhin hatte er mitbekommen, wie die Mädels zum Pool hinuntergingen. Verdammt, wer in der Siedlung wohl nicht? Sie kicherten wie Schulmädchen, wenn sie zusammen unterwegs waren. Das mochte er so sehr an seinen Freunden in Seaside. Die Kameradschaft in der Gruppe und die Freundschaft, auf die sie alle zählen konnten. Er konnte es Bella nicht einmal verübeln, dass sie ihm die Hölle heißgemacht hatte.

Die Frauen stolperten auf dem Weg zurück praktisch übereinander, klammerten sich an ihre Handtücher und flüsterten miteinander, bevor sie in schallendes Gelächter ausbrachen. Amy sah bezaubernd aus mit ihren nassen Haarspitzen, die an ihren schlanken Schultern klebten, aber selbst aus der Entfernung hörte er etwas in ihrem Lachen. Es war nicht so unbekümmert, wie er es an ihr liebte. Es war voller Leere oder Traurigkeit. Einsamkeit, vielleicht? Das spiegelte Tonys eigene Gefühle wider, aber Amy schien ihm nicht sehr hinterherzutrauern, und deshalb war er da. Er wartete. In der Hoffnung, ihr seine Beweggründe zu erklären, damit sie … Ja, was denn? Wieder so miteinander umgehen konnten wie früher? Das wäre schon mal ein Anfang gewesen. Er war sich nicht sicher, wohin der heutige Abend sie führen würde, aber sein Entschluss stand fest, und der fehlende Funke in ihrem Lachen bestärkte ihn noch darin.

»Wir sehen uns beim Frühstück.« Der Klang von Amys süßer Stimme erfüllte die Nachtluft.

Tony wartete, bis die anderen in ihren Ferienhäusern verschwunden waren, bevor er aus dem Schatten trat. Wieso warteten sie nicht, bis Amy ihre Terrasse erreicht hatte, bevor sie selbst hineingingen? Ja, es war sehr sicher in Seaside, aber trotzdem … Er trug seine Lieblingsjeans, die langsam an den Oberschenkeln dünn wurde, dazu ein schwarzes Shirt und ein Paar Flip-Flops. Wahrscheinlich war er damit fast unsichtbar.

Amy summte eine kleine Melodie, als sie sich ihrer Veranda näherte.

»Amy.«

Erschrocken stolperte sie mit weit aufgerissenen Augen rückwärts.

»Ist schon gut. Ich bin's nur.« Er schlang einen Arm um ihre nackten, kalten Schultern und zog ihren zitternden Körper aus Gewohnheit an seine Brust.

»Du hast mich erschreckt.« Sie krallte sich in sein Shirt, entspannte die Finger dann jedoch wieder und strich mit der flachen Hand über seine Rippen. Er hatte ganz vergessen, dass das ihr Lieblings-T-Shirt war. Amy gefiel, wie weich es sich anfühlte, und sie kuschelte sich jedes Mal an ihn, wenn er es trug.

Okay, vielleicht hatte er es doch nicht vergessen.

»Tut mir leid. Ich wollte nur reden.« Er legte ihr eine Hand auf die Hüfte und schob Amy die Treppe hinauf. »Komm. Wärmen wir dich erst mal wieder auf.«

Drinnen angekommen spürte er fast sofort, wie sich die Anspannung in seinen Schultern löste. Hier erkannte man überall Amys Wesen. Ihre simple weibliche Note war unübersehbar. In den hellblauen Wänden, dem cremefarbenen Sofa mit den weißen und rosafarbenen Kissen und den hellen Holzböden mit den weichen Teppichen. Auch die Fotos der Seaside-Gang, gemischt mit Kunst rund um das Thema Strand, waren typisch Amy.

Amy setzte sich bibbernd auf die Couch und Tony ließ sich neben ihr nieder.

»Willst du dich nicht anziehen?«

»Schon, aber …« Zähneklappernd senkte sie die Stimme. »Warum bist du hier?«

Tony sprang direkt wieder auf. »Lass mich dir ein Sweatshirt holen, dann reden wir weiter.«

Sie packte ihn an der Hand und zog ihn zurück auf die Couch. »Tony, bitte.«

In ihrem Flüstern lag nichts Verführerisches. Ihr Tonfall war irgendwo zwischen ängstlich und verärgert angesiedelt. Ihr sanfter Griff um seine Hand und der vertrauensvolle Blick in ihren Augen machten ihm wieder einmal bewusst, wie lange sie schon miteinander befreundet waren, und das brachte ihn dazu, sich wieder neben sie zu setzen.

Er umfasste Amys Hände und hob sie an die Lippen, bevor er warme Luft über ihre kalten Finger hauchte. Dann rutschte er näher an sie heran, zog ihren Körper an seinen und wärmte sie, während er ihren Rücken streichelte. Amy atmete durch das Frösteln etwas hektisch, und er vermutete – oder hoffte? –, dass es auch an der Hitze lag, die zwischen ihnen aufflammte und die er nicht ignorieren konnte. Er hielt Amy fest im Arm, bis sich ihr Zittern beruhigt hatte. Sie fühlte sich so gut an, so richtig, und trotz des Chlorgeruchs duftete sie nach *Amy*. Widerstrebend löste er sich von ihr, woraufhin sie sofort wieder fröstelte.

Tony wusste, dass er ihr widersprüchliche Signale sendete, aber er konnte sich ihrer Nähe nicht entziehen und sich auch nicht *nicht* um sie kümmern. Von Sekunde zu Sekunde wurde es schwerer, Distanz zu Amy zu wahren, weil er sich dermaßen zu ihr hingezogen fühlte. Er stemmte sich erneut von der Couch hoch. »Lass mich dir wenigstens eine Decke holen.«

Sie schüttelte den Kopf und zog ihn wieder neben sich. Sie konnte so wunderbar stur sein. Tony zog sich sein Shirt über den Kopf, streifte es Amy über und fädelte ihre Hände durch die Ärmel. Der Stoff bauschte sich um ihren zierlichen Körper und die Ärmel gingen ihr bis zu den Ellbogen. Er zog das Shirt zurecht, dann löste er das Handtuch darunter, wobei er darauf achtete, sie nicht zu entblößen. Das nasse Ding musste weg. Amy schaute auf und ihr Blick blieb an seiner nackten Brust hängen. Tony wusste, wie andere Frauen auf seinen muskulösen Körperbau reagierten, aber ihn interessierte nur, welche Reaktion er bei Amy auslöste. Ihr Atem beschleunigte sich, sie senkte rasch den Blick wieder und knabberte an ihrer Unterlippe. Wenigstens hatte er noch eine gewisse Wirkung auf sie. Es war also noch nicht alle Hoffnung verloren. Was genau er sich erhoffte, wusste Tony zwar nicht, aber Amy sollte weiter Teil seines Lebens bleiben.

»Danke«, flüsterte sie.

»Amy ...« Er lehnte seine Stirn gegen ihre und sog tief ihren Duft ein. »Es ist so schwer.«

»Wem sagst du das.«

Zögernd lehnte er sich zurück und legte den Arm über die Rückenlehne der Couch, um ihr etwas Raum zu geben. Er hoffte so sehr, dass Amy ihn nicht wegschicken würde, bevor sie miteinander geredet hatten.

»Woher wusstest du, dass ich heute Abend schwimmen gehe?« Sie spielte am Saum des T-Shirts herum, sah Tony jedoch nicht in die Augen.

Er seufzte. Es war Zeit für absolute Ehrlichkeit, was immer es ihn auch kosten mochte. »Ich weiß es immer.«

Amys Blick ruckte hoch. Sie schüttelte den Kopf und runzelte verwirrt die Stirn. An der Wange klebte ihr eine nasse Haarsträhne, die Tony sanft mit dem Zeigefinger wegwischte.

»Ich weiß es immer, Amy. Ich warte auf dich, bis du wieder zu Hause bist, um sicher zu sein, dass du nicht hinfällst oder sonstwie in Schwierigkeiten gerätst.«

»Du beobachtest mich? Wie …« Verlegene Röte stieg ihr in die Wangen.

»Nein, Süße. Ich beobachte dich nicht, wenn du unten am Pool bist. Nur hier oben, damit ich weiß, dass du in Sicherheit bist, wenn die anderen in ihre Häuser gegangen sind.« Nicht, dass er sie nicht gerne nackt baden sehen würde. Er würde nichts lieber tun, als sich ihr anzuschließen, ihre weichen Kurven zu spüren, während er sich in ihr bewegte.

»Wie lang?«

Tony versuchte, seine lüsternen Gedanken beiseitezuschieben. »Ich …« *Dreiundzwanzig Zentimeter?* Solche typischen Männergedanken und -antworten fielen ihm problemlos ein. Verleugnung. Schutzmechanismus. Das geschah vollkommen automatisch. Es waren die anderen Dinge, die emotionalen, die ihm nicht so leichtfielen.

»Wie lange hast du mich beobachtet?«

»Keine Ahnung«, log er. Er wusste es ganz genau. Seit er als Teenager das erste Mal Wind davon bekommen hatte, dass die Mädels nackt baden gingen. Aber er wollte ehrlich zu ihr sein. »Schon immer, denke ich.«

Amy nickte und ihr Blick wurde ernst, als er wieder auf seine Brust fiel. »Du hast eine neue Narbe.«

Er blickte auf die dünne weiße Linie hinunter, die sich entlang seines linken Brustmuskels zog. »Ja. Harter Ritt im Frühjahr. Hatte ich dir ja geschrieben. Cane Garden Bay, weißt du noch? In der Karibik.«

Sie streckte die Hand aus, doch ihr Finger verharrte knapp über Tonys Haut. Ihr Blick suchte seinen, als würde sie darauf warten, dass er sie aufhielt. Als er das nicht tat, strich sie über die Narbe. »Ja, ich erinnere mich.«

Er spürte, wie er hart wurde, und verschränkte seine Finger mit ihren, um nicht den Verstand zu verlieren. Es war still im Haus bis auf das Rascheln der Blätter im Wind, das durch ein offenes Fenster drang. Tony wollte sie an sich ziehen und die Augen schließen, um mit ihr an seiner Seite warm und sicher einzuschlafen. Er wünschte, sie wüsste irgendwie von selbst, was er ihr sagen wollte. Doch als er den erwartungsvollen Ausdruck in ihrem Blick sah, wusste er, dass er Amy endlich die Wahrheit sagen musste. Es war an der Zeit, ihr all die Dinge zu sagen, die sie ihn vor vierzehn Jahren nicht hatte sagen lassen.

»Amy, es tut mir leid, dass ich dir wehgetan habe.«

Ihr Blick fiel auf ihren Schoß, doch Tony hob ihr Kinn wieder an.

»Tony, bitte. Du hast mir einen Gefallen getan. Meine Gefühle für dich haben verhindert, dass ich im Leben vorankomme, und jetzt …« Sie zuckte mit den Schultern, wirkte aber nicht besonders dankbar.

Und dafür war Tony auf Knien dankbar.

»Es ist okay, dass ich nicht dein Typ bin. Ich hab's verstanden. Ich bin …«

»Nicht mein …« Sein Puls beschleunigte sich. »Großer Gott, Amy. Du bist so was von mein Typ. Merkst du das denn nicht? Siehst du nicht, wie schwer das für mich ist?« Er hatte nicht laut werden wollen, und als sie den Kopf schüttelte und zurückwich, war er sich sicher, dass er es vermasselt hatte.

»Stopp.« Sie verschränkte die Arme vor der Brust. »Hör … einfach damit auf.«

»Nein, Amy. Ich werde nicht aufhören. Ich muss dir sagen, was ich für dich empfinde. Wirklich empfinde. Seit Jahren.«

Als sie nur den Kopf wegdrehte, stand Tony mit einem Ruck auf und tigerte im Wohnzimmer auf und ab, zu frustriert, um noch länger stillzusitzen. »Verstehst du denn nicht? Du bist *Amy Maples*. Du bist lieb und nett und so sensibel, alles in dieser einen, schönen Person. Du bist großzügig, gibst anderen so viel, und …«

Amy sprang auf die Beine. Das Handtuch fiel zu Boden und die Schwerkraft ließ Tonys T-Shirt bis zu ihren Oberschenkeln hinabgleiten. »Und nicht dein Typ.« Sie verschränkte erneut die Arme, wodurch der Stoff etwas höher rutschte.

Tony zwang sich, ihrem verletzten Blick zu begegnen.

»Das ist nicht wahr. Das habe ich nur gesagt, weil ich nicht der Mann bin, den du *brauchst*, Amy, nicht weil ich dich nicht *will*.« Er überwand die Distanz zwischen ihnen und musste einfach ihre Arme berühren. Himmel, alles fühlte sich anders an, intensiver, wichtiger. Er hatte sich etwas vorgemacht. Natürlich würde er alles tun, um sie bei sich zu behalten, wo er jetzt Gefahr lief, sie für immer zu verlieren. Amys Unterlippe zitterte und Tony war sich ziemlich sicher, dass es nicht an der Kälte lag, denn er spürte die Wärme, die von ihr ausging. Davon angezogen trat er zu ihr, bis ihre Oberschenkel sich berührten. Nur mit Mühe konnte er sich darauf konzentrieren, ihr verständlich zu machen, worauf er hinauswollte. Aber das musste er. Jetzt oder nie. Er konnte nicht zulassen, dass sie sich noch weiter von ihm entfernte.

»Amy, du verdienst jemanden, der dich auf ein Podest stellt. Du verdienst Blumen und Süßigkeiten und einen Mann, für den du immer oberste Priorität hast. Du verdienst einen Mann, der jede Minute damit verbringt, sich um dich zu kümmern und dich zu lieben.«

Ihre Hände strichen über Tonys Bauchmuskeln, ließen seine Erektion noch härter werden und seine Gedanken zwischen Entschuldigung und Verlangen hin- und herspringen.

»Und du bist nicht dieser Mann.«

Das war keine Frage und Tony versuchte auch nicht, darauf zu antworten. Schweigen breitete sich zwischen ihnen aus, doch auch das konnte die Hitze nicht aufhalten, die sich in Windeseile unter ihren Handflächen ausbreitete.

»Ich möchte aber, dass du es bist«, erwiderte sie hoffnungsvoll.

»Ich auch, Amy, aber ...« Hatte sie ihre Vergangenheit so tief in sich vergraben, dass sie sich wirklich nicht mehr daran erinnerte? »Amy, was zwischen uns passiert ist, war kein Fehler.«

Sie drehte sich weg und zog die Schultern ein wenig nach vorn. »Ich weiß nicht, wovon du sprichst.«

Tony berührte ihren Arm mit den Fingerspitzen, um ihr Ruhe und Sicherheit zu vermitteln. Um sie wissen zu lassen, dass er bleiben und sich dieses Mal nicht von ihr wegschicken lassen würde.

»Doch, tust du«, erwiderte er entschlossen.

Ihr feuchtes Haar fiel ihr über den Rücken, als sie den Kopf schüttelte.

»Amy, wir waren verliebt. Wir waren noch halbe Kinder. Wir haben nicht …«

Sie hielt sich die Ohren zu.

Tony holte tief Luft und fuhr fort: »Wir haben so oft miteinander geschlafen, und ich weiß, dass es meine Schuld war. Ich hätte ein Kondom benutzen müssen. Ich übernehme die volle Verantwortung, aber bitte, Amy. Bitte stoß mich dieses Mal nicht wieder weg.«

Amy zitterte am ganzen Körper, und Tony drückte seine Brust an ihren Rücken, schlang die Arme um ihre Taille.

»Ich wollte dir nie wehtun. Ich wollte nur für dich da sein.«

Sie riss sich los und floh auf die andere Seite des Raums, die Hände abwehrend ausgestreckt, damit er aufhörte. Ging. Den Mund hielt.

»Amy …«

»Hör auf, okay? Hör auf damit. Hör einfach auf. Ich kann das nicht.« Amys Worte wurden von Schluchzern auseinandergerissen, als sie sich mit beiden Händen auf dem Küchentresen abstützte und den Kopf hängen ließ.

Tony wollte sie nicht noch einmal verlieren. Er war schon so weit gekommen. Er musste es aussprechen, egal wie sehr sie sich dagegen wehrte.

»Wir haben uns nie damit auseinandergesetzt, Amy, aber das müssen wir.«

Sie drehte sich um und bedachte ihn mit einem finsteren Blick. »Ich bin damit fertig geworden, Tony. Ich habe es hinter mir gelassen. Es ist nie passiert.«

Drei entschlossene Schritte und sie waren sich wieder ganz

nah. Tony fasste sie nicht an, wollte sie nicht noch wütender machen.

»Es *ist* passiert«, gab er leise zurück.

Amy schüttelte den Kopf und ein Beben durchlief ihren Körper.

»Es ist passiert und es war nicht deine Schuld. Es war meine.«

Tränen liefen ihr über die Wangen. Sie atmete geräuschvoll ein und aus. »Ich … Nein.«

»Doch, Amy. Es ist passiert. Sieh mich an. Bitte.«

Sie starrte auf den Boden und flüsterte: »Ich habe dir nie die Schuld daran gegeben.«

»Das musstest du nicht. Ich habe mir selbst die Schuld gegeben. An jedem einzelnen Tag.«

Ihre Augen waren gerötet, aber endlich schaute sie Tony wieder an. »Es war nicht deine Schuld«, erwiderte sie fast unhörbar. »Es war meine.«

Tony musste sie berühren, sie trösten. Er umfasste ihr Gesicht mit beiden Händen und schaute ihr tief in die Augen.

»Süße, das stimmt nicht. Du irrst dich.«

Einen Moment lang starrten sie sich in die Augen. Jahre des Schmerzes drangen scharfkantig an die Oberfläche, bis Amy sich erneut aus Tonys Griff befreite und auf die andere Seite des Raums marschierte. Der bittere Groll auf ihrem Gesicht traf Tony bis ins Mark. Wie lange konnte sie noch so tun, als wäre alles bestens?

»Ich habe mein Leben weitergelebt. Und du auch, also lass es gut sein. Keiner weiß es. Dafür habe ich gesorgt.«

Verdammt, genau das hatte er vermutet. Sie hatte die Last allein auf sich genommen, ohne ihn, ohne ihre Freundinnen, und das musste sie innerlich zerfressen haben. Wie zum Teufel hatte sie das überlebt? Er hatte dasselbe getan, die Last ihres Verlustes allein geschultert, aber er war ein Mann, der es gewohnt war, mit harten Schlägen und beschissenen Situationen umzugehen. Er hatte Amy helfen wollen, den Schmerz mit ihr teilen wollen, damit die Heilung einsetzen konnte. Um ein gemeinsames Leben aufzubauen, eine Zukunft … Die einzige Zukunft, die er sich je gewünscht hatte.

»Ich habe mein Leben nicht weitergelebt«, gab er zu.

Amy stieß ein atemloses Lachen aus. »Sicher doch. Frauen liegen dir zu Füßen. Du bist erfolgreich. Ein fantastischer Surfer …«

»Da hast du recht. Aber du kennst mich. Wenn mich ein Mensch auf dieser Welt kennt, dann du. Ich verdränge meine Gefühle, nutze meine Frustration, um in anderen Bereichen Erfolg zu haben, um irgendwie meinen Wert unter Beweis zu stellen. Meine Rüstung ist so dick, dass sie mich erdrückt, aber das zeige ich der Welt nicht. *Das* bin ich. Die Frauengeschichten waren nur Tarnung.« Er drehte sich um und versuchte, das unangenehme Brennen in seinem Bauch unter Kontrolle zu bringen.

»Verstehst du denn nicht, warum ich mich um dich kümmere? Warum ich dafür sorge, dass du nicht von anderen egoistischen Arschlöchern verletzt wirst? Siehst du nicht, wie schwer es mir fällt, wieder zu gehen, nachdem ich dich nach Hause getragen habe? Wie ich fast den Verstand verloren habe, als die Typen in der Bar dich angemacht haben? Weißt du wirklich nicht, warum ich noch nie eine einzige langfristige Beziehung hatte?« Tony wandte sich wieder um und trat auf sie zu.

Sie drehte sich jedoch weg und schlang ihre Arme um sich selbst.

»Wegen dir, Amy. Wegen uns. Diese Frauen waren nur Platzhalter. Jede einzelne von ihnen. Ich weiß nicht, ob ich der Mann sein kann, den du willst und den du brauchst, aber ich will es so gern versuchen.«

Ihr Blick und ihr Tonfall wurden weicher, als sie sich zu ihm umwandte. »Du bist der beste Mann, den ich kenne, Tony.«

»Blödsinn. Der beste Mann hätte nicht aufgegeben, als du mich weggeschickt hast. Der beste Mann hätte niemals ohne Kondom mit dir geschlafen und damit eine Schwangerschaft überhaupt erst riskiert.«

Amy schlang die Arme um seine Taille und stützte ihr Kinn auf seine Brust, woraufhin sich seine Wut in Traurigkeit verwandelte und sein Tonfall an Härte verlor.

»Der beste Mann hätte die Leere in seinem Leben nicht mit anderen Frauen aufgefüllt.«

»Tony …«

Jetzt war er es, der zitterte. Mit einem Mal hatte er das Gefühl, kaum noch atmen zu können.

»Du bist stark und sensibel. Du bist rücksichtsvoll und mehr Mann als Rambo. Jeder Mann hätte …« Neue Tränen stiegen ihr in die Augen. »Hätte mit anderen Frauen geschlafen. Du hast getan, was du tun musstest, um weiterzumachen, um zu *überleben*, genau wie ich.«

Tony schloss die Augen und versuchte, seine Gedanken zu ordnen. Als er sie wieder öffnete, hätte er Amys vertrauensvollen, ehrlichen Blick und dem Verlangen, das in ihm aufstieg, beinahe nachgegeben. Aber sie hatte ihn schon einmal von sich gestoßen, und er wusste, dass er das nicht noch einmal überstehen würde. Und er selbst hatte Amy schon so oft auf Distanz gehalten, dass er sich nicht sicher war, ob sie es überstehen würde, wenn das hier nicht echt war. Diesmal musste er sich sicher sein. Sicher, dass sie ihn liebte, und sicher, dass er für sie genau der Mann sein konnte, den sie brauchte.

Amy sah ihm jedoch weiterhin fest in die Augen und straffte die Schultern. »Und du bist der einzige Mann, den ich will.« Ihr Tonfall war selbstsicher und warm.

Die Luft wich ihm aus der Lunge. Vierzehn Jahre lang hatte er darauf gewartet, diese Worte zu hören, und jetzt war er sich nicht sicher, ob er dessen würdig war. Er schob Amy die feuchten Haare von den Schultern und strich dann über ihre Wange. Die Worte kamen ihm nur schwer über die Lippen.

»Ich bin nicht der beste Mann, Amy. Du bist die einzige Frau, mit der ich mir ein Leben vorstellen kann, aber ich habe dich nicht beschützt, als es notwendig war.«

Sie wich einen Schritt zurück und sah ihn durch ihre feuchten Wimpern an. »Du hast sehr wohl getan, was notwendig war. Du hast mich geliebt.«

Er zog sie wieder an sich, er brauchte ihre Nähe für den Fall, dass sie nach allem, was sie nun ausgesprochen hatten und was noch zwischen ihnen stand, nichts mehr mit ihm zu tun haben wollte. Für den Fall, dass das hier alles war, was er jemals bekommen würde. Tony holte tief Luft und hielt den Atem an, um sich für ihre Antwort zu wappnen. Ein paarmal biss er die Zähne zusammen, um seinen Entschluss zur Ehrlichkeit zu stärken.

»Wir waren den ganzen Sommer über so vorsichtig, wenn wir miteinander geschlafen haben. Aber in dieser einen Nacht im Wald war ich zu schwach. Ich bin ein Mann, Amy. Ich hätte an dich denken sollen, nicht an mich. Du solltest immer an erster Stelle stehen. Ich konnte nur daran denken, in dir zu sein, dich zu lieben, mich mit dir zu vereinen, damit ich mich vollständig fühle. Nur du konntest mir das Gefühl geben, so geliebt zu werden, und dann …«

Er versuchte, die Tränen hinunterzuschlucken, die ihm bei der Erinnerung daran in die Augen stiegen, wie sie etwas in ihm befreit hatte. Sie war die Einzige gewesen, die in jenem Sommer die Veränderungen an seinem Vater bemerkt hatte. Wie oft hatte er Tony eingebläut, dass er absolut nichts wert war? *Du wirst es zu nichts bringen. Ein Surfer? Surfen ist was für Loser. Such dir einen verdammten Job.* Das hatte Tony nie jemandem erzählt. Nie. Nicht mal Amy. Aber sie hatte es gewusst. Keine Ahnung woher. Sein Vater hatte immer darauf geachtet, so etwas nur zu sagen, wenn niemand anderes dabei war. Er war in diesen schwierigen Wochen so grausam geworden, so ganz anders als der Mann, der er vor diesem Sommer gewesen war. Aber Amy wusste es. Sie linderte den Schmerz über das, was sein Vater ihm vorwarf, indem sie Tony genau das Gleiche sagte wie jetzt: *Du bist der beste Mann, den ich kenne.* Aber in jener schwülen Juninacht war er nicht der beste Mann gewesen, sondern verflucht egoistisch.

Und trotzdem hatte sie ihn danach immer noch geliebt. Auch als sie aufs College gegangen war. Bis zu jenem schicksalhaften Wochenende. Das Wochenende, an dem sie das Baby verlor, von dessen Zeugung Tony nichts geahnt hatte.

»Ich wusste, dass es riskant war. Ich wusste, dass es nicht sicher ist, was wir machen. Ich war älter als du. Ich *kannte* das Risiko und ich habe es trotzdem getan. Du brauchst einen Mann, der nicht so schwach ist.« Er wandte den Blick ab, um der Enttäuschung zu entgehen, mit der sie ihn sicher ansah.

Doch sie lachte. Ein liebes, unerwartetes, tränenreiches Lachen.

Sie *lachte.*

Hastig schaute er sie wieder an, doch sie lächelte nur.

»Hast du ein Keuschheitsgelübde abgelegt, von dem ich nichts weiß?«, wollte sie wissen.

Ihm fehlten die Worte. Was war denn an ihrem Gespräch bitte so lustig?

»Tony …« Amy gab ihm einen Kuss mitten auf die Brust, und er spürte, wie die Mauern um sein Herz noch ein wenig mehr bröckelten. »Ich kann mich nicht mit der Vergangenheit befassen, nicht jetzt. Aber du bist auch nur ein Mensch. Jeder Mann hätte es damals genauso gemacht, und nachdem ich dich weggeschickt hatte, die Leere mit anderen Frauen gefüllt.«

»Nicht, wenn sie eigentlich eine andere Frau lieben.«

Als Amy den Blick abwandte, wurde ihm plötzlich klar, was sie bislang *nicht* gesagt hatte. Sie war mit anderen Männern zusammen gewesen. Natürlich war sie das. Das hatte er immer gewusst, oder?

»Doch, würden sie«, murmelte Amy.

Er verdrängte den Gedanken an sie mit einem anderen Kerl und konzentrierte sich auf den Moment. »Schwachsinn. Glaubst du, Caden und Pete würden mit anderen Frauen schlafen? Auch nur einmal? Oder Kurt? Ich bitte dich.«

Amy lachte erneut. »Ja, natürlich. Wenn sie … wenn sie das durchgemacht hätten …«

Sie konnte es nicht einmal aussprechen, und Tony wusste, zumindest auf einer gewissen Ebene, dass sie auf der Stelle treten würden, solange sie nicht *beide* mit dem Verlust fertig wurden.

»Das ist normal«, fügte sie noch leise hinzu.

»Ich wollte das alles damals nicht geheimhalten, aber ich habe einen Fehler gemacht. Und wenn ich eins weiß, dann dass du einen Mann verdienst, der besser ist als *normal*.«

»Tony, ich weiß nicht, wie du auf die Idee kommst, dass ich auf ein Podest gestellt werden sollte, aber das ist Unsinn. Ich bin diejenige, die dich abserviert hat. Ich bin diejenige, die damit nicht umgehen konnte.« Ihre Oberschenkel drückten sich immer noch gegen Tonys. Sie musste spüren, wie es ihn erregte, ihr wieder nahe zu sein, sich wieder zu erlauben, etwas zu empfinden, mit ihr *zusammen*. Ihre Brustwarzen, die seine nackte Brust streiften, machten ihn nur noch härter, überschwemmten ihn mit Erinnerungen an ihre Liebe und die Verbindung, die er nie aufgehört hatte zu fühlen – Erinnerungen an ihre Körper, die sich miteinander vereinten.

»Geh doch nicht so hart mit dir ins Gericht«, sagte er.

»Tony.« Sie seufzte. »Ich bin süchtig nach meinem Etikettendrucker. Ich stecke im Körper eines vorpubertären Mädchens und ich vertrage kaum Alkohol.« Sie fuhr mit den Fingern seinen Rücken hinauf, wobei sie ihm an den richtigen – und für den Moment falschen – Stellen einheizte. »Ich kann mit schwerwiegenden Dingen schlecht umgehen. Ich verstecke mich lieber davor. Ich verdiene nicht mal einen zweiten Blick, geschweige denn, auf ein Podest gestellt zu werden.«

»Lass mich entscheiden, was du verdienst, okay?«

Amy lehnte sich so nah heran, dass ihr Atem über seine nackte Brust strich. Folter. Die pure Folter.

»Nein«, raunte sie ihm zu. »Du kannst nicht beurteilen, was ich brauche. Ich brauche genau das, hier und jetzt. Wir müssen uns nicht mit der Vergangenheit auseinandersetzen. Keine Ahnung, warum du dich für nicht gut genug hältst, um mit mir zusammen zu sein, aber im Moment habe ich das Gefühl, dass du es willst.«

Tony kniff die Augen zusammen und packte sie an den Schultern. »Ich habe nie behauptet, dass ich nicht gut genug für dich bin. Ich habe gesagt, dass du etwas Besseres *verdient* hast. Das ist ein Unterschied.« Er konnte dem Drang nicht widerstehen, seine Hand an ihrer Hüfte hinunter auf die Rundung ihres Oberschenkels gleiten zu lassen. Seine Fingerspitzen berührten ihren nackten Hintern, was Amy ein sexy Wimmern entlockte.

»Du bist der Beste, Tony. Siehst du das denn nicht? Du bist einer der drei besten Surfer des Landes. Die Leute bezahlen Geld dafür, dass du ihnen erklärst, wie sie ihr Leben leben sollen. Wer könnte besser sein als du?« Amys Atem ging zunehmend flacher, als er auch seine andere Hand auf ihre Hüfte legte.

Sein Ehrgeiz hatte seine Karriere vorangetrieben, aber er hatte nicht die gleiche Energie investiert, um der bestmögliche Lebenspartner zu sein. So ziemlich sein ganzes Leben hatte er damit verbracht, überhaupt kein Partner für irgendwen zu sein, denn jede andere Frau war ohnehin nur ein Ersatz für die, die er wirklich wollte. Die, die er wirklich brauchte. Die Frau, die mehr verdiente als einen Kerl, der vor all diesen Jahren nicht um sie gekämpft hatte. Ein Kerl, der seitdem nicht in der Lage gewesen war, sich auf eine langfristige Beziehung einzulassen – und der sich jetzt Sorgen machte, dass er sie wieder enttäuschen könnte.

»Es geht nicht darum, wie erfolgreich ich bin, Amy. Ich muss mir selbst beweisen, dass ich der Mann sein kann, den du verdienst, und ich muss es dir beweisen, bevor wir wieder zusammen sein können. Ich muss wissen, dass ich deine Gesundheit nie wieder aufs Spiel setzen werde. Wobei, nein, ich weiß das schon, aber ich muss es uns beiden *beweisen*.« Er wollte sie küssen, seine Hände über ihren schönen Hintern gleiten lassen und sich endlich das nehmen, was er nie wirklich losgelassen hatte, doch er hielt sich zurück. Sie mussten die

Vergangenheit verarbeiten, aber das konnte er jetzt nicht sagen. Amy hatte sich schon so sehr geöffnet. Zum ersten Mal seit vierzehn Jahren gab sie zu, dass sie mal ein Paar gewesen waren. Das war ein großer Schritt. Ein Anfang. Ein verdammter Segen.

»Vielleicht weißt du ja doch nicht so genau, was ich brauche«, provozierte sie ihn.

Verdammt noch mal. Tony atmete tief durch und versuchte zu ignorieren, dass er unbedingt ihrem Wunsch nachgeben wollte. Aber Tony war niemand, der sehenden Auges in die Katastrophe steuerte. Nicht mehr und schon gar nicht mit Amy.

»Ich kenne dich besser als du dich selbst. Verstehst du das denn nicht?« Er vergrub seine Finger in ihrem Haar und zog ihren Kopf ein wenig in den Nacken. »Du bist alles für mich, Amy. Du bist das Erste, woran ich denke, wenn ich aufwache, und das Letzte, woran ich denke, bevor ich einschlafe.« Er drückte sie fest an sich und senkte seinen Mund, sodass ihre Lippen nur noch ein paar Millimeter voneinander entfernt waren. »Es ist deine Stimme, die mich durch jede tückische Strömung leitet, und es ist deine Stimme, die ich jetzt in meinem Kopf höre, die mich führt, das Richtige für dich zu tun.«

Er musste sie küssen. Nur einen Kuss. Er war nicht stark genug, um ohne einen Kuss zu gehen, ihre Verbindung wiederherzustellen und Amy zu zeigen, wie sehr er sie liebte.

»Ich bin es nicht wert, auf einem Podest zu stehen«, flüsterte sie.

»Du bist alles wert.« Tony atmete tief durch, um sich davon abzuhalten, seine Lippen auf ihre zu senken.

»Statuen werden auf Podeste gestellt«, sagte Amy leise und schaute blinzelnd zu ihm auf. Ihre Fingernägel, die seine Haut bisher nur leicht gestreift hatten, gruben sich in seinen Rücken.

»Statuen sind kalt und hart. Ich bin warm und weich an all den richtigen Stellen, ganz und gar nicht wie eine Statue.«

Dieses Verhalten war so untypisch für sie, dass Tony die Zähne zusammenbeißen musste, um die Beherrschung nicht zu verlieren.

»Das sagst du jetzt, aber ich kenne dich, Amy. Morgen wirst du wahrscheinlich mit widersprüchlichen Gefühlen aufwachen, und das kann ich dir nicht verdenken.« Sein Herz drohte in seiner Brust zu zerspringen, als er seinen Griff in ihrem seidigen Haar festigte und flüsterte: »Es tut mir leid. Ich sollte das nicht tun. Damit verschwimmen die Grenzen noch mehr, aber Amy … Ich kann nicht länger warten.«

Er presste seine Lippen auf ihre, und Jahre des Verlangens und der Lust brachen wie eine Welle über ihn herein, als sie ihm ihren Mund öffnete und ihre Zunge über seine gleiten ließ. Ein Sturm von Gefühlen durchflutete ihn: Gier, Lust, Fassungslosigkeit und eine Liebe, die so endlos schien wie das Meer. Amy schmeckte so süß, als hätte sie ihr ganzes Leben auf diesen einen Moment gewartet. Ihr Körper schmiegte sich geradezu perfekt an Tonys, als er sie in die Arme nahm und ins Schlafzimmer trug. Er fühlte sich wie in dem Moment, bevor er in die Röhre einer brechenden Welle hineinsurfte, von der er wusste, dass er darin ertrinken könnte, nach der er sich aber gleichzeitig so sehr sehnte, dass er nicht von ihr ablassen konnte.

Er legte sich vorsichtig mit ihr aufs Bett. Amy schlang die Arme um seinen Nacken und bog sich ihm mit einem lustvollen Stöhnen entgegen, als er sich zögerlich von ihr losmachen wollte. Also rutschte er neben sie, bevor er sich schließlich von ihrem herrlichen Mund und dem Kuss losriss, der ihm die Sinne raubte. Er strich ihr ein paar Haarsträhnen aus der Stirn und küsste ihre Mundwinkel, spürte ihren heißen Atem an seinen Wangen, was ihn dazu verleiten wollte, sich noch mehr zu nehmen. Seine Lippen suchten sich einen Weg über ihre Stirn, die Schläfe, den Kiefer, und dann erlaubte er sich noch einen Moment der Schwäche und küsste ihr Schlüsselbein. Sie war wie eine Droge für ihn, selbst nach all den Jahren.

Amy warf den Kopf in den Nacken und krallte ihre Hände in Tonys Haar, was ihn in die Realität zurückholte.

»Ja.« Ihr sehnsüchtiges Wispern ging ihm durch und durch.

Er brauchte mehr von ihr. Alles von ihr. Er wollte nicht gehen. Er war noch nicht bereit dazu. Würde er es jemals sein? Erneut erkundete er Amys Lippen, prägte sie sich ein, eroberte ihren Mund. Sie kam ihm bei jeder Liebkosung entgegen. Seine Hand glitt seitlich an ihrem Oberkörper hinunter bis zum Saum seines T-Shirts und traf dort auf die Stelle nackter Haut über ihrem Hüftknochen. Ach, verdammt. Was machte er denn da? Eine Bewegung seiner Hand und er würde spüren, wie bereit sie für ihn war. Wie feucht, wie einladend.

Tony zwang sich, seine Lippen von ihren zu lösen, und wich nach Luft schnappend ein Stückchen zurück.

»Wir müssen aufhören.«

»Nein.« Amy zog ihn wieder zu sich.

Er lächelte über ihre Entschlossenheit, die ihn so sehr an diesen unglaublichen – und katastrophalen – Sommer erinnerte.

»Tony, bitte.«

So kurz war er davor, ihr nachzugeben. Noch einmal so vollkommen ihr zu gehören, war alles, was er wollte. Seine Entschlossenheit geriet ins Wanken. Nein, Amy brauchte seine Stärke.

Schluss damit.

Jetzt.

»Süße«, keuchte er. »Wir müssen aufhören.«

»Neeeiiiiin.« Amy vergrub ihr Gesicht an seiner Brust und klammerte sich an seine Arme, als wären sie eine Rettungsleine auf hoher See.

»Ich würde mir das nie verzeihen, wenn wir das jetzt tun, Amy. Nicht jetzt.«

Erst wenn ich weiß, dass wir die Vergangenheit bewältigt haben und ohne Reue nach vorn blicken können. Erst wenn ich sicher bin, dass du mich nicht wieder wegschickst.

Nichts davon konnte er laut aussprechen. Er musste sich darauf beschränken, es in Worte zu fassen, die Amy nicht sofort abschreckten.

»Erst wenn ich mir und dir beweisen kann, dass ich der Mann bin, den du verdienst, und der einzige Mann, den du brauchst.«

Acht

Am nächsten Morgen saß Amy in Tonys Shirt und ihre Schlafshorts gekleidet auf Bellas Terrasse und sah sich mit forschenden Blicken aus vier Augenpaaren konfrontiert. Vier, nicht drei. *Vier.* Offenbar hatte Sky eine spontane Eingebung gehabt, dass in Seaside etwas Großes im Gange war, das sie nicht verpassen wollte. Sie war am Cape aufgewachsen und vor zwei Jahren hierher zurückgekehrt, um im Baumarkt ihres Vaters mitzuhelfen, als dieser sich in einen Alkoholentzug begeben hatte. Im Zuge dessen hatte sie ihre Liebe zu ihrer Heimat neu entdeckt und war geblieben. Damit war sie schnell zu einer weiteren Seaside-Freundin geworden. Im Moment saß sie auf ihren untergeschlagenen Beinen, den langen Baumwollrock um die Knie gewickelt, und ihr Batik-Tanktop rutschte von einer Schulter, während Jenna ihr die Fingernägel in einem tiefen Lila lackierte.

»Und?«, drängelte Bella. Sie und die anderen Mädels hatten auch noch ihre Schlafanzüge an. Und keine einen BH. Bella trug ein Tanktop und Shorts, während Leanna und Jenna Tops mit schmalen Trägern und dazu passende Seidenshorts anhatten.

Ich sollte dringend mal die Wahl meiner Nachtwäsche über-

denken. Amy warf einen Blick auf Tonys Shirt und beschloss, dass sie lieber das als sexy Dessous trug.

Sie warf einen Blick auf Tonys leere Einfahrt. Natürlich war er am Strand. Er lebte und atmete das Surfen. Seine Sommertage waren um den Sport herumgeplant, während sie selbst sich bemühte, möglichst gar nichts zu planen. Das war eines der Dinge, die sie immer an Tony geliebt hatte. Er wollte in allem Topleistungen erbringen, und deshalb verstand sie inzwischen, dass er auch für sie der Beste sein wollte – nachdem er gestern Nacht gegangen war und ihre Hormone sich wieder beruhigt hatten. Wenn er doch nur verstehen würde, dass er das für sie bereits war.

»Habe ich doch schon gesagt.« Sie senkte die Stimme, obwohl Tony nicht da war. Kurt saß an seinem Computer auf Leannas Terrasse, und Caden war mit seinem fast achtzehnjährigen Sohn Evan losgezogen, um ein paar Dinge zu besorgen, die der Junge für sein erstes Semester auf dem College im Herbst brauchte.

Die Mädels lehnten sich erwartungsvoll nach vorne.

»Wir haben geredet.« Amy war immer noch ein wenig von der Rolle. Sie konnte nicht glauben, dass sie sich nach all den Jahren wieder geküsst hatten, und hätte sich am liebsten auf den Tisch gestellt und *»Ich habe endlich Tony Black geküsst!«* in die Welt hinausposaunt. Doch gleichzeitig machte sie sich Sorgen, dass sie es damit vielleicht versauen würde. Was, wenn er das alles gar nicht ernst gemeint hatte? Vielleicht hatte sie ihn zu sehr bedrängt, und er hatte nur nachgegeben, weil er sie nicht noch mehr verletzen wollte.

Bella warf die Hände in die Luft. »Ernsthaft? Du strahlst so, weil ihr euch unterhalten habt? Das kaufe ich dir kein bisschen ab. Dafür ist dein Grinsen zu zufrieden.«

Leanna tätschelte Bellas Schulter. »Bella, lass ihr ein bisschen Luft zum Atmen. Es ist in Ordnung, wenn sie nur geredet haben. Das könnte sogar größer sein, als Sex zu haben.«

Bella verdrehte die Augen.

»Finde ich auch.« Sky wedelte mit ihren feuchten Fingernägeln in der Luft herum. »Wenn ich mich verliebe, so richtig echt, werde ich auch mit dem Sex warten.«

Jenna warf den Kopf in den Nacken und lachte laut auf. »Du hast keine Ahnung, wie das laufen wird, Sky.« Sie zog ihren Fuß auf den Stuhl und begann, sich die Zehenägel zu lackieren. »Petey ist dein Bruder und du willst das wahrscheinlich nicht hören, aber ich hätte auf keinen Fall länger warten können. Die Liebe ist so eine unglaubliche, alles verzehrende Kraft, die sich an dich ranschleicht, dir jeden rationalen Gedanken klaut und durch so starke Gefühle ersetzt, dass du sie einfach nicht ignorieren kannst.«

»Ich bin vollkommen deiner Meinung«, warf Leanna ein. »Aber ich kann Sky auch verstehen. Ich meine, ich konnte Kurt kein Stück widerstehen, aber ich finde schon, dass es sinnvoll sein kann, mit dem Sex zu warten.«

Bella tätschelte Sky lachend den Fuß. »Willst du mir etwa weismachen, dass du noch nicht mit Blue geschlafen hast?«

»Ernsthaft?« Sky schlug auf den Tisch. »Das fragst du mich andauernd. Nein, nein und noch mal nein. Wir sind nur sehr gute Freunde.«

»Hey, du bist doch diejenige, die bei ihm übernachtet«, erwiderte Bella.

»Wir sind Freunde. Wir schauen Filme und hängen zusammen ab«, erklärte Sky.

»Entweder schwindelst du echt gut oder du machst dir selbst was vor.« Bella deutete auf Sky. »Ich wette fünfzig Mäuse, dass der Big Bang dich schneller einholt, als dir lieb ist, wenn du dir entweder die Wahrheit über Blue eingestehst oder in einem anderen Mann das findest, was du suchst.«

Amy zog eine Augenbraue hoch. »Der *Big Bang*, Bella? Kann es nicht ein bisschen romantischer sein, wie die *große Liebe* oder *zärtlich unanständig*?«

»Du bist einfach zu süß, Liebes«, meinte Bella.

Amy fuhr wieder mal ein Ablenkungsmanöver, wie sie es schon seit Jahren tat. Eigentlich wollte sie ihre engsten Freunde wie einen Wall um sich scharen und sie in das Geheimnis einweihen, das sie im College fast umgebracht hatte. Das Geheimnis, dessen Existenz sie vierzehn Jahre lang geleugnet hatte. Das Geheimnis, das sie nicht überlebt hätte, wenn sie es nicht so tief in sich begraben hätte.

Sie hatte Tonys Kind verloren.

Unser Kind.

Sie hätte es Tony an jenem Sommernachmittag direkt sagen sollen, anstatt erst mit ihm surfen zu gehen. Ein letztes Mal wollte sie damals das Hochgefühl in den Wellen erleben, mit ihm hinter sich, der sie beobachtete und stolz auf ihr Können war. Sie wollte an dieser einen Sache teilhaben, die Tony Freiheit von den Gemeinheiten seines Vaters verschafft hatte, nur noch dieses eine Mal, bevor sie ihm sagte, dass sie schwanger war. Er hätte sie niemals surfen lassen, wenn er es gewusst hätte.

Amy hatte solche Angst gehabt, dass jemand von ihrer Beziehung und dem Sex Wind bekommen würde. Dann hätte ihr Vater ... Gott, bis heute hatte sie keine Ahnung, was er getan hätte. Wenn sie das Baby nicht verloren hätte, hätten sie es ihm doch erzählt, oder? Wie hätte er wohl darauf reagiert? Daran hatte sie seit jenem schicksalhaften Abend nicht mehr gedacht.

Sie war immer sein Ein und Alles gewesen, sein *kleines Mädchen*. Nie hatte sie seine sorgfältig abgesteckten Grenzen überschritten oder sein Vertrauen missbraucht … Bis zu diesem Sommer, als sie sich nicht mehr beherrschen konnte. Ihre Gefühle für Tony zu verleugnen, hätte sie zerstört. Und jetzt, als sie in die Augen der Frauen blickte, die schon so lange für sie da waren, wie sie denken konnte, traf sie der Verrat an ihnen wie die Welle, die sie vor so langer Zeit überrollt hatte.

Jenna klatschte in die Hände. »Ich hab's! Der *große Einschlag*! Oder … oder …« Ihre Augen leuchteten auf. »In Tonys Fall, die *große Welle*.«

»Nun, er surft immerhin auf einem Ozean. Wie wäre es mit dem *großen O*?« Leanna lachte.

»Oh, oh, oh! Surfer-Begriffe! Das kriege ich hin. Als Teenager bin ich viel gesurft.« Sky wedelte mit den Händen in der Luft. »*Genau den richtigen Spot finden! Tiefenmanöver?* Oder wie wär's mit *Immer obenauf?*«

Amy konnte darüber nicht lachen. Wenn das Thema auf Sex und Surfen kam, wurde sie direkt in die Vergangenheit zurückkatapultiert. Würde sie das jemals ganz überwinden? Sie erinnerte sich noch gut an die Panikattacken, unter denen sie gelitten hatte, als sie nach jenem verhängnisvollen Sommer an der Brown angefangen hatte. Ihre Noten waren gerade noch so zu retten gewesen, und mithilfe eines Psychologen lernte sie, die Angstzustände zu überwinden. Letztlich hatte sie es geschafft, und sie war auch jetzt stark genug, diese Erinnerungen beiseitezuschieben und mit ihren Freunden zu scherzen. Die Mädels waren wie immer: echt. Wenn sie nur wüssten, wie echt die Welt für Amy damals geworden war.

Tiefenmanöver? »Leute, hört auf«, flehte Amy. »Wir reden hier von *Tony*.«

»Genau.« Bella wackelte mit den Augenbrauen. »Gibst du es jetzt zu?«

»Wir haben uns geküsst, okay? Ein atemberaubender, weltverändernder Kuss, nach dem ich so von den Socken war, dass ich mich nicht mal verabschieden konnte, als er gegangen ist.« Sie atmete laut aus und war erleichtert, dass sie ihnen das mit dem Kuss erzählen konnte.

»Wow.« Bella lehnte sich lächelnd zurück.

»Atemberaubend?« Sky wickelte sich eine Haarsträhne um den Finger. »Siehst du? Dafür hat es nicht mal Sex gebraucht.«

Leanna berührte Amy am Knie. »Heißt das, dass du nicht umziehst?«

»Ganz ehrlich? Ich weiß es nicht. Tony hat gesagt, dass ich einen besseren Mann verdiene.«

»Einen besseren als diesen Gott auf Erden? Ja, genau.« Jenna lachte. »Als gäbe es die wie Sand am Meer. Was ist denn nur in ihn gefahren? Hast du ihm einen geblasen?«

»Jenna!«, fuhr Amy sie an.

»Was denn? Das würde sein Hirn wieder geraderücken. Ich mein ja nur.« Sie hielt das Nagellackfläschchen hoch und tat so, als würde sie daran lutschen.

»Obwohl ich Jennas Argument vollkommen verstehe …« Sky lächelte Jenna an. »Reden ist das A und O. Blasen hebt man sich auf, bis der Kerl dich so sehr verwöhnt hat, dass du es kaum noch aushältst, weil du so erschöpft und befriedigt bist. Ein bisschen Hand- und Zungeneinsatz und *voilà*! Beide sind zufrieden. Glücklicher Mann, glückliche Frau.«

Amy erkannte ihre Niederlage mit erhobenen Händen an. »Tut mir leid, dass ich was gesagt habe. Bei uns ist das nicht so.« *Nicht, dass ich es nicht wollte.* »Wir sind noch in der Phase, wo wir nur miteinander reden. Ein Teil von mir geht irgendwie davon aus, dass Tony mich nur geküsst hat, weil ich es so sehr wollte, aber angefühlt hat es sich eigentlich nicht so.«

»Ach, Schatz«, meinte Leanna. »Du machst dir nur Sorgen, weil es sich schon so viele Jahre hinzieht. Wann trefft ihr euch wieder?«

Amy zuckte mit den Schultern, als würde sie Leanna recht geben, dabei kannte sie doch die Wahrheit. Die Vergangenheit war zwischen ihnen lebendig geworden wie das Meer, stieg und fiel wie Ebbe und Flut mit ihren Gedanken oder wenn sie heiße Blicke tauschten, wartete darauf, sich zu einer hohen Welle aufzutürmen und sie zu verschlingen.

»Darüber haben wir gar nicht gesprochen. Tony hat sich nur entschuldigt und unglaublich nette Sachen gesagt. Dann … haben wir uns geküsst.« Tonys Worte gingen ihr zum tausendsten Mal an diesem Morgen durch den Kopf. *Du bist alles für mich, Amy. Du bist das Erste, woran ich denke, wenn ich aufwache, und das Letzte, woran ich denke, bevor ich einschlafe.*

»Könntest du das mit den *unglaublich netten Sachen* näher ausführen?«, fragte Bella.

»Nein. Es ist zu leicht, mich daran zu klammern und zu hoffen, dass er das alles ernst gemeint hat. Aber da war etwas in seinem Blick. Kein Zweifel, das nicht, aber vielleicht so was wie Zurückhaltung?« Vielleicht sogar Misstrauen. Wie konnte Tony ihr jemals wieder vertrauen, nachdem sie ihn so schroff abgewiesen hatte, obwohl er doch nur ihren Schmerz hatte lindern wollen?

»Jedenfalls ist es totaler Quatsch, wenn er denkt, dass du einen besseren Mann als ihn verdienst«, sagte Leanna. »Vielleicht hat er kalte Füße bekommen. Wahrscheinlich ist es ihm einfach schwergefallen, dir seine Gefühle zu gestehen.«

»Na ja … Er ist schon ein kleiner Playboy«, fügte Bella

mitfühlend hinzu.

Amy versetzte ihr unter dem Tisch einen Tritt. »Vielen Dank auch. Als ob ich mir nicht schon genug Gedanken machen würde.« Sie verschränkte die Arme auf dem Tisch und legte die Stirn darauf. Auf keinen Fall wollte sie sich zu viele Hoffnungen machen.

»So habe ich das nicht gemeint. Ich wollte nur zu bedenken geben, dass er praktisch keine Erfahrung mit langfristigen Beziehungen hat«, erklärte Bella. »Wahrscheinlich hat er eine Scheißangst davor, sich fest zu binden.«

»Keiner von uns hatte früher eine besonders gute Erfolgsbilanz bei langfristigen Beziehungen, Bella.« Leanna bestrich ein Croissant mit Marmelade und schob es Amy zu. »Probier mal meine neue Geschmacksrichtung, Sweet Heat. Essen hilft immer.«

Amy warf ihr einen skeptischen Blick zu. »Sweet Heat?«

»Erst probieren. Danach fühlst du dich ganz sicher besser. Meine Freundin Joanie vom Flohmarkt hat mir vorgeschlagen, etwas Süß-Scharfes zu testen.« Sie schob den Teller näher an Amy heran. »Komm schon.«

Amy setzte sich auf, rupfte eine Ecke des Croissants ab und steckte sie sich in den Mund. Der würzige Geschmack von Jalapeño zusammen mit Süße und Schärfe explodierte auf ihrer Zunge. »Oh mein Gott. Das ist wahnsinnig gut, und der Name ist perfekt. Es schmeckt tatsächlich irgendwie sexy.« Sie schnappte sich das Glas mit der Marmelade von Luscious Leanna's Sweet Treats und studierte das rot-grüne Etikett. »Sweet Heat, süße Hitze. Finde ich großartig.« Sie schob den Teller wieder in die Mitte des Tisches. »Das müsst ihr probieren.«

Während die anderen sich über Leannas neuestes Geschmacksexperiment hermachten, dachte Amy an die süße Hitze, die sie gestern Abend erlebt hatte. Auf der einen Seite war sie überglücklich, dass sie endlich den Mann wieder küssen durfte, den sie liebte. Auf der anderen Seite fragte sie sich allerdings, wie sie darauf vertrauen sollte, dass er der Mann war, den sie verdiente, wenn er es nicht tat.

Tony stand mit einer Handvoll anderer Früh-Surfer am Strand und betrachtete die Brandung. Wie bei jeder Sportart gab es auch unter den Surfern ein unausgesprochenes Gemeinschaftsgefühl. Ein Blick sprach Bände über miese Wellen, Unterströmungen, den Schmerz einer Niederlage oder das Hochgefühl eines fantastischen Ritts. Tony versuchte immer, sich beim Surfen am Cape unauffällig zu verhalten, aber in der Surfer-Community war er eine Berühmtheit. Seine Identität konnte er nur schwer verbergen, wenn er ein Brett unter dem Arm trug.

Selbst in seinem Neoprenanzug wirkte er massiger als die meisten Surfer am Cape. Die meisten hier surften nur zum Spaß, ohne Wettkampfgedanken. Tony absolvierte früh morgens seine Fünf-Meilen-Joggingrunde, verbrachte Stunden beim Surfen und trainierte auch ansonsten, was das Zeug hielt. Darauf beschränkte sich sein Fitnessprogramm jedoch nicht. Tony achtete ebenso penibel auf gute Ernährung und sorgte auch für seinen Verstand, indem er sich auf dem neuesten sportwissenschaftlichen Stand hielt und sich über Sportmedizin und aktuelle Veranstaltungen der Community informierte. Er war der festen Überzeugung, dass eine gute Mischung den

Schlüssel zum Erfolg darstellte. Es gab einen Grund dafür, dass er in allem, was er tat, führend war – und das hatte er wahrscheinlich seinem Vater zu verdanken. Sich vor dem Mann zu beweisen, zu dem er jahrelang aufgeschaut hatte, und ihr letzter gemeinsamer Sommer, der eine Qual gewesen war, war genau der Anstoß gewesen, den Tony gebraucht hatte, um über seine Grenzen hinauszuwachsen.

Das war auch der Grund dafür, dass er für Amy der verdammt beste Mann werden würde, den es gab. Was auch immer er dafür tun musste. Wenn er fähig war, in anderen Bereichen seines Lebens erfolgreich zu sein, dann war er auch fähig, das zu schaffen. Doch während er so neben den anderen Surfern am Strand stand, das Meer beobachtete und an Amy dachte, wurde ihm plötzlich klar, dass er den wichtigsten Teil der Gleichung übersehen hatte. Es gab eine Sache, über die Tony nie hinweggekommen war, und der Kuss führte ihm das wieder einmal vor Augen. Dass Amy ihn damals so einfach abserviert hatte, war beinahe sein Untergang gewesen. Sie hatte ihr Leben einfach weitergelebt, ohne einen Blick zurück, während Tony fast daran zugrunde gegangen wäre. Konnte er das auf sich beruhen lassen und Amy sein Herz wieder vollständig öffnen?

»Mom! Das ist er. Ich habe dir doch gesagt, dass er hier ist!« Ein kleiner Junge rannte breit grinsend und so enthusiastisch auf Tony zu, dass er beim Stoppen Sand über dessen Füße verteilte. Er schien nur aus knochigen Knien, Ellenbogen und einer dunklen Igelfrisur zu bestehen.

»Jonah, mach langsam. Belästige den Mann nicht.« Seine Mutter trug einen schwarzen Badeanzug und folgte dem Jungen mit einem verlegenen Lächeln.

»Schon in Ordnung«, gab Tony gelassen zurück, als der Kleine versuchte, an seinem Neoprenanzug zu zupfen. »Was ist denn, Kumpel?«

»Du bist Tony Black.«

Tony lachte. »Ja, stimmt. Und wie heißt du?«

»Jonah. Jonah Mickelow. Ich werde auch Surfer, wenn ich älter bin. Mom sagt, ich muss acht sein, also habe ich noch zwei Jahre, aber dann werde ich es lernen. Und ich werde deine Rekorde brechen und noch besser sein als du.« Seine Augen weiteten sich vor Aufregung und in seiner hohen Stimme schwang Begeisterung mit.

»Noch zwei Jahre, hm? Dann sollte ich mich so lange lieber noch mal richtig anstrengen.«

»Ja, weil ich echt gut sein werde.« Der kleine Junge drehte sich zu seiner Mutter um. »Das ist meine Mom. Sie und ihre Freundinnen finden dich heiß. Ich will auch heiß sein, wenn ich so alt bin wie du.«

Seine Mutter lief feuerrot an und murmelte peinlich berührt: »Oh Gott, Jonah!«

Tony lachte. Aus Gewohnheit wanderte sein Blick zur Düne, wo Amy oft saß und ihm beim Surfen zusah. Ihm blieb fast das Herz stehen. Dort saß sie, die Arme um die angezogenen Knie geschlungen und das Kinn darauf gebettet.

Sie hatte ihn schon unzählige Male beobachtet, fast immer allein, und sie kam nie zum Strand herunter. Sie blieb einfach eine Weile, während er surfte, und wenn er später wieder in ihre Richtung schaute, war sie weg. Diesmal wollte er nicht, dass sie ging.

Der kleine Junge zupfte wieder an seinem Anzug. »Kannst du mir ein Autogramm geben?«

»Aber sicher doch.« Tonys Blick huschte noch einmal zu Amy. Es war so schön, dass sie da war. Dann wandte er sich Jonahs Mutter zu.

»Oh, ich … Ich habe nichts dabei, worauf man schreiben kann, Schatz.«

»Warte mal kurz, Kumpel.« Tony eilte den Strand hinauf zu seiner Ausrüstung. Er hatte eine Schwäche für Kinder, und im Laufe der Jahre hatte er sich angewöhnt, immer einen Stift und Papier zur Hand zu haben. Er erinnerte sich noch gut daran, wie aufregend es für ihn gewesen war, die Profis in Aktion zu sehen, und wie sehr er sich wünschte, sie eines Tages zu treffen, sich an die Strände zu schleichen, an denen sie häufig surften, und auf die perfekte Gelegenheit zu warten. Aus eigener Erfahrung wusste er, dass dieser Enthusiasmus zu Ehrgeiz führte, und deswegen stellte Tony sicher, dass kein Kind, das ein Autogramm wollte, mit leeren Händen nach Hause ging. Jetzt sah er auf den begeisterten kleinen Jungen hinunter und fragte sich auf einmal, ob seine Haltung gegenüber Kindern vielleicht mehr mit dem Verlust zu tun hatte, den er mit Amy erlebt hatte, und weniger mit dem Bewundern der Profi-Surfer, als er selbst noch jünger gewesen war.

»Sind Sie sicher?«, fragte seine Mutter. »Wir wollen Sie wirklich nicht beim Surfen stören. Ich bin übrigens Lydia.«

»Kein Problem«, erwiderte Tony. Er kritzelte eilig eine persönliche Widmung für Jonah, weil er gleich noch mit Amy reden wollte, bevor sie sich wieder in Luft auflöste. Trotzdem nahm er sich die Zeit, vor dem Jungen in die Hocke zu gehen.

»Bitte sehr, Kumpel. Surfen erfordert eine Menge Energie und Leidenschaft, genau wie die Schule. Du musst also in der Schule genauso gut sein, wie du es eines Tages auf den Wellen sein willst – verstanden?«

»Verstanden, Mr. Black. Vielen Dank.« Jonah griff nach der Hand seiner Mutter und lächelte sie strahlend an. »Guck mal, Mom. Ich habe ein Autogramm von Tony Black.«

Lydia lächelte Tony an. »Danke, auch für die kleine Lektion.« Sie musterte ihn von unten bis oben.

Bedeutungsloser Sex war ihm längst zuwider geworden. Er konnte sich nicht länger vor dem verstecken, was er wirklich wollte: sein Leben mit jemandem zu teilen, den er liebte.

Und als er wieder zur Düne schaute, wusste er, dass es nur eine Person gab, die diesen Platz einnehmen konnte. Und die war gerade auf dem Weg zum Parkplatz.

Tony ignorierte Lydias eindeutigen Blick, warf Block und Stift in seinen Rucksack und eilte den Strand entlang zu dem breiten, steilen Weg, der die Düne hinauf zum Parkplatz führte. Er erreichte den Dünenkamm, als Amy gerade zur Ausfahrt fuhr, und Tony sprintete barfuß über den Parkplatz. In diesem Moment war er wirklich dankbar für sein Training. Er erreichte Amys Auto, als sie sich in die Schlange zur Straße einreihte, und klopfte an ihr Seitenfenster. Amy fuhr erschrocken zusammen.

Sie ließ es mit einem schüchternen Lächeln herunter, und Tony war unendlich froh, dass er sie noch erwischt hatte. Die Erinnerung an ihren Kuss war noch so frisch, dass er sich beinahe zu Amy hinuntergebeugt und sie erneut geküsst hätte.

»Hey«, begrüßte Tony sie außer Atem. Amy trug seinen Lieblingsbikini, den blassblauen, der ihn an ihr Ferienhaus erinnerte. Und sofort war er in Gedanken wieder bei ihrem Bett und dem Gefühl ihres Körpers unter seinem.

»Hey.«

»Warum gehst du schon?«

Sie schaute zur Seite. »Ich … hm … ich wollte nur ein bisschen entspannen.«

»Bleib bei mir.«

»Ich weiß nicht. Du hast da unten ziemlich beschäftigt ausgesehen.« Sie strich mit einem Finger übers Lenkrad. Als das

Auto vor ihr auf die Straße fuhr und Amys Wagen vorwärts rollte, ging Tony neben ihr her, ließ die Tür aber nicht los.

Etwas in ihrer Stimme machte ihn stutzig und als er sie genauer musterte, fiel es ihm wie Schuppen von den Augen. Er war so aufgeregt gewesen, sie hier zu sehen, dass er nicht bemerkt hatte, wie sehr sie offensichtlich etwas beschäftigte.

»Bitte?«

»Tony … Ich … ich bin nicht bereit, den Job in Australien aufzugeben.«

»Ich …« Er hatte wirklich nicht damit gerechnet, dass sie das noch durchziehen wollte. Seit gestern Abend war Australien in seiner Vorstellung gar nicht mehr vorgekommen. Warum wollte sie das mit ihnen direkt wieder hinschmeißen? »Ich will nur ein bisschen Zeit mit dir verbringen.«

Sie seufzte. »Du bist zum Surfen hergekommen.« Sie versuchte, es zu unterdrücken, aber das Lächeln, das ihre vollen Lippen umspielte, war trotzdem da.

Und jetzt wusste er auch wieder, wie sie schmeckten. »Komm schon, Amy. Das wird lustig.«

Amy tippte unruhig auf dem Lenkrad herum.

»Wir machen einen Spaziergang und schauen, wer die hässlichsten Badeklamotten anhat.«

Das brachte sie nun richtig zum Lächeln. Offenbar erinnerte sie sich noch ebenso gut daran wie er. Das hatten sie damals immer den anderen gegenüber behauptet, wenn sie am Strand spazieren gingen, um miteinander alleine zu sein. Ihre List hatte perfekt funktioniert – ihre Freunde hatten sich über sie lustig gemacht, weil sie so einer langweiligen Beschäftigung nachgingen, und wollten nie mitkommen. Vor den anderen konnten sie sich ja nicht küssen, aber wenn sie weit genug am Strand entlanggelaufen waren, gab es für sie beide kein Halten mehr.

»Aber nach allem …«

»Wir brauchen Zeit miteinander, Amy.« Tony streichelte mit dem Fingerknöchel über ihre Wange und sie schloss für einen winzigen Moment die Augen. Doch das genügte ihm, um zu wissen, dass er sie fast überzeugt hatte. »Bitte?«

Also spazierten sie am Strand entlang mit der Sonne im Rücken und Schweigen zwischen ihnen. Amy sah so sexy und süß aus, etwas, das nur sie so mühelos hinbekam. Sie wirkte auf den ersten Blick nicht angespannt, aber Tony kannte sie gut genug, um es trotzdem zu merken.

Die Leichtigkeit ihrer Freundschaft wurde durch die Vergangenheit belastet. Tony hatte kein Ziel vor Augen gehabt, als er Amy gebeten hatte, da zu bleiben. Er wollte einfach nur mit ihr zusammen sein und sehen, wie sich die Dinge entwickelten, genauso ungezwungen, wie seine Gefühle für sie vor so vielen Jahren gewachsen waren. Nichts davon war geplant. Er hatte sich von Sekunde zu Sekunde, von Tag zu Tag, von Jahr zu Jahr mehr in sie verliebt. Es hatte keine Absicht dahintergesteckt, und anfangs hatte er es selbst gar nicht gemerkt. Sie hatten sich auf eine Weise zueinander hingezogen gefühlt, die vollkommen natürlich und sehr real war.

Amy betrachtete die Menschen, an denen sie vorbeikamen, sehr aufmerksam, also war sie wirklich auf der Suche nach der hässlichsten Badekleidung. Der Gedanke brachte ihn zum Lächeln. Sie brauchten dieses Spiel nicht mehr als Tarnung zu benutzen und sie mussten ihre Gefühle auch nicht mehr geheim halten. Doch Tony hatte den Eindruck, dass sie es mit neuen Hindernissen zu tun hatten. Hindernissen, die die Vergangenheit von der Gegenwart trennten, und eine weitere Grenze zwischen der Gegenwart und der Zukunft.

In dem Sommer, in dem sie sich gefunden hatten, hatte er

gewusst, dass seine Gefühle tiefer gingen als alles, was er je erlebt hatte. Und jetzt, trotz der scheinbar unüberwindlichen Hindernisse und trotz des Schmerzes, der ihnen sicher noch bevorstand, brachen diese Gefühle sich Bahn, so heftig, als würde ein Surfbrett mit einem Ruck in zwei Teile zerbrechen.

Unaufhaltsam.

Neun

»Der orange da drüben«, flüsterte Tony ihr ins Ohr.

Amy suchte den Strand ab, froh über die Ablenkung von ihren Gedanken. Ihr Blick blieb an einem alten Mann hängen, der eine Badehose in Neonorange trug.

»Das ist ein Volltreffer.« Sie war so nervös, dass sie keine Ahnung hatte, wie sie normal gehen, geschweige denn sprechen sollte. Im Stillen betete sie, dass Tony die Vergangenheit nicht zur Sprache bringen würde, und ebenso entschlossen wünschte sie sich, dass alles wieder so wurde, wie es noch vor einer Woche gewesen war. Da hatten sie Arm in Arm spazieren gehen können, und Amys einzige Sorge war gewesen, ob Tony sie mochte oder sich einfach nur verhielt, wie er sich eben immer verhielt. Aber sie hatte sich ja Antworten erhofft. Die hatte sie nun – und sie war froh darüber –, aber das machte es irgendwie auch nicht leichter.

Amy versuchte, sich auf das Positive zu konzentrieren. Wenigstens kannte sie jetzt die Wahrheit. Sie wusste, was dahintersteckte, wenn er sich so verhielt. Er beschützte sie, war ihr auf die einzige Art und Weise nahe, die er sich gestattete, aber Amy war nicht bereit, ihren Traumjob für eine wackelige Beziehung aufzugeben, bei der noch Dinge im Raum standen, mit denen sie womöglich nicht umgehen konnte. Doch obwohl sie Australien bereits zugesagt hatte, wollte sie mehr mit Tony. Sie wollte zwar nicht in die Vergangenheit zurückkehren, aber sie wollte wirklich eine Zukunft mit ihm, auch wenn sie keine Ahnung hatte, wie das funktionieren sollte. Es war an der Zeit, ihre Angst zu überwinden und sich ihren Dämonen zu stellen.

Davon beflügelt griff sie nach Tonys Hand, und zum ersten Mal spürte sie, wie er kurz zögerte. Hatte sie ihn abgeschreckt? Verlor sie ihn, weil sie sich nicht mit ihrer Vergangenheit auseinandersetzen wollte? Der Gedanke jagte ihr Angst ein. Sie nahm all ihren Mut zusammen und ging dichter neben ihm. Tony schaute sie durch die im Sonnenlicht glänzenden Haarsträhnen an, die ihm schon wieder in die Augen fielen, und sein Mund verzog sich zu einem schiefen Lächeln. Amy umfasste seinen Oberarm mit der freien Hand. Ihre Wange an seinen Arm zu lehnen, fühlte sich nicht so seltsam an, wie sie es nach der letzten Nacht befürchtet hatte, und als er sich zu ihr herunterbeugte und ihr einen Kuss auf den Kopf gab, wusste sie, dass sich gleichzeitig alles verändert hatte und doch gleich geblieben war.

Das machte alles nur noch verwirrender. Aber Amy war immer noch nicht bereit, sich zurückzuziehen und die Sache gründlich zu überdenken, wie sie es sollte.

»Ich habe dich vermisst«, meinte Tony, und ließ die Füße schwungvoll durchs Wasser gleiten.

»Ich bin doch immer da.« Das hatte er nicht gemeint, aber Amys Nervosität machte es ihr schwer, die richtige Antwort zu finden.

»Nein. Ich meine, ich habe dich all die Jahre vermisst, Amy.« Er starrte sie mit einem durchdringenden Blick an, der zeigte, was er meinte.

Er wollte das hier. Sie. Ihre Beziehung.

Sie öffnete den Mund, doch kein Wort kam ihr über die Lippen. Tony ließ ihre Hand los und legte ihr den Arm um die Schultern. Als er sie an sich zog, fühlte Amy sich, als würde sie am Abgrund zwischen Vergangenheit und Gegenwart stehen. Wie konnte sie diese Grenze überschreiten, ohne sich im Schmerz zu verlieren?

Auf einmal blieb er stehen und drehte sie zu sich. Er schob seine Hände in ihre Haare und zog ihren Kopf leicht in den Nacken. Es war die gleiche intime Geste, die sie in jenem vergangenen Sommer so oft geteilt hatten und die ihre Wirkung auf Amy immer noch nicht verloren hatte. Sie schmolz dahin.

»Jeder hat eine Vergangenheit. Ich habe meine, du hast deine und wir haben unsere. Ich werde dir um jeden Preis beweisen, dass unsere Vergangenheit, egal wie schmerzhaft sie war, nicht die Zukunft ruiniert, die wir miteinander haben könnten. Entweder schaffen wir das oder wir laufen davor weg. Dieses Mal ist es unsere Entscheidung, Amy. Es gibt keine äußeren Einflüsse, die uns in die eine oder andere Richtung drängen. Es gibt nur dich und mich und das, was zwischen uns sein könnte.«

Amy dachte nicht nach, als sie sich auf die Zehenspitzen stellte und ihre Hand in Tonys Nacken legte. Er kam ihr entgegen, und ihre Lippen trafen sich zu einem warmen, wundervollen Kuss, voller Leidenschaft mit einer Prise Sorge. Die Liebkosung war schön und rau zugleich, wie der Weg, den sie gehen mussten, um ihr Leben zu meistern.

Als sie sich schließlich voneinander lösten, drückte Tony ihr einen weiteren sanften Kuss auf den Mund und noch einen auf die Stirn, bevor er seine Wange an ihre schmiegte und flüsterte: »Ich habe mich entschieden. Ich werde beweisen, dass ich der richtige Mann für dich bin.«

»Tony.«

Er sah ihr suchend in die Augen. Amy wünschte, sie könnte so tun, als ob alle Zweifel und aller Schmerz verschwunden wären, aber sie waren noch da, warteten an der Seitenlinie.

»Ich bin nicht perfekt, Amy, aber ich werde es versuchen.«

Sie biss sich auf die Unterlippe, um ihre Tränen zurückzudrängen, angesichts von so viel Aufrichtigkeit. Ihre Träume wurden wahr und das machte ihr eine Heidenangst.

»Ich bitte dich wirklich nur darum, dass du dieses Mal nicht einfach verschwindest. Sprich zuerst mit mir. Gib mir eine Chance. Ich ertrage es nicht, wenn du mich wieder von dir stößt. Nicht bei dir. Nicht, wenn ich meine Mauern öffne und dich hereinlasse.«

Sie verlor den Kampf und Tränen bahnten sich einen Weg über ihre Wangen.

Tony wischte sie mit seinem Daumen weg. »Bitte«, flüsterte er.

Mehr als ein Nicken brachte sie nicht zustande. Ihr schlechtes Gewissen, weil sie ihn so sehr verletzt hatte, machte ihr schwer zu schaffen. Erst als sie ihren Weg den Strand entlang fortsetzten, gelang es ihr, sich zum Sprechen zu zwingen. Tony hatte es verdient zu hören, was sie so lange verheimlicht hatte.

»Ich hatte Angst.« Ihre Stimme klang sehr fremd in ihren eigenen Ohren, spiegelte aber ihre innere Anspannung wider.

»Ich weiß. Ich auch. Ich dachte, ich hätte dich für immer verloren.«

»Ich hatte Angst um *dich*.« Sie spürte, wie Tony kurz stutzte, bevor er weiterging. »Ich war schon vorher besorgt, dass mein Vater das mit uns herausfinden könnte, aber als ich schwanger wurde, hatte ich Angst, dass dein Vater es gegen dich verwenden würde.«

Er drückte ihre Schulter. »Ich wäre mit ihm fertig geworden.«

Sie nickte. »Ich weiß. Selbst mit zwanzig warst du der selbstbewussteste Mann, den ich kannte. Das war eine der Eigenschaften, die ich so anziehend an dir fand. Und es ist immer noch so. Ich wusste, dass du mit allem umgehen kannst, aber ich wollte nicht, dass du es musst.«

»Ich verstehe«, erwiderte er leise, doch sie fragte sich, ob er das wirklich tat.

Schweigend liefen sie ein Stück weiter. »Als ich dich am College besucht habe, wollte ich dir sagen, dass du dir keine Sorgen machen musst, dass es nichts zwischen uns ändern wird.« Er machte eine kleine Pause und ließ die Worte sacken. »Aber jetzt, als Erwachsener, weiß ich, wie fehlgeleitet ich war.«

Amy blieb stehen. *Fehlgeleitet?* Ihre ganze Welt war in jener letzten Nacht am Cape auf den Kopf gestellt worden. Ihre Aussichten, ihre Ziele, ihre Wünsche. Alles. Und jetzt erfuhr sie, dass er es für einen Fehler hielt? Inwiefern? War ihre Liebe ein Fehler? Nach allem, was er ihr eben gesagt hatte?

»Ich glaube, ich muss mich setzen.«

»Sicher, natürlich.« Sie befanden sich inzwischen an einem menschenleeren Strandabschnitt. Tony führte sie eine Düne bis zum Kamm hinauf. Eine Weile saßen sie schweigend da und beobachteten die Wellen, die sich am Ufer brachen.

Tony stützte sich nach hinten auf seine Hände ab und Amy vermisste das tröstende Gefühl seines Armes auf ihren Schultern.

»Geht es dir gut?«, fragte er. »Ich weiß, es ist eine Menge zu verarbeiten. All das. Wir.«

»Ja.« Es ging ihr überhaupt nicht gut. Aber sie wünschte es

sich.

»Amy, heute weiß ich, was ich damals nicht klar sehen konnte. Man kann nicht durchmachen, was uns passiert ist, ohne dass es einen verändert, zumindest auf einer gewissen Ebene.« Er zog die Beine etwas an, stützte die Arme auf den Knien ab und faltete die Hände. »Aber ich wollte bei dir sein, egal wie.«

»Ich hatte mich verändert, Tony. Zurück am College kam ich kaum durch den Tag. Ich habe versucht, den Schmerz und den Selbsthass in eine Kiste zu stopfen und so weit wie möglich wegzuschieben, aber sie kamen immer wieder zurück. Und als ich dich gesehen habe …« Neue Tränen stiegen ihr in die Augen. Das war so verdammt schwer. Wie sollte sie in Worte fassen, was sie fühlte? Es war zu viel, zu schmerzhaft.

Tony schlang einen Arm um sie und sie schöpfte Kraft aus seiner Berührung. Sie fühlte sich schuldig, weil sie ihn so kalt abserviert hatte, und war gleichzeitig erleichtert, dass er ihr noch eine Chance gab.

»Ich habe noch nie jemanden so geliebt wie dich, aber danach war da nur noch Schmerz. Es tat weh, zu schlafen, zu essen, zu denken. Zu *fühlen*.« Sie wandte sich ab, beschämt über die Tränen, die sie einfach nicht aufhalten konnte.

Doch er fasste sie am Kinn, und Amy konnte nur mit Mühe einen Zusammenbruch verhindern, als sie den mitfühlenden Ausdruck in seinen Augen sah. Sie griff nach seiner anderen Hand und hielt sie fest.

»Es tut mir so leid. Ich weiß …« Ihre Sicht verschwamm. »Ich war verängstigt. Ich wusste nicht, ob ich irgendwann über diese Leere hinwegkommen würde, und ich war so besorgt, dass das deine Karriere ruiniert, und du hattest gerade erst angefangen und warst so erfolgreich …«

Er zog sie an seine Brust und streichelte ihr über den Rücken. »Ist schon in Ordnung«, flüsterte er.

»Nein. Ist es nicht und das war es auch nie. Ich habe mir so lange was vorgemacht, bis die Täuschung so real wurde, dass ich nicht mehr unterscheiden konnte, wer ich wirklich bin und was davon nur Fassade ist.«

»Oh, Süße. Das tut mir so leid.« Tony gab ihr einen Kuss auf den Kopf und drückte ihre Wange an seine Brust. »Wie furchtbar, dass du so was durchmachen musstest. Niemand sollte so leben müssen.«

Amy lauschte seinem Herzschlag und erinnerte sich an all die Nächte, in denen sie sich hinausgeschlichen hatten und einander in die Arme gefallen waren. Und daran, wie sie danach auf Tonys Brust gelegen und seinem Herz gelauscht hatte, das im Takt mit ihrem eigenen schlug.

»Für mich war es die einzige Möglichkeit zu leben …« Ihre Stimme ging im Rauschen der Wellen unter.

»Trägst du immer noch diese Rüstung, Amy? Sogar bei mir?«

Sie löste sich von seiner Brust und sah ihn an. »Ich weiß es nicht. Es ist schon so lange her, dass ich mir nicht mehr sicher bin.«

Tony schaute ihr ernst in die Augen. »Ich weiß, wer du warst, und ich kenne die Frau, die du jetzt bist. Du weißt, wer ich war, *wirklich war*. Nicht der Typ, der nur Unsinn redet, um seine Gefühle zu verbergen. Nicht der Typ, den alle anderen zu kennen glaubten.«

Amy spürte die Wirkung seiner Worte und die Intimität ihrer Beziehung tief in ihrem Inneren. Es stimmte: Sie kannte ihn, und er kannte sie, besser als irgendjemand sonst es je könnte. Es war schrecklich, dass sie ihn so verletzt hatte, und es war schrecklich, jetzt den Schmerz in seiner Stimme zu hören. Sie beobachtete, wie seine Lippen sich bewegten, und hatte das überwältigende Verlangen, auf seinen Schoß zu klettern und den Schmerz wegzuküssen, aber sie konnte sich nicht rühren.

»Gemeinsam können wir herausfinden, wer wir jetzt sind. Wir können die Menschen finden, die wir waren, bevor …«

Er senkte den Blick und Amys Brust zog sich schmerzhaft zusammen. Tony räusperte sich, und als er weitersprach, war seine Stimme nicht mehr ganz so fest.

»Die wir vorher waren.« Er sah sie wieder an. »Gemeinsam können wir herausfinden, wer wir jetzt sind, ohne unsere Rüstung. Zusammen können wir die Menschen, das Paar werden, das wir sein sollten.«

Amy blieb, wo sie war, und lehnte sich an seine Brust. Das Gewicht von vierzehn Jahren lastete immer noch schwer auf ihr.

»Willst du herausfinden, ob wir unsere Beziehung retten können?«, fragte er. »Oder willst du nur eine Beziehung mit mir, wenn ich es schaffe so zu tun, als wäre nie etwas passiert?«

Das hatte sie sich in der letzten Stunde auch schon gefragt. Sie war schon so lange in ihn verliebt, dass ihr gar nicht in den Sinn gekommen war, dass sie sich mit ihrer Vergangenheit auseinandersetzen musste, falls sie jemals wieder zusammenkamen. Und seit sie sich geküsst hatten, dachte sie an nichts anderes mehr. Sie wusste, dass ihre ehrliche Antwort nicht das war, was er hören wollte. Wie sollte sie ihm klarmachen, dass sie nicht wusste, ob sie jemals in der Lage wäre, sich mit der Vergangenheit auseinanderzusetzen? Oder dass sie Angst hatte, sie beide würden es nicht überstehen, wenn die alten Wunden wieder aufrissen? Wie konnte sie ihm sagen, dass sie befürchtete, dass das Reden darüber sie jede Chance kosten konnte, die sie bei ihm hatte? Je länger sie schwieg, desto besorgter wurde seine

Miene, doch dann lächelte er, als würde er sich an einen Scherz erinnern, und streichelte Amy über die Wange.

»Lass dir Zeit, Süße. Ich verdiene ein bisschen Folter.«

Sie wollte ihn nicht quälen. Dieses Gespräch ging an ihnen beiden nicht spurlos vorbei. Sie fragte sich erneut, wie sie ihm die Wahrheit sagen konnte, und plötzlich war ihr die Antwort klar. Denn die Wahrheit war die einzige Antwort, die sie geben konnte.

»Ich weiß nicht, wie viel ich ertragen kann. Aber ich weiß, dass ich dich will.«

Zehn

»Ein Date!« Jenna saß in Hotpants und einem lila Tanktop, das ihre ohnehin schon winzige Taille noch schmaler aussehen ließ, auf Amys Bettkante. Sie ließ sich auf den Rücken fallen, streckte die Füße in die Luft und wackelte mit ihren lila Zehennägeln. »Ein richtiges Date mit Tony! Oh, Amy, das ist fantastisch!«

Amy stand in ihrem begehbaren Kleiderschrank und zupfte am Saum ihrer Shorts herum. »Ich weiß nicht, ob das nun gerade fantastisch ist, aber … Wem will ich denn was vormachen? Ja, es ist ziemlich fantastisch.« Sie war begeistert, dass Tony es wie bei einem normalen Paar angehen lassen wollte. Sich verabreden, reden und sehen, wie es weiterging. Das Reden war es, was ihr Angst machte. Amy wusste wirklich nicht, mit wie viel sie umgehen konnte, ohne in Panik zu geraten. Oder wegzulaufen. Das wollte sie auf gar keinen Fall. Die ganze Aufregung um Tony überschattete außerdem ihre Unentschlossenheit bezüglich des Jobs in Australien. Und jetzt, wo Leanna sich gerade durch Amys Kleiderschrank wühlte und Kleider und andere Outfits hochhielt und Bella durch den Raum tigerte, machte sich eine ganz neue, beängstigende Erkenntnis in ihr breit.

Sie konnte das Vertrauen ihrer Freundinnen nicht länger

enttäuschen. Als sie die Vergangenheit noch vollständig verdrängt hatte – sicher versteckt im Reich der Verleugnung –, konnte sie so tun, als ob sie kein so großes Geheimnis vor ihnen hatte. Aber jetzt, wo sie und Tony die Büchse der Pandora öffneten, erdrückten die Schuldgefühle sie beinahe.

»Das wird echt spannend, Amy. Ich meine, wie entscheidet ihr, ob ihr in seinem Haus oder in deinem wohnt?« Bella verschränkte die Arme und starrte an die Decke. Ihr blondes Haar war zu einem unordentlichen Pferdeschwanz zusammengebunden, und sie trug immer noch ihre Badesachen unter dem Sommerkleid. »Oder vielleicht pendelt ihr hin und her. Eine Nacht dort, eine Nacht hier.«

»Aber denk daran, die Fenster zu schließen«, warf Leanna ein und hielt ein blaues Sommerkleid hoch. »Das ist hübsch.«

Die Fenster schließen. Vielleicht könnte sie die Fenster zu ihrer Vergangenheit schließen. Oder besser gesagt, sie geschlossen halten und weiterhin so tun, als wäre nie etwas passiert. Mussten ihre Freundinnen wirklich alles erfahren?

Jenna sprang vom Bett auf und ging zum Kleiderschrank. »Nein. Sie braucht etwas Heißeres.«

»Oh mein Gott. Amy.« Bella packte sie am Arm. »Du hast den Job in Australien angenommen. Was sagst du denn jetzt Duke?«

So weit hatte sie noch gar nicht gedacht. Um Duke gegenüber fair zu sein, musste sie eher früher als später eine Entscheidung treffen. Aber sie war noch nicht bereit dazu. Ihr Herz schrie danach, bei Tony zu bleiben, aber sie beide waren wie ein Garten, der gerade erst bestellt worden war, und sie konnte sich noch nicht sicher sein, dass nicht ein großer Sturm alles wegspülen würde. Sie brauchte Zeit zum Nachdenken, doch heute Abend konnte sie nicht mal etwas zum Anziehen für sich aussuchen.

»Es ist zu früh, um sich darüber Gedanken zu machen, meinst du nicht? Es ist doch nur ein Date.« Jetzt belog sie sich selbst *und* ihre Freundinnen. Sie wusste genau, dass sie und Tony einen unglaublichen Sommer voll tiefer Liebe – der einzigen Liebe, die sie je wollte – wieder aufleben ließen.

»Wann sollst du eigentlich anfangen?«, erkundigte sich Bella.

»Im Dezember. Ich wollte meinen Kunden genug Zeit geben, einen Ersatz für mich zu finden. Zumindest den wenigen, die nicht auf die Distanz weiter mit mir arbeiten können.«

Jenna zerrte an Amys T-Shirt. »Zieh das aus.«

Amy gehorchte.

»Zieh das an«, wies Jenna sie an und reichte ihr ein enges, silbern glänzendes Kleid.

»Das trage ich ganz sicher nicht. Wir reden hier von *Tony*, schon vergessen? Ich will etwas Lässiges, Bequemes, sexy, aber dezent. Nichts, was mir das Gefühl gibt, nicht ich selbst zu sein.« *Ich habe schon genug Probleme, herauszufinden, wer ich eigentlich bin.* »Ich brauche ein Kleid, das sagt: Das bin ich, nur besser.«

Sie griff an Jenna vorbei und zog ein grünes Neckholder-Kleid mit einem perlenbesetzten Ausschnitt und floralem Print hervor, das an der Taille gerafft war.

»In dem hier fühle ich mich wohl. Mir gefallen die schwarz-gelben Blumen am unteren Rand, und es lässt meine kleinen Brüste wenigstens ein bisschen größer aussehen. Findet ihr nicht auch?« Amy zog es an und drehte sich schwungvoll im Kreis.

»Oh, Amy«, meinte Jenna. »Du wirst ihn aus den Socken hauen. Du hast so ein Glück, du brauchst keine besondere Kleidung. Du siehst auch so fantastisch aus.«

»Sexy-fantastisch.« Leanna reichte ihr ein Paar Schuhe.

»Oh, nein.« Jenna schnappte sich die Sandalen und ging in Amys Schrank in die Hocke, während sie kopfschüttelnd Amys Schuhwerk inspizierte. »Du kannst keine silbernen Sandalen zu einem lässigen Sommerkleid tragen. Hier, zieh die schwarzen an. Die passen zu den Blumen.« Jenna half ihr beim Überstreifen der Schuhe. »So machst du jeder noch so guten Welle Konkurrenz, um mal im Surferthema zu bleiben. Immerhin geht es um ein Date mit Tony.«

»Danke, Jenna. Und?« Amy breitete die Arme aus und sah an sich hinunter.

»Wunderschön. Aber du brauchst noch Ohrringe«, erwiderte Jenna.

»Da habe ich vorgesorgt.« Bella zog ein Paar aus der Tasche ihres Kleids und präsentierte sie auf ihrer ausgestreckten Handfläche.

Amy starrte fassungslos auf die Surfbrett-Ohrringe. Der Magen sackte ihr in die Kniekehlen. »Woher hast du die?« Es waren die Ohrringe, die Tony ihr in jenem Sommer geschenkt hatte. Er hatte sie ihr gekauft, als sie alle für einen Nachmittag nach Provincetown gefahren waren.

»Als du erzählt hast, dass du mit Tony ausgehst, fiel mir wieder ein, dass du sie mir im Sommer nach unserem ersten College-Jahr geschenkt hast. Weißt du noch? Seitdem bewahre ich sie auf. Hat Tony die dir nicht geschenkt?«

»Ja. Er hat sie in P-town gekauft.« Amy nahm die winzigen Surfbretter in die Hand und dachte daran zurück, wie Tony sie ihr vor ihren Freunden überreicht hatte und wie sie beide versucht hatten, einen Witz daraus zu machen, sie als Surfer-Groupie darzustellen. Das wirklich Erstaunliche daran war, dass keine ihrer Freundinnen bemerkt hatte, wie die Welt aus den

Angeln gehoben wurde, wenn sie und Tony zusammen waren, oder wie die Luft um sie herum knisterte.

Sie legte die Ohrringe an, und der Schmerz, den sie gerade so unter Kontrolle gehalten hatte, kehrte langsam zurück. Sie hatte Bella die Ohrringe gegeben, damit sie sie für sie aufbewahrte. Damals konnte sie den Anblick nicht ertragen, doch sie wollte sie auch nicht wegwerfen. Jetzt fühlte sie sich schuldig, weil sie Bella die Ohrringe anvertraut hatte, aber nicht das Geheimnis dahinter.

Leanna legte einen Arm um Amy und flüsterte: »Dein Date ist da.« Sie deutete auf das Schlafzimmerfenster, an dem Tony gerade vorbeiging.

Hastig schob Amy die Schuldgefühle beiseite, weil ihr jetzt nicht genug Zeit blieb, sich damit auseinanderzusetzen. Sie versprach sich selbst, es ihren Freundinnen bei der nächsten Gelegenheit zu erzählen.

»Er hat Blumen dabei«, flüsterte Jenna überlaut.

»Ich falle gleich in Ohnmacht.« Leanna seufzte und schob sich an Amy vorbei zur Schlafzimmertür.

»Oh, Amy. Du hast das *so sehr* verdient.« Bella umarmte sie und bedeutete den Mädels, ihr zur Hintertür zu folgen, aber als sie aus dem Schlafzimmer huschten, stand Tony bereits an der Glastür zur Terrasse und winkte mit einem Lächeln, das Amy prompt vergessen ließ, dass sie nervös war oder sich schuldig fühlte.

Bella öffnete die Tür, doch Tony wandte den Blick keine Sekunde von Amy ab, während er den Flur durchquerte. Er trug eine dunkle Leinenhose, die von einem Band an der Hüfte zusammengehalten wurde, und ein T-Shirt mit V-Ausschnitt, das eng an den Armen saß und umwerfend gut aussah.

»Wow. Du siehst großartig aus, Süße.« Er gab ihr einen

Kuss auf die Wange.

Amy hörte, wie Jenna Leanna zuraunte: »Er hat sie *Süße* genannt!«

Sie und Tony kicherten.

»Ihr habt doch nicht etwa versucht, euch hinten rauszuschleichen, oder?« Tony hob die Brauen in Bellas Richtung.

»Wie? Nein. Wir waren, hm ...« Bella verdrehte die Augen. »Natürlich haben wir das. Es ist euer erstes Date.«

»Es wäre kein perfektes erstes Date für Amy, wenn ihr nicht hier wärt, um ihr beim Fertigmachen zu helfen, oder?« Tony lächelte Amy an.

Erstes Date. Gott, das hörte sich so gut an. Früher hatten sie sich nicht offiziell verabreden können. Auch deshalb fühlte sich das hier noch bedeutender an.

Amy merkte sofort, als Tony die Ohrringe entdeckte, denn seine Augen verengten sich ein wenig und er starrte sie ungläubig an.

»Wir gehen dann mal. Viel Spaß, Kinder.« Leanna zog Jenna in Richtung Tür.

»Nicht, dass wir hohe Erwartungen an dieses Date hätten oder so, aber ... ich wünschte, ich hätte meine Kamera, um diesen Moment für immer einzufangen.« Bella schaute zwischen Tony und Amy hin und her. »Zwei meiner besten Freunde zusammen zu sehen, da würde ich am liebsten heulen. Wenn ich denn der Typ dafür wäre.« Mit einem Winken verschwand sie nach draußen.

Ein warmes Funkeln trat in Tonys Blick, als er Amys Haare beiseiteschob und die Surfbrett-Ohrringe berührte. »Du hast sie behalten.«

»Nicht ganz.« Sie zog die Schultern hoch. Die Wahrheit war nicht immer leicht, aber Tony gegenüber war sie wichtig. »Ich konnte so lange nicht an dich denken, ohne den Verstand zu verlieren. Im Sommer nach unserem … nachdem wir zusammen waren, habe ich sie Bella gegeben und sie gebeten, für mich darauf aufzupassen. Ich hätte nie gedacht, dass sie sie so lange aufbewahren würde, aber ich bin froh darüber.«

»Ich auch. Ist schon komisch, dass etwas so Kleines so viele Erinnerungen weckt.« Tony griff nach ihrer Hand, als sie zu seinem Auto gingen. »Erinnerst du dich daran, wie wir uns in P-town unter den Pier geschlichen und uns geküsst haben, während die anderen sich im Purple Feather ein Eis geholt haben?«

»Wie könnte ich das je vergessen? Das war der beste – und der schlimmste – Sommer meines Lebens.«

Tony lenkte das Auto schweigend aus der Feriensiedlung, den Blick fest auf die Straße gerichtet. Amy griff nach seiner freien Hand. Sie hatte sich so viele Jahre lang gewünscht, ihn wie eine feste Partnerin berühren zu dürfen, dass man sie jetzt sicher nicht dazu überreden musste. Er blickte lächelnd zu ihr herüber, aber die Anspannung zwischen ihnen war immer noch spürbar.

Sie war sich nicht sicher, ob es an ihrer Äußerung lag, oder daran, dass es noch so viel Unausgesprochenes gab. Eigentlich spielte das auch keine Rolle. Sie verabscheute die angespannte Stimmung und würde sie am liebsten aus dem Fenster werfen.

»Ich möchte nicht, dass unser erstes Date von einer dunklen Wolke überschattet wird«, sagte sie schließlich.

»Und ich möchte nicht, dass irgendein Teil unseres Lebens von einer dunklen Wolke überschattet wird.« Er drückte ihre Hand, und Amy wusste, dass er verstand, was sie zu sagen versuchte. Sie war im Laufe der Jahre reif genug geworden, um zu erkennen, dass er ihr helfen würde, die Scherben wieder zusammenzusetzen, wenn alles in ihr zerbrach. Das machte es nicht unbedingt einfacher, aber sie wollte es versuchen.

»Also, die Sache ist die. Es fällt mir schwer, über das zu sprechen, was passiert ist. Aber dass wir uns damit auseinandersetzen müssen, ist mir klar.« Sie hielt inne, um abzuschätzen, wie er das aufnahm, aber sein Gesichtsausdruck verriet nichts. Als sie weitersprechen wollte, hinderte Tony sie jedoch daran.

»Ich glaube, darüber haben wir heute schon genug geredet, meinst du nicht?« Er hielt an einer Ampel an und lehnte sich über die Mittelkonsole, um Amy zu küssen.

Erleichterung machte sich in ihr breit. »Danke.«

»Ich werde der Mann sein, den du brauchst. Dein Wohlbefinden hat für mich oberste Priorität.«

»Das klingt, als wäre ich deine Patientin.«

Tonys Mund verzog sich zu einem sexy Lächeln. »Süße, ich würde echt gerne mit dir Doktor spielen. Ich habe ein großes Stethoskop.«

»Ja, ich weiß«, murmelte sie und blickte schnell aus dem Fenster, was Tony ein herzhaftes Lachen entlockte, das die Spannung durchbrach und Amy ebenfalls zum Lachen brachte.

»Wo fahren wir eigentlich hin? P-town?«

»Für den ersten Teil unseres Dates.«

»Okay, Mr. Geheimnisvoll. Klingt gut.«

Den Rest der Fahrt verbrachten sie mit unbeschwerten Gesprächen über die Bücher, die sie lasen, über Filme, die sie gesehen hatten – und furchtbar fanden –, und über Jamies und Jessicas Hochzeit. Für Tony hatte Jamie gewirkt, als ob er sich vor Nervosität beinahe in die Hose machte, als er sein Gelübde ablegte, während Amy fand, dass er einfach verliebt ausgesehen hatte. Sie lachten und amüsierten sich, bis Tony direkt am Pier von P-town parkte.

Provincetown war eine Künstlergemeinde an der Spitze von Cape Cod, mit salziger Seeluft, die vom Hafen herüberwehte, und einer Fülle interessanter Menschen auf den Straßen. Der Ort war geschichtsträchtig und reich an Kultur – von Straßenkünstlern bis hin zu Comedians, Fotografen, Malern und allen möglichen anderen Spielarten der Kunst war alles vertreten. Im Sommer war es ein Mekka für die Regenbogen-Community, weswegen man hier nachmittags oft Dragqueens mit auffälligem Make-up und haushohen Absätzen antraf, die Flyer für Abendshows verteilten. Nachts war die Commercial Street, die Ausgehmeile, die sich einmal quer durch die ganze Stadt zog, voller Vielfalt und guter Laune. Das war auch heute nicht anders.

Die meisten Bars, Clubs, Geschäfte und Restaurants befanden sich im Stadtzentrum. Richtung Osten erstreckten sich die gehobeneren Viertel und im Westen schien das Nachtleben kein Ende zu nehmen. Amy und Tony mischten sich Arm in Arm unter die Passanten und bummelten durch die kleinen Geschäfte.

»Es ist schön, so mit dir zusammen zu sein«, meinte Tony, während er sich einen Lederhut auf sein sexy zerzaustes Haar setzte.

»Im Cowboy-Look?« Amy lachte.

Tony setzte ihr den Hut auf den Kopf. »Was könnte heißer sein als Amy in Leder? Das ist mal eine Fantasie.«

Amy nahm den Hut ab und griff nach einem Paar Lederchaps, die naturgemäß den Hintern freiließen. »Nur wenn man diese Fantasie zu zweit ausleben kann.«

Tony zog sie so selbstverständlich in die Arme, als wären sie schon immer zusammen gewesen, und drückte seine Lippen auf ihre. »Ich meinte, mit dir in der Öffentlichkeit zu sein und mich nicht zurückhalten zu müssen.«

Ein nervöses Kribbeln breitete sich in Amys Magen aus. Ihr Herz fühlte sich zum Bersten voll an, aber ihre Gedanken waren in der Vergangenheit gefangen. Innerlich tat sie einen vorsichtigen Schritt zurück, um ihre Gefühle auszuloten. Sie war aufgewühlt, ja, aber mehr auf gute als auf schlechte Art. Endlich konnte sie mit Tony zusammen sein, wie sie es sich immer erträumt hatte, und sie war überglücklich. Dass sich das neben ihrem rasenden Herzschlag auch durch ihre aufgerichteten Brustwarzen bemerkbar machte, ignorierte sie. Und sie hatte Angst. Sie nahm sich einen Moment, um dem ein wenig nachzuspüren. *Was ist, wenn ich mit der Vergangenheit nicht fertig werde?*

Tony strich ihr ein paar Haarsträhnen aus dem Gesicht und lächelte sie an, was Amy dazu zwang, an das Unaussprechliche zu denken. *Was, wenn wir unser Glück finden, heiraten und ich noch einmal schwanger werde ... und das Baby dann wieder verliere?*

Dort hing Amy noch fest, als Tony sich zu ihr herunterbeugte und sie erneut küsste, den Kuss vertiefte, inmitten des überfüllten Lederladens. Ihr Herz hämmerte wie wild und sie schmiegte sich fest an ihn. Sein Griff verstärkte sich. Amy spürte seine Erregung an ihrem Bauch, und ihr Verstand gab endlich Ruhe und erlaubte ihr, sich dem Glück hinzugeben.

Tony war ein Risiko eingegangen, als er Amy küsste, aber seit dem ersten Kuss am vorherigen Abend nahm er seine eigenen Gefühle wieder wahr. Er *fühlte* wieder. Warme, wohlige, süße

Gefühle, die ihm fast zu peinlich waren, um sie sich einzugestehen. Genauso wie schmerzhafte, die durch quälende Erinnerungen hervorgerufen wurden. Aber verdammt, es fühlte sich so gut an, dass er diesen Empfindungen nachjagen wollte, und Amy war immer der Mensch gewesen, der ihm Freiheit verschaffen konnte. Vor Jahren hatte sie ihn aus dem erniedrigenden Zorn seines Vaters erlöst, und heute am Strand, als sie sich ihm mit ihren tiefsten Gedanken und Ängsten anvertraute, hatte sie wieder einmal den wahren Tony zum Vorschein gebracht. Den Tony, der Himmel und Erde in Bewegung setzen würde, um bei ihr zu sein.

Als sich ihre Lippen voneinander lösten, behielt Tony sie weiter dicht bei sich. Er hatte es satt, sie gehen zu lassen, sich zu verstellen oder anderweitig Distanz zwischen sie zu bringen. Ja, er musste sicher sein, dass er sie nie wieder verletzen würde. Ja, er musste sich hundertprozentig sicher sein, dass er der richtige Mann für sie war, und das war er auch schon fast. Und ja, er musste sicher sein, dass sie ihn nicht wieder von sich stoßen würde. Aber er hatte nicht vor, sie im Zuge dieser Prüfung zu verlieren. Auf gar keinen Fall.

Im Moment war er der glücklichste Mann der Welt. »Ich nehme das als Zeichen, dass du *nicht* willst, dass ich mich zurückhalte.«

Amy stellte sich auf die Zehenspitzen und gab ihm einen weiteren Kuss auf den Mund. »Ich habe eine Menge zu verarbeiten. Aber ich bin dazu bereit, wenn du es auch bist.«

Tony legte ihr einen Arm um die Schultern. »Dafür gehe ich auch bis nach Australien, wenn es sein muss.«

Sie traten wieder auf die Straße und Tony führte Amy auf die Terrasse eines Restaurants mit bunten Sonnenschirmen.

»Ich habe versucht, zu reservieren, aber das geht hier nicht.«

»Das könnte eine Weile dauern.« Amy schaute an ihm vorbei auf die lange Warteschlange vor ihnen.

»Für mich wäre das okay. Hast du noch was vor?« Tony schaute auf die andere Straßenseite und erinnerte sich daran, wie sehr Amy Burger Queen liebte, einen Imbiss mit Straßenverkauf.

Amy folgte seinem Blick und ein Strahlen trat in ihre Augen. Sie zog Tony mit sich auf die andere Straßenseite.

»Bitte?«

»Wie soll ich dich denn beeindrucken, wenn wir bei Burger Queen essen gehen?« Er würde auch auf dem Mond essen, wenn es Amy glücklich machte.

»Du hast mich fünfundzwanzig Jahre lang allein mit deiner umwerfenden Persönlichkeit beeindruckt. Ich glaube nicht, dass ein teures Abendessen dir zusätzliche Punkte einbringt.«

Sie bestellten Hummersandwiches bei Burger Queen und aßen, während sie ihren Schaufensterbummel fortsetzten. Tony legte wieder seinen Arm um Amy und küsste sie auf die Schläfe. »Ich glaube, ich habe die letzten vierzehn Jahre damit verbracht, nicht daran zu denken, wie es wäre, ein Date mit dir zu haben. Ich bin im Moment emotional etwas überfordert, also wenn ich zu sehr schwärme und dich küsse oder dich zu oft umarme, schieb mich einfach weg, okay?«

»Okay. Verstanden.« Amy schmiegte sich ein wenig enger an ihn. »Aber wenn ich das mache – überschwänglich werde oder dich zu oft küsse –, kannst du dann bitte einfach damit leben? Ich kann nämlich nicht besonders gut mit Zurückweisungen umgehen.«

»Deal.«

Amy zog Tony in eins der örtlichen Tattoo-Studios.

»Oh Gott, wirklich?« Tony hatte keine Tattoos. Amy auch

nicht, aber er wusste, wie sehr ihr die Optik gefiel.

»Hey, Leute.« Sehr zu Petes Leidwesen nutzte Sky ihren Kunstabschluss, um nebenbei als Tätowiererin zu arbeiten. Gerade saß sie in einem langen, schwarzen Baumwollrock und einem olivgrünen Tanktop hinter dem Tresen. Die silbernen Armreifen an ihrem Handgelenk klirrten, als sie aufstand, um sie beide zu umarmen. »Möchtet ihr ein Tattoo?«

»Keine Nadeln für mich.« Amy zog die Nase kraus, doch in ihren Augen tanzte der Schalk. »Aber ich fände es lustig, wenn wir Tony überreden, sich eins stechen zu lassen.« Amy schob ihn, der sie beide misstrauisch beäugte, in Richtung Sky.

»Es gibt nicht viel, was ich dir abschlagen kann, aber ein Tattoo? Da bin ich mir nicht so sicher.«

»Moment mal. Seid ihr zwei *zusammen* oder als Freunde hier?« Sky verschränkte die Arme und lächelte Amy an, deren Wangen sich niedlich röteten.

»Wir haben unser erstes Date, aber anscheinend bedeutet *erstes Date* für Amy Nadeln und Tinte unter der Haut.« Tony zog Amy wieder an sich heran.

Sky holte tief Luft und machte große Augen. »Oh. Das ist ja toll. Ich habe genau das Richtige für euch zwei.« Sie holte einen Hocker hinter dem Tresen hervor. »Setzt euch.«

Tony warf Amy einen Blick zu. »Mach nur.«

Amy schob ihn vorwärts. »Komm schon. Du bist der Mann.«

Mit einem gespielten Seufzer setzte er sich auf den Hocker und zog Amy zwischen seine Beine. »Wenn ich schon gefoltert werden muss, dann bleibst du gefälligst hier bei mir.«

»Ich werde dich sicher nicht gegen deinen Willen tätowieren.« Sky warf ihnen ein Lächeln zu. »Ihr habt Glück, dass ich auch Henna-Tattoos mache.«

»Ein Henna-Tattoo? Auf mir?« Tony schüttelte den Kopf. »Wie alt bin ich, zwölf?«

»Nein, du bist über dreißig und Manns genug, das durchzuziehen.« Amy küsste ihn, und Tony wusste, dass er ihr immer nachgeben würde. Ein Henna-Tattoo? Kein Problem.

»Vielleicht gefällt es dir sogar so gut, dass du dir eines Tages ein dauerhaftes zulegst«, fügte Sky hinzu.

»Das bezweifle ich. So oft, wie ich im Wasser bin, wird das in einem Tag wieder weg sein.« Er legte seine Hände auf Amys Hüften. »Was bekomme ich? *Eigentum von Amy* quer über die Brust?«

»Das geht normalerweise über die Hüften«, gab Sky neckend zurück.

»Wie wäre es einfach mit *T* plus *A*?«, schlug Amy mit einem süßen Lächeln vor.

»Du willst, dass ich mir ein Tattoo stechen lasse, auf dem *T* und *A* steht? Dir ist schon klar, dass das *Titten und Arsch* bedeutet, oder?« Er warf einen Blick auf Sky, die leise lachte.

Amy schlug ihm auf den Schenkel. »Du bist ein Ferkel. Ich meinte wie *Tony* und *Amy*.«

»Wie wäre es dann, wenn ich einfach deinen Namen nehme? Mein eigener Name auf meinem Körper wäre mir nicht so lieb.«

»Ja, das würde wohl komisch wirken.«

Tony senkte seine Stimme zu einem Flüstern. »Ich habe eine bessere Idee. Wie wäre es mit *Kätzchen* an einer diskreten Stelle?«

Amy vergrub ihr Gesicht in seinem Hals.

Kätzchen war der Spitzname, den er ihr damals verpasst hatte, weil sie sich so gern an ihn schmiegte und wohlige Laute von sich gab, wenn sie miteinander geschlafen hatten. Ihre

Vorliebe für Katzenmotive hatte danach eingesetzt.

Tony küsste sie auf die Wange und flüsterte: »Du wirst immer *Kätzchen* für mich sein.«

Zwanzig Minuten und ein Kätzchen-Tattoo knapp unterhalb des Hosenbundes später machten sie sich auf den Weg zurück zum Pier.

»Ich kann nicht glauben, dass du das noch weißt.« Amy kuschelte sich an Tonys Seite und im Moment war er einfach nur glücklich.

»Du wärst überrascht, an wie viel ich mich erinnere.« *Zum Beispiel, wie sehr du es liebst, wenn ich mir Zeit mit dir lasse, und wie sich dein Körper anfühlt, wenn du dich mir hingibst.*

Tony deutete mit dem Kopf in Richtung Pier. »Komm mit. Um der alten Zeiten willen.«

Er half ihr von der Strandpromenade auf den Sand. Sie zogen ihre Schuhe aus und Tony rollte seine Hosenbeine ein Stück auf. Dann gingen sie Hand in Hand am Wasser entlang. Einige Paare saßen am Strand unter den Sternen, aber Tony hatte einen anderen Ort im Sinn, und als er Amy unter die Seebrücke führte, verriet ihm ihr Gesichtsausdruck, dass sie wohl nichts dagegen hatte.

Der Pier von Provincetown an sich war nichts Besonderes. Die Holzpfähle waren rissig und uneben, ragten in seltsamen Winkeln aus dem Boden und stützten den alten Steg. Der Geruch von Fisch, nasser Erde und frittierten Speisen aus den nahe gelegenen Restaurants hing in der Dunkelheit in der Luft. Aber all das weckte bei Tony so schöne Erinnerungen, dass er es kaum erwarten konnte, Amy in die Arme zu nehmen und das alles wieder aufleben zu lassen. Er konnte nicht genau bestimmen, wann sich die Stimmung verändert hatte, aber irgendwann auf dem Weg hierher war der damalige Sommer wieder lebendig geworden. Die schönen Momente von damals, als der bloße Gedanke daran, nicht zusammen zu sein, sich schon falsch anfühlte und das Verlangen immer im Hintergrund schwebte, egal, wo sie sich gerade befanden.

Mondlicht strömte durch die Spalten des Stegs. Tony zog Amys Becken an seins, vergrub seine Hände in ihrem Haar und umfasste ihren Hinterkopf. Ihre Haut war heiß und sie schaute ihn unter halb gesenkten Lidern verführerisch an.

»Kätzchen.« Der Spitzname kam ihm automatisch über die Lippen und seine Stimme war voller Erwartung. Nase an Nase fuhr er mit dem Daumen über ihre Unterlippe.

»Gott, ich habe dich so vermisst.«

»Küss mich«, flüsterte sie.

Ihre Lippen trafen sich, ihre Zungen suchten, tasteten sich vor, liebkosten sich und entlockten Tony ein tiefes, leidenschaftliches Stöhnen. Amy zu küssen hatte ihm schon immer jegliche Beherrschung geraubt. Sie nahm und gab in gleichem Maße. Er ließ seine Hände ihren Rücken hinaufwandern, ihre Seiten hinunter und über ihre sexy Kurven, bis sie am Saum ihres Rocks angelangten. Mit den Daumen streichelte er über die Rückseite ihrer Oberschenkel und küsste ihr die Laute ihrer Lust gierig von den Lippen. Es kostete ihn all seine Willenskraft, nicht die Hand unter Amys Kleid zu schieben und sie so zu berühren, wie sie es liebte, bis sie ihren eigenen Namen vergaß. Er hatte versprochen, zu beweisen, dass er der richtige Mann für sie war, doch sie zu küssen, wieder mit ihr zusammen zu sein, hatte all seine Zweifel zerstreut.

Widerstrebend zog er sich zurück und lehnte seine Stirn an ihre. Sie atmeten beide schwer und ihre Körper drängten sich von den Oberschenkeln bis zur Brust aneinander. Ihre Haut fühlte sich heiß an, ihre Muskeln waren angespannt, und er wusste, dass sie das Feuer genauso spürte wie er.

»Kätzchen, ich habe nie aufgehört, dich zu lieben.« Da war es wieder, das tiefe Vibrieren in ihrem Körper. *Schnurrend* schmiegte Amy sich an ihn, drückte ihre Wange an seine Brust und suchte sich mit den Händen einen Weg unter sein Shirt auf seine Haut.

Sie blickte ihm zärtlich und vertrauensvoll in die Augen. »Ich weiß.«

Tony umfasste eine ihrer Hände. Sein Daumen bewegte sich in langsamen, kreisenden Bewegungen über ihr Handgelenk. Amys smaragdgrüne Augen verdunkelten sich, als er ihren Mund erneut eroberte. Er küsste sie sanft, langsam und tief, mit dem stillen Versprechen, dass er alles von sich, seinem Herzen und seinem Leben geben würde.

»Tony«, sagte sie nach einem langen Moment. »Bring mich nach Hause.«

Elf

Tony legte seine Hände auf Amys Taille und knabberte an ihrem Hals, während sie mit dem Schlüssel für die Hintertür ihres Hauses hantierte.

»Gott, ich liebe es, wie du schmeckst.« Der Duft ihrer Haut, die Wölbung ihrer Schulter und die Art, wie Amy sich wand, als er an ihrem Ohrläppchen saugte, war die pure Sünde. Sie erstarrte, als er mit der Zunge über ihre Ohrmuschel fuhr. Dann atmete sie laut aus und drückte ihren Rücken an seine Brust.

Tony strich ihr das Haar über die linke Schulter nach vorn und senkte den Mund auf ihren Nacken, streifte mit den Zähnen über die Haut und genoss die Art, wie sich ihre Hüften erwartungsvoll bewegten. Schließlich drehte er Amy in seinen Armen und drängte sie mit dem Rücken gegen die Tür. Die Schlüssel fielen zu Boden, als er ihre Unterlippe zwischen die Zähne nahm und sanft daran zupfte. Sie sog scharf Luft ein, als er seine Hand unter ihren Oberschenkel schob und ihn an seiner Hüfte nach oben zog, um sein Becken an ihrem zu reiben, während er mit seiner Zunge an ihrem Schlüsselbein entlangfuhr. Sie war so verdammt sexy, wie sie die Hände in seinem Haar vergrub und seinen Mund wieder auf ihren zog. Ihre Lippen trafen sich in einem tiefen, leidenschaftlichen Kuss, und er wünschte, sie müssten nie damit aufhören. Als sie sich schließlich trennten, war jeder Muskel in seinem Körper angespannt und Amy atmete schwer. Sie umklammerte seine Schultern, als er sich bückte, um die Schlüssel aufzuheben.

Er strich mit seinen Fingerspitzen sacht über ihre Beine nach oben und spürte, wie sich ihr Atem noch mehr beschleunigte, als er seine Hand weiter unter den Saum ihres Rocks wandern ließ und über die seidig weiche Haut dort glitt. Er spürte den Stoff ihres Slips, hörte dann aber kurz vor der Stelle auf, an der er wirklich sein wollte. Ihre Hitze drang durch den feuchten Stoff und er lehnte seine Stirn an ihre Brust. Ihr Name kam ihm mit einem langen Atemzug über die Lippen.

»Amy.«

Er schaute sie an. Ihre Augen waren dunkel vor Lust geworden. Ein lockender Ausdruck lag in ihnen, und er hätte nur allzu leicht der Versuchung erliegen können, doch unter der Lust erkannte er auch Liebe. Es war so lange her, dass er derart unverfälschte Gefühle in Amys Augen gelesen hatte, dass es ihn für einen Moment aus dem Konzept brachte.

Endlich schaffte er es, die Tür zu öffnen. Das Haus war dunkel und still. Tony legte die Schlüssel auf der Ablage ab und schloss Amy wieder in die Arme.

»Am liebsten würde ich dich nie wieder loslassen.« Er küsste sie auf die Mundwinkel. »Ich möchte jeden Zentimeter deines schönen Körpers neu kennenlernen, bis ich in- und auswendig weiß, wie er sich bewegt, wenn du atmest.«

Ihre Münder trafen sich in einem zärtlichen Kuss, als er sie hochhob und sie die Beine um seine Taille schlang. Mit ein paar entschlossenen Schritten waren sie im Schlafzimmer, ohne die Lippen voneinander zu lösen. Tony ließ sich mit ihr in den Armen aufs Bett sinken. Auf ihr zu liegen, seine Beine zwischen ihren, seine Erregung an ihrer Mitte und ihre weichen Brüste an seinem Oberkörper, löste eine Flut von Gefühlen in ihm aus. Keine irrsinnig lüsternen, sondern emotionale Erinnerungen an das, was sie miteinander geteilt hatten, wie sehr sie sich geliebt hatten, und sehr körperliche Erinnerungen daran, wie ihre Körper sich vereint hatten. Er wollte genau hier verweilen und in dem Gefühl schwelgen, dass sie auf emotionaler Ebene wieder zueinanderfanden. Er vergrub die Hände in Amys Haaren und vertiefte den Kuss. Ihre zarten Finger wanderten seinen Rücken auf und ab, krallten sich in die kleine Vertiefung oberhalb seines Steißbeins und spornten ihn an, während sie ihm das Becken entgegenhob.

»Kätzchen, ich habe so lange darauf gewartet, dich zu berühren. Du musst dir wirklich sicher sein, ansonsten warten wir noch. Ich könnte es nicht ertragen, dich wieder zu lieben und dann zu hören, dass du es bereust.« Tony schaute ihr fest in die Augen. Doch da war kein Zweifel, nur Liebe und pures Verlangen, aber er musste es hören. »Bist du sicher?«

»Ja. Gott, ja.«

Er küsste ihr Dekolleté und öffnete den Verschluss ihres Kleids. Dann zog er Amy nach oben in eine sitzende Position, kniete sich zwischen ihre Beine und streifte ihr das Kleid über den Kopf. Bei ihrem Anblick stockte ihm der Atem. Sie trug nur noch einen hübschen, spitzenbesetzten Satinslip, der ihre intimste Stelle verbarg und gleichzeitig den Schwung ihrer Hüften mit dem hohen Beinausschnitt perfekt zur Geltung brachte. Der geschmeidige Körper, an den er sich erinnerte, war mit weichen, weiblichen Rundungen gereift, die er einfach anfassen musste, um die Unterschiede zu erkunden. Tony fuhr mit einer Hand über die kleine Wölbung ihres Bauchs und spürte, wie ihr Körper unter seiner Berührung erbebte, als er sie sanft wieder nach hinten drückte.

»Oh Himmel«, murmelte er mehr zu sich selbst, während er mit einem Finger eine unsichtbare Spur von ihren Brüsten bis zur Vertiefung ihrer Taille nachzeichnete.

Amy legte beide Hände auf ihren Bauch und wandte den Blick ab.

»Du bist wunderschön, Süße. Wunderschön.« Tony erhob sich vom Bett, entledigte sich seiner Kleidung und legte sich dann neben sie, schob sein Bein über ihres und griff nach ihrer Hand. »Warum bist du auf einmal so schüchtern?«

Sie drehte sich um und sah ihn an, die Wangen vor Verlegenheit gerötet.

»Du bist unglaublich, Amy. Noch schöner, als ich dich in Erinnerung habe. Es gibt keinen Grund, verlegen zu werden. Lass mich dich lieben.«

Sie befeuchtete ihre Unterlippe mit der Zunge. Tony lächelte, denn er wusste, dass das Absicht war, so wie immer.

»Du bist ein kleines Biest«, flüsterte er, bevor er sie erneut küsste. »Du kennst alle meine Schwächen.«

Amy lächelte zu ihm auf und tat es gleich noch einmal.

Tony schob ihre Beine mit den Knien auseinander und positionierte sich dazwischen. Er küsste die Stelle zwischen ihren Brüsten und umfasste sie mit beiden Händen, während er mit offenem Mund die Unterseite jeder Brust küsste. Ein Zittern lief durch Amys Körper. Erinnerungen überfluteten Tony, die sehnsüchtige Liebe, das unfassbar intensive Gefühl, das noch Stunden anhielt, nachdem sie miteinander geschlafen hatten. Er wusste schon jetzt, dass er sich danach und nach ihrer Nähe sehnen würde.

Langsam umkreiste er eine ihrer festen Brustwarzen mit der Zunge und spürte, wie sie sich unter der Liebkosung zusammenzog. Amy bog den Rücken durch, um ihm besseren Zugang zu gewähren und gab einen kleinen, kehligen Laut von sich – genau wie früher. Er küsste sich zu ihrer anderen Brust und nahm die Brustwarze in den Mund, saugte daran und ließ seine Zähne über die empfindliche Haut gleiten. Davon hatte sie früher nie genug bekommen. Sie sog zwischen zusammengebissenen Zähnen die Luft ein und rieb ihr Becken an Tonys Erektion. Er konnte der Versuchung nicht widerstehen, an ihrem Körper nach unten zu gleiten, und kniff sacht in ihre Nippel, während er an ihrer Hüfte knabberte. Er wusste, wie sehr sie dieses Spiel liebte, das Necken, das Macht-er-es-oder-nicht, und er hatte nicht die Absicht, sie zu enttäuschen. Mit festem Griff umfasste er ihren Brustkorb und hielt sie fest, während er mit der Zunge an den Innenseiten ihrer Oberschenkel entlangfuhr. Der Duft ihrer Erregung lockte ihn näher, machte ihn noch härter. Amy keuchte auf, als seine Hände tiefer glitten und ihre Hüften packten. Mit langen Strichen leckte er über die empfindliche Haut neben ihrem Slip. Erneut wand Amy sich so sündhaft verführerisch, dass der animalische Teil in Tony ihn dazu bringen wollte, zu nehmen anstatt zu geben. Amy hatte das immer gefallen – aber das war Jahre her. Tony liebkoste sie mit der Zunge durch den feuchten Stoff. Ihre Augen waren geschlossen, doch als er sie wieder streichelte und ihrem salzigen Geschmack durch die feine Spitze nachspürte, öffnete sie die Augen. Urplötzlich stieg die Temperatur im Raum sprunghaft an. Amy klammerte sich an Tonys Arme und grub die Fingernägel in seine Haut. Ihre lustverhangenen Augen verengten sich ein wenig, als sich ihre Blicke trafen. Ihre Aufforderung war eindeutig. Er sollte sich wieder *nehmen*, was er wollte.

Tony zögerte aus Angst, den Ausdruck falsch zu interpretieren.

Amy verstärkte jedoch ihren Griff um seinen Arm und stemmte sich ein Stück von der Matratze hoch. Die Hitze in ihrem Blick verstärkte sich, als sie Tonys andere Hand an ihre Lippen hob und zwei seiner Finger mit der Zunge umkreiste, sie dann in den Mund nahm und daran saugte, was ihn fast um den Verstand brachte.

Sein Kätzchen war wieder da, und das hier war die Einladung, die er brauchte, um ihr den Slip auszuziehen und auf den Boden fallen zu lassen. Amy sank zurück auf die Matratze und bog sich ihm entgegen, als Tony ihre Beine noch ein wenig mehr auseinanderschob. Das verschaffte ihm die Möglichkeit, die alte Lust und Sehnsucht aufs Neue in der inzwischen erwachsenen Frau zu entfachen, bis sie sich nur noch hilflos unter ihm winden konnte. Mit einem Ruck packte er Amys Hüften und tauchte mit der Zunge tief in sie ein, bevor er die empfindlichste Stelle ihres Geschlechts umspielte – ein langsamer, verführerischer Angriff auf ihre Sinne. Jede Bewegung schenkte ihm ein atemloses Keuchen, ein Anspannen ihrer Schenkel. Sie grub die Fingernägel tief in seine Arme.

»Bitte«, flehte sie.

Mit Amy zu schlafen war wie nach Hause zu kommen, und Tony war erleichtert, dass sie immer noch so leidenschaftlich war. Und seine Erinnerung hatte ihn nicht getrogen – er wusste genau, was sie brauchte. Was sie *wollte*. Mehr Necken, mehr Zungenschläge, mehr Sehnsucht nach seinem langen, harten Schaft in ihr. Er wusste, dass sie genau dieses Hinauszögern liebte, das Pulsieren, das in ihr anschwoll und explodierte, wenn ihre Körper endlich zueinanderfanden.

Doch er brauchte noch mehr von ihr, wollte sie befriedigen und vor Verlangen beinahe in den Wahnsinn treiben. Schließlich ließ er ihre Hüften zurück auf die Matratze sinken, umfasste ihre Brüste mit beiden Händen und massierte ihre Nippel, bis sie lustvoll aufschrie und er an der Zungenspitze spürte, wie ihre inneren Muskeln zuckten. Aber er war noch nicht fertig mit ihr. Oh nein. Amy hatte zu viele Jahre auf diesen Moment gewartet, da würde Tony jetzt sicher nicht hetzen. Es gab nichts Wichtigeres als ihr Vergnügen, und er wusste immer noch ganz genau, was ihr gefiel. Er drehte sie auf die Seite und glitt an ihrem Körper hinauf, rieb seine Brust an ihrem Rücken und seine Erektion an ihrem nackten Hintern, während er ihre Brüste streichelte. Sanft biss er ihr gerade so fest in den Nacken, dass sie ein Keuchen ausstieß. Ein süßes, erregtes Keuchen. Er ließ eine Hand ihren Bauch hinunterwandern und schob sie tiefer, bis zu dem heißen, feuchten Ort zwischen ihren Beinen.

»Ja. Oh Gott, ja, Tony.«

»Zeig mir, wie sehr du uns willst«, flüsterte er. Sie hatte es geliebt, wenn er die Kontrolle übernahm. Jetzt testete er, ob sie nach all den Jahren immer noch im Einklang waren. Wie sehr hatte er das vermisst.

Sie hob das Becken an und drückte seine Hand tiefer, bis er seine Finger in ihr versenkte und sie sich in perfektem Rhythmus zu seinen Liebkosungen bewegen konnte. Ihr Atem ging stoßweise. Tony leckte über ihren Hals und den Kiefer entlang, bevor er ihren Mund mit seinem eigenen verschloss und so ihre Lustschreie dämpfte, als der Orgasmus sie überrollte. Anschließend verteilte er kleine Küsse über Amys Rücken und streichelte über ihre erhitzte Haut. Als er ihre Pobacken küsste, kam sie auf die Knie und er drehte sich auf den Rücken, sodass sie sich mit weit gespreizten Beinen über Tonys Gesicht positionieren konnte. Das erlaubte ihm, erneut tief mit den Fingern in sie einzudringen. Langsam sank sie nach unten. Amy schmeckte vertraut und süß, salzig und heiß. So heiß. Er streichelte sie, liebkoste sie mit seinem Mund, bis ihr Körper wieder vor Lust pulsierte und sie seinen Namen schrie. Bebend ließ sie sich von ihm zurück auf die Matratze dirigieren und Tony griff rasch nach seiner Brieftasche.

Amy hielt seine Hand fest, doch er schüttelte den Kopf.

»Ich nehme die Pille. Ich wollte nie das Risiko eingehen ...«

»Ich kann nicht« war alles, was er dazu sagen konnte. Und er sah, dass sie ihn verstand. Schon einmal hatte er ihre Gesundheit riskiert. Bevor er ihr nicht einen Ring an den Finger gesteckt hatte, würde er alles tun, um eine Schwangerschaft zu verhindern.

Seine Hände zitterten vor Verlangen, als er sich das Kondom überzog und sich dann erneut über sie beugte.

»Süße«, flüsterte er in einen Kuss. Es hatte Amy nie etwas ausgemacht, ihn zu küssen, wenn er nach ihr schmeckte, und ihn erregte es immer noch mehr. Aber er musste noch einmal fragen, bevor er den letzten Schritt tat. Danach war sein Herz ein für alle Mal verloren. »Du bist dir sicher? Wir können immer noch aufhören.«

»Komm zu mir, Tony. Lass die Vergangenheit in Liebe versinken.«

Er lehnte die Stirn an Amys. »Die Vergangenheit wird immer da sein.« Keine Lügen. Er hatte ihr versprochen, sein Bestes zu geben, und das bedeutete pure Ehrlichkeit, egal wie sehr es ihn schmerzte, das jetzt auszusprechen.

»Dann hilf mir mit deiner Liebe darüber hinweg.«

Mit einem Stoß war Tony in ihr. Sie war eng, so wahnsinnig eng. Er hielt inne, um seinen Orgasmus zurückzudrängen.

»Verdammt.«

»Okay?«, flüsterte sie.

»Nicht bewegen.« Auf sein Lächeln reagierte sie mit einem kleinen Grinsen.

»Ist das nicht der Witz an der Sache?«

»Du bist so eng, Amy. Wenn ich mich jetzt rühre, komme ich sofort.«

Sie kaute auf ihrer Unterlippe, und er begann, seine Hüften in langsamen, zielgerichteten Stößen zu bewegen.

»Verdammt«, wiederholte er mit zusammengebissenen Zähnen.

»Ich war schon sehr lange nicht mehr mit einem Mann zusammen.«

»Amy. Du fühlst dich …« Tony lehnte seine Stirn an ihre und schloss die Augen, überwältigt von Gefühlen. »Ich …« Er konnte keinen klaren Gedanken fassen, es gab nur noch Amy.

»Vierzehn Jahre, um genau zu sein.«

Tony riss die Augen auf. Sein Herz setzte einen Schlag aus.

Sie zog ihre Unterlippe wieder zwischen die Zähne.

»Kätzchen?«

Sie schüttelte den Kopf. »Ich konnte nicht. Ein paar andere Sachen gab es da schon, aber … du bist der einzige Mann, mit dem ich je zusammen sein wollte.«

»Oh, Süße. Das ist eine wirklich lange Zeit.«

Sie zuckte mit den Schultern und schloss die Augen. Tony küsste ihre geschlossenen Lider.

»Ich werde es wiedergutmachen. Mit jedem Orgasmus ein bisschen mehr.«

Das entlockte Amy ein leises Kichern und sie schaute ihm wieder in die Augen.

»Geht es dir gut? Ich tue dir nicht weh?«

»Du könntest mir nie wehtun.« Sie schlang die Arme um

Tonys Nacken und suchte seinen Mund.

Vierzehn Jahre. Verflucht noch mal.

Jede Bewegung ihrer Hüften trieb Tony näher an den Rand der Klippe. Amy hakte ihre Fersen über seine Waden und kam jedem seiner Stöße entgegen. Ihr Kopf fiel nach hinten, und sie schnappte nach Luft, während er sich härter und tiefer in ihr bewegte, bis er sie so vollständig ausfüllte, dass er den Moment spürte, als der Orgasmus sie erfasste. Von einem atemberaubenden Augenblick auf den anderen tauchte sein Geist in ein Meer aus Ekstase. Sie umklammerte seine Schultern, wölbte sich ihm entgegen, stieß ihr Becken nach oben, rieb sich an Tony. Sie nahm ihn noch tiefer in sich auf, während er seinen eigenen, intensiven Höhepunkt erklomm. Amy biss ihm in die Schulter, als ein weiterer Orgasmus von ihr Besitz ergriff. Gemeinsam ritten sie auf der Welle, bis der letzte Schauer von Tonys Erlösung seinen Körper durchlief. Dann ließen sie sich nebeneinander auf die Matratze fallen und ihre Hände fanden sich zwischen ihnen.

Amy rollte sich in Tonys Arm zusammen, wie sie es in jenem Sommer so oft getan hatte. Ihre Knie ruhten auf seinen Oberschenkeln, ihre Wange auf seiner Brust, und ihr zauberhafter Körper vibrierte unter dem befriedigten Schnurren, das sie von sich gab. Tony schloss die Augen, atmete tief durch und ließ zu, dass die Erinnerungen an die Vergangenheit und die Gegenwart sich miteinander verbanden.

Sein süßes Kätzchen war wieder da.

Zwölf

Amy erwachte in einem leeren Schlafzimmer. Sie lauschte einen Moment, doch die Stille in ihrem Haus sagte ihr, dass Tony bereits gegangen war. Einen Moment lang schoss ihr der Gedanke durch den Kopf, dass die letzte Nacht vielleicht nur ein Wunschtraum gewesen war, aber als sie sich umdrehte und ihre Nase in dem zweiten Kissen vergrub, war Tonys Geruch noch da. Das ungewohnte Ziehen in ihrem Unterleib und der Muskelkater in ihren Oberschenkeln und dem unteren Rücken waren eine angenehme Erinnerung. Sie lächelte trotz des leichten Unwohlseins. Dann atmete sie geräuschvoll aus und bedeckte ihre Augen mit ihrem Arm. *Tony.* Sie wartete auf die Sehnsucht und den unvermeidlichen Schmerz, den sie zu viele Jahre lang unterdrückt hatte, doch als beides nicht kam, gab ihr das Hoffnung, dass sie tatsächlich weitermachen konnte. Sie hatten über jenen Sommer gesprochen und Amy war nicht völlig zusammengebrochen. Und er hatte sie geliebt – oh, und wie er sie geliebt hatte. Als wären sie nie getrennt gewesen.

Amy hörte, wie die Schiebetür zur Terrasse geöffnet wurde, und ihr Herz machte einen Satz. *Tony.*

»Beeil dich.«

Jenna. Amy hörte huschende Schritte und drehte sich um.

Da standen Leanna, Bella und Jenna mit dümmlichem Grinsen und Tassen mit dampfendem Inhalt im Türrahmen – Leanna hatte zwei dabei.

»Ich habe Tony zum Joggen aufbrechen sehen«, erklärte Jenna, als sie alle auf Amys Bett einfielen.

»Und Sky hat erzählt, dass sie ihm gestern Abend ein Tattoo verpasst hat.« Bella lehnte sich zu Amy und flüsterte: »Kätzchen.«

»Oh mein Gott.« Amy hielt sich die Augen zu. »Gibt es keine Verschwiegenheitsverpflichtung zwischen Tätowierern und ihren Kunden?«

»Es sind *Tattoos*«, erwiderte Bella. »Die sind doch quasi ein Werbeplakat. Auch unterhalb der Gürtellinie.«

Amy stöhnte auf. Bella trug als Einzige keinen Pyjama. Abgesehen von Amy selbst, denn sie war unter den Decken ziemlich nackt.

»Ach, komm schon, Kätzchen. Wir finden es niedlich.« Jenna krümmte die Finger und tat, als würde sie nach Amy tatzen, während sie ihre Tasse mit der anderen Hand festhielt. »Miau.«

Alle lachten.

»Das ist nichts Sexuelles.« *Okay, irgendwie schon.*

»Klar doch.« Bella klopfte Amy auf die Schulter. »Bleib ruhig bei der Lüge. Wir geben dir Rückendeckung.«

Leanna reichte Amy die für sie mitgebrachte Kaffeetasse. »Hoch mit dir und trink. Wir wollen alles wissen.«

Amy hielt sich das Bettlaken vor die Brust. »Gibst du mir mal ein T-Shirt?«

Jenna schnappte sich ein Shirt aus Amys Kommode und warf es ihr zu. Nachdem Amy es angezogen hatte, fügte sie verlegen hinzu: »Und Unterwäsche«, woraufhin Jenna lachend gehorchte.

»Bist du etwa noch eingesaut und stinkst?«, fragte Bella.

»Liebe Güte, Bella.« Amy spürte, wie ihre Wangen heiß wurden. »Bin ich nicht. Wir haben gestern noch geduscht.«

»Oh, das ist ja noch besser, als ich gehofft hatte. Ihr habt zusammen geduscht?« Jenna zupfte ihr Seidentop zurecht, das ihr von der Schulter gerutscht war. Sie rückte ein Stück näher.

Die Freundinnen bildeten einen Halbkreis um Amy. Sie fühlte sich ein wenig wie in der Schule, wenn man von den letzten Ferien erzählte, aber keine Schülerin würde breit über so lustvolle Erinnerungen grinsen.

Amy nippte an ihrem Kaffee und gab schließlich den erwartungsvollen Blicken ihrer Freundinnen nach. »Ja, wir haben zusammen geduscht. Es war kein richtiges erstes Date. Ich meine, es ist *Tony.*« *Der Mann, mit dem ich im Sommer, als ich achtzehn war, mindestens einmal am Tag geschlafen habe. Der einzige Mann, mit dem ich je geschlafen habe.* Nur wussten das die anderen nicht. Rasch schob sie die aufkommenden Schuldgefühle beiseite.

»Stimmt schon«, meinte Leanna. »Ihr kennt euch schon ewig. Ich freue mich für dich, Amy.«

»Okay, genug Gefühlsduselei. War es gut?« Jenna lehnte sich mit großen Augen zu ihr. »Oder waren deine Erwartungen zu hoch? Das passiert schon mal. Du weißt schon, wenn man sich so lange vorgestellt hat, mit einem Kerl zu schlafen, und dann ist es eher so … *Ach, wirklich? Das war jetzt aber nicht so dolle.*«

»Jap, kenne ich«, stimmte Bella ihr zu.

»In meinem Fall denken wohl eher die Kerle das.« Leanna runzelte die Stirn.

»Stimmt nicht.« Amy hatte sich angewöhnt, ihre Sex-

Abstinenz zu überspielen, indem sie das bisschen aufplusterte, was sie tatsächlich mit Männern getan hatte. Auf dem College hatte sie das lernen müssen, um ihr Gesicht vor den anderen jungen Frauen in ihrem Wohnheim zu wahren, die *nicht* ein Baby verloren und dann auch noch innerhalb weniger Stunden den Mann aufgegeben hatten, den sie liebten. Da waren sie wieder, die Schuldgefühle, doch Amy schob sie beiseite.

Leanna nickte. »Doch, wirklich, aber das ist mir egal. Kurt mag, wie ich im Bett bin, und er ist der einzige Mann, den ich will oder brauche. Weißt du noch, wie viel Angst ich davor hatte, mit ihm zu schlafen? Ich hab mich im Bett immer so unbeholfen gefühlt.«

»Kurt scheint dieses Problem behoben zu haben«, entgegnete Jenna. »Jede Nacht dürfen wir am Soundtrack deines Liebeslebens teilhaben ... dank offener Fenster.«

»Erinnerst du dich an den einen Typen, mit dem ich vor ein paar Jahren mal geschlafen habe? Der, der meinte, er hätte *mehr erwartet*, nachdem wir es fast eine Stunde lang getrieben hatten?« Bella lachte. »Was hat er denn erwartet, eine vergoldete Mumu?«

Sie lachten, während Amy in Schuldgefühlen versank. Ihre Freundinnen hatten im Lauf der Jahre so viele Geheimnisse mit ihr geteilt, aber sie selbst hatte ihres für sich behalten. So sehr, dass sie beinahe daran erstickt wäre.

»Stimmt's, Amy?« Bella tippte ihr gegen den Arm.

»Was?« So ein Mist. Amy hatte nicht bemerkt, dass die anderen mit ihr sprachen.

»Wow. Die letzte Nacht muss wirklich was Besonderes gewesen sein. Du bist total weggetreten.« Bella schob Amys Tasse in Richtung ihres Munds. »Trink noch einen Schluck, bevor Tony zurückkommt und sich wieder über dich hermacht.«

Amys Gedanken kreisten um die möglichen Folgen, wenn sie ihren Freundinnen erzählte, was sie durchgemacht und wie sie sie belogen hatte. Sie würden ihr nie wieder vertrauen. Wie sollten sie auch, wenn sie ein so großes Geheimnis die ganze Zeit über bewahrt hatte?

»Amy?« Leanna tätschelte ihr Bein. »Ist alles in Ordnung? War es nicht gut gestern?«

»Doch. Es war sogar perfekt.« Besser, als sie es sich je erträumt hätte.

»Heißt das, du bleibst und lehnst den Job bei Duke ab?«, fragte Bella.

»Oh je. Duke. Was soll ich nur machen?« Sie war mit Duke befreundet und er bot ihr die Chance ihres Lebens. Sie hatte den Job erst vor ein paar Tagen zugesagt und konnte ihn nicht einfach sitzen lassen. Vielleicht würde er es ja verstehen. Aber vielleicht überstürzte sie auch alles. Was, wenn es zwischen ihr und Tony nicht klappte? Es war so viel Zeit vergangen und …

»Sag mal, hat der dir gestern Abend eine Betäubungspille untergejubelt oder so?«, wollte Bella wissen.

»Das nennt man einen dreifachen Orgasmus«, witzelte Jenna.

Zum ersten Mal in ihrem Leben konnte sie Jennas Einschätzung zustimmen und dabei nicht lügen. Aber den anderen so viele Einzelheiten über ihr und Tonys Liebesleben weiterzutratschen, kam ihr wie ein Verrat an ihm vor. Amys Puls beschleunigte sich. Sie musste über so vieles nachdenken und hatte gerade das Gefühl, nicht sonderlich gut gewappnet zu sein.

»Okay, irgendetwas stimmt hier ganz und gar nicht.« Bella nahm Amy die Tasse ab und stellte sie auf den Nachttisch.

Dann strich sie ihr die Haare nach hinten und ihr Tonfall wurde ernst. »Schatz, was ist los? Wir sind für dich da. Ob gut, schlecht oder kompliziert, wir können dir helfen.«

»Vielleicht konnte Tony nicht … du weißt schon«, flüsterte Jenna.

Amy schüttelte den Kopf. »Nein. Tony ist … Er ist wie immer. Und ein rücksichtsvoller, guter Liebhaber.«

»Was ist es denn dann?«, hakte Bella nach.

Ich muss es sagen. Sie schluckte schwer und versuchte, das flaue Gefühl in ihrer Magengrube zu verdrängen.

»Was ich euch jetzt sage, könnte unsere Freundschaft für immer verändern, und ich möchte, dass ihr wisst, wie sehr ich euch lieb habe und dass ich euch vertraue.« Amy holte tief Luft, während die anderen besorgte Blicke austauschten.

»Du machst mir ein bisschen Angst.« Leanna stellte ihre Kaffeetasse ab und fummelte am Saum ihrer Pyjamashorts herum.

»Na ja, mir macht es große Angst.« Sie musste ihren Freundinnen die Wahrheit sagen, egal wie sehr es wehtat. Sie überlegte kurz, ob sie vorher mit Tony abklären sollte, dass sie ihnen von ihrer Vergangenheit erzählte. Aber ein Blick auf ihre Freundinnen sagte ihr, dass sie seine Erlaubnis nicht brauchte. Das war von Anfang an ihre eigene Bürde gewesen. Ihr Geheimnis. Es war ihre Entscheidung, es zu preiszugeben.

Sie straffte die Schultern und setzte sich aufrechter hin, um sich Mut zu machen. »Erinnert ihr euch noch an den Sommer, bevor wir aufs College gegangen sind?«

»Wie könnten wir den vergessen?«, fragte Jenna. »Es war unglaublich. Partys, Surfen lernen, diese Surfer, die wir per Anhalter in deinem Cabrio auf dem Weg zum Strand mitgenommen haben.«

»Weißt du noch, wie Leannas Brüder versucht haben, die Rettungsschwimmerinnen anzubaggern?« Bella klopfte lachend auf die Matratze. »Das war das Lustigste. Die waren alle so: *Ein Streber, ein Muskelprotz und ein Typ, der Feuerwerk ein bisschen zu sehr mag. Nein, danke.* Sie konnten ja nicht ahnen, wie heiß die Jungs mal werden.«

Leanna schaute Amy ernst an, als ob sie den Aufruhr sehen konnte, der in ihr brodelte.

»Was ist mit diesem Sommer, Amy?«, fragte Leanna.

Amy senkte den Blick aufs Bett und überlegte, ob sie ihr Schweigen als Scherz abtun sollte, aber sie wusste, dass die anderen ihr das niemals abnehmen würden. Sie hatte damals neun Monate Zeit gehabt, ihre Fassade zu perfektionieren, bevor sie im Sommer nach der Fehlgeburt ans Cape zurückgekehrt war. Neun Monate … Zeit genug, um ein Baby zu bekommen oder zu vergessen, dass man es jemals hatte bekommen wollen. Sie hatte vierzehn Jahre Zeit gehabt, sich auf diesen Moment vorzubereiten, doch stattdessen hatte sie den Vorfall komplett verdrängt. Jetzt gab es kein Verstecken mehr. Wenn sie mit Tony zusammen sein wollte, musste sie akzeptieren, was passiert war, und akzeptieren bedeutete Ehrlichkeit gegenüber allen.

»Süße, was ist denn los? Egal was, es wird sich nichts ändern. Versprochen.« Jenna klang so aufrichtig, dass Amys Schuldgefühle nur noch größer wurden.

»Da bin ich mir nicht so sicher.« Amy schluckte schwer und starrte auf ihre Hände. Das war einfacher, als die Frauen anzusehen, von denen sie wusste, dass sie sie gleich verletzen würde.

»In diesem Sommer waren Tony und ich hier zusammen«, begann Amy.

»Ja, natürlich. Das waren wir alle«, sagte Jenna.

»Nein. *Zusammen* zusammen.« Sie schaute auf.

»Warte mal.« Bella runzelte die Stirn und ein leises Lachen entkam ihr, bevor sie den Mund wieder zuklappte und es runterschluckte. »Du meinst doch nicht etwa …«

Amy nickte.

»Was?«, quietschte Jenna überlaut. »Niemals. Das hättest du doch nie geheim halten können.«

Amy legte den Kopf schief. »Du kennst meinen Vater, oder?«

»Ja, aber …« Jennas Augen weiteten sich, als ihr ein Licht aufging. »Du hast gedacht, wir würden es ihm sagen?«

»Nein. Nein, das ist nicht der Grund.« *Oder doch?* Bella verschränkte die Arme und errichtete damit eine Barriere zwischen ihnen, die Amy Angst machte. *Bitte weis mich nicht ab.* Leanna hatte die Augenbrauen zusammengezogen und auf ihrer Stirn zeichneten sich Sorgenfalten ab.

»Okay, vielleicht war das teilweise der Grund. Keine Ahnung. Ich hatte Angst, meinen Vater zu enttäuschen, und Tonys Vater war in dem Sommer nicht gerade der netteste Mensch der Welt.« Die Worte sprudelten aus ihr heraus und sie gingen nicht spurlos an ihren Freundinnen vorbei. Bella schaute sie besorgt und sauer zugleich an. Leanna und Jenna stand das Mitgefühl ins Gesicht geschrieben, aber Amy wusste, dass sie auch sie verletzt hatte.

»Und ich war endlich mit Tony zusammen«, fuhr Amy fort. »Er hat mich geliebt. *Geliebt.* Und …«

»Dann hast du ihn also nicht jahrelang angeschmachtet? War das eine Lüge? Warst du die ganze Zeit über mit ihm zusammen?« Bellas Ton war alles andere als verständnisvoll.

»Nein. Ich *habe* mich nach ihm gesehnt.«

»Klar doch«, schnauzte Bella. »Nach einem Kerl, den du schon hattest, und wir hatten auch noch Mitleid mit dir, weil du ihn geliebt hast und er in dir nur eine Freundin gesehen hat.« Sie schaute zur Seite.

»So war es nicht. Ich meine, schon irgendwie, aber ...« Am liebsten hätte sie sich unter dem Bett versteckt und ihr Leben um zehn Minuten zurückgespult, damit sie alles rückgängig machen konnte. Ihr Herz schlug so schnell und heftig, dass sie das Gefühl hatte, der Raum würde sich um sie drehen. Ihre Freundinnen warteten auf eine Erklärung, unter der Amy möglicherweise zusammenbrechen würde. Die Alternative war jedoch noch schlimmer.

»Es war ...« Tränen liefen ihr über die Wangen. »Ich wurde schw... schwanger. Okay? Es war ...«

Schweigen.

Jenna starrte auf die Bettdecke. Bella sah Amy fest in die Augen, und Leannas Brauen zogen sich noch weiter zusammen, während sie zwischen Amy und den anderen hin- und herblickte.

Amys Unterlippe zitterte. Ihre Schuldgefühle wurden mit zunehmendem Schweigen noch erdrückender. Ihre Kehle war so eng, dass sie kein Wort mehr herausbrachte. Und dann nahm Leanna sie in die Arme. Ihre Tränen landeten auf Leannas Schulter.

»Amy ...« Bellas Stimme klang dünn und erschüttert. »Oh Gott, Amy. Es tut mir so leid.«

»Aber was ist denn nur passiert?« Jenna griff nach Amys Hand.

Amy atmete ein paarmal tief durch, als Leanna sie losließ und ihr etwas Raum gab. Die Schuldgefühle, die sich in ihr aufgestaut hatten, überrollten sie nun. Sie fühlte sich verletzlich, völlig entblößt.

»Ich … ich wusste nicht, dass ich schwanger war, bis ich im Herbst mit dem College angefangen habe. Dann sind Tony und ich für ein Wochenende heimlich nach Seaside gefahren. Ich wollte es ihm sagen, aber wir waren surfen und … ich … habe das Baby verloren. Das habe ich nie jemandem erzählt. Wirklich niemandem. Und ich habe nie wieder mit Tony darüber gesprochen.« Ein Schluchzen raubte ihr die Stimme, doch mit dem nächsten Atemzug konnte sie weitersprechen. »Ich habe Tony weggeschickt, um ihn davor zu bewahren … seine Surfkarriere zu ruinieren. Um ihn vor mir zu schützen.«

Bella schloss Amy in die Arme. Wie lange sie sich so hielten, wusste sie nicht. Lange genug, dass Amy all die Tränen weinen konnte, die sie über die Jahre zurückgehalten hatte. Lange genug, dass die anderen sich der erlösenden Umarmung anschließen konnten und Amy erneut das Gefühl hatte, erdrückt zu werden. Sie konnte nicht mehr atmen, aber dieses Mal war es keine Angst. Sie wurde von ihrer Liebe erdrückt, spürte die Tränen ihrer Freundinnen auf der Haut.

»Das hättest du nicht allein durchmachen müssen.« Bellas Stimme war nur wenig lauter als ein Flüstern.

»Ich hatte Angst«, gab Amy zu. »Ich wäre am College beinahe durchgefallen und konnte kaum klar denken, geschweige denn darüber sprechen.« Sie holte tief Luft und bereitete sich darauf vor, den Rest ihrer Lügen auch noch zu enthüllen.

»Das ganze Gerede über Männer …« Amy schüttelte den Kopf. Sie fühlte sich emotional ausgelaugt und erschöpft und wollte nicht noch mehr zugeben, aber sie hatte die Schleusen nun geöffnet und musste alles rauslassen.

Jenna sah von Amy zu Bella. »Ich verstehe nicht.«

»Ich schon«, sagte Leanna. »Du hast mit keinem von denen

geschlafen.«

Amy schüttelte den Kopf und wischte sich die Tränen aus den Augen.

»Amy«, flüsterte Jenna. »Warum hast du denn gelogen? Es ist uns doch egal, ob du mit irgendwem geschlafen hast oder nicht.«

»Ich weiß. Ich meine, tief in meinem Innern weiß ich das, aber ich habe meine Vergangenheit so lange versteckt. Und als wir mit dem College fertig waren, wollte ich einfach alles hinter mir lassen und normal sein. Normal zu sein bedeutete, all die Dinge zu tun, die ich nicht tun wollte. Also habe ich so getan, als ob.« Sie zuckte mit den Schultern und sah verlegen zur Seite.

»Amy. Du *bist* normal. Du bist wahrscheinlich die Normalste von uns allen«, erwiderte Bella.

»Du hast in all den Jahren nie mit Tony darüber gesprochen? Ihr habt es also beide allein durchgestanden?« Leanna hielt inne, doch Amy konnte kaum nicken, bevor sie auch schon fortfuhr. »Es ist erstaunlich, dass er dir nicht böse ist, weil du ihn weggestoßen hast, und genauso, dass du ihm nicht böse bist. Ich kann mir nicht vorstellen, wie sehr ihr beide gelitten haben müsst. Wie weit warst du damals?«

»Nur ein paar Wochen.«

»Völlig egal, ob du einen Tag, eine Stunde oder einen Monat lang gewusst hast, dass du schwanger bist. Sobald du es weißt, ist alles anders.« Leanna umarmte Amy erneut. »Und da ist ja nicht nur dieser tragische Verlust – du und Tony seid auch um all die Jahre gebracht worden. Ich verstehe gar nicht, wie du eine so enge Beziehung zu ihm haben konntest, ohne über das zu sprechen, was passiert ist.«

»Ich habe ihn ausgeschlossen. Ich habe den Schmerz so tief vergraben, dass ich so tun konnte, als wäre es nie passiert, selbst als er versucht hat, alles wieder in Ordnung zu bringen. Das war einfacher, als mich dem zu stellen.« Amys Brust zog sich wieder schmerzhaft zusammen bei der Erinnerung an Tony, der traurig und niedergeschlagen in ihrem Wohnheimzimmer stand, während sie Unwissenheit vortäuschte und irgendwie so tat, als wäre er ihr egal. Nur um sich selbst zu retten.

»Das erklärt, warum er sich in unserer Collegezeit so rar gemacht hat«, sagte Leanna. »Oh, Amy. Ich dachte immer, dass es an seiner Surfkarriere lag. Erinnert ihr euch daran? Er kam nur ab und zu mal für eine Woche her und hat selbst dann nur selten Zeit mit uns verbracht.«

»Und das hat sich alles geändert, nachdem wir das College abgeschlossen hatten, wisst ihr noch?«, fügte Jenna hinzu.

Amy nickte. »Ja. Ich war so erleichtert, dass er zurückgekommen ist und mich nicht gehasst hat. Zuerst hatte ich Angst, mit ihm zu reden, weil ich befürchtet habe, dass er die Vergangenheit anspricht und dann wieder verschwindet. Hat er aber nie, und wir wurden wieder Freunde, nur dass er mich ab da noch mehr beschützt hat. Ich konnte nie verstehen, warum, aber jetzt hat er mir gesagt, dass er nur so in meiner Nähe sein konnte.«

»Es ist völlig offensichtlich, wie sehr er dich liebt«, meinte Leanna. »So wie er sich immer um dich kümmert, deine Hand hält oder den Arm um dich legt.«

»Dich ins Bett trägt«, fügte Jenna hinzu.

»Dir die Haare hält, wenn du kotzt«, sagte Bella.

»Wie bitte?«, fragte Amy.

»Ja, als du letzten Sommer zu viel getrunken hast, hat er darauf bestanden, dich nach Hause zu bringen«, erklärte Bella. »Er und ich haben uns darüber gestritten, aber er wollte dich auf keinen Fall allein lassen. Und als Jenna und ich nach dir sehen wollten, hast du an ihn gelehnt tief und fest geschlafen. Deine Haare waren zu einem Pferdeschwanz zusammengebunden, und Tony hat gesagt, dass er deinen Kotzeimer holt, als hätte er das schon hundertmal gemacht. Offenbar ist dir während der Nacht schlecht geworden und er hat dir die Haare zurückgebunden.«

»Das habt ihr mir nie erzählt.« Wie hatte sie sich sonst noch blamiert? »Er hat auch nie was gesagt. Ich muss ja die Lachnummer von Seaside gewesen sein.«

»Nein, du warst die am meisten geliebte Frau in Seaside. Niemand von uns hätte dich je damit in Verlegenheit gebracht, und Jenna und ich haben ehrlich gesagt nur unsere eigene Haut gerettet.« Bella warf Jenna einen Blick zu. »Wir dachten, du würdest uns umbringen, wenn du wüsstest, dass er dich beim Kotzen gesehen hat, weil wir zugelassen haben, dass er dich heimbringt.«

»Wo steht ihr jetzt?«, fragte Leanna. »Habt ihr miteinander gesprochen?«

Amy nickte. »Ein bisschen.«

»Und?«, hakte Jenna nach.

»Ich glaube, nein, ich *weiß*, dass er mich genauso liebt wie ich ihn, und wir werden es miteinander versuchen.«

»Aber?«, wollte Bella wissen.

»Aber es ist beängstigend, und ich habe den Job bei Duke angenommen und Tony macht sich Sorgen, dass er nicht der richtige Mann für mich ist.«

Bella verdrehte die Augen. »Du hast hundert Jahre lang mit keinem anderen geschlafen. Das klingt stark danach, als wäre er der einzige Mann für dich. Weiß *er* das auch?«

Amy lächelte bei der Erinnerung an die Ungläubigkeit, die sich gestern Abend auf seinem Gesicht abgezeichnet hatte. »Ja. Er war ein bisschen geschockt.«

»Ich wette, er war auch ein bisschen stolz«, meinte Jenna.

Leanna gab ihr einen Klaps aufs Bein.

»Was denn?«, meinte Jenna. »Komm schon. Er ist ein Kerl. Natürlich war er stolz. War er dein Erster, Amy?«

»Der Erste und Einzige.« Amy holte noch einmal scharf Luft und war froh, dass ihre Tränen inzwischen versiegt waren. »Ihr hasst mich also nicht dafür, dass ich euch die ganze Zeit nichts davon erzählt habe?« Angespannt erwartete sie ihre Antwort.

»Natürlich nicht«, sagte Leanna.

»Wir haben dich lieb. Aber ich finde es furchtbar, dass wir nicht für dich da waren«, fügte Jenna hinzu. »Wir hätten uns um dich gekümmert. Vielleicht hätten wir den Schmerz lindern können und du hättest das Geheimnis nicht so lange mit dir herumtragen müssen.«

»Mich ärgert es zugegebenermaßen schon, dass du uns nicht genug vertraut hast, um dir durch so eine schreckliche Zeit zu helfen, aber ich verstehe es auch. Dein Vater war so überfürsorglich und wir waren damals nicht gerade vorsichtig, wenn wir uns unterhalten haben. Aber wir könnten dich dafür niemals hassen, Amy. Du musst so was wirklich nicht allein durchmachen, das weißt du inzwischen hoffentlich. Wir sind keine Teenager mit großen Klappen mehr. Wir sind Erwachsene mit großen Klappen.« Bella lächelte, und Amy wusste, dass es ein Versuch war, es ihr leichter zu machen.

Bella schaute aus dem Fenster. »Aber ich kann mir immer noch nicht erklären, wie ihr eine geheime Beziehung geführt habt, ohne dass wir es mitbekommen.«

Amy lächelte und dachte daran, wie Tony und sie sich in diesem Sommer immer wieder weggestohlen hatten und wie aufregend das gewesen war. »Das erste Mal haben wir uns an einem Lagerfeuerabend am Cahoon Hollow geküsst. Ihr habt alle am Strand abgehangen und ich bin bei den Dünen spazieren gegangen. Da ist es stockfinster.«

»Ja«, bestätigte Bella.

»Da waren wir also. Tony hat mich eingeholt. Ich weiß nicht, was mir an dem Abend durch den Kopf gegangen ist, aber dass Tony und ich in einer Beziehung enden würden, hätte ich nie erwartet. Schon gar nicht in einer heimlichen. Aber als er vor mir stand, nur wir beide, hat er mich angesehen und … Gott. Es war so ein großer Moment, wisst ihr? Es heißt doch immer, dass die Welt dann für einen Moment stillsteht, aber für mich existierte die Welt gar nicht mehr. Nichts existierte außer uns. Seine Augen waren so dunkel und sexy, und ich weiß noch, dass er so nah bei mir stand, dass sich unsere nackten Zehen berührten. Mein ganzer Körper hat gekribbelt, wenn ich nur daran gedacht habe, ob das vielleicht Absicht ist. Gott, ich war so jung und naiv, aber ich glaube, so was denke ich manchmal heute noch, wenn er mich berührt. Eigentlich sogar sehr oft. Wie auch immer … Dann bin ich damit rausgeplatzt, dass ich ihn küssen will.«

»Ist nicht wahr!«, rief Jenna.

»Und ob! Keine Ahnung, wo der Mut dafür herkam. Ich habe ihm gesagt, dass ich ihn liebe, seit ich sechs Jahre alt bin, was auch absolut stimmte.«

»Oh, Amy. Was hat er gesagt?« Leanna lächelte. »Ich versuche mich gerade daran zu erinnern, wie Tony mit zwanzig war.«

»Er war süß, selbstbewusst und sah so gut aus.« Amy seufzte und fühlte sich, als wäre sie wieder achtzehn Jahre alt und total von den Socken. »Er war sehr anständig. Erst hatte er Angst, mich zu küssen – wegen meines Vaters –, aber das heißt nicht, dass er es nicht wollte. Ich glaube, wir haben ein bisschen hin- und herdiskutiert, ob wir es tun sollen oder nicht, aber ich wollte es so sehr. Ihr wisst ja, wie dramatisch in diesem Alter alles ist. Ich hatte das Gefühl, dass ich sterben muss, wenn er mich nicht küsst. Denn was dann? Wäre er zurück zu Jamie gegangen und hätte sich darüber lustig gemacht?«

»Das hätte er nie gemacht. Dafür hat er dich viel zu sehr respektiert, schon damals«, versicherte Leanna ihr.

»Ja, aber wer weiß so was in dem Alter schon?« Jahrelang unterdrückte Spannungen fielen mit jedem Geständnis mehr und mehr von Amy ab. »Jedenfalls haben wir uns geküsst, und ich kann euch sagen … Wir wollten gar nicht mehr aufhören.« Sie warf Jenna einen Blick zu. »Aber dann kam jemand vorbei und musste unbedingt Steine sammeln …«

»Ja, so bin ich. Tut mir leid, Amy. Ich wollte euch echt nicht beim Knutschen unterbrechen.«

Amy lachte. »Schon in Ordnung. Wir haben uns Zeit gestohlen, wann immer wir konnten. Wenn alle geschlafen haben, schlichen wir uns raus. Tony hatte einen Schlafsack, den er bei den Bäumen hinterm Pool versteckt hat. Da sind wir immer hin.«

»In das kleine Wäldchen?«, fragte Jenna. »Das ist so romantisch.«

»Ja, und wir haben unterm Pier in P-town rumgemacht. Hinter der Eisdiele am Nauset Beach. Hinter den Waschräumen am Cahoon Hollow Beach.« Amy lächelte bei den aufkeimenden Erinnerungen. »Er war mein Ein und Alles.«

Leanna lehnte sich zu ihr. »Das ist er immer noch, Amy. Er ist immer dein Ein und Alles gewesen.«

»Dein Ein und Alles hat euch was zum Frühstück mitgebracht.«

Beim Klang von Tonys tiefer Stimme drehten sie sich um. Seine Haut glänzte verschwitzt vom Joggen. In den Händen hielt er ein Glas Luscious-Leanna's-Sweet-Treats-Marmelade und eine Schachtel Croissants. Genug für alle.

Amy hielt den Atem an, als sich ihre Blicke trafen. Tony hatte mitbekommen, dass sie ihn ihr Ein und Alles genannt hatte, und dabei hatte sie immer noch leise Zweifel, ob ihr die letzte Nacht vielleicht mehr bedeutet hatte als ihm. Doch ein Lächeln umspielte seine Lippen und in seinen Augen lag ein warmer Ausdruck – in diesem Moment wusste Amy, dass alles gut werden würde.

»Geht's dir gut?« Seine Stimme war kaum mehr als ein Flüstern.

Amy nickte. »Ja.«

»Ich habe geklopft, aber ihr habt mich wohl nicht gehört.« Er betrat den Raum und ließ seinen Blick über die Mädels schweifen.

Amy fragte sich, was er wohl sah. Nahm er wahr, wie lieb ihre Freundinnen sie hatten und wie sehr sie Amy unterstützten? Sah er die emotionale Anspannung der letzten halben Stunde? Oder sah er einfach nur ein paar Frauen, die über das Bett krabbelten und in die Chocolate-Sparrow-Schachtel griffen?

»Ich mag diesen neuen Tony-*Freund*«, meinte Jenna. »Er beliefert uns in sexy Shorts mit Frühstück.«

Amy verzog das Gesicht. »Tut mir leid, Tony. Ich habe nie behauptet, dass wir zusammen sind, Jenna.«

Jenna zuckte mit den Schultern. »Habe ich einfach angenommen.«

»Das habe ich auch.« Tony hielt Amy die Schachtel hin. »Sollte ich nicht?«

Bella tippte auf seinen Hosenbund. »Ein Mann, der den Kosenamen einer Frau als Tattoo auf dem Körper trägt, darf schon als fester Freund bezeichnet werden.«

»Sind denn alle darauf aus, mich zu blamieren?« Amy erhob sich auf ihre Knie, nahm aber nicht das Croissant, das Tony ihr anbot. Stattdessen griff sie nach seinem Arm und zog ihn zu sich. »Willst du wirklich mit mir zusammen sein? Du musst nicht, nur weil wir miteinander geschlafen haben.« *Bitte sag ja. Bitte, bitte sag ja.*

»Das stimmt natürlich. Sex ist nicht gleichbedeutend mit einer Beziehung. Aber wenn man sich sagt, dass man sich wahnsinnig liebt, sollte das schon was zu bedeuten haben.« Er schaute ihr ernst in die Augen.

Amy ließ den Blick nervös durch den Raum schweifen. Garantiert machte sie genauso große Augen wie ihre Freundinnen gerade.

»Ich werde in etwa drei Sekunden wirklich dumm dastehen, wenn du nicht endlich was sagst«, flüsterte Tony.

»Ja. Es bedeutet alles.«

Es gab ein kollektives »*Ooh*« und die Mädels beeilten sich, den Raum zu verlassen.

»Lagerfeuer am Cahoon heute Abend. Wenn du nicht kommst, müssen wir davon ausgehen, dass du ein *Tiefenmanöver* durchführst«, rief Bella noch auf dem Weg nach draußen.

Tony zog eine Augenbraue hoch. »Tiefenmanöver?«

»Frag nicht.«

Tony stellte die Schachtel ab und zog Amy in die Arme. »Du hast mich einen Moment lang echt erschreckt, aber als ich deinen Schlüsselbund gesehen habe, wusste ich, dass es Liebe sein muss.« Er hielt Amys Schlüssel hoch. Der Anhänger mit dem Surfbrett, den sie im Wellfleet Market gekauft hatte, baumelte an dem silbernen Ring. »Es sei denn, es gibt noch einen anderen Surfer in deinem Leben.«

»Das wäre ziemlich weit hergeholt nur wegen eines Schlüsselanhängers.« Sie lächelte über das durchtriebene Grinsen auf seinen Lippen. »Ich glaube, es gibt eine Regel über Surfer im Mädchenhandbuch. *Nur ein Surfer pro Leben.* Also hast du mich an der Backe, falls du mich haben willst.«

»Kätzchen, da gibt es kein *falls.*«

Sie legte Tony die Hände auf die Brust und ihr ging einiges im Kopf herum. Der Job bei Duke, wie ihre Freundinnen mit ihren Geständnissen umgegangen waren, und Tony. *Gott, Tony.* Würden sie das wirklich hinkriegen? Langfristig? Die quälende Frage verließ ihren Mund, bevor Amy die Chance hatte, sie zurückzuhalten.

»Findest du, dass wir es überstürzen?« Nachdem sie den Mädels die Wahrheit gesagt hatte, fühlte sie sich, als wäre ihr eine Last von den Schultern genommen worden. Selbstbewusster, stärker, als könnte sie mit fast allem umgehen. Sie war *bereit*, sich kopfüber hineinzustürzen, aber sie wusste, dass sie und Tony noch viel aufzuarbeiten und wieder aufzubauen hatten. Außerdem wog der Gedanke an den Job in Australien bleischwer. Sie konnten nichts aufarbeiten und wieder aufbauen, wenn sie in Australien war. Also musste sie wissen, wie Tony die Sache sah, bevor sie eine endgültige berufliche Entscheidung traf.

»Vierzehn Jahre sind schon ein bisschen schnell, oder?« Tony beugte sich zu ihr runter, sodass sich ihre Lippen berührten, wenn er sprach. »Vielleicht sollten wir die ganze Sache mit dem *uns unsere Gefühle eingestehen* noch einmal überdenken.«

»Ich bin emotional noch sehr verletzlich. Ich glaube, du musst mir noch mal deine Liebe beweisen.« Sie küsste ihn. »Und dann noch mal.«

Dreizehn

Amy saß auf ihrer Terrasse und ging die Notizen durch, die sie während ihres Treffens mit Duke gemacht hatte. Es war Nachmittag und Tony nutzte mit ein paar Surferfreunden die Flut aus, um sich in die Wellen zu stürzen. Sie lehnte sich zurück und legte die Füße auf einen weiteren Stuhl hoch. Es war still in Seaside.

Sie warf einen Blick zu Leannas leerem Ferienhaus. Sie und Kurt waren zu Kurts Haus gefahren, nur ein paar Meilen entfernt. Caden und Bella renovierten ihr Haus in Wellfleet und verbrachten den Nachmittag damit, mit Evan und seinen Freunden das Wohn- und Esszimmer zu streichen. Pete arbeitete mit seinem Vater auf seinem Grundstück an der Bay an der Restaurierung eines Schiffs, und Jenna und Sky verbrachten den Tag mit ihnen dort. Blue wollte später mit zum Lagerfeuer kommen. Jamie und Jessica waren immer noch in den Flitterwochen. Sie wollten Jamies Großmutter Vera, die ihn nach dem Tod seiner Eltern großgezogen hatte, mit zum Cape bringen, wenn sie in zwei Wochen zurückkehrten.

Dann wanderte Amys Blick zu Tonys Ferienhaus. Sie wollte ihn später dort abholen, damit sie gemeinsam zum Lagerfeuer gehen und sich dort mit den anderen treffen konnten. Sie legte ihr Notizbuch auf den Tisch, beugte sich vor und schaute zu den Bäumen hinter dem Pool hinüber. Ihr Puls beschleunigte sich, als sie aufstand und die Terrasse verließ.

Der Kies knirschte unter ihren Flipflops und erinnerte sie an die Nächte vor langer Zeit, als sie und Tony sich gemeinsam hinausgeschlichen hatten. Damals hatte sie solche Angst gehabt. Vor allem, so schien es jetzt. Davor, ihren Vater zu enttäuschen, der sie zwar von Herzen liebte, aber trotzdem hohe Erwartungen an Amy stellte. Angst vor den Gefühlen, die sie voll und ganz zu vereinnahmen drohten. Ihre Sehnsucht war körperlich schmerzhaft, wenn sie an Tony dachte, und als sie zum ersten Mal miteinander schliefen, zitterte Amy davor so stark, dass Tony fast einen Rückzieher machte. Er dachte, dass sie sich vor dem Sex fürchtete, aber in Wirklichkeit jagten ihr die Gefühle viel mehr Angst ein.

Als sie den Kiesweg verließ und auf den dichten Rasen trat, verlangsamte Amy ihre Schritte und sog den Anblick des lichten Wäldchens in sich auf. Die Bäume waren inzwischen viel größer geworden und ragten mit ihren vollen Ästen in die Höhe. Die Deckung, die ihr früher das Gefühl gegeben hatte, vor neugierigen Blicken sicher zu sein, gab es heute nicht mehr. Amy drehte sich um und blickte den Hügel hinauf zu den Häusern. Wie naiv waren sie doch gewesen. Jeder hätte sie beim Wegschleichen hören oder sie hier unten erwischen können. Sie erinnerte sich noch gut an die berauschende Vorfreude, an die Gefahr, erwischt zu werden, und daran, dass sie die genauso verdrängt hatte wie den schlimmsten Tag ihres Lebens.

Aber ihre Liebe zu Tony hatte sie nie verdrängt.

Amy schlenderte durch den Wald bis zu der Stelle zwischen den beiden Kiefern, die näher beieinanderstanden als die anderen Bäume. *Unser Platz.*

Sie legte sich auf den Rücken und schaute durch die Baumkronen hinauf in den hellblauen Himmel.

Glaubst du, dass ich einen Fehler mache? Amy hatte noch die Stimme des zwanzigjährigen Tonys im Ohr. Sie hatten damals nach dem Sex oft eine Stunde oder noch länger geredet, manchmal bis die Morgendämmerung das erste zaghafte Licht zu ihnen schickte.

Du tust immer das Richtige. Tony hatte gefragt, ob er gegen den Willen seines Vaters an einem Surfwettbewerb auf Hawaii teilnehmen sollte, anstatt endlich aufs College zu gehen. *Das ist eins der Dinge, die ich an dir liebe. Ich bin nicht so stark wie du. Ich verstecke mich vor dem, was ich wirklich will, nämlich die ganze Zeit mit dir zusammen zu sein. Aber du? Du bist unglaublich stark, und eines Tages wird dein Vater das erkennen und stolz auf dich sein.*

Bei der Erinnerung daran schloss sie die Augen. Tonys Vater hatte nie die Chance bekommen, seinen Stolz zu zeigen oder wiedergutzumachen, wie er Tony in jenem Sommer behandelt hatte. Es war ihr ein Rätsel, warum das Verhalten seines Vaters sich von ermutigend – wenn auch immer mit einer gewissen Strenge – zu harsch und erniedrigend geändert hatte.

Amy war zur Beerdigung gekommen. Die Wärme, die sie immer so gerne in Tonys Augen gesehen hatte, war erloschen. In den Wochen seit ihrem letzten Aufeinandertreffen hatte er an Gewicht verloren. So gern wollte sie ihn in den Arm nehmen, bis er vergaß, warum er so traurig war, aber sie hatte zu viel Angst. Sich ihm zu öffnen, nachdem sie eine Festung um sich herum errichtet hatte, hätte sie in eine Spirale des Schmerzes zurückgeschickt, den sie endlich tief genug vergraben hatte, um wieder zu funktionieren. Sie musste ihren Abschluss machen. In diesen ersten Monaten konnte sie nie vorhersagen, was sie aufs

Neue triggerte. Manchmal reichte schon der Gedanke an Tony, um sie in Tränen ausbrechen zu lassen. Und sie konnte es nicht riskieren, Tony abzulenken. Er musste sich darauf konzentrieren, der weltbeste Surfer zu werden. Das war nicht nur ein dummer Traum, wie sein Vater behauptet hatte. Dafür lebte Tony. Sie durfte ihn nicht mit in den Abgrund reißen.

In wie vielen Nächten hatte Tony alles aufs Spiel gesetzt, um mit ihr zusammen zu sein? Sie hatten keine Ahnung, wie ihr Vater reagieren würde. Aber wie sollte wohl ein Vater reagieren, wenn er erfuhr, dass seine achtzehnjährige Tochter heimlich Sex hatte – Verliebtheit hin oder her.

Sie war egoistisch gewesen. Furchtbar egoistisch.

Amy hatte sich ganz bewusst entschlossen, diese Tortur allein durchzustehen.

Tony nicht.

Und hier war er, bereit, sein Herz erneut für sie aufs Spiel zu setzen.

Sie öffnete die Augen und setzte sich auf, klopfte sich Blätter und Zweige von der Kleidung und schob die Schuldgefühle von sich. Dann umrundete sie den Baum zu ihrer Linken. Die Rinde war um ihre Initialen herum aufgeplatzt, aber sie waren noch da. Amy strich darüber und erinnerte sich an Tonys entschlossenen Gesichtsausdruck, als er die Buchstaben mit seinem Schweizer Taschenmesser in den Stamm geritzt hatte. Sie hatte sich Sorgen gemacht, dass jemand sie erwischte, doch Tony hatte sie mit diesem sexy Blick angeschaut, mit dem er sie auch davon hätte überzeugen können, dass das Meer rot war. *Hast du jemals unsere Eltern in diesen Wald kommen sehen?*, hatte er sie gefragt.

T + A 4 Ever.

Wie kam es nur, dass sich ihr eine weitere Chance auf ein

Happy End bot?

Womit hatte sie sich die verdient?

Amy ging zurück zum Weg und dachte darüber nach, wie sie es wiedergutmachen konnte, dass sie nicht dagewesen war, als Tony sie gebraucht hatte. Sie war so sehr in ihrer eigenen Trauer versunken gewesen, dass sie seinen Verlust gar nicht bedacht hatte. Sie besaß leider keinen Zauberstab und war ziemlich sicher, dass die Zeitmaschine aus *Zurück in die Zukunft* nicht echt war. Wie konnte man sein egoistisches Handeln wiedergutmachen, wenn man die Vergangenheit nicht ungeschehen machen konnte? Sie hätte gerne geglaubt, dass Liebe dafür ausreichte. Für sie war das genug. Allein wieder in Tonys Armen zu liegen, linderte ihren Schmerz, und nachdem sie sich an diesem Morgen wieder geliebt hatten – *zweimal* –, wollte sie gerne glauben, dass Tony den Schmerz wirklich weglieben konnte. *Er hat zumindest einen ziemlich effektiven Zauberstab.* Der Gedanke brachte sie zum Lächeln. Nicht, dass sie Tony mit anderen Männern vergleichen konnte, aber das brauchte sie auch gar nicht. Wenn sie mit Tony schlief, fühlte sich alles richtig an.

Doch vielleicht dachte sie auch in die falsche Richtung. Tony schien auf jeden Fall genauso viel Glück durch ihre gemeinsame Liebe zu empfinden wie sie selbst. Vielleicht ging es weniger darum, in die Vergangenheit zu reisen, um diese zu richten, sondern darum, Tony einfach zu zeigen, dass sie von nun an immer für ihn da sein würde. Dass sie nie wieder den Fehler machen würde, sich zu verstecken oder ihn auf Distanz zu halten.

Sie eilte die Straße zu ihrem Haus hinauf und rief Bella an, die sie mit ihrem Stiefsohn Evan in Kontakt brachte. Es gab Dinge aus jenem Sommer, die sie nie vergessen würde, und je mehr sie darüber nachdachte, dass sie nach dem Tod seines Vaters emotional nicht für Tony da gewesen war, desto mehr wollte sie versuchen, auch diesen Schmerz zu lindern.

Am Abend saß Amy zwischen Tonys Beinen auf einer Decke am Lagerfeuer am Cahoon Hollow Beach. Caden und Bella hatten es sich in Strandstühlen auf der anderen Seite des Feuers gemütlich gemacht, und Pete und Jenna teilten sich mit Joey zu ihren Füßen einen Strandstuhl zu ihrer Linken. Blue und Sky grillten Burger auf dem Hibachi, und Leanna und Kurt unterhielten sich flüsternd auf der Decke, auf der sie zusammengekuschelt saßen.

»Ist das einer von Hunters Hibachis?« Tony deutete mit dem Kopf in Richtung des nierenförmigen Grills. Hunter Lacroux, einer von Petes jüngeren Brüdern, war bildender Künstler, der sich auf die Verwendung von Rohmaterialien wie Stein, Stahl und Holz spezialisiert hatte. Aktuell wohnte er in New York, war aber am Cape aufgewachsen, und er stellte auch einzigartig geformte, hochwertige Hibachis her, die am ganzen Cape sehr beliebt geworden waren.

»Ja. Ich habe ihm gesagt, dass ich so dringend noch einen brauche wie noch eine Freundin, aber ...« Pete lachte und streckte dann die Hand aus, um Joey zu streicheln.

Jenna verpasste ihm einen Klaps. »Ich liebe die Hibachis und du hast eine hervorragende Freundin.«

»Nein.« Pete zog ein rosafarbenes Plastik-Diadem aus seiner Tasche und setzte es Jenna auf den Kopf. »Ich habe eine hervorragende *Verlobte*, die zufällig auch meine Marshmallow-

Prinzessin ist.«

Jenna kuschelte sich an ihn und gab ihm einen Kuss. Pete hatte Jenna in dem Sommer, in dem sie sich verlobt hatten, zu seiner Marshmallow-Prinzessin erklärt. Wenn es um die Röstung ihrer Marshmallows ging, war sie genauso zwanghaft wie bei allem anderen in ihrem Leben. Pete liebte Jenna und er war ein kluger Mann. Er hatte genau vermerkt, wie viele Sekunden das Marshmallow auf jeder Seite aus verschiedenen Winkeln übers Feuer gehalten werden musste. Inzwischen hatte er die Technik perfektioniert und Jenna war eine sehr glückliche Marshmallow-Prinzessin.

»Seit wann besitzt du ein rosa Diadem?«, fragte Sky. »Ich dachte, Pete hätte dir ein transparentes geschenkt.«

»Hat er auch, aber …« Jenna zeigte auf ihren rosafarbenen Kapuzenpullover.

»Sky, wie lange kennst du Jenna schon?«, stichelte Pete. »Diademe müssen zu den Outfits passen. Sie sind schließlich ein Accessoire.«

Der Schmerz der Sehnsucht und Eifersucht auf das, was er sich wünschte und für unerreichbar gehalten hatte, war verschwunden. Tony verschränkte seine Finger mit Amys und dankte im Stillen dem Himmel, dass sie geschafft hatten, womit er nie gerechnet hätte.

Beim Essen unterhielten sie sich über Amys neuen Job. Tony erkannte Amys Unbehagen an der Art, wie sie immer wieder den Blick senkte. Das war eine weitere Hürde für sie, und obwohl die Entscheidung natürlich ganz bei ihr lag, musste er sich hart am Riemen reißen, um sie nicht anzuflehen, den Umzug nach Australien nicht durchzuziehen. Schließlich war er derjenige gewesen, der sie dazu ermutigt hatte. Ein Riesenfehler.

Amy war nicht der Typ Mensch, der einen Job annahm, nur

um ihn dann wieder sausen zu lassen. Tony entging auch nicht, wie ähnlich diese Situation der vor vierzehn Jahren war. Damals hatte sie ihn sehr geliebt – wenn auch heimlich –, ihn schlussendlich aber doch verlassen und aus ihrem Leben ausgeschlossen. War das etwas anderes? Würde es dieses Mal anders laufen?

Lächelnd drückte Amy seine Hand, als ob sie Tonys Gedanken gelesen hätte. Ja, er wusste, dass es dieses Mal anders sein würde. Das musste es einfach.

Evan, Cadens Sohn, lief am Fuß der Dünen entlang in ihre Richtung. Er hatte gerade seinen Highschool-Abschluss hinter sich gebracht und wollte im Herbst aufs College gehen.

»Was hat er drüben gemacht?« Tony beugte sich näher zu Amy. »Ich würde echt gerne mit dir zu den Dünen gehen.«

»Darauf wette ich«, neckte sie ihn. »Evan hat mir einen Gefallen getan, aber das ist ein Geheimnis.« Sie legte sich einen Finger an die Lippen.

Tony zog die Brauen zusammen. »Ein Gefallen?«

»Genau.«

»Dort hat für uns alles angefangen. Weißt du noch?« Er gab ihr einen Kuss. Er bekam nicht genug davon, endlich richtig mit ihr zusammen zu sein.

»Wie könnte ich das je vergessen?«

Tony würde das auch nie. Er erinnerte sich an jeden Moment, den sie miteinander verbracht hatten, auch an diesen letzten schrecklichen Nachmittag. Er erinnerte sich an das Blut, das an ihren Beinen hinunterrann, an die Hektik im Krankenhaus, als man Amy auf einer Trage durch die Flügeltüren schob und Tony in dem kalten, sterilen Flur mit dem Gefühl stehen ließ, dass sein Leben ihm gerade wie Sand durch die Finger rann. Und er würde nie den kalten Blick der Krankenschwester vergessen, die ihn finster anschaute und fragte: *Wie konntest du deine schwangere Freundin surfen lassen?*

Tony zog Amy näher an sich heran, verdrängte die schrecklichen Erinnerungen und holte dafür lieber die an ihren ersten Kuss hervor. Der Kuss, der sein Leben für immer verändert hatte.

»Danke, Amy«, flüsterte er.

Sie legte den Kopf schief. »Wofür?«

»Dass du zu mir zurückgekommen bist.«

Er küsste sie erneut, und Amy kletterte auf seinen Schoß, schlang die Arme um seinen Hals und vertiefte den Kuss.

»Leute, ich weiß, ihr habt Jahre aufzuholen, aber hier sind Jugendliche anwesend.« Caden lächelte, um den freundschaftlichen Seitenhieb abzumildern.

»Dad, ich bin fast achtzehn«, protestierte Evan.

Tony lachte. »Als ob Evan noch nie ein Mädchen geküsst hätte.«

»Zu viele, um sie noch zu zählen.« Evan schüttelte den Kopf und setzte sich neben Bella. Er hatte in den letzten Jahren als Teilzeitkraft bei The Geeky Guys gearbeitet, einem Computer-Reparaturgeschäft in der Stadt. Dieses Jahr hatte er sein tägliches Trainingsprogramm erweitert und nun erinnerte nichts mehr an den schlaksigen Jungen, der er gewesen war. Er würde einen wirklich gut aussehenden Studenten abgeben.

Caden hob die Hände. »Das muss ich nicht wissen.«

»Ich glaube, er hat von dir und Bella gelernt«, stichelte Jenna.

Caden zog Bella näher zu sich und küsste sie. »Wir sind sehr diskret.«

Darüber lachten alle.

»Ich bin fast achtzehn Jahre alt. Das habe ich alleine gelernt, vielen Dank auch«, fügte Evan hinzu.

»Okay, Zeit für einen Themenwechsel«, warf Leanna ein. »Evan, worauf freust du dich beim College am meisten?«

Evan schenkte ihr ein schiefes Grinsen. »Willst du das wirklich wissen?«

»Nein!«, riefen Bella und Caden gleichzeitig.

»Was denn?« Evan lachte. »Surfen und bessere Informatik-Kurse, wollte ich sagen.« Tony hatte Evan letzten Sommer das Surfen beigebracht.

»Aber sicher doch.« Caden versetzte ihm einen spielerischen Schubs.

»Na ja … und die Mädchen natürlich«, ergänzte Evan mit einem schelmischen Grinsen. »Aufs Harborside College gehen fünfundsechzig Prozent Frauen. Was glaubst du, warum ich da hinwollte?«

»Weil dein bester Kumpel auch hingeht?«, erwiderte Caden mit einem väterlichen Kopfschütteln.

»Klar, Dad. Und was denkst du, warum er da hinwollte?« Evan schaute auf die Uhr. »Wo wir gerade dabei sind, es ist zehn. Ich treffe mich mit Bobby bei ihm zu Hause zu einer LAN-Party. Macht es dir was aus, wenn ich abhaue?«

»Nein, mach nur. Fahr vorsichtig, und wenn ihr noch woanders hingeht, sag mir bitte Bescheid«, entgegnete Caden.

Tony konnte einen Anflug von Eifersucht nicht unterdrücken, als er sah, wie ausgeglichen die Beziehung von Caden und Evan war, verglichen mit den wechselhaften Auseinandersetzungen mit seinem eigenen Vater in dem letzten Sommer, den sie gemeinsam am Cape verbracht hatten. Er verdrängte das jedoch schnell wieder, denn er wusste, dass er die Vergangenheit nicht ändern konnte.

»Okay.« Evan sah Amy an. »Alles fertig. Bring die Sachen

einfach wieder mit runter.«

»Danke, Ev.« Amy stand auf und umarmte ihn. Sie flüsterte ihm etwas ins Ohr, woraufhin er auf einen Rucksack zeigte, den er neben Bella abgestellt hatte.

Amy gesellte sich wieder zu Tony auf die Decke, und Tony konnte sich nur schwer beherrschen, sie nicht ein bisschen auszuquetschen. Aber letzten Endes musste er das gar nicht. Innerhalb weniger Minuten verabschiedeten sich alle und gingen früher als ursprünglich geplant. Caden und Bella waren die Letzten. Als verantwortungsbewusster Polizist löschte Caden das Feuer mit ein paar Eimern Wasser, bevor die beiden sich aus dem Staub machten und Amy und Tony allein unter den Sternen zurückließen.

Amy stand auf und griff nach Tonys Hand.

»Wohin gehen wir?«

»Wirst du schon sehen. Kannst du bitte Evans Rucksack mitnehmen?« Amy legte sich ihre Decke über den Arm.

Tony schnappte sich den Rucksack, und noch bevor er nach Amys Hand greifen konnte, kam sie ihm zuvor und führte ihn zu den hohen Dünen. Dort war es dunkel und kühl. Tonys Herz hämmerte bei jedem Schritt wie wild in seiner Brust, als sie den leeren Strand entlanggingen, vorbei an dem überwachten Bereich und in Richtung der Stelle, an der sie sich zum ersten Mal geküsst hatten – wo man früher nur die Dächer der Häuser über den Dünen sehen konnte. Die Erosion hatte der schönen Landschaft zugesetzt und einen guten Teil der sandigen Hügel vor den Häusern abgetragen. Nun sah man sogar ihre Terrassen. Amy blieb vor einem kniehohen Haufen Handtücher stehen.

Tony betrachtete die Handtücher neugierig, stellte aber den Rucksack ab und half Amy, die Decke auszubreiten. »Was ist da drin?«, fragte er.

»Wirst du schon sehen.« Amy ging neben den Handtüchern in die Hocke und faltete jedes einzelne sorgfältig zusammen, bevor sie sie zur Seite legte.

Tony kauerte sich neben sie, um ihr beim Falten der Handtücher zu helfen, und wenig später kam der Projektor zum Vorschein, den Caden Evan letztes Weihnachten geschenkt hatte, damit der Junge und seine Freunde Filme von seinem Computer an die Außenwand ihres Hauses werfen konnten.

Amy begegnete Tonys Blick mit einem Lächeln. Ihre Augen funkelten.

»Ich kann nicht glauben, dass du Evan dazu gebracht hast, den unbeaufsichtigt hier draußen zu lassen.«

Amy zeigte hoch zu den Dünen, wo der Schein einer Taschenlampe hin- und herschwenkte. Sie zog ebenfalls eine Taschenlampe aus dem Rucksack, den Evan für sie zurückgelassen hatte, und leuchtete damit in Richtung Düne. Das andere Licht verschwand in der Ferne.

»Das ist unser einfallsreiches Signal. Evan würde nie eins seiner Schätzchen allein hier draußen lassen.« Dann wurde Amy jedoch ernst. »Ich habe viel über uns und über unsere Familien nachgedacht.« Sie holte Evans Laptop aus dem Rucksack und schloss ihn an den Projektor an. »Ich habe den Mädels von dem Sommer damals erzählt.«

»Das dachte ich mir heute Morgen schon. Wie haben sie es aufgenommen?«

Ein warmer Ausdruck trat in Amys Augen. »Sie waren großartig. Du weißt ja, wie sie sind. Es war wirklich schwer, es ihnen zu sagen, aber nachdem ich erst mal angefangen hatte, wurde es leichter.«

Tony zog sie zu sich heran. »Es tut mir leid, dass du das

durchmachen musstest.«

»Es ist okay. Ich fühle mich jetzt so viel besser. Aber heute Nachmittag war ich im Wald, und da ist mir etwas klar geworden.«

Tonys Brust wurde eng. Amy hatte ihm keinerlei Anlass zur Sorge gegeben, dass sie ihre Meinung über ihre Beziehung geändert hatte, aber er wusste nicht, was er davon halten sollte, dass sie von sich aus die Vergangenheit ansprach, anstatt sie zu verdrängen.

»Vor dem, was am Ende des Sommers passiert ist, hatte ich so gute Erinnerungen. Aber die sind natürlich getrübt worden. Und ich habe nachgedacht. Ich kann nicht ändern, was passiert ist, und ich kann nicht ändern, wie sich das auf uns beide ausgewirkt hat.« Sie nahm Tonys Hand in ihre. »Und ich kann nicht mehr ändern, dass ich nicht für dich da war, als dein Vater gestorben ist.«

»Amy.«

Sie legte ihm die Hände auf die Brust. »Ich hätte für dich da sein sollen.«

»Du warst da.« Zumindest körperlich, was schon mehr gewesen war, als er sich nach allem erhofft hatte.

»Nicht so, wie ich es hätte sein sollen. Wir waren so jung und manchmal so egoistisch und naiv. Ich meine, diese Bäume waren jetzt nicht gerade der ideale Sichtschutz, oder? Wir hätten durchaus erwischt werden können, aber das haben wir überhaupt nicht mitgekriegt. Also habe ich mich gefragt, was wir sonst noch nicht mitbekommen haben. Weißt du noch, wie meine Eltern alles und jeden ständig fotografiert haben?«

»Sicher. Wir haben viel Zeit damit verbracht, ihnen auszuweichen.« Er lächelte bei der Erinnerung an Amys Mutter, wie sie sie bat, *hübsch zu lächeln*, und wie die Mädchen Grimassen schnitten.

»Vor ein paar Jahren hat meine Mutter die Bilder zusammengestellt und sie an alle verschickt.«

»Ja, ich habe die CD noch.«

»Hast du sie dir angesehen?« Sie kniff die Augen zusammen, als ob sie die Antwort schon kannte.

»Nein. Es tat zu sehr weh. Dich wiederzusehen war eine Sache. Ich meine, nachdem ich die ersten paar Jahre den Kontakt zu dir vermieden hatte. Es war schwer, mir zu erlauben, dir wieder nahe zu sein, wenn auch nur als Freunde. Aber meinen Vater zu sehen? Das konnte ich nicht. Das war zu viel.«

»Es tut mir leid.« Sie drückte ihm einen Kuss mitten auf die Brust. »Ich bin froh, dass du mich nicht für immer aus deinem Leben ausgeschlossen hast. Wie schwierig es zwischen dir und deinem Vater in dem Sommer war, habe ich nicht vergessen. Ich weiß bis heute nicht, wie du es überhaupt geschafft hast, die Freundschaft mit mir wieder aufzunehmen trotz allem, was damals passiert ist. Nicht nur zwischen uns, sondern auch zwischen dir und deinem Vater.«

Tony wandte den Blick ab und biss die Zähne zusammen. Das war seine automatische Reaktion, wenn er an seinen Vater dachte. »Ich konnte nicht mehr gegen den Drang ankämpfen, dich wiederzusehen. Nach deinem Collegeabschluss hattest du erreicht, worauf dein Vater gedrängt hatte, also hielt ich das wohl für einen guten Zeitpunkt, um den Kontakt zu dir wieder aufzunehmen. Du warst erwachsen und nicht mehr auf seine Unterstützung angewiesen, um das Studium zu schaffen.« Tony zuckte mit den Schultern. »Ich wollte unsere Freundschaft zurück, Amy. Ich brauchte sie und konnte das nicht länger verleugnen. Ich habe dich vermisst. Aber mein Vater ...«

»Ich bin mir sicher, dass es auf dieser CD Fotos von ihm

gibt, und ich dachte, es wäre ein guter Zeitpunkt, um uns gemeinsam von ihm zu verabschieden. Ich war damals nicht da, um dir dabei zu helfen, mit deinen Gefühlen fertig zu werden.«

»Ich bin mir nicht sicher, ob ich ihn jetzt sehen will.«

»Ich verstehe. Das dachte ich mir schon. Aber mir ist heute klar geworden, dass wir in diesem Sommer so in unsere Beziehung vertieft waren, dass wir vielleicht die guten Momente deines Vaters übersehen haben.«

Tony bezweifelte, dass es in diesen wenigen Wochen viel Gutes gegeben hatte, das man hätte übersehen können. Sein Vater war ein vollkommen anderer Mensch geworden, und seine Mutter war so ernst geworden und hatte sich bemüht, den Frieden zu wahren oder zumindest den Anschein von Frieden. Sie sprachen nie darüber, aber Tony wusste, dass sie das Verhalten ihres Mannes bemerkt hatte. Das musste sie auch. Wie denn bitte nicht? Aber Tony hatte ihr nie einen Vorwurf gemacht, weil sie sich nicht eingemischt hatte. Schließlich war er erwachsen. Mit zwanzig musste seine Mutter nicht mehr seine Probleme für ihn lösen.

»Ich bitte dich nur darum, möglichst unvoreingenommen zuzuschauen. Für uns beide steht im Moment viel auf dem Spiel. Ich habe einen Job, den ich entweder sehr bald aufgeben muss, um Duke nicht zu verärgern, oder …«

»Oder?« Er starrte Amy an und konnte kaum glauben, was sie da sagte.

»Ich weiß es nicht. Ich möchte, dass das mit uns funktioniert, aber du hattest recht. Wir können keine Beziehung führen, wenn wir so tun, als wäre die Vergangenheit nie passiert. Um unser Leben weiterzuleben, müssen wir erst mit allem abschließen. Um das, was zwischen uns passiert ist, darum kümmern wir uns schon. Aber auch mit deinem Vater. Und meinem Vater.«

»Deinem Vater?« Tony nickte und verstand nun langsam, worauf Amy hinauswollte. Er lehnte seine Stirn gegen ihre. »Du willst einen Neuanfang.«

»Ja«, flüsterte sie. »Darauf hoffe ich.«

Wer auch immer behauptete, dass ein Bild mehr als tausend Worte sagte, hatte vollkommen recht. Der Wert dieser Bilder war nicht zu beziffern. Amy saß an Tony gekuschelt, während ein Foto nach dem anderen auf die Düne projiziert wurde. Bilder von Amy und den Mädels aus der Zeit, als sie noch Kleinkinder waren, bis hin zu den Bikini-tragenden Teenagern, die lachten, Grimassen schnitten und vor der Kamera wegliefen. Amy war nicht überrascht, dass sie damals so viel gelächelt hatte, aber der Ausdruck in ihren Augen war so viel weniger zurückhaltend als das, was sie während der letzten Jahre im Spiegel gesehen hatte.

»Du warst immer das schönste Mädchen am Strand.« Tony küsste sie auf die Schläfe.

»Wenn man flachbrüstige Frauen fast ohne Kurven mag.«

»Ich habe mich in eine Frau mit perfekten Brüsten und sexy Kurven verliebt.« Tony zog sie näher zu sich. »Und die liebe ich immer noch.«

Das nächste Bild zeigte Amy als Kind mit ihrem Vater. Sie ließen am Wellfleet Harbor einen Drachen steigen.

»Ich erinnere mich an diesen Drachen. Mein Vater hat ihn für mich in Provincetown gekauft.«

Auf der Düne leuchtete ein Bild von Amy und ihren Eltern

auf, die auf dem Fischersteg in Chatham saßen. Hinter ihnen war der Rest der Seaside-Clique zu sehen. Tony saß neben Jamie und beobachtete die Schiffe auf dem Wasser, während die gerade mal elf- oder zwölfjährige Amy Tony anstarrte.

»Siehst du?«, sagte sie. »Ich habe dich sogar damals schon geliebt.«

»Das wusste ich auch irgendwie, aber ich habe es verdrängt, weil ich gerade ein Teenager geworden war, und dich so zu mögen, war nicht okay.«

»Als ob du dich jemals an Spielregeln gehalten hättest.« Amy stieß ihn verspielt mit der Schulter an.

Das nächste Bild zeigte Tony und seinen Vater, der seine Hand auf Tonys Schulter gelegt hatte. Beide lachten mit weit geöffneten Mündern und vor Belustigung leuchtenden Augen.

»Das war, bevor er so anders geworden ist.« Tonys Magen krampfte sich zusammen. Er versuchte, die Sehnsucht und die Wut zu verdrängen, die in ihm um die Vorherrschaft rangen.

»Nein. Das war in seinem letzten Sommer. Ich erinnere mich an die Badehose, die du da trägst. Siehst du?« Sie zeigte auf das Foto auf der Düne. »Genau das meine ich. Es gab Momente in diesem Sommer, in denen er nicht so ruppig war, aber wir haben sie vergessen. Er war ein guter Mann, Tony. Es war nur ein schlechter Sommer. Jeder hat mal schlechte Zeiten. Wer wüsste das besser als wir?«

Tony versuchte, den Kloß in seiner Kehle runterzuschlucken. Das Bild wechselte zu einem Foto, auf dem Tony in schwarzen Schwimmshorts mit seinem Surfbrett am Wasser stand, eine Hand in die Hüfte gestemmt, die Augen konzentriert aufs Meer gerichtet. Jamie stand hinter ihm. Zwei Jungen, die über den Herbst und Winter zu Männern geworden waren. Ihre Schultern waren breiter, die Haare auf den Beinen dichter, die Wangen unrasiert und stoppelig.

»Ich frage mich, was du auf diesem Bild gedacht hast.«

Tony sah auf Amy hinunter. »In dem Sommer, als wir zusammengekommen sind? Wahrscheinlich, dass ich besser ins Wasser gehe, bevor ich dich im Bikini sehe und einen Ständer bekomme.«

Amy lachte. Als Nächstes erschien ein Bild von Jenna und Amy. Sie lagen sich in den Armen und zogen alberne Gesichter. Schon als Teenager hatte Jenna eine atemberaubende Figur und ein verschmitztes Leuchten in ihren Augen gehabt, das einen Raum erhellen konnte.

»Wenn ich das Bild anschaue, sehe ich nur, wie deine Augen glücklich funkeln, und deinen hübschen Körper, von dem ich nie genug bekommen kann ...« Er zog Amy auf seinen Schoß, strich ihr das Haar aus dem Gesicht und ließ seine Hand auf ihrer Wange ruhen. »Du bist alles, was ich mir jemals gewünscht habe.«

Amy wurde rot und lächelte.

»Nur du, Kätzchen. Ich liebe dich so, wie du bist, innerlich *und* äußerlich, und das war auch damals nicht anders.« Er küsste sie, während die Fotos auf der Düne hinter ihr aufblitzten, und als sie sich voneinander lösten, schmiegte Amy sich wieder an seine Seite.

Das nächste Bild zeigte sie alle – Tony, Jamie, Amy, Bella, Jenna und Leanna – zusammengedrängt auf Decken um ein Lagerfeuer. Bella und Jenna blickten in die Ferne. Leanna und Jamie unterhielten sich und Tony und Amy schauten sich mit einem unübersehbar lustvollen Blick an.

»Wow«, flüsterte Amy.

»Es ist unglaublich, dass sie *das* nicht bemerkt haben.« Tony drückte Amy fester an sich.

»Sie wussten nicht, worauf sie achten müssen. Wir schon.«

Ein weiteres Bild von Tony und seinem Vater erschien. Sein Vater hielt eine Bierflasche in der Hand und blickte direkt in die Kamera. Es war unmöglich, nicht in seine Augen zu schauen, gleichzeitig war es beinahe zu viel. Wut, Groll und Verwirrung rangen erneut in ihm miteinander, doch dahinter lag auch Liebe, und das verschlug ihm die Sprache. Bevor er sich fangen und etwas sagen konnte, war schon das nächste Foto zu sehen. Es zeigte ihn und seinen Vater, der seinen Arm um Tonys Schultern gelegt hatte.

»Kannst du mal stoppen?« Seine Stimme war so leise, dass er sie selbst kaum hörte.

Amy beeilte sich, die Slideshow anzuhalten.

Tony konnte nur noch auf das Bild starren, als ihn die Erinnerungen überfluteten. Sein Vater hatte nie viel Alkohol getrunken, aber auch das hatte sich in diesem Sommer geändert. Wie hatte er das vergessen können? Und wie hatte er übersehen, wie sehr sein Vater sich auch optisch verändert hatte? Der Alkohol hatte dem Mann, zu dem Tony aufgeschaut hatte, das meiste genommen. Die einst durchtrainierten Muskeln waren verschwunden, von dem starken, fast eins neunzig großen Mann mit der breitschultrigen Statur war nur ein Schatten geblieben. Sie beide hatten die gleichen blauen Augen, doch sein Vater hatte auf dem Bild tiefe Augenringe. Augenringe, an die Tony keinerlei Erinnerung mehr hatte. Sie hatten auch die gleiche kantige Kieferpartie, doch selbst auf der unebenen Fläche der Dünen konnte Tony erkennen, wie eingefallen die Wangen seines Vaters waren.

»Tony.«

Tony drehte sich um, als er spürte, wie Amy versuchte, seine Finger aus der Faust zu lösen, zu der er sie geballt hatte.

»Vielleicht sollte ich es ausschalten«, bot sie an.

Er schüttelte den Kopf und rückte ein Stückchen näher an die Düne heran. »Nein. Ich muss ihn sehen.«

»Er war attraktiv. Du siehst ihm sehr ähnlich.«

»Was siehst du sonst noch?« Tony blinzelte auf das überlebensgroße Bild, das dazu passte, wie er seinen Vater früher einmal wahrgenommen hatte. Angst war nie im Spiel gewesen, aber bei der Erinnerung an die abwertenden Kommentare seines Vaters in jenem Sommer verspannten sich seine Hände bereits wieder. Amy berührte ihn am Arm.

»Er ist nicht hier, Tony.«

»Er ist auch nicht weg.« Tony schüttelte den Kopf, in dem das blanke Chaos herrschte. »Sieh dir sein Lächeln an. Es wirkt echt, oder? Nicht gezwungen?«

»Ja, er hat viel gelächelt.«

»Ja, das hat er. Deshalb hat es mich damals auch so tief getroffen, als er so gemein zu mir war. Ich weiß nicht, was mit meinen Erinnerungen passiert ist, aber dieser Mann da ...« Er deutete auf die Düne. »Amy, das ist nicht der Mann, den ich immer noch vor Augen habe. Ich erinnere mich nicht daran, dass er so glücklich aussah. In meiner Vorstellung sehe ich den wütenden Mann, der er mir gegenüber war. Ich kann mir den hier nicht einmal mehr ansatzweise vorstellen. Aber er war dieser Mann. Herzlich und unbeschwert.«

»Ich weiß«, flüsterte sie.

»Wa...? Wie kann das sein?«

Amy zuckte mit den Schultern. »Ich schätze, aus demselben Grund, aus dem der Mann, den ich auf den Bildern meines Vaters sehe, sich nicht mit dem Bild von ihm in meinem Kopf deckt. Deshalb wollte ich sie mit dir anschauen. Ich glaube, unsere Perspektiven waren verzerrt. Als ich heute im Wald war, musste ich an unsere Eltern denken und habe mich dabei gefragt, ob sie das mit uns vielleicht bemerkt haben. Und dann habe ich mich gefragt, was wir von ihnen mitbekommen haben. Mein Vater hat mich immer dazu gedrängt, gut in der Schule zu sein, etwas aus mir zu machen. Mein Bestes zu geben. Er hatte eine große Erwartungshaltung – daran besteht kein Zweifel –, aber hätte es ihn wirklich gestört, wenn wir was miteinander angefangen hätten? Das weiß ich nicht. Und dein Vater ...«

Sie sah zu dem Bild von Tonys Vater auf der Düne.

»Er ist hart mit dir umgesprungen und manches von dem, was er damals zu dir gesagt hat, war einfach nur fies. Und all die Jahre habe ich ihm irgendwie die Schuld dafür gegeben, dass ich dich aus meinem Leben ausgeschlossen habe. Ich hatte immer Angst, dass er dir unsere Beziehung irgendwie vorwirft, und nach ... na ja, nach dem, was passiert ist, habe ich befürchtet, dass er das nie auf sich beruhen lassen würde.«

»Er hätte es gegen mich verwendet, Amy. Er hätte mir vorgeworfen, dass ich verantwortungslos war und dein und mein Leben versaut habe. Das weißt du doch.« Tony biss die Zähne zusammen.

»Vielleicht.« Amy schüttelte den Kopf. »Aber was ist, wenn er dich nur so in die richtige Richtung drängen wollte wie mein Vater mich, aber dabei in der Art und Weise total danebenlag?«

»Macht es das besser?«

Amy schüttelte erneut den Kopf. »Natürlich nicht, aber ...«

»Aber wir können die Vergangenheit nicht ändern, egal wie sehr wir uns das wünschen. Wüsste ich gerne, dass mein Vater all die schrecklichen Sachen bereut, die er zu mir gesagt hat? Ja, absolut. Aber das werde ich nie erfahren.«

»Warum? Warum kannst du nicht deine Mutter fragen?«

»Sie muss diesen Sommer genauso wenig noch einmal

durchleben wie ich.«

»Oder vielleicht braucht sie genau das. Und du auch. Ich glaube, es würde sich lohnen, darüber zu reden. Sie schleppt wahrscheinlich auch eine Menge Schuldgefühle mit sich herum. Schließlich war sie auch dabei, oder?«

Tony atmete tief durch. »Vielleicht. Wahrscheinlich. Ich bin mir nur ehrlich nicht sicher, ob ich es noch einmal durchleben *will.*«

»Zu schmerzhaft?«, fragte Amy.

Worte voller Schuldgefühle rutschten ihm heraus, bevor er es verhindern konnte. »Wenn wir beide nicht zusammengekommen wären, hättest du nicht vierzehn Jahre lang keinen anderen Mann an dich herangelassen. Du hättest dich verliebt und wärst so geliebt worden, wie du es verdienst. Mein Vater, so mies er manchmal auch war, hätte in diesem Punkt wahrscheinlich recht gehabt.«

Amy senkte den Blick, doch Tony hob ihr Kinn an, um sich seinen eigenen Dämonen zu stellen.

»Es tut mir so leid, was du durchgemacht hast, aber es wird mir nie leidtun, dich zu lieben. Es tut mir leid, was es dir angetan hat, aber dich zu lieben tut mir nicht leid.«

»Tony, nicht nur dieses Trauma hat mich davon abgehalten, mich in einen anderen Kerl zu verlieben. Selbst wenn ich nicht schwanger geworden wäre, wäre ich in dich verliebt gewesen. Das hat sich nie geändert. Nicht einen Moment lang in all diesen Jahren. Es war diese Liebe, die mich durch diese schwere Zeit getragen hat, genauso wie diese Liebe alles erst verursacht hat.«

»Aber du hast so viel verpasst.«

»Habe ich das?« Der Ausdruck in Amys grünen Augen war ernst und sie zog die Brauen zusammen. »Bei wie vielen Frauen hast du dich im Lauf der Jahre geliebt gefühlt? Mit wie vielen der Frauen, mit denen du geschlafen hast, konntest du dir eine Zukunft vorstellen?« Sie hob die Hände, damit er gar nicht auf die Idee kam zu antworten. »Das waren rhetorische Fragen. Was ich damit meine: Ich habe miterlebt, wie Bella, Jenna, Leanna und Jessica sich verliebt haben, und bei jeder gab es eine Konstante. In dem Moment, als sie wirklich tiefe Gefühle für ihre Partner zugelassen haben, als sie die *Angst* davor losgelassen haben, haben sie die Liebe nie wieder infrage gestellt. Sie fanden alle Männer davor … na ja, nicht gerade bedeutungslos, aber definitiv nicht weiter von Bedeutung.«

Amy rückte näher, sodass sich ihre Lippen fast berührten, und blickte Tony in die Augen. »Ich habe nie an meiner Liebe zu dir gezweifelt. Nicht ein einziges Mal. Ich hätte im Laufe der Jahre mit vielen Männern schlafen können, und wenn ich nicht schwanger geworden wäre und das Baby verloren hätte, wer weiß, was dann zwischen uns passiert wäre. Vielleicht hätten wir es irgendwann allen erzählt und wären zusammengeblieben, vielleicht hätten wir uns aber auch trotzdem getrennt. Vielleicht haben wir diese Jahre der Trennung gebraucht, damit du dich austoben konntest – und bitte behaupte nicht, dass du das nicht gemacht hast, das wäre nicht wahr.«

Tony wünschte, er könnte darüber lachen, aber Amy hatte ja recht. Als seine Surfkarriere ihren Anfang genommen hatte, hatten sich die Frauen zu jeder sich bietenden Gelegenheit auf ihn gestürzt. Es war alltäglich, dass sie auf Partys nach einem großen Wettkampfsieg ihre Bikinioberteile in seine Richtung warfen, und er war auch nur ein Mensch. Er würde gerne glauben, dass er Amy nie verletzt oder gar betrogen hätte, aber er hatte permanent unter großem Druck gestanden. Wie wollte er sich da also sicher sein?

»Aber du hast dich nicht ausgetobt.« Bis jetzt war ihm nicht bewusst gewesen, wie schuldig er sich fühlte, weil Amy nie mit einem anderen Mann geschlafen hatte.

Amy schüttelte lächelnd den Kopf. »Du weißt schon, mit wem du sprichst, oder? Dass *du* mich nackt siehst, ist für mich schon so ziemlich das Maximum. Das wird sich auch nie ändern. Ich habe nur verpasst, in deinen Armen zu liegen, also fühl dich nicht wegen etwas schuldig, das ich nie haben wollte.«

»Womit habe ich dich nur verdient?« Tony drückte seine Lippen auf ihre und hatte das Gefühl, dass der heutige Abend weitere Türen zu ihrer Zukunft geöffnet hatte. Er würde hindurchgehen – auch wenn der Weg mit Glasscherben übersät war.

Vierzehn

Am nächsten Tag ging Tony mit Evan surfen und Amy verbrachte den Nachmittag mit Jenna am Pool. Leanna und Kurt waren zurück in ihr Haus an der Bay gefahren, weil Leanna eine Großbestellung für die neue Geschmacksrichtung Sweet Heat erhalten hatte und den ganzen Tag arbeiten musste, um genug Ware zu produzieren. Jenna lag auf einem Liegestuhl neben Amy und aalte sich in der heißen Sonne.

»Habe ich heute Morgen richtig gesehen, dass Theresas Auto wieder in ihrer Einfahrt stand?«, erkundigte sich Amy.

»Ja. Sie ist früher gekommen.« Jenna streckte sich. »Ich glaube, jetzt ist sie noch mal zum Supermarkt nach Orleans gefahren.«

»Dieses Jahr sind wir uns noch nicht oft über den Weg gelaufen. Ich freue mich drauf, sie wiederzusehen.« Amy winkte Bella zu, die gerade durch das Tor in der Poolabsperrung kam. Ihr Haar war im Nacken mit einem Zopfgummi zusammengebunden und sie trug eine riesige Plastiksonnenbrille auf der Nase.

»Hast du alles erledigt?«, fragte Amy.

»Was könnte denn wichtiger sein, als hier bei uns zu liegen?«, wollte Jenna wissen.

Bella wackelte vielsagend mit den Augenbrauen.

»Was soll dieser Blick? Oh Gott! Was hast du vor?« Amy stützte sich auf die Ellbogen auf und beschattete ihre Augen. Bella spielte anderen gerne Streiche und im Moment funkelte ein schelmisches Glitzern in ihren Augen.

»Geplant? Nichts.« Bella warf ihr Handtuch auf einen Liegestuhl und schlenderte zum Pool hinüber.

Amy und Jenna verdrehten ungläubig die Augen und folgten ihr ins Wasser.

»Theresa sollte bald vom Einkaufen zurück sein.« Amy beobachtete, wie Bellas Lächeln breiter wurde. »Oh, nein. Bella. Sag mir bitte, dass du nicht wieder Theresa ins Visier genommen hast. Weißt du nicht mehr, wie das mit dem Tanga-Donnerstag letztes Jahr gelaufen ist? Ich glaube, die Frau ist dir immer einen Schritt voraus, die kannst du nicht mehr überraschen.«

Im letzten Sommer hatte Bella ein Schild am Pool aufgehängt, das den Tanga-Donnerstag ankündigte. Die damals neue Mieterin Jessica hatte das ernst genommen, obwohl Tangas am Pool laut den Vorschriften der Siedlung, die Theresa nicht nur einhielt, sondern auch strikt durchsetzte, eigentlich verboten waren. Und dann hatte Theresa dafür gesorgt, dass Bella diejenige war, die dumm aus der Wäsche guckte, indem sie selbst einen Tanga am Pool trug.

»Ja, aber dieses Jahr wird es besser. Vertrau mir.« Bella warf Jenna eine Luftmatratze und Amy eine Schaumstoffnudel zu und gemeinsam ließen sie sich in der Sonne treiben.

»Wie hat Tony die Slideshow gestern Abend gefallen?«, erkundigte sich Jenna. »Ich wollte dich so gerne bitten, dass wir bleiben dürfen. Ich hätte sie auch so gerne in den Dünen angesehen.«

»Na ja, ich bin froh, dass wir allein waren. Es war nicht ganz einfach, wegen seines Vaters und allem, was passiert ist. Aber ich glaube, es hat uns geholfen, besser damit klarzukommen. Eine Sache, die uns aufgefallen ist: wie wir uns damals angeschaut haben. Ich bin echt erstaunt, dass niemand es als das erkannt hat, was es war.«

»Ihr habt euch immer angesehen, als wärt ihr mehr als nur Freunde«, meinte Bella. »Ich kann mich nicht erinnern, dass es damals anders war.«

»Und ihr habt nie mehr dahinter vermutet?«, fragte Amy.

Jenna und Bella tauschten einen Blick, aus dem Amy schloss, dass sie ein eigenes Geheimnis hüteten.

»Okay, spuckt es aus.« Amy verengte die Augen ein wenig und schaute zwischen den beiden hin und her.

»Wir haben schon manchmal spekuliert«, gab Jenna zu.

»Aber du warst immer so anständig, und er war alt genug, um zu wissen, wie man sich uninteressiert gibt.« Bella rollte sich von der Luftmatratze ins Wasser. »Außerdem hatten wir keinen Grund zu glauben, dass du was mit ihm anfängst, ohne es uns zu erzählen.«

»Autsch.« Amy wäre den Schuldgefühlen darüber, dass sie ihren Freundinnen die Wahrheit vorenthalten hatte, fast entkommen. Doch Bellas Kommentar brachte sie sofort zurück.

»Warum ist das wichtig?«, fragte Bella.

»Ist es eigentlich gar nicht. Aber ich möchte mich entschuldigen, Bella. Ich weiß, dass ich euer Vertrauen missbraucht habe, und es tut mir wirklich sehr leid.«

Bella atmete geräuschvoll aus. »Nein. Du musst dich nicht noch einmal entschuldigen. Ich bin einfach noch ein bisschen verletzt deshalb und konnte mir den Spruch nicht verkneifen. Ich verstehe, warum du es uns nicht gesagt hast. Das eben ist mir einfach rausgerutscht, mehr nicht. Du weißt, dass ich dich lieb habe.«

Sie konnte es Bella nicht verübeln, dass sie noch gekränkt war. Wenn jemand wusste, dass es keine Express-Reparaturen für verletzte Gefühle gab, dann war es Amy.

»Danke, Bella. Ich weiß, dass es Zeit braucht, bis das alles wieder in Ordnung kommt, und ich mache dir wirklich keinen Vorwurf, weil du verletzt bist und das auch äußerst. Ich verdiene weitaus Schlimmeres als das.«

»Nein, tust du nicht.« Bella schwamm zu ihr rüber und hielt sich an Amys Nudel fest. »Ich sollte nicht so empfindlich sein. Ich wünschte nur, du hättest mir damals vertraut, damit du das alles nicht alleine hättest durchstehen müssen.«

»Ich habe euch vertraut. Mir ist das alles selbst noch nicht ganz klar. Ich habe die ganze Zeit über Tonys Vater und meinem Vater die Schuld gegeben, wisst ihr? Ich habe mir eingeredet, dass wir uns vor ihnen schützen und dass ich Tony vor einem Fehler bewahre, indem ich ihn aus meinem Leben ausschließe. Aber …«

»Aber?« Jenna sprang von der Luftmatratze und hielt sich Amy und Bella zugewandt an der anderen Seite der Schwimmnudel fest.

»Aber ich bin mir nicht sicher, ob ich nicht einfach nur mich selbst schützen wollte. Denn es war mir peinlich, euch zu sagen, dass ich mit Tony geschlafen habe.«

»Was? Warum war dir das peinlich? Amy, wir waren ja nun nicht gerade jungfräuliche Prinzessinnen.« Jenna lachte.

»Nein, ihr nicht, aber ihr seid bei mir davon ausgegangen.«

»Wir hätten dir keine Vorwürfe gemacht«, versicherte ihr Bella.

»Kann schon sein. Ich weiß auch gar nicht, ob es daran

gelegen hat. Mir sind damals eine Menge Dinge durch den Kopf gegangen und nach all der Zeit kann ich nur raten, was wirklich dahintergesteckt hat.« Amy sah, wie Theresas Auto in die Ferienanlage einbog, und sie war erleichtert, das Thema wechseln zu können. »Theresa ist wieder da.«

Bella schwamm zur Treppe. »Oh, gut.«

»Warte.« Jenna packte Amy am Arm und zog sie zur Treppe. »Was ist der Plan? Hast du einen Streich vorbereitet?«

»Es gibt keinen Plan.« Bella wickelte sich in ein Handtuch und griff nach ihrer Sonnenbrille. »Ich hole mir nur ein Wasser.«

Mit großen Augen packten Amy und Jenna ihre Sachen zusammen und eilten Bella hinterher.

»Wasser. Klar doch.« Jenna zog sich ihr Sommerkleid über den Kopf.

»Bella, klär uns auf«, drängte Amy. »Was hast du getan?«

»Nichts. Meine Güte, Leute. Ich spiele nicht *ständig* irgendwem Streiche.« Bella marschierte entschlossen voran, den Blick fest auf den Boden gerichtet.

Amy wusste, dass irgendetwas im Busch war. Sie folgten Bella in ihr Ferienhaus, wo sie direkt zum Handy griff und anfing, Textnachrichten zu schreiben.

»Raus damit, Bella.« Jenna stemmte die Hände in die Hüften.

»Okay, na schön. Also vielleicht habe ich was vorbereitet. Kommt mit. Holen wir uns etwas zu trinken und gehen auf die Terrasse.« Bella öffnete den Kühlschrank und holte ihnen je eine Flasche Limo-Mix heraus.

Sie ließen sich in den Stühlen auf Bellas Terrasse nieder und sahen zu, wie Theresa ihre Einkäufe ins Haus trug. Vor lauter Vorfreude lehnten sich alle in ihren Stühlen nach vorne, als würden sie einen Actionfilm anschauen.

»Was hast du gemacht?«, flüsterte Amy.

»Wie wäre es, wenn wir uns einfach auf dich und Tony konzentrieren«, schlug Bella vor. »Dann bekommst du keinen Ärger, wenn etwas passiert.«

»Oh nein. Wenn was *passiert?*« Jenna nippte an ihrer Flasche. »Bella Abbascia, was hast du angestellt?«

Bella verdrehte Augen.

Theresa winkte, als sie wieder nach draußen kam, um weitere Lebensmittel aus dem Auto zu holen. Jenna und Amy winkten zurück.

»Vielleicht sollten wir ihr helfen«, schlug Amy vor.

»Das glaube ich nicht.« Bella nahm einen Schluck von ihrem Getränk und sah Jenna an.

»Wie dem auch sei …« Amy nutzte die Gelegenheit, um ihr Gespräch fortzusetzen. »Was ich vorhin noch sagen wollte: Wir haben auch nie gemerkt, wie anders unsere Sicht auf die Dinge damals war.«

Bella zuckte mit den Schultern. »Das geht uns doch allen so. Wir waren praktisch noch Kinder. Aber das war damals und jetzt ist jetzt. Zeit, das hinter dir zu lassen und nach vorne zu schauen.«

»Ja, das sehe ich auch so.« Jenna hob die Flasche an den Mund. »Aber nach allem, was du durchgemacht hast, ist das wohl auch nicht einfach. Ich bin mir nur nicht sicher, ob es hilft, es so viele Jahre später durchzuanalysieren.«

»Seht ihr? Deshalb brauche ich euch. Allein würde ich mich damit in den Wahnsinn treiben, unbedingt herausfinden zu wollen, warum genau ich mich wie verhalten habe.« Amy atmete bereits ein wenig befreiter. Vielleicht hatten ihre Freundinnen recht. Sie sollte sich auf die Zukunft konzentrieren, nicht auf die Vergangenheit.

»Lass uns an was Positiveres denken, ja?« Bella wedelte mit einer Hand durch die Luft. »Zum Beispiel, ob wir eine Vierfachhochzeit haben werden.«

»Das ist vielleicht ein bisschen voreilig, meinst du nicht? Wir haben noch so viel zu klären.« Amy musste sich sehr beherrschen, um das mit neutralem Gesichtsausdruck zu sagen, weil sie am liebsten wie ein Trottel aufgesprungen wäre und *Das hoffe ich!* gerufen hätte.

»Wie zum Beispiel die Sache mit dem Umzug nach Australien?« Bella lehnte sich in ihrem Stuhl zurück. »Ich habe dir gleich gesagt, du sollst den Job bei Duke nicht annehmen. Was hast du jetzt vor?«

»Noch gar nichts. Ich weiß nur, dass ich nicht nach Australien ziehen kann, wenn ich mir eine Beziehung mit Tony erhoffe.«

»Erhoffen? Du hast doch schon eine, Schätzchen. Aber, ja, er ist ständig unterwegs«, erinnerte Jenna sie. »Wenigstens kannst du ihn als Unternehmensberaterin ja begleiten und deinen Zeitplan auf seinen abstimmen.«

»Schon, aber ich würde echt gerne für Duke arbeiten. Ich liebe meine berufliche Freiheit, aber Duke hat so viele tolle Immobilien. Und er hat große Pläne und das passende Budget dazu. Ich könnte so viel mehr tun als für meine jetzigen Kunden. Ganz zu schweigen davon, dass er ein hervorragender Arbeitspartner ist.«

»Und heiß«, fügte Jenna hinzu.

Amy verdrehte die Augen. »Hallo? Ich habe Tony, schon vergessen?« *Wow, es fühlt sich gut an, das zu sagen.*

»Hey, ich spreche nur das Offensichtliche aus.« Jenna stellte ihren Drink ab.

»Es ist wirklich eine Ehre, dass er mir den Job angeboten hat. Ich meine, Duke stellt nicht jeden ein, und wenn ich meine Zusage nicht einhalte, was wird er dann von mir denken? Er ist ein Freund, nicht nur irgendein Arbeitgeber, den ich nie wiedersehen werde. Außerdem bin ich mir nicht mal sicher, ob ich wirklich ablehnen will.« Amy schloss die Augen und stöhnte leise auf. »Aber ich will auf jeden Fall eine Beziehung mit Tony.« Sie stellte ihr Getränk ab, als ein Polizeiauto in die Siedlung fuhr. »Huch, ist das einer von Cadens Freunden?«

Bellas Mundwinkel zuckten nach oben. »Lasset die Spiele beginnen.«

Der Polizist parkte in Theresas Einfahrt und stieg aus dem Auto, als Theresa gerade wieder nach draußen kam.

»Kommt.« Bella eilte mit den Freundinnen auf den Fersen über die Straße.

»Ma'am?« Der Officer war etwa Ende zwanzig und hatte aschblonde Haare und blaue Augen. Er zwang sich zu einem Lächeln.

Theresa runzelte die Stirn und presste die Lippen fest aufeinander. Sie musterte den Polizisten aus schmalen Augen. Alles an Theresa strahlte Sachlichkeit aus, von ihrem kurz geschnittenen, durchgestuften braunen Haar bis zu ihrem Poloshirt und den knielangen Shorts. Für sie spielte Effizienz bei der Kleidungswahl eine größere Rolle als Mode, und der Blick, mit dem sie den Officer bedachte, passte dazu. Amy konnte quasi sehen, wie Theresa in Gedanken die Möglichkeiten durchspielte, warum er in ihrer Einfahrt stand.

»Guten Tag, Officer. Was kann ich für Sie tun?« Sie stemmte die Hände in die Hüften und warf Bella einen misstrauischen Blick zu.

»Uns liegt eine Beschwerde wegen Cyber-Stalking von Bradley Cooper vor, und entsprechende E-Mails wurden mit Ihrer IP-Adresse in Verbindung gebracht.« Er zeigte auf ihr Haus. »Darf ich mal einen Blick hineinwerfen?«

»Cyber-Stalking? Ich war in den letzten Tagen nicht mal hier.« Theresa blickte über die Schulter zu ihrem Haus, dann wandte sie sich irritiert an Bella. »Hast du jemanden in der Nähe meines Hauses gesehen?«

»Nein, natürlich nicht«, antwortete Bella. »Das hätten wir gemerkt.«

»Das muss ein Irrtum sein«, sagte Jenna.

Amy brachte kein Wort heraus, denn abgesehen von ihrer einen großen, vierzehn Jahre währenden Lüge war sie wirklich nicht gut darin, etwas zu verheimlichen. Wenn in Theresas Haus etwas nicht stimmte, ging das mit Sicherheit auf das Konto einer gewissen Blondine mit großer Klappe, die Amy sehr lieb hatte.

Sie folgten Theresa in ihr bescheiden eingerichtetes, sauber aufgeräumtes Haus, das früher dem ursprünglichen Besitzer von Seaside gehört hatte, bevor das Grundstück aufgeteilt und die Ferienhäuser gebaut worden waren. Der Officer ging voran in das großzügige Wohnzimmer, in dem eine braune Couch, ein weißer Couchtisch und ein pfirsichfarbener Sessel standen. Auf der rechten Seite ging es weiter in ein kleines Esszimmer mit einem runden Tisch und sechs Holzstühlen. Die Wände waren beige gestrichen, mit Ausnahme der Küche, die geradeaus vom Wohnzimmer abging und ganz in Weiß gehalten war. Der Officer nahm eins der gerahmten Fotos in die Hand und betrachtete es. Mit einem Räuspern durchquerte er den Raum zu einem weiteren Bild, das er ebenfalls in die Hand nahm und betrachtete.

»Oh mein Gott«, murmelte Jenna und griff nach Amys

Hand. Sie drückte so fest zu, dass Amy einen Schmerzlaut unterdrücken musste.

Bella schaute breit grinsend auf das Bild von Bradley Cooper, das über dem Beistelltisch hing. Amy blieb kurz der Mund offenstehen und sie verkniff sich ein Keuchen. *Heiliger Strohsack.*

»Ma'am?« Der Officer drehte die beiden Bilderrahmen in Theresas Richtung, die bis jetzt noch nichts Außergewöhnliches bemerkt zu haben schien. Auf beiden Fotos war ebenfalls Bradley Cooper zu sehen, nebst handgemalten roten Herzchen. »Würden Sie mir das bitte erklären?«

Theresa warf Bella einen fuchsteufelswilden Blick zu.

»Theresa, ich wusste gar nicht, dass du so ein Fan von ihm bist«, meinte Bella todernst.

»Bin ich nicht.« Theresa nahm dem Polizisten die Bilder ab und schaute erneut zu Bella. »Ich habe keine Ahnung, wie die hier reingekommen sind.«

Der Polizist zog eine Augenbraue hoch und richtete den Blick auf das Foto des Schauspielers, das an der Wand hing. »Und das da?«

»Was soll das? Ich habe nicht … Bella?«

Bella hob die Hände. »Wow. Das ist schon irgendwie unheimlich.«

»Das sind nicht meine Fotos«, beteuerte Theresa.

Der Officer schenkte Bella ein kaum merkliches Lächeln, das Amy wohl entgangen wäre, wenn sie nicht alles so genau beobachtet hätte.

Er ging zu Theresas Schreibtisch rüber, wo ihr zugeklappter Laptop lag. »Darf ich den öffnen?«

»Ja, natürlich, ich habe nichts zu verbergen. Das ist alles ein Irrtum.« Theresa schnaubte entnervt.

Der Officer klappte das Gerät auf und prompt erschien Bradley Cooper als Bildschirmschoner.

»Ma'am, ich fürchte, die Indizien sprechen für sich selbst. Ich verwarne Sie dieses Mal nur, aber wenn Sie es nicht unterlassen, Mr. Cooper weiterhin zu kontaktieren, sind wir gezwungen, weitere Maßnahmen zu ergreifen.«

»Aber ich habe das nicht getan.« Theresa schnaufte verärgert.

»Die Sachlage ist eindeutig«, erwiderte der Officer.

Theresa verengte die Augen ein wenig. Wenn Blicke töten könnten, wäre Bella auf der Stelle umgefallen.

»Ich … ich muss los.« Amy hielt auf die Tür zu und Jenna folgte ihr dicht auf den Fersen.

Hand in Hand überquerten sie die Rasenfläche zu Amys Ferienhaus.

»Wow!« Jenna ließ sich auf einen der Terrassenstühle fallen. »Bella hat es diesmal aber wirklich viel weiter getrieben als sonst bei ihren Streichen. Theresa wird es ihr so was von heimzahlen!«

Ein paar Minuten später stieß Bella mit einem zufriedenen Grinsen zu ihnen. »Das war die Rache dafür, dass sie mir meinen Tanga-Donnerstag-Streich versaut hat.«

Amy schlug sich die Hände vors Gesicht. »Ich wollte nur über Tony und den Job bei Duke reden, und jetzt bin ich Komplizin bei einem Streich, für den sie dich wahrscheinlich anzeigen wird. Vergiss Australien. Wir werden alle in Handschellen auf der Wache der Wellfleet Police enden.«

»Tony holt dich sicher auf Kaution raus.«

Amy schlug den Kopf auf die Tischplatte. »Australien klingt im Moment echt verlockend.«

»Hey, war cool, dass du das gestern Abend für uns vorbereitet hast. Danke, Kumpel.« Tony klopfte Evan freundschaftlich auf die Schulter. Sie waren ein paar Stunden gesurft und hatten dann den Nachmittag quatschend am Strand verbracht. Jetzt waren sie zurück in Seaside und holten ihre Ausrüstung aus Tonys Auto.

»War keine große Sache und es schien Amy wichtig zu sein.« Evan zuckte mit den Schultern.

»Für uns beide war es eine große Sache. Wirklich, danke.« Tony reichte Evan sein Surfbrett und zog sein eigenes aus der Halterung. »Bleibt sauber heute Abend.«

Evan hatte eine Verabredung mit seinem Freund Bobby und zwei Mädchen aus der Highschool.

»Hab doch schon gesagt, das sind nur Freundinnen. Wir gehen ins Autokino. Willst du morgen wieder raus?«, rief Evan ihm noch auf dem Weg zu Bellas Ferienhaus zu.

»Würde ich gerne, aber ich werde den Tag wohl mit Amy verbringen.«

»Merkst du jetzt, warum ich keine feste Freundin will?«, zog Evan ihn auf.

»Ich bin mehr als fünfzehn Jahre älter als du. Und ich kann echt von Glück reden, dass ich sie habe.« *Und dieses Mal werde ich es nicht verbocken.*

Tony warf einen Blick auf Amys Auto in ihrer Einfahrt. Entweder war sie drinnen oder im Ferienhaus von einem der anderen Mädels. Wie oft hatte er schon auf die andere Straßenseite geschaut und sich gefragt, was Amy wohl gerade tat? Er liebte das Gefühl, dass sie endlich zu ihm gehörte und wahrscheinlich ebenso oft an ihn dachte wie er an sie. Er ging hinein, um zu duschen.

Sie hatten die Nacht in Tonys Ferienhaus verbracht und das Schlafzimmer roch immer noch nach ihr. Er zog seine Schwimmshorts aus, ging ins Bad und stellte die Dusche an. Den ganzen Tag über war ihm die Slideshow nicht aus dem Kopf gegangen und verdammt, jetzt war er noch verwirrter als zuvor. Er hatte die Erinnerung an seinen Vater ganz weit hinten in seinen Kopf verbannt und dachte kaum je daran. Es war nicht leicht gewesen, die Trennung von Amy zu verkraften, und der kurz darauffolgende Tod seines Vaters hatte noch mehr Schmerz und Wut mit sich gebracht. Als Reaktion darauf hatte Tony sich auf seine Gesundheit und seine Karriere konzentriert, sich ins Surfen und Training gestürzt und versucht, für seine Mutter da zu sein, so gut er konnte. Er hatte es dennoch kaum geschafft, die Tage durchzustehen, geschweige denn, ihr eine Hilfe zu sein. Wild entschlossen zu beweisen, dass sein Vater sich in Bezug auf seine Berufswahl geirrt hatte, hatte er sich umso mehr dem Surfen verschrieben – und der Erfolg gab ihm recht.

Zumindest hatte er das gedacht. Bis jetzt.

Nachdem er gestern Abend auf den Fotos gesehen hatte, wie sein Vater lächelte, scherzte und der Mann war, den Tony einst so sehr bewundert hatte, fragte er sich, ob die Erinnerungen an die schwierigen Momente ihn dazu verleitet hatten, die guten zu vergessen. In jenem letzten Sommer am Cape hatte sich sein Vater von seiner schlechtesten Seite gezeigt. Tony hatte nicht einmal gewusst, dass er Alkoholiker war. Wie ihm das hatte entgehen können, wusste er bis heute nicht.

Nach der Dusche zog er sich Cargo-Shorts und ein Tanktop an und ließ sich mit einem lauten Seufzer aufs Bett sinken. Es war an der Zeit, dass er sich ein für alle Mal mit den Erinnerungen an seinen Vater auseinandersetzte.

Er angelte sich sein Handy vom Nachttisch und rief seine Mutter an. Sie nahm nach dem zweiten Klingeln ab.

»Tony, wie geht es dir, Schatz?« Ihr Lächeln war in ihrem warmen Tonfall deutlich zu hören. Tony stellte sich vor, wie sie mit Stricknadeln in den Händen im Wohnzimmer ihres Strandhauses in Rhode Island saß. Seine Mutter strickte schon, solange er denken konnte, und seit dem Tod seines Vaters schienen die Nadeln ihre ständigen Begleiter zu sein.

»Mir geht's gut, Ma. Und dir?«

»Ach, du weißt schon, Schatz. Mir geht's gut. Ich mache einen Strickabend. Heute mal eine Babymütze für die Enkelin von Lisa Cross. Sie ist so ein süßes kleines Ding. Wie geht's den anderen Kids dieses Jahr?«

»Gut, Ma, aber Kids ist echt nicht das richtige Wort. Wir sind alle über dreißig«, erwiderte er lachend.

»Für mich werdet ihr immer Kinder sein. Selbst wenn ihr alt und grau seid. Wie war die Hochzeit? Es tut mir so leid, dass ich nicht kommen konnte.« Seine Mutter hatte die Hochzeit verpasst, weil sie in der Woche zuvor eine Hallux-Operation gehabt hatte und ihr Fuß immer noch empfindlich war.

»Es war toll. Jamie sah wirklich glücklich aus und Jessica war wunderschön. Was macht dein Fuß?«

»Oh, dem geht es gut. Er scheint vernünftig zu heilen, es braucht nur ein wenig Zeit, das ist alles.«

»Gut. Ich bin froh, dass es bergauf geht, Ma. Ich möchte etwas mit dir besprechen, aber wenn dir das unangenehm ist, sag es einfach, okay?«

»Sei nicht albern, Schatz. Was ist los?«

Tony erhob sich vom Bett und tigerte durchs Schlafzimmer.

»Es geht um Dad.«

»In Ordnung.« Ihr Tonfall wurde ernst.

»Ich habe mir gestern Abend Fotos von unseren Sommern hier am Cape angesehen und die passten nicht zu dem Bild, das ich von ihm im Kopf habe. Ich mache mir Sorgen, dass ich irgendwie eine verzerrte Erinnerung an ihn habe.« Er rieb sich den Nacken, über den ein dumpfer Schmerz nach oben kroch.

»Schatz, dann erzähl mir doch mal, was deiner Meinung nach anders war.«

»Ich weiß nicht. Alles. Der Ausdruck in seinen Augen. Die meisten Fotos konnte ich zeitlich nicht richtig zuordnen, aber …«

»Was für Bilder hast du dir denn angeschaut?«

»Amys Mutter hat vor ein paar Jahren eine Slideshow zusammengestellt.«

»Ja. Die habe ich auch bekommen.«

»Natürlich. Sorry. Hast du sie dir angesehen?«

»Ja. Das ist lange her, aber sicher. Es waren wunderbare Erinnerungen.«

»Schon. Zum größten Teil. Aber …« Tony fuhr sich mit der Hand durch die Haare. Plötzlich fühlte sich der Raum zu eng an, also flüchtete er ins Wohnzimmer.

»Aber das letzte Jahr war nicht so gut«, meinte seine Mutter leise.

»Ja. Warum war das so?«

Stille breitete sich zwischen ihnen aus.

»Mom? Ich muss wissen, warum er sich verändert hat.«

Sie schwieg weiterhin. Tony blieb mitten im Wohnzimmer stehen, unfähig an etwas anderes zu denken als daran, was diese Stille bedeuten könnte.

»Schatz, bist du sicher, dass du darüber reden willst? Du

hast schon sehr lange nicht mehr von deinem Vater gesprochen.«

»Ja, bin ich.« Als sein Vater starb, war Tonys Mutter untröstlich gewesen und Tony hatte sich völlig verloren gefühlt. Beide waren nur mit Mühe zurechtgekommen, und nachdem Tony gehört hatte, dass sein Vater betrunken von der Straße abgekommen war, hatte er nicht weiter nach einer Erklärung gesucht. Nun fragte er sich angesichts des Tonfalls seiner Mutter, ob es ein Fehler war, die Vergangenheit wieder aufzurollen.

»Tony, ich musste deinem Vater versprechen, dir nicht zu sagen, was in jenem Frühjahr passiert ist, und ich möchte mein Wort in seinem Gedenken halten.«

»Mom, er ist nicht mehr da. Ich …« Er schloss die Augen, sammelte sich kurz und ermutigte sich selbst, auszusprechen, was ihm auf der Seele lag und die Sache ein für alle Mal zu klären. Als er die Augen wieder öffnete, fühlte er sich klarer.

»Ich würde nicht fragen, wenn es nicht wichtig wäre. Ich weiß, wie viel dir ein Versprechen bedeutet, obwohl ich mir beim besten Willen nicht vorstellen kann, warum du mir etwas über Dads Tod verheimlichen solltest.«

Als sie nichts sagte, fuhr Tony fort. »Ich liebe Amy Maples, und ich möchte ein neues Kapitel in meinem Leben aufschlagen, aber ich muss verstehen, was mit Dad passiert ist. Ich muss wissen, was sich in diesem Sommer verändert hat, warum er sich verändert hat.«

»Amy Maples.« Das Lächeln kehrte in ihre Stimme zurück. »Oh, Tony. Ich bin so froh, das zu hören. Sie hat dich immer geliebt.«

Das verblüffte ihn, obwohl es das nach den Fotos von gestern Abend nicht hätte tun sollen. Die Verliebtheit stand ihnen darauf ins Gesicht geschrieben, und es war kein Wunder, dass andere Leute das auch bemerkt hatten. Er fragte sich, ob sein Vater es wohl gesehen hatte. Oder Amys Vater.

»Ja, das hat sie, und ich liebe sie schon genauso lange.« Das laut auszusprechen, fühlte sich so gut an. Ein kleines Lächeln umspielte seine Lippen trotz des schwierigen Themas.

»Ja, das denke ich mir.«

Tony lachte leise. »Ach wirklich?«

»Ach, Schatz. Einer Mutter entgeht nicht viel. Wir bemerken Veränderungen an unseren Kindern, die niemand sonst je sehen könnte. Im letzten Sommer, den wir als Familie am Cape verbracht haben, dachte ich, dass du und Amy endlich zueinandergefunden hättet. Ihr beide wart so glücklich. Aber das muss wohl Wunschdenken gewesen sein wegen dem, was mit deinem Vater passiert ist. Vielleicht wollte ich einfach nur etwas Gutes aus diesem Sommer mitnehmen. Und dann, nachdem dein Vater …«

Er hörte, wie sie laut einatmete. Als sie weitersprach, fehlte ihrer Stimme die Kraft.

»Danach war der Funke, den ich mir in deinem Blick eingebildet hatte, verschwunden.«

Tony ließ sich auf die Couch sinken. »Das hast du bemerkt?«

»Wie hätte ich das übersehen können? Du bist damals von einem sorglosen Jungen, der das Surfen und das Leben liebte, zu einem gebrochenen Mann geworden. Du warst so angespannt, dass es fast greifbar war, und hast dich beim Surfen und Training und bei Gott weiß was noch so dermaßen verausgabt. Ich war besorgt, dass du nie wieder der Junge wirst, der du einmal warst. Ob es am Tod deines Vaters lag oder an etwas anderem, weiß ich bis heute nicht.«

»Beides, Mom.« Tony rieb sich mit Daumen und Zeigefinger die Augen. »Erzähl mir, was mit Dad los war.«

»Ich breche damit mein Versprechen, aber du bist erwachsen und hast wohl ein Recht darauf, es zu erfahren.«

»Danke.« Tony lehnte sich zurück und schloss die Augen. »Was auch immer es ist, es wird wohl erklären, warum er sich so verändert hat.«

»Ja, das wird es.« Sie hielt einen langen Moment inne, und als sie fortfuhr, war ihr Ton mitfühlend. »Schatz, in diesem Frühjahr wurde bei deinem Vater ALS diagnostiziert.«

Tony setzte sich kerzengerade auf. »Was? Warum sollte er das vor mir verheimlichen? Und warum du?«

»Beruhige dich bitte. Das fällt mir wirklich nicht leicht.« Ihr Tonfall war leise, aber scharf.

»Tut mir leid.« Tony stand auf und ging wieder auf und ab. »Sorry. Ich wollte dich nicht verärgern. Aber hättest du mir das nicht erzählen sollen?«

»Ich habe deinem Vater versprochen, dass ich das nicht tue. Er hatte nur noch ein Jahr zu leben. Das war sein letzter Sommer mit dir. Sein Gesundheitszustand verschlechterte sich, und ...«

»Mein Gott.« Tony sank zurück auf die Couch. Er konnte sich nicht vorstellen, was sein Vater durchgemacht hatte. »Wann hat er mit dem Trinken angefangen?«

»Ich weiß es nicht genau, aber irgendwann kurz nachdem er die Diagnose bekommen hat.« Seine Mutter hielt inne und plötzlich fiel der Groschen bei Tony.

»Er hat an diesem Abend nicht auf einer Betriebsfeier getrunken, oder?«

»Nein.« Ein Flüstern.

»Mom. Er ... hat sich umgebracht, indem er gegen den

Baum gefahren ist? Das war kein Unfall?«

»Ich weiß es nicht.« Ihre Stimme war lauter, aber immer noch zittrig. »Das werden wir nie erfahren. Aber der Vater, mit dem du diesen letzten Sommer verbracht hast, war nicht mehr der Vater, den du vorher gekannt hast. Das ist dir doch sicher klar.«

»Er war immer streng zu mir.«

»Ja. Weil er nicht wollte, dass du einen Fehler machst. Eltern machen sich Sorgen, Schatz. Wenn dein Kind dir sagt, dass es Profi-Surfer werden will, willst du es vorm Scheitern bewahren. Du hättest uns genauso gut verkünden können, dass du auf den Mond fliegen oder ein Rockstar werden willst. Das war alles so fremd für uns. Dein Vater und ich sind Unternehmer. Immer geradeaus, den Weg gehen, der bereits für uns geebnet war. College, Studium, Familie. Ein sicherer Weg. Wir waren mit der Situation überfordert. Nicht, dass wir deine Träume nicht unterstützen wollten, aber …«

»Ist schon okay, Ma. Das verstehe ich. Ich weiß, wie es sich für euch angehört haben muss, aber ich konnte mir nichts anderes vorstellen. Surfen war mein Leben. Ist es immer noch. Und ich hatte Erfolg damit, aber Dad hatte nie die Chance, das zu sehen. Er hatte nie die Chance, den ganzen Mist, den er zu mir gesagt hat, hinter sich zu lassen, und stolz auf das zu sein, was ich geschafft habe.«

»Oh, Schatz.« Seine Mutter klang, als würde sie weinen. »Schon damals war dein Vater stolz auf alles, was du erreicht hattest, und wusste, wie weit du es damit noch bringen würdest. Aber er hat diesen Sommer als seine letzte Chance gesehen, etwas zu bewirken und dich so zu führen, wie es ein Vater tun sollte.« Sie hielt kurz inne, und als sie fortfuhr, war ihr Ton sanfter. »Er wusste einfach nicht, wie er das in so kurzer Zeit bewerkstelligen sollte. Und der Alkohol hat auch nicht geholfen.«

Tony schossen Tränen in die Augen. »ALS.«

»Es ist nicht genetisch bedingt, darüber musst du dir keine Sorgen machen.«

»Das habe ich nicht gemeint, auch wenn es natürlich eine Erleichterung ist. Ich wünschte nur, ich hätte es gewusst. Vielleicht hätte ich mit ihm reden können. Über ... alles.«

»Er hat dich geliebt, Tony. Er hat dich so sehr geliebt. Manchmal war er nur so wütend, aber das hatte nichts mit dir zu tun. Er war wütend auf die Krankheit und darüber, dass er uns verlassen muss, bevor er bereit dazu war. Du bist einfach in die Schusslinie geraten.«

Tony warf das Handy auf die Couch und vergrub das Gesicht in den Händen. Amy stand auf der anderen Seite der Fliegengittertür und das Herz schlug ihr bis zum Hals. *ALS.* Sie hatte ihn das sagen hören und nun schien er zusammenzubrechen. Mit wem hatte er gesprochen? Wer hatte ALS?

»Tony?«

Er drehte sich mit geröteten, tränenfeuchten Augen zu ihr um. Amy erkannte sein stummes Flehen und zwang ihre Beine, sie ins Haus zu tragen. Er blieb auf der Couch sitzen, streckte einfach eine Hand aus, und als Amy sie ergriff, spürte sie die Schwere, die ihn umgab. Tony zog sie auf seinen Schoß, und sie legte ihm automatisch die Arme um den Hals, um ihn fest an sich zu drücken. Sein Atem stockte und er klammerte sich an sie.

»Das war meine Mutter«, murmelte er an ihrer Schulter. »Mein Vater ... war krank.«

Sie konnte seine Trauer genauso fühlen wie das Gewicht seiner großen Hände auf ihrem Rücken und seine warme, stoppelige Wange an ihrem Hals. Amy schloss die Augen und hoffte, dass sie ihm ein wenig von der Kraft zurückgeben konnte, die er ihr immer geschenkt hatte.

»Das tut mir so leid, Tony.«

Sie spürte sein Nicken.

»Er hatte ALS, Amy. ALS. Ich habe es nicht mal geahnt.« Seine Stimme wurde leiser. Schließlich lockerte sich sein Griff und er blickte ihr traurig in die Augen. »Ich liebe dich.«

»Ich liebe dich auch.«

Sie küsste ihn, um den Schmerz, der in seiner Stimme mitschwang, zu mildern. Er vertiefte den Kuss, und innerhalb von Sekunden wurde er leidenschaftlich und drängend, gierig nach Trost, den sie mehr als bereit war zu geben. Amy löste sich schließlich wieder von ihm, weil sie ihm die tiefe Liebe zeigen wollte, die sie für ihn empfand, und um ihr eigenes Bedürfnis zu stillen, ihn von dem zu erlösen, was ihn innerlich zerriss.

Es gab keine Worte, um seinen Schmerz zu lindern. Er zog sie näher zu sich und ihr wurde klar, dass er ihre Liebe heute ebenso brauchte wie damals. Sie musste ihm den Kummer nehmen und ihn auf eine Weise trösten, wie es nur ihre Liebe konnte. Sie küsste sich seinen Kiefer entlang über seinen Hals zu der empfindlichen Stelle an seiner Halsbeuge, deren Liebkosung ihn immer erregte. Nachdem sie sein Tanktop nach oben geschoben hatte, ließ sie ihre Hände über die festen Muskeln gleiten. Sie neckte seine Brustwarze mit der Zunge, sodass Tony seine Hände in ihren Haaren vergrub, um sie an Ort und Stelle zu halten. Amy folgte seiner stummen Aufforderung, streifte seine empfindliche Haut mit den Zähnen, saugte und leckte. Sie bewegte sich weiter nach unten und schmeckte das Salz auf seinen definierten Bauchmuskeln, als sie von seinem Schoß zwischen seine Beine auf die Knie rutschte. Er schaute ihr fest in die Augen, als sie den Reißverschluss seiner Shorts öffnete und seine harte Länge umfasste. Dann nahm sie ihn in den Mund und liebkoste ihn, bis er den Kopf in den Nacken fallen ließ und sie wusste, dass er keinen Gedanken mehr an die Trauer verschwendete. Er kam mit ihrem Namen auf den Lippen, und als er sie nach oben zog, um sie zu küssen, hatte sie das Gefühl, als wäre der einzige Ort, an dem er jemals sein wollte, direkt an ihrer Seite.

Fünfzehn

In den nächsten Tagen sprachen Amy und Tony über die Krankheit seines Vaters und das Ausmaß der Emotionen, die sein Vater empfunden haben musste. Erst war Tony wütend, dass seine Eltern ihm das verheimlicht hatten. Amy gab ihm die Zeit und den Raum, diese neuen Erkenntnisse so zu verarbeiten, wie er es mit den meisten Dingen tat. Er stürzte sich ins Surfen und ins Training. Er stand noch vor Sonnenaufgang auf und quälte sich dann fast den ganzen Tag lang. Wenn er zurückkam, redeten sie bis weit in die Nacht hinein und liebten sich dann, bis der Schmerz und die Verwirrung wieder erträglich wurden.

Am Sonntagmorgen nahm er Evan mit zum Strand, während Amy, Bella und Jenna an Leannas Stand auf dem Flohmarkt aushalfen. Luscious Leanna's Sweet Treats hatte sich so gut entwickelt, dass Leanna kaum noch mit der Bedienung der Kunden hinterherkam. Sie ließ inzwischen sogar Pepper bei Kurt zu Hause, weil sie sich ausschließlich auf den Verkauf konzentrieren musste. Der Sonntag war der hektischste Tag auf dem Flohmarkt und auch heute war es nicht anders. Es war ein herrlicher Sommernachmittag mit Temperaturen um die fünfundzwanzig Grad und einer angenehm kühlen Brise. Die Mädels trugen wie üblich Badekleidung unter ihren Sommerkleidern, mit Ausnahme von Leanna in ihren marmelade-verschmierten Hotpants und einem Tanktop.

Während Leanna und Jenna die Kunden bedienten, klebten Bella und Amy neben Leannas buntem, handbemaltem VW-Bus Etiketten auf Gläser. Leanna parkte, wie die meisten anderen Verkäufer, immer hinter ihrem Stand.

»Hat die Sache mit Theresa irgendwelche Folgen für dich?«, fragte Amy an Bella gewandt.

»Pfft. Nein. Sie kann mich nicht übertrumpfen. Das weiß sie jetzt.«

»Aber das war Einbruch. Du hast Glück, dass sie dich nicht angezeigt hat.«

»Nein, war es nicht. Ich hatte ihr angeboten, ihre Pflanzen zu gießen, während sie weg ist. Außerdem war das nur Spaß, das weiß sie. Aber reden wir über was viel Wichtigeres: Wie kommt Tony mit den Neuigkeiten über seinen Vater zurecht?«, erkundigte sich Bella.

Tony hatte nicht gezögert, als Amy ihn gefragt hatte, ob sie den anderen von der Krankheit seines Vaters erzählen sollte. Ob er so schnell eingewilligt hatte, weil sie ihnen beistehen würden oder weil er einfach keine Geheimnisse mehr haben wollte, wusste sie nicht. Es war wohl beides. Wie erwartet hatten die Mädels mitfühlend und unterstützend reagiert.

»Du kennst doch Tony. Er lenkt sich ab, bis er bereit ist, sich damit auseinanderzusetzen. Ich glaube, er muss richtig damit abschließen.« Amy stellte ein Glas auf den Tisch und nahm sich das nächste. »Ist es seltsam, dass ich mich wegen dieses Sommers schuldig fühle? Ich meine, wenn ich mich damals nicht so sehr zu Tony hingezogen gefühlt hätte, hätte er vielleicht mehr Zeit für seinen Vater gehabt oder sich mehr auf ihn konzentriert. Vielleicht hätte er mit ihm reden können, anstatt sich nur darüber aufzuregen, wie er von ihm behandelt wird.«

»Das ist nicht seltsam, weil du einfach so unglaublich selbstlos und mitfühlend bist.« Bella zog die Schutzfolie von einem Etikett ab und drückte es aufs Glas. »Du erträgst es nicht, wenn jemand traurig ist, und du willst eine Lösung dafür finden. Aber Tony ist ein Mann. Für Männer kann man nichts lösen. Niemand kann das. Sie sind wie …« Bella ließ den Blick über die vielen Menschen schweifen, die zwischen den Ständen umherschlenderten. »Mir fällt kein guter Vergleich ein, aber sie wollen, dass wir ihnen zuhören und sie lieben, während sie diejenigen sind, die Lösungen finden.«

»Ich will nur das Richtige tun und ihm helfen, das durchzustehen.«

Bella stellte ihr Glas ab und griff nach Amys Händen. »Amy, das machst du doch schon. Ihr seid zusammen. Der Rest wird sich von selbst regeln.«

»Ich hoffe es. Es ist schrecklich, dass er keine Chance mehr hat, mit seinem Vater ins Reine zu kommen.« Sie wusste, dass Tony innerlich davon zerfressen wurde, dass er die Sache nicht mit einem Anruf bei seinem Vater regeln konnte, und sie machte sich Sorgen, was passierte, wenn Ablenkung nicht mehr ausreichte, um den Schmerz zu betäuben.

Als der Kundenstrom abebbte, kam Jenna zu ihnen herüber. »Geh mit ihm zum Grab seines Vaters. Da kann er sich richtig verabschieden. Er ist jetzt nicht mehr der wütende, verwirrte Zwanzigjährige von damals.«

Bella bediente eine weitere Gruppe von Kunden, damit Jenna mit Amy reden konnte, und tätschelte Amy im Vorbeigehen den Arm. Jenna griff nach einem Glas und einem Etikett und machte sich an die Arbeit.

»Meinst du, das hilft?« Amy strich sich die Haare hinters Ohr und dachte über Jennas Vorschlag nach. Tony hatte bei der Beerdigung seines Vaters nicht geweint. Sie würde nie vergessen, wie er gleichzeitig so gebrochen und mutig ausgesehen hatte, obwohl sie wusste, dass er innerlich am Boden zerstört gewesen sein musste.

»Ja. Sein Vater muss nicht bei ihm sein, damit Tony sich mit seinen Gefühlen auseinandersetzen kann. Er muss nur irgendwie präsent sein – verstehst du, was ich meine?«

»Dann sollte ich ihn vielleicht zu Pelly bringen, diesem Medium in P-Town.« Pelly war eins der bekanntesten Medien in der Gegend. Früher hatten sie Geschichten von Menschen gehört, die nachts in Pellys Garten kampierten, um am nächsten Morgen von ihm empfangen zu werden. Im Laufe der Jahre hatte Pelly hart durchgegriffen und bot heutzutage nur noch zu sehr begrenzten Öffnungszeiten Konsultationen an.

»Weißt du noch, wie wir als Teenager da hingegangen sind?« Jenna riss bei der Erinnerung die Augen auf, während sie ein weiteres Glas in die Hand nahm.

»Wie könnte ich das vergessen? Weißt du noch, wie dunkel der Raum war? Und alles war rot. Die Wände, das Tischtuch, sogar der Kaftan, den er getragen hat, war blutrot. So unheimlich.«

Jenna lachte. »Weißt du noch, wie nervös wir waren? Ich kann mich nicht mal mehr erinnern, was er uns gesagt hat. Ich weiß nur noch, dass wir rausgerannt sind und so sehr gelacht haben, dass wir auf dem Rasen hingefallen sind.«

»Na ja, ich weiß noch, wie sehr ich gehofft habe zu hören, dass Tony schrecklich in mich verliebt ist, aber stattdessen hat er so was Blödes wie *Folge deinem Herzen und du wirst deinen Weg finden* gesagt«, erwiderte Amy mit einem spöttischen Schnauben.

»Amy …«

Sie schaute Jenna in die aufgerissenen Augen. »Was denn?«

»Du bist deinem Herzen gefolgt. Und du hast deinen Weg gefunden.«

Auf Amys Armen bildete sich eine Gänsehaut. »Ja. Vielleicht lag er ja doch nicht so weit daneben, aber vielleicht ist es trotzdem nicht das Beste für Tony. Ich meine, wenn Pelly so gut ist, wie die Leute sagen und er Tonys Vater wirklich erreicht und dann irgendwas … ich weiß nicht, *falsch* ist. Oder wenn es ihm nicht den Abschluss bietet, den er braucht. Es könnte alles noch schlimmer machen.«

»Das stimmt wohl.«

»Ich glaube, deine Idee gefällt mir sowieso besser. Tony muss mit seinen Gefühlen klarkommen, und zwar auf seine eigene Art. Wenn ich in diesem Sommer eins gelernt habe, dann dass man die Vergangenheit nicht ändern kann. Man kann sie nur akzeptieren, vielleicht versuchen, sie so gut wie möglich zu verstehen, und einen Weg finden, weiterzumachen und sie dort zu lassen, wo sie hingehört. In der Vergangenheit.« Es überraschte Amy, dass sie so locker derart weise Ratschläge von sich gab. Gerade sie wusste, wie schwierig es war, die Vergangenheit hinter sich zu lassen. Und wo sie so darüber nachdachte, verstand sie auch, wie wichtig es war, Frieden zu finden, bevor man weitermachte.

Es war fast sechs, als die letzten Besucher den Flohmarkt verließen, obwohl dieser offiziell bereits um vier Uhr schloss.

»Beachcomber heute Abend?«, fragte Bella, als sie in Seaside ankamen und Leanna wie so oft neben dem Waschhaus parkte, da ihr Bulli so groß war, dass er ihr die Sicht auf Amys Terrasse versperrte, wenn sie ihn in ihrer Einfahrt abstellte.

»Das klingt super.« Amy stieg aus und schaute zu Tonys Ferienhaus rüber. Sein Auto stand davor und sie konnte es kaum erwarten, ihn zu sehen. »Ich frage Tony gleich. Wir können beide etwas Spaß gut gebrauchen.«

»Tony was fragen?« Tony kam oben ohne mit einem Korb frisch gefalteter Kleidung aus dem Waschhaus, braun gebrannt und umwerfend gut aussehend.

»Ich glaube, es gibt nichts Attraktiveres als einen Mann, der die Wäsche macht.« Amy stellte sich auf die Zehenspitzen und gab ihm einen Kuss. »Besonders dieser Mann.«

»Ach, ich weiß nicht. Caden mit seinem Werkzeuggürtel ist schon ziemlich heiß«, erwiderte Bella.

Amy lachte. »Wir haben überlegt, heute Abend in den Beachcomber zu gehen.«

»Klingt gut.« Tony legte einen Arm um Amys Taille und flüsterte: »Ich muss duschen. Willst du mir Gesellschaft leisten?«

Amy spürte, wie ihre Wangen heiß wurden. »Äh … ja. Ja, natürlich.«

Sie verabredeten, sich später mit der Clique zu treffen, und gingen dann zu Tonys Ferienhaus. Theresa kam gerade nach Hause, als sie an ihrer Einfahrt vorbeikamen. Sie winkte, und Amy blieb kurz stehen, um ein paar Worte mit ihr zu wechseln.

»Hi, Theresa. Wir gehen heute Abend in den Beachcomber. Hast du Lust mitzukommen?«

So wie Theresa die Lippen zusammenkniff, kam Amy sich dumm vor, dass sie überhaupt gefragt hatte. Wahrscheinlich war Theresa noch sauer wegen Bellas Streich, obwohl Amy das bei ihr eigentlich noch nie erlebt hatte.

»Der Beachcomber ist etwas für euch junge Leute«, sagte Theresa schließlich.

»Wir sind nicht so viel jünger als du«, erinnerte Amy sie.

»Ach, ich denke, alles über zehn Jahre gilt als älter. Habt Spaß und passt auf euch auf.«

»Okay, vielleicht beim nächsten Mal.«

Theresa machte wieder dieses Gesicht. Amy winkte ihr zum Abschied zu, bevor sie und Tony die Rasenfläche überquerten. Gerade als sie in Tonys Ferienhaus gingen, klingelte ihr Handy. Es war Duke.

Zeit, sich der Realität zu stellen.

Harte Tage lagen hinter ihm und Tony konnte ein bisschen Entspannung wirklich gut gebrauchen. Er lehnte sich zurück und genoss die Aussicht von ihrem Tisch im Restaurant des Beachcombers. Allerdings war es dieses Mal nicht der Ozean, der seine Aufmerksamkeit fesselte, obwohl sich die Bar auf einer Klippe oberhalb des Cahoon Hollow Beachs befand. Er konnte den Blick nicht von Amy abwenden, die sich verführerisch auf der Tanzfläche bewegte. Sie tanzte mit Bella, Jenna, Leanna und Sky, war aber mit Abstand die schönste Frau im Raum.

»Ich bin mir ziemlich sicher, dass man blind wird, wenn man so starrt«, zog Caden ihn auf.

»Das riskiere ich.« Tony nahm einen Schluck von seinem Drink. Er hätte Amy die ganze Nacht lang beim Tanzen zusehen können. Am liebsten hätte er sich zu ihr gesellt, aber sie hatte zu viel Spaß mit ihren Freundinnen, da wollte er nicht stören.

Pete klopfte Tony auf die Schulter. »Schön, euch als Paar zu sehen, Mann. So sollte es sein. Jetzt können Jenna und ich endlich heiraten.«

Tony warf ihm einen Seitenblick zu. »Du wolltest, dass Amy und ich zusammenkommen, damit ihr heiraten könnt?«

Pete nahm einen Schluck von seinem Bier. »Ich nicht.« Er nickte den Mädels zu. »Glaubst du wirklich, sie würden so was Großes nicht zusammen machen? Die können kaum alleine pinkeln gehen.«

Tony lachte. »Ja. Das ist eines der Dinge, die ich an Amy liebe. Sie ist treu bis ins Mark.«

»Deshalb hat Duke ihr den Job angeboten«, meinte Blue. Er und Sky schlossen sich bei diesen Gelegenheiten gerne an, seit Sky im letzten Jahr wieder ans Cape gezogen war und Blue Jennas Kunstatelier gebaut hatte. »Er hat erzählt, dass sie nicht nur eine exzellente Logistikerin ist, sondern auch loyal und engagiert. In unserer Familie ist Loyalität wichtiger als alles andere.«

Als ob Tony das nicht seit dem Tag gewusst hätte, an dem er Amy vor so vielen Jahren zum ersten Mal geküsst hatte. Sie hatte das Geheimnis ihrer Beziehung vor ihren Familien und besten Freundinnen bewahrt, und als ob das nicht genug wäre, war sie vierzehn Jahre lang mit keinem anderen Mann intim gewesen. Sie war der treueste Mensch, den er kannte. Nun, wie er jetzt wusste, hieß das: ebenso loyal, wie seine Mutter gegenüber seinem Vater gewesen war. Sie hatte all die Jahre sein Geheimnis für sich behalten.

Tony rieb sich mit einer Hand übers Gesicht. Amy hatte vorhin mit Duke gesprochen und ein Treffen für das folgende Wochenende vereinbart, weil er da sowieso am Cape war, um sich eine Immobilie anzusehen, die Blue kaufen wollte. Tony hatte nicht weiter nachgefragt, obwohl er unbedingt wissen wollte, ob sie inzwischen eine Entscheidung getroffen hatte. Erst nachdem sie miteinander geschlafen und danach gemeinsam geduscht hatten, hatte er sich nach ihren Plänen für den Job erkundigt. Amy war sich noch nicht sicher, aber sie hatte verdammt deutlich gemacht, dass sie an ihrer Beziehung festhalten wollte, und Tony konnte nur hoffen, dass sie zumindest in Betracht zog, in den Staaten zu bleiben.

»Was hältst du davon, dass sie nach Australien zieht?«, fragte Blue. »Du surfst doch dort, oder?«

Ich will nicht, dass sie geht. »Ja, da sind auch Wettbewerbe. Was immer sie glücklich macht.«

»Du bist ein besserer Mann als ich«, sagte Pete. »Ich würde ihr sagen, dass sie bleiben soll.«

Kurt warf ihm einen fragenden Blick zu. »Und Jenna würde darauf hören?«

Pete fuhr sich mit einer Hand durch sein dichtes, dunkles Haar und schaute zu Jenna, die sich auf der Tanzfläche an Bella schmiegte. »Jenna hört nicht auf mich. Sie trifft ihre eigenen Entscheidungen, aber ich weiß, dass sie mich nie verlassen würde.«

»Wenn Leanna für ihre Arbeit nach Australien ziehen müsste, würde ich sie begleiten«, sagte Kurt.

»Du kannst ja auch von überall aus arbeiten«, meinte Caden. »Das kann nicht jeder.«

»Keine leichte Situation«, sagte Blue zu Tony. »Ich bin kein Experte in Sachen Liebe. Ich meine, ich hatte seit Jahren keine feste Freundin mehr, aber ich weiß nicht, ob ich mich einfach so zurücklehnen und eine solche Entscheidung abwarten könnte. Ich würde es wie Pete machen und ihr sagen, dass sie bleiben soll. Allerdings ist Duke mein Bruder, also müsste ich mich auch mit ihm auseinandersetzen.«

»Du würdest eure Beziehung über ihre Karriere stellen?«, wollte Tony wissen. Amy hatte schon einmal Tonys Karriere über ihre Beziehung gestellt, und er wollte nicht, dass sie das noch einmal tat. Amy hatte sich damals selbst genauso geschützt wie ihn, doch er konnte nicht leugnen – und würde es auch nie vergessen –, dass sie seinen Erfolg unterstützt hatte, indem sie sich selbst aus seinem Leben zurückzog. Auch wenn er das nicht gewollt hatte.

Tony beobachtete, wie sich eine Gruppe attraktiver Männer um die zwanzig den Freundinnen näherte. Amy lächelte einen von ihnen an. Eifersucht kochte in Tony hoch und er verspannte sich reflexartig. Als Amy einen Schritt von dem Kerl wegmachte, sprang Tony auf.

»Von wegen«, murmelte er sarkastisch vor sich hin. »Vergiss es, Arschloch.« Er überquerte die Tanzfläche und schlang besitzergreifend einen Arm um Amys Taille. »Darf ich?«

Sie drehte sich mit einem dankbaren Lächeln zu ihm um und klammerte sich an sein Shirt. »Ich hatte gehofft, dass du mich rettest.«

Ihre Körper bewegten sich in perfektem Einklang zur Musik, ihre Hüften drängten sich aneinander, ihre Hände gingen auf Wanderschaft und Tony wurde hart. Er zog Amy näher zu sich und flüsterte: »Nach so vielen Jahren gehe ich jetzt sicher kein Risiko ein, dich wieder zu verlieren.«

Sie ließ ihre Hand über seinen Bizeps gleiten und ein lustvoller Ausdruck trat in ihre Augen. »Darüber musst du dir wohl keine Sorgen machen.«

»Ich muss nur befürchten, dich an Kängurus und das Outback zu verlieren?« Tony lehnte seine Stirn gegen ihre. Es war unfair, sie unter Druck zu setzen, aber er konnte den Mund einfach nicht halten. Er musste wissen, wie ernst ihr die Sache war, denn für ihn war diese Beziehung wirklich verflucht ernst.

»Mr. Black, höre ich da Eifersucht in Ihrer Stimme?« Ein

verspieltes Lächeln erschien auf Amys Lippen.

»Es wäre kindisch, wegen eines Jobs eifersüchtig zu sein.«

»Oh, ich meinte wegen des heißen Kerls – und des Jobs.«

Er verengte die Augen, packte Amy an der Hand und führte sie von der Tanzfläche in einen schmalen Gang, wo er sie mit dem Rücken gegen die Wand drückte und tief und innig küsste.

»Ich möchte etwas von dir, was ich nicht verlangen sollte«, flüsterte er.

Amys Augen weiteten sich. »Hier?«

»Nichts Sexuelles.« Er lachte, dann senkte er die Stimme. »Obwohl das auch gut klingt.«

Sie biss sich auf die Unterlippe.

»Du bist so verdammt süß, Kätzchen.«

Amy hakte einen Finger in Tonys Hosenbund. »Du hast mich heute schon zweimal zum Schnurren gebracht.«

»Dreimal, aber wer zählt schon mit?« Er küsste ihren Hals, was Amy ein sexy Stöhnen entlockte.

»Ich weiß, ich habe dir gesagt, dass du den Job bei Duke annehmen sollst, und ich will dir nicht im Weg stehen, aber ich will dich bei mir haben, Amy. Jeden Tag, jede Nacht, jede verdammte Minute meines Lebens.«

Sechzehn

Amy lag auf dem Rücken in Tonys Bett, lauschte dem gleichmäßigen Rhythmus seines Atems und dachte darüber nach, was er am Abend zuvor gesagt hatte. *Ich will dich bei mir haben, Amy. Jeden Tag, jede Nacht, jede verdammte Minute meines Lebens.* An dieser Stelle waren sie von Bella und Jenna unterbrochen worden und danach hatte Tony nichts mehr dazu gesagt.

Als er sich neben ihr rührte, schloss Amy die Augen. Sie spürte, wie sich die Matratze bewegte, und dann berührten seine warmen Lippen ihre.

»Wie lange willst du noch so tun, als würdest du schlafen?« Er lächelte auf sie runter.

»Tut mir leid. Habe ich dich geweckt?«

Er schaute unter die Decke und ließ ein lüsternes Grinsen aufblitzen. »Du hast einen ganz bestimmten Teil von mir geweckt.«

Damit drehte er sich auf den Rücken und zog Amy auf sich. Sie setzte sich rittlings auf seine Hüften und Tony küsste sie leidenschaftlich, während seine Erektion sich hart und begierig gegen ihren Bauch drückte. Amy spürte, wie sie feucht wurde, und kam hoch auf die Knie. Tony streckte eine Hand zur Nachttischschublade aus.

»Ich nehme die Pille, Tony. Wir können das Kondom also weglassen.«

Seine Hand verharrte in der Luft. »Ich weiß. Ich bin nur nervös, dass ich dich noch mal in die gleiche Situation bringe.«

»Es ist nicht die gleiche Situation. Wir sind erwachsen und die Pille ist zu neunundneunzig Prozent wirksam.«

Sein Ausdruck wurde ernst. »Ich habe dir versprochen, dass ich immer auf dich aufpassen werde, und eine einprozentige Chance ist ein Prozent mehr Risiko, als du verdienst.«

»Ist das nicht ein bisschen überfürsorglich?« Sie strich sacht über seine Brust.

»Vielleicht.« Er umfasste ihr Gesicht mit beiden Händen und zog sie zu sich herunter, sodass ihre Lippen sich berührten. »Ich habe meine Lektion gelernt. Ich gehe kein Risiko mehr ein, wenn es um dich geht. Du bist jetzt mein Leben, Kätzchen.« Er stahl sich einen weiteren, innigen Kuss.

»Dann lass mich dein Leben sein. Liebe alles von mir. Fühle alles von mir.«

Er blickte zu ihr auf. »Ich will das Richtige tun.«

»Das ist das absolut Richtige. Ich will dich spüren, Tony, ohne ein Kondom zwischen uns. Von ganzem Herzen. Ich will nie wieder etwas zwischen uns haben.«

Mit seinen kräftigen Händen umfasste er ihre Hüften, hob sie hoch und half ihr dann, sich auf ihm niederzulassen.

»Gott, Amy. Du fühlst dich himmlisch an.«

Er biss die Zähne zusammen und verstärkte den Griff an ihren Hüften, half ihr, sich mit ihm zu bewegen. Himmel, er fühlte sich so gut an – und anders als mit Kondom. Sie spürte alles, den Rand seiner Eichel, die pulsierende Hitze seines Schafts. Sie stützte die Hände auf seinen Brustkorb auf und ließ langsam das Becken kreisen, um sich an das aufregend neue

Gefühl der Fülle bei diesem Winkel zu gewöhnen. Tony streichelte ihre Brüste und setzte sich ein Stück auf, stieß noch tiefer in sie, und ihre Lippen trafen sich wieder zu einem gierigen Kuss. Dann glitten seine geschickten Lippen nach unten und er nahm erst die eine, dann die andere Brustwarze in den Mund. Er rieb seine Wangen an ihrer empfindlichen Haut und ihre Muskeln spannten sich unwillkürlich bei dem heißen Blitz, den er damit direkt in ihre Körpermitte schickte. Seine Stöße wurden härter, tiefer. Wie er das in dieser Position schaffte, war ihr ein Rätsel. Er umschlang sie mit einem starken Arm und drehte sie beide herum, sodass Amy auf dem Rücken unter ihm lag. Sie spreizte die Beine weiter für ihn, als er wieder komplett in sie eindrang, sie mit seiner Hitze fast bis zum Bersten ausfüllte.

»Amy«, murmelte er heiser. »Was machst du nur mit mir?«

Er schmiegte das Gesicht an ihren Hals und setzte seine perfekten Bewegungen fort, die sie immer höher und höher trieben, bis ihr Körper unter ihm erzitterte. Es dauerte einen Moment, bis sie merkte, dass das unregelmäßige Keuchen von ihr kam. Ihre Finger und Zehen verkrampften sich und ihr ganzer Körper pulsierte heiß, als er ihren Namen rief und sie beide über den Rand des Abgrunds gefegt wurden.

Sie lagen ineinander verschlungen da, die Finger ineinander verschränkt, bis sich ihre Atmung wieder normalisierte.

»Das war unglaublich. Wir werden nie, nie wieder ein Kondom benutzen.« Amy konnte ihr Lächeln nicht unterdrücken, während sich ein befriedigtes Nachglühen in ihrem Körper ausbreitete. »Ich möchte wirklich nichts mehr zwischen uns, Tony. Egal was.«

»Ich auch nicht. Auch nicht die Vergangenheit. Ich habe über deinen Vorschlag nachgedacht, das Grab meines Vaters zu besuchen.«

»Ja?« Sie hatte ihm gestern Abend auf dem Weg zum Beachcomber von der Idee erzählt, und er hatte zugestimmt, darüber nachzudenken.

Tony stützte sich auf einen Ellbogen auf und zeichnete eine unsichtbare Linie auf ihrem Bauch nach. »Ich glaube, das ist eine gute Idee.«

»Wirklich?« Amy merkte, wie sie die Augen aufriss, und versuchte schnell, ihre Hoffnung unter Kontrolle zu halten, dass es ihm etwas Linderung für den Schmerz bringen könnte, den er so sehr zu verbergen versuchte. Tony war gut darin, sich nichts anmerken zu lassen. Wie gut, war Amy nicht bewusst gewesen, bis sie sich selbst mit den Erinnerungen an diesen tragischen Sommer auseinandergesetzt hatte. Jetzt verstand sie, wie viel Kraft es Tony gekostet hatte, sie nicht nur in jener Nacht im Wohnheim zurückzulassen, sondern sie auch all die Jahre nicht aus seinem Leben auszuschließen.

»Wenn du noch nichts vorhast, könnten wir vielleicht zusammen dafür nach Rhode Island fahren.«

»Das würde ich gerne, Tony.« Sie konnte kaum glauben, dass sie schon so weit gekommen waren. »Ich habe beschlossen, mit meinem Vater nicht über den Sommer damals zu sprechen, dafür aber über ein paar andere Dinge. Es ist an der Zeit, dass ich mich von ihm abnabele. Ich werde reinen Tisch mit ihm machen, weil er sich zu viel in mein Leben einmischt. Aber nicht in Bezug auf dich und mich. Was wir tun, ist privat.«

»Ist das für dich wirklich in Ordnung? Er reagiert vielleicht nicht positiv.«

»Ich bin nur aus Schuldgefühlen unter seiner Fuchtel geblieben. Inzwischen fühle ich mich nicht mehr schuldig, weil meine Mutter uns verlassen hat. Das hätte ich auch nie tun sollen. Ich war nie dafür verantwortlich, aber auch nicht stark genug, diese Grenze zu ziehen. Als du und ich wieder zusammengekommen sind, ist mir klar geworden, dass es jetzt an der Zeit ist.« Sie drückte seine Hand. Diese Entscheidung war richtig.

»Ich unterstütze dich, egal wie du es angehen willst. Sag mir einfach, was ich tun kann, um zu helfen.« Er küsste sie sanft. »Ich würde dich gerne noch um etwas bitten.«

»Alles.«

Tony hob ihre Hand an seine Lippen und drückte ihr einen langen, warmen Kuss darauf, dann blickte er ihr in die Augen. Am liebsten hätte Amy stundenlang so dagelegen. Einfach in seine tiefblauen Augen schauen und sich fragen, was er wollte. Sie liebte dieses Kribbeln und die Vorfreude darauf, allem bereitwillig zuzustimmen. Sie liebte es, ihm einen Gefallen zu tun. Sie liebte es, die Erleichterung und die Liebe in seinen Augen zu sehen, wenn sie sich nach ein paar Stunden Trennung wiedersahen und seine Arme ihr das Gefühl von Sicherheit und Wärme gaben.

»Alles«, flüsterte sie erneut.

»Lassen wir die Vergangenheit ruhen und schauen wir in die Zukunft.«

»Ja, das möchte ich auch.«

Er sah sie einen langen Moment liebevoll an. »Geh wieder mit mir surfen.«

Es gab so unendlich viele Dinge, mit denen Amy einverstanden gewesen wäre. Aber das gehörte nicht mal ansatzweise dazu.

Siebzehn

Die Hitze des Montagmorgens brannte auf Tonys Rücken herunter und stieg vom Bürgersteig auf, als er in Richtung der Bay joggte. Er war früh aufgestanden, um sich mental darauf vorzubereiten, das Grab seines Vaters zu besuchen. Seit dem ersten Todestag seines Vaters, an dem er mit seiner Mutter dort gewesen war, hatte er das nicht mehr getan.

Der Todestag meines Vaters.

Bei dem Gedanken zwang er sich, schneller zu laufen. *ALS.* Tony hatte die Krankheit am Abend zuvor gegoogelt, und als er mit der Recherche fertig war, hatte er sich wie gelähmt gefühlt. *Amyotrophe Lateralsklerose.* Die tödliche Krankheit war auch als Lou-Gehrig-Syndrom bekannt. Tony konnte sich nicht einmal ansatzweise vorstellen, was seinem Vater durch den Kopf gegangen sein musste, nachdem bei ihm eine so gravierende Krankheit diagnostiziert worden war. Sein Vater hatte ihm Fahrradfahren, Angeln und Gewichtheben beigebracht. Er hatte ihm das Surfen beigebracht, als er sechs Jahre alt gewesen war. Tony lächelte bei der Erinnerung daran, als die Bay in Sicht kam und die Seeluft seine Lunge füllte.

Sein Vater war ein Gelegenheitssurfer gewesen. Er hatte so sehr versucht, Tony zu bremsen, ihn dazu zu bringen, es langsam angehen zu lassen, aber Tony wollte nichts davon wissen. Von dem Moment an, in dem er sein erstes Brett in den Händen hielt, war er ein Hai und die Wellen seine Beute. Er wollte sie beherrschen. Über sie herrschen. Aber niemand herrschte über die Wellen. Tony wusste das, doch das hielt ihn als Sechsjährigen nicht davon ab, es so oft zu versuchen – und zu scheitern –, dass sein Vater ihn inständig bat, aufzuhören und es an einem anderen Tag noch mal zu probieren. Sie waren im Wasser geblieben, bis Tonys ganzer Körper taub war und bis er so viele Wellen gemeistert und so viel Meerwasser geschluckt hatte, dass das Surfen zu einem Teil von ihm wurde.

Sein Vater war wendig und stark gewesen, aber dennoch eher ein Kopfmensch als ein Sportler. Groß und kräftig, mit einem flachen Bauch und scharfem Verstand. Tony lief den Strand entlang und versuchte, das Bild seines Vaters von damals mit dem zu vereinbaren, das in seiner Erinnerung am dominantesten war. Der Mann mit dem rundlichen Bauch, dem aufbrausenden Temperament, den scharfen Worten ... und ALS.

Tony arbeitete sich Schritt für Schritt durch den unebenen Sand, während er daran dachte, was er über die tödliche neurologische Erkrankung gelesen hatte. Sein Vater hatte das Ende seines Lebens vor Augen gehabt, ganz gleich, ob es noch ein oder zwei Jahre oder nur noch Monate entfernt war. Für ihn war es fürchterlich real. Er wusste, was ihm bevorstand: schleichende Degeneration und das Absterben des motorischen Nervensystems. Irgendwann würde die Fähigkeit seines Gehirns, bewusst seine Muskelbewegungen zu steuern, vollständig verloren gehen.

Tony lief noch zwei Meilen und kehrte dann in Richtung Seaside um, während er diesen Gedanken nachhing. War sein

Vater ein Feigling oder der mutigste Mann, den er je gekannt hatte? War es feige, seine Familie zu verlassen, ohne sich auch nur zu verabschieden? Sich dem Alkohol zu überlassen, um der Realität zu entfliehen? Oder war es mutig, diese Welt zu seinen eigenen Bedingungen zu verlassen?

Verdammt.

Feigling.

Sein Vater hätte mit ihm reden können. Er hätte mit ihm reden *sollen.* Wie hatte er es für eine gute Idee halten können, dass sein Sohn ihn zum Ende seines Lebens hin für einen Mistkerl hielt und nicht für den Mann, der er immer gewesen war? Das war egoistisch. Egal, von welcher Seite Tony es auch betrachtete, die Entscheidung kam ihm furchtbar falsch vor.

Er sprintete schwer atmend die leichte Steigung hinauf, die zurück zum Highway führte. Schweiß rann ihm über den Körper, doch er wusste, dass er trotz aller Anstrengung nicht der Stimme in seinem Kopf entkommen würde, die ihm sagte, dass sein Vater nur sein Bestes gegeben hatte. Die Stimme, die darauf beharrte, dass Tony derjenige war, der sich egoistisch verhielt, weil er sich wünschte, dass sein Vater es anders beendet hätte. War er so sehr auf seine Karriere fixiert gewesen, dass er auf alles, was sein Vater zu ihm sagte, mit Zorn und Trotz reagiert hätte? War der Wunsch seines Vaters, dass Tony als Plan B einen College-Abschluss machte, wirklich so unzumutbar gewesen?

Es war die Art, wie er es verlangt hat. Erniedrigend und for-dernd.

Wirklich?

Tony überquerte die Route 6 und joggte den Schotterweg von Seaside hinauf. Als er an Bellas Ferienhaus vorbeikam, verlangsamte er das Tempo und bei Jennas Haus ging er nur noch, anstatt zu rennen. Er lauschte auf die Stimmen der Mädels, aus denen Amys Lachen hervorstach. Unwillkürlich musste er lächeln. Was würde sein Vater wohl von seiner Beziehung mit Amy halten? Er hatte Amy geliebt wie eine eigene Tochter. Er hatte sie alle geliebt, als wären sie seine eigenen Kinder.

Als Tony am Pool vorbeiging und Amys Ferienhaus in Sichtweite kam, wurde ihm bewusst, wie sehr sich seine Erinnerungen über die Jahre verdreht hatten. Wie acht kurze Wochen sein Bild von dem Mann, der sein Vater gewesen war, verzerrt hatten. Und er fragte sich, wie stark diese verworrene Sichtweise Amys Wunsch beeinflusst hatte, ihre Beziehung in jenem Sommer geheim zu halten. Wenn sein Vater davon gewusst hätte, hätte das natürlich nichts am Ausgang ihrer Schwangerschaft geändert – aber es hätte vielleicht ihre Entscheidung beeinflusst, mit Tony Schluss zu machen, trotz der Bedenken wegen ihres eigenen Vaters.

Achtzehn

Die Fahrt nach Rhode Island verlief ernst und still. Jedes Mal, wenn sie Tony einen Seitenblick zuwarf, bemerkte Amy seine mahlenden Kiefermuskeln und die zusammengezogenen Augenbrauen. Er wirkte, als sei er tief in Gedanken versunken. Sie hatte es mit einer Bemerkung über das Wetter versucht und ihn nach seiner morgendlichen Joggingrunde gefragt, aber seine einsilbigen Antworten bestärkten sie nur in ihrer Vermutung. Er brauchte Ruhe für sein Vorhaben und so hatte Amy viel zu viel Zeit, um über ihre eigenen Probleme nachzudenken.

Sie hatte endlich alles, wovon sie immer geträumt hatte. Tony und sie waren ein Paar, und zwar ein glückliches. Sie hatte sich eine erfolgreiche Karriere aufgebaut und es geschafft, nicht verrückt zu werden, während sie über die Jahre so wahnsinnig in ihn verliebt war, dass sie wie ein Schulmädchen *Amy Black* samt kleiner Herzchen in irgendwelche Papierecken gekritzelt hatte. Es gab auch noch andere Versionen davon: *Amy Maples Black, Mrs. Tony Black, Tony Blacks Frau.* Bei jedem anderen hätte sie Stalker-Tendenzen vermutet. Aber sie wusste, dass sie Tony einfach nur liebte. Mit all seinen Macken. Und davon hatte Tony mehr als genug.

Er forderte von sich mehr als jeder andere Mann, den sie

kannte. Die Latte lag für ihn selbst anscheinend unerreichbar hoch und doch schien er sie immer wieder locker zu überspringen. Amy stellte er auf ein Podest, das sie definitiv nicht verdient hatte. Das war in ihren Augen eine supergroße Macke. Aber sie wusste, dass sie nicht ändern konnte, wie er sie sah, genauso wenig wie er Amy davon überzeugen konnte, dass er nicht der beste und einzige Mann für sie war.

Sie schaute aus dem Fenster, als sie vom Highway abbogen und in die Stadt fuhren. In Tonys Heimatstadt und bei seinen Eltern war sie früher schon ein paarmal gewesen. Ihre Eltern hatten sich immer um die Feiertage herum besucht, aber als Amy neun oder zehn gewesen war, hatte das aufgehört. Warum wusste sie nicht, und sie hatte auch nie daran gedacht, danach zu fragen. Jetzt spielte es keine Rolle mehr.

Tony hielt an einer roten Ampel und drückte Amys Hand.

»Ich bin froh, dass du das vorgeschlagen hast, und ich bin froh, dass du mitgekommen bist.« Die Anspannung in seinen Kiefermuskeln löste sich, aber der sorgenvolle Ausdruck in seinen Augen blieb.

»Danke. Ich hoffe, es hilft.« Amy atmete tief durch und dachte an die Entscheidungen, die sie noch zu treffen hatte, über ihren Job und das Surfen mit Tony. Konnte sie das tun? Seit jenem schrecklichen Nachmittag hatte sie nicht einmal mehr mit dem Gedanken gespielt, wieder auf ein Surfbrett zu steigen.

Als die Ampel umschaltete, richtete Tony seine Aufmerksamkeit zurück auf die Straße. Er biss die Zähne wieder zusammen, aber seine Hand blieb fest um Amys geschlossen. Er trug ein graues T-Shirt und khakifarbene Shorts, die man im Wasser als Badehose und an Land als normale Shorts tragen konnte. Seine Haare waren ein bisschen verwuschelt, was Amy gefiel, weil es so gut zu ihrem Mann passte. *Mein Mann.* Sie liebte es, so über ihn zu denken.

Tony war nicht das, was sie als *handzahm* bezeichnen würde. Manchmal überraschte es sie, dass sie sich so sehr zu ihm hingezogen fühlte. Ja, er war ein absoluter Leckerbissen, besser als ein dreifacher Eisbecher, aber sie selbst war zurückhaltend, ein wenig konservativ und vorsichtig. Sie war schlicht und einfach Vanille und er eine Geschmacksrichtung wie Honig-Jalapeño-Kitty-Kitty-Bang-Bang. Und irgendwie passten sie trotzdem zusammen in einer perfekten Kombination aus süß und scharf.

Sweet Heat. Leannas neue Marmeladensorte. Vielleicht war es Schicksal, dass Leanna die zur gleichen Zeit erfunden hatte, als sie und Tony wieder zusammenkamen. Vielleicht lenkte Amy sich aber auch nur davon ab, an den Job zu denken, den sie angenommen hatte, oder ans Surfen mit Tony oder daran, dass sie nun das Grab seines Vaters besuchen würden.

Tony stellte das Auto auf dem Parkplatz ab und machte den Motor aus. Er spürte Amys Blick auf sich und war froh, dass sie nicht zu den aufdringlichen Frauen gehörte, die keine Stille ertragen konnten. Sie schien zu wissen, wann er in Ruhe gelassen werden musste, damit er seine Gedanken sortieren konnte, und wann er Hilfe brauchte. Amy konnte ihn so oft so gut einschätzen. Sie hatte vor ihm gewusst, dass er das hier tun musste, obwohl er selbst noch gar nicht auf die Idee gekommen war.

Er drückte ihre Hand, stieg dann schweigend aus dem Auto

und öffnete ihre Tür. Dort ging er vor ihr in die Hocke und griff erneut nach ihrer Hand.

»Ich möchte, dass du weißt, dass ich das mit keinem anderen Menschen durchziehen könnte oder wollen würde.«

Lächelnd strich Amy ihm über die Wange. Er liebte ihre sanfte Art.

»Danke. So vieles aus unserer Vergangenheit fühlt sich so groß an, nicht wahr? Als würde es schon ewig auf uns lasten.« Ein paar Haarsträhnen fielen ihr ins Gesicht und Amy schob sie sich hinters Ohr. »Ich bin froh, dass wir versuchen, es zu verarbeiten.«

»Ich auch. Mir war wohl nie klar, wie präsent das für mich noch ist.« Tony zog sie auf die Beine und umarmte sie fest. »All das, was wir durchmachen und zu verstehen versuchen, wird uns nur stärker machen.«

Hand in Hand gingen sie den schmalen, asphaltierten Weg entlang zum Grab seines Vaters. Tonys Hände wurden schwitzig. Er wischte sie an seiner Shorts ab und versuchte zu ignorieren, wie eng sich seine Kehle auf einmal anfühlte. Schließlich blieben sie am Rande des Weges in der Nähe einer großen Eiche stehen, in deren Schatten sich der Grabstein von Tonys Vater befand.

Tony erinnerte sich noch gut an den Tag der Beerdigung. Am Morgen hatte es geregnet, und der Boden war nass, als sie sich unter einem blauen Pavillon um die Grabstätte versammelt hatten. Er hatte neben seiner Mutter gesessen, beide in Schwarz gekleidet, beide versuchten, tapfer zu sein. Tony bewegte sich während des Gottesdienstes nicht. Nicht einen Zentimeter. Er konnte sich kaum daran erinnern, wie man atmete, und als der Sarg seines Vaters in die Erde gesenkt wurde, fühlte es sich an, als würde ein Teil von ihm mit hinuntergelassen. Um sich an der Realität festzuklammern, griff er nach der Hand seiner Mutter. Und er hatte sich gewünscht, dass Amy neben ihm sitzen würde, statt so weit weg zu sein. Er hatte sich zwiespältig gefühlt, weil er in einer Zeit, in der er sich auf den Verlust seines Vaters konzentrieren sollte, an sie dachte.

Amy streichelte ihm über den Arm und riss ihn damit aus den schmerzhaften Erinnerungen. Gemeinsam traten sie über den Rasen ans Grab seines Vaters. Tony ging vor dem rosafarbenen Marmor in die Hocke und wartete darauf, dass die Trauer ihn übermannte. Dann spürte er Amys Hand auf seiner Schulter. Er berührte ihre schlanken Finger, holte tief Luft und wartete noch ein wenig – auf das Gewicht von Kummer oder Wut. Auf Tränen, die Unfähigkeit zu atmen oder den Drang zu schreien.

Es kam nichts.

Nada.

Fehlanzeige.

Amy hockte sich neben ihn und legte ihre Hand auf seinen Oberschenkel. Ihre grünen Augen waren voller Mitgefühl, doch er fühlte sich … normal.

»Geht's dir gut?«, fragte sie.

Tony nickte, traute sich aber nicht zu sprechen. Er streckte die Hand aus und zeichnete den Namen seines Vaters auf dem Grabstein nach. *Jack Black.* Bei dem Anblick stahl sich ein Lächeln auf seine Lippen.

»Jack Black – was für ein Name …«

»Na ja. So hieß er eben.«

Tony hielt sich eine Hand vor den Mund, um vor Amy nicht den Anschein zu erwecken, dass er die Sache nicht ernst nahm, doch er konnte sein Lächeln kaum verbergen. Ihm ging erst in diesem Moment auf, dass sein Vater den gleichen Namen wie der berühmte Comedy-Schauspieler trug. Die ganze Situation erschien ihm plötzlich absurd. Auf einmal platzte er mit einem Lachen heraus, ließ sich auf den Hintern plumpsen und zog die Knie an. Er versuchte erneut, sich hinter seiner Hand zu verstecken, gab dem Lachen aber schließlich nach.

»Was ist so lustig?« Amy setzte sich neben ihn.

»Das hier. Alles.«

Amy schaute ihn ernst an. »Ich kann dir nicht folgen.«

»Amy, mein Vater war ein toller Mann. Ich meine, er war wirklich ein toller Kerl. Er hat mir alles beigebracht, was ich weiß.«

»Ja, aber in diesem Sommer …«

»In dem Sommer war er ein Arschloch, und ich war wahrscheinlich ein sturer Mistkerl, der dachte, er würde der beste Surfer der Welt werden. Mir war scheißegal, was er von meiner Berufswahl hielt.« Er nahm Amys Hand in seine. »Amy, ich war zwanzig. Alles, was ich wollte, war, Zeit mit dir zu verbringen und surfen. Mehr nicht. Alles andere war mir nur lästig.«

»Ja, aber warum ist das lustig?«

»Denk doch mal drüber nach. Ich war zwanzig Jahre alt und verbrachte den Sommer immer noch mit meiner Familie. Wer macht das denn? Zwanzigjährige machen Praktika oder feiern mit ihren Freunden. Und da war ich, ein junger Mann, der versuchte, den Sommer in einem winzigen Haus mit meinen Eltern zu verbringen, ohne durchzudrehen. Lächerlich.«

»Aber …«

»Weißt du, warum ich damals überhaupt mit ans Cape gekommen bin?« Er wartete ihre Antwort jedoch nicht ab. »Weil ich wusste, dass du dort sein würdest. Weil ich mich für einen kleinen Promi hielt und gehofft habe, dass du mich endlich bemerkst. Und dann haben wir unsere Beziehung versteckt – vor allen. Ich war so durch den Wind. Kein Wunder, dass ich jede Erinnerung daran, dass mein Vater ein toller Kerl war, aus meinem Gedächtnis gelöscht habe. Ich habe ihm die Schuld dafür gegeben, dass wir unsere Beziehung geheim hielten, genauso wie deinem Vater. Ich war stinksauer und verliebt und ich war *zwanzig*. In dem Alter kann man nicht acht Wochen bei seinen Eltern leben. Nicht als Mann. Junge Männer sind voller Testosteron und Arroganz. Sie sind nicht dafür gemacht, länger als drei Tage mit ihren Eltern unter einem Dach zu wohnen, höchstens.«

Amy schlug die Beine übereinander und verschränkte die Arme vor der Brust. »Also, ich habe dich damals so gemocht, wie du warst, und mir hat nicht gefallen, was er zu dir gesagt hat.«

»Das liegt daran, dass du in mich verliebt warst, Süße. Du wolltest nicht, dass jemand irgendetwas gegen meine Entscheidungen sagt, genauso wie ich durch die Hölle gegangen wäre, um zu verhindern, dass jemand etwas gegen deine Träume einwendet. Ich meine ja nicht, dass mein Vater vollkommen unschuldig ist. Ich will damit nur sagen, dass ich die Situation jetzt klarer sehe. Ich verstehe ein bisschen besser, warum er nicht er selbst war.«

Er lächelte, um Amy wissen zu lassen, wie viel leichter er sich fühlte.

»Ich habe nicht nur all die Jahre vermieden, mich mit dem Tod meines Vaters auseinanderzusetzen. Ich habe es vermieden, mich mit uns auseinanderzusetzen, mit dem, was wir beide füreinander waren. Denn damit wäre ich das Risiko eingegangen, dass du mich wirklich nicht mehr wollen könntest und dass meine Hoffnungen sich vielleicht nie erfüllt hätten.«

Amy stieß ihn mit der Schulter an. »Das ist doch Unsinn.

Ich habe jahrelang versucht, dir klarzumachen, wie sehr ich dich will. Ich habe praktisch jedes Mal gesabbert, wenn ich dich gesehen habe.«

»Ja, aber du hattest immer getrunken, wenn du dich so verhalten hast. Ich konnte nicht darauf vertrauen, dass es echt ist.«

»Pfft. Wie kann das sein? Ich dachte, Männer nehmen sich alles, wenn sie es kriegen können.« Amy wandte sich ab. »Du hast mich so oft abblitzen lassen, dass es an ein Wunder grenzt, dass ich den Mut aufgebracht habe, es weiter zu versuchen.«

Tony strich ihr mit einem Finger über die Wange und lenkte ihre Aufmerksamkeit so wieder auf sich.

»Kätzchen ...« Jeder Anflug von Humor verließ ihn. »Du hast mich einmal abserviert, ohne dich umzudrehen. Ich konnte nicht riskieren, dass du das wieder tust. Es hätte mich umgebracht.«

»Oder vielleicht hätte es uns beide gerettet«, erwiderte sie stirnrunzelnd.

Uns beide gerettet. Tony war sich nicht sicher, ob sie damit meinte, dass es ihnen Jahre des Liebeskummers erspart hätte, wenn sie wieder zueinandergefunden hätten, oder etwas anderes, doch es spielte auch keine Rolle. Er konnte die Vergangenheit nicht ändern, doch auf der gelockerten Stimmung ließ sich aufbauen.

Er zog Amy auf seinen Schoß. »Wenn ich auf dem College gewesen wäre, hätte ich das vielleicht auch gewusst«, sagte er sarkastisch.

»Genau, denn ein Finanz- oder Wirtschaftsstudium hätte dir geholfen, Frauen ein bisschen besser zu verstehen.« Sie klimperte verspielt mit den Wimpern.

»Oder ein Abschluss in Marketing. Man braucht schon ein

bisschen Vertriebskenntnisse, um Dinge wie die Shopping-Therapie wirklich zu verstehen. Die brauchst du auch bestimmt irgendwann mal.«

Amy lehnte die Stirn lächelnd gegen seine und Tonys Welt rückte sich langsam wieder gerade.

Sie stieg auf seinen Tonfall ein. »Wenn du doch nur auf deinen Vater gehört hättest.«

»Ja, wenn …«

Ihre Lippen trafen sich und Tony genoss den Kuss in vollen Zügen. Sie saßen auf dem Rasen des Friedhofs neben dem Grab seines Vaters und knutschten, als wäre er gerade aus dem Krieg heimgekehrt. In gewisser Weise fühlte er sich auch so. Vierzehn Jahre waren viel zu lang, um eine so verzerrte Sicht auf seinen Vater zu haben. Es ärgerte ihn, dass er so lange all die schlechten Gefühle für einen Mann mit sich herumgetragen hatte, der am Ende seines Lebens vielleicht nicht immer ideal gehandelt hatte. Doch war es wirklich an Tony, sich ein Urteil darüber zu bilden, wie ein Mensch mit seiner Sterblichkeit umgehen sollte?

Der Weg bis zur Heilung war noch lang. Für sie beide. Zumindest hatte er jetzt das Gefühl, dass er die Dinge etwas klarer sah. Er musste seinem Vater verzeihen, um mit Amy eine Zukunft zu haben. Und auch wenn der Weg zur Vergebung noch recht finster wirkte, so hatte er doch Amy, die ihm half, sich zurechtzufinden.

Neunzehn

Im Lauf der nächsten Tage bemerkte Amy eine zunehmende Leichtigkeit in Tony, von der Art, wie er ging, bis zum Ausdruck in seinen Augen. Er erzählte von Erinnerungen an seinen Vater, die sie beide zum Lachen und Weinen brachten. Es fiel ihm nicht leicht, seine Gefühle aus jenem unschönen Sommer loszulassen, aber ein Anfang war gemacht, und Tony schien offen dafür zu sein, sich mit seinen Emotionen auseinanderzusetzen, anstatt sie zu verdrängen. Im Gegensatz zu Amy, die alles tat, um ihr bevorstehendes Treffen mit Duke zu ignorieren und nicht mit Tony surfen zu gehen. Ganz zu schweigen von der Auseinandersetzung mit ihrem Vater. *Eins nach dem anderen.*

Sie und Jenna verbrachten den Donnerstagmorgen in der Bibliothek in Wellfleet und stöberten dort in den Liebesromanen. Wenn das Leben doch nur so schön wäre, wie Nora Roberts oder Susan Mallery es darstellten.

»Ich glaube, ich sollte mal was Erotisches lesen.« Jenna legte ein Taschenbuch zurück auf die Auslage und richtete dann die anderen Bücher so aus, dass die Buchrücken alle in die gleiche Richtung zeigten.

»Erotik?« Amy schüttelte den Kopf.

»Hmhm. Du weißt schon, damit Pete und ich uns im Schlafzimmer nicht langweilen.« Jenna griff nach einer Ausgabe von *Fifty Shades of Grey*.

»Du stehst also plötzlich auf Nippelklammern und Bondage? Gibt es überhaupt Leder-BHs, in die deine Beyoncé-Brüste passen?«

Jenna lachte. »Ich will keine Nippelklammern! Steht da nichts anderes drin?«

»Woher soll ich das wissen?« Amy lehnte sich mit der Hüfte gegen den Tisch. »Habt ihr beide Probleme?«

»Gar nicht. Wir haben mehr Sex, als die Polizei erlaubt. Und zwar guten. Aber woher weiß man, ob man einen Mann langweilt oder nicht? Ich meine, ich habe noch nie ein ganzes Jahr lang mit ein- und demselben Mann geschlafen.« Jenna blätterte in dem Taschenbuch. »Pete könnte mir nie langweilig werden, und er sagt, dass er nicht genug von mir bekommt, aber …« Sie legte das Buch zurück, perfekt zu den anderen ausgerichtet, und flüsterte: »Ich will nur sichergehen, weißt du?«

»Na ja, da bin ich wohl nicht die richtige Ansprechpartnerin. Ich habe nur mit einem Mann geschlafen und praktisch alle Erfahrungen mit ihm gemacht. Oder, na ja, durch praktische Forschung.«

Jenna lachte.

»Außerdem glaube ich nicht, dass du dir da Sorgen machen musst, so wie Pete dich immer anhimmelt. Er ist so verliebt in dich. Du könntest einfach nur daliegen und dich gar nicht bewegen, und er wäre glücklich, dir einfach nur nahe zu sein.«

»Ja, ich bin schon ziemlich toll.« Jenna warf den Kopf in den Nacken und lachte so laut, dass zwei Frauen von einem benachbarten Tisch zu ihren herüberschauten. Sie schlug sich die Hand vor den Mund. »Tut mir leid«, flüsterte sie.

Sie gingen zu einer anderen Bücherauslage.

»Darf ich dich noch was fragen?«, erkundigte sich Jenna.

»Sicher. Nicht dass ich bei deiner ersten Frage eine große Hilfe gewesen wäre.«

»War es nicht schwer für dich, all die Jahre zu wissen, dass Tony andere Frauen hatte? Ich meine, wir haben alle die Bilder von ihm in den Surfmagazinen gesehen. Es waren immer Frauen um ihn herum.«

Amy schloss für einen Moment die Augen. Das war ein wunder Punkt. Sie hasste den Gedanken an eine andere Frau in Tonys Armen, aber andererseits hatte sie ihn abgewiesen. Sie konnte ihm nicht verübeln, dass er sich mit einer anderen tröstete ... oder vielen anderen. Sie nahm sich einen Moment Zeit, um ihre Eifersucht unter Kontrolle zu bringen, bevor sie antwortete.

»Jedes Mal, wenn ich ihn in einer Zeitschrift mit einer Frau gesehen habe, habe ich das Bild als Dartscheibe benutzt.«

Jenna lachte. »Und wie gut hast du gezielt?«

»Sagen wir einfach, ich habe als Amateurin angefangen und bin jetzt Profi.«

»Siehst du? Immer positiv denken. Du hast eine Fähigkeit dazugewonnen.«

Amy verdrehte Augen.

»Du weißt ja, Pete hatte auch mit vielen Frauen was. Ich denke, wir sollten uns davon nicht unterkriegen lassen. Sie haben sich ausgetobt, aber wir sind diejenigen, zu denen sie für den Rest ihres Lebens nach Hause kommen.«

»Da hast du recht. Außerdem haben sie genug Frauen geda-tet, um zu wissen, was sie wirklich wollen.« Auch wenn Amy mit niemand anderem hatte ausgehen müssen, um zu wissen, dass Tony der einzige Mann für sie war. Irgendwie war sie sogar froh, dass Tony vor ihr die Wahl zwischen so vielen Frauen gehabt hatte, sich aber für sie entschieden hatte.

»Amy, wie geht's dir *wirklich*?« Jennas Tonfall wurde sanfter. »Ich bin da, wenn du über das reden willst, was passiert ist ... du weißt schon. In dem Sommer.«

»Mir geht es wirklich gut. Irgendwie ist mir vorher nie klargewesen, wie schwer es war, dieses Geheimnis so lange mit mir herumzutragen. Ich bin froh, dass ich es euch erzählt habe, und noch glücklicher, dass Tony und ich darüber gesprochen haben.«

»Aber?«

Amy zog die Augenbrauen hoch.

»Komm schon. Da ist doch noch mehr. Was ist los?«

»Gar nichts. Mir geht es gut.« *Lügnerin.*

Jenna kam näher und schaute Amy fest in die Augen.

»Für einen Zwerg bist du ganz schön einschüchternd«, neckte Amy sie.

»Ich bin vielleicht klein, aber meine Entschlossenheit ist groß. Spuck's aus. Was ist los?«

»Ich ...« Amy zog Jenna in eine ruhige Ecke der Bibliothek. »Tony will, dass ich mit ihm surfen gehe.«

Jenna zog eine Augenbraue hoch. »Und?«

»Mein letztes Mal Surfen war an diesem Nachmittag. Weißt du noch? Ich habe euch doch erzählt, dass ich auf dem Surfbrett ausgerutscht bin und deshalb das Baby verloren habe?«

»Oh, richtig. Tut mir leid, Amy. Ich weiß nicht, was gerade in meinem Kopf vorgegangen ist.« Jenna schaute sie ernst an. »Aber du bist jetzt nicht schwanger, also ...« Sie schnappte nach Luft. »Moment mal? Bist du ...?«

»Gott, nein. Aber es macht mir trotzdem irgendwie Angst.«

»Tony wird nicht zulassen, dass dir was passiert.«

»Nein, es ist auch nicht so eine Art von Angst. Nur … Ich weiß nicht, wie ich es erklären soll. Was ist, wenn alles wieder hochkommt und ich total ausflippe?« Amy verschränkte die Arme, um sich selbst ein wenig Halt zu geben. Sie senkte die Stimme noch mehr. »Was ist, wenn ich eine Panikattacke bekomme oder so?«

»Und wenn schon.« Jenna griff nach ihrer Hand. »Schatz, du hast Tony bei dir. Er hat schon so oft bewiesen, dass er dich liebt, nicht wahr? Er hat genauso lange auf dich gewartet wie du auf ihn, selbst nachdem du ihn hast fallen lassen wie eine heiße Kartoffel.«

»Hey.« Amy gab Jenna einen Klaps auf den Arm.

»Das war nur ein Scherz, aber im Ernst: Wenn du Panik bekommst, ist das eben so. Na und? Dann nimmt er dich in den Arm und sagt dir, dass alles gut wird, und weißt du was?«

»Ja. Ich weiß. Alles wird gut. Tief im Innern weiß ich das. Ich grübele sicher nur wieder zu viel.« Amy seufzte. »Wir gehen heute bei Flut an den Strand und er wird mich sicher noch mal fragen. Vielen Dank, Jenna. Danke, dass du mich daran erinnert hast, worauf ich mich konzentrieren sollte. Tony ist bei mir. Selbst wenn ich ausflippe, bin ich dabei nicht allein.« *Wenn ich jetzt nur noch meine Jobsituation klären könnte.* Ein Schritt nach dem anderen.

Auf dem Rückweg zu ihrem Auto sahen sie Theresa aus einem Laden kommen.

»Oh Gott. Ich wette, sie hasst uns«, murmelte Amy leise und setzte rasch ein Lächeln auf, als Theresa auf sie zusteuerte.

»Bella vielleicht, aber uns wahrscheinlich nicht.«

Vor dem Rathaus begegneten sie sich schließlich. »Ich hätte erwartet, dass ihr heute am Strand seid. Das Wetter ist grandios, oder?« Sie blinzelte zum Himmel hinauf.

»Wir gehen später am Nachmittag, wenn die Flut einsetzt. Warum genießt du nicht die Sonne?« Amy konnte sich nicht daran erinnern, Theresa jemals in einem Badeanzug gesehen zu haben, abgesehen von dem Tanga, den sie letzten Sommer getragen hatte, um Bellas Streich zu sabotieren, und das war ein Bild, das sie gerne vergessen würde. Normalerweise trug Theresa etwas Ähnliches wie jetzt, Bundfaltenshorts und ein Poloshirt.

»Ich musste nur ein paar Sachen besorgen.« Theresa zeigte auf ihre Einkaufstasche. »Nachher werde ich wohl rund um die Feuerstelle ein bisschen Unkraut jäten.«

»Danke, dass du das machst«, meinte Jenna. »Es sieht immer so ordentlich aus.«

»Bist du diesmal nur für ein paar Tage hier oder bleibst du länger?«, fragte Amy.

»Ein paar Wochen, denke ich.« Theresa richtete ihre Aufmerksamkeit auf die Straße. »Vorausgesetzt, ich werde nicht in absehbarer Zeit verhaftet.«

Jenna und Amy tauschten einen panischen Blick miteinander.

»Theresa, das mit Bella tut mir leid.« Amy trat in Theresas Blickfeld, während Jenna sie am Arm fasste.

Nach einem Moment des unangenehmen Schweigens wandte sich Theresa schließlich mit einem stoischen Gesichtsausdruck an Amy. »Es muss dir nicht leidtun. Ich habe Bella gern, obwohl sie so ein Witzbold ist, aber sie bekommt noch ihr Fett weg.« Damit ging sie zum Parkplatz auf der anderen Straßenseite, drehte sich einmal um und winkte ihnen mit einem rätselhaften Lächeln zu.

»Verflixt«, meinte Amy. »Ich glaube, Bella steckt in Schwierigkeiten.«

Tony stand am Wasser, einen Arm um Amy gelegt, im anderen ihr Surfbrett. Sie sah unglaublich sexy aus in ihrem blauen Bikini, aber er spürte, wie angespannt sie war. Als sie vorhin für den Strand gepackt hatten, hatte sie ihm mitgeteilt, dass sie bereit war, wieder zu surfen. So sehr er auch jeden Aspekt seines Lebens mit ihr teilen wollte, er würde sie nie zu etwas drängen, das sie womöglich überforderte. Die Situation machte sie nervös, und das hatte nichts mit ihrem Können zu tun, sondern mit den Erinnerungen an ihren letzten Wellenritt.

»Du musst das nicht tun, Amy.« Er zog sie an seine Seite. »Wir können unser ganzes Leben miteinander verbringen, ohne gemeinsam zu surfen.«

In ihrem Blick lag so viel Emotion, dass seine eigenen Gefühle plötzlich wie eine Flutwelle über ihn hereinbrachen und ihn von den Füßen rissen. Aber er ertrank nicht darin. Er fühlte sich geerdet, mehr als in den letzten vierzehn Jahren, und egal, wie ihr Surfexperiment ausging – er wollte genau das, was er den ganzen Morgen über geplant hatte.

»Das weiß ich«, erwiderte Amy. »Aber es ist an der Zeit, unsere Vergangenheit hinter uns zu lassen. Ich bin damals so gern mit dir gesurft. Es war aufregend, und ich hatte das Gefühl, am wichtigsten Aspekt deines Lebens teilzuhaben. Das möchte ich wieder erleben.«

Tony küsste sie sanft. »Süße, du bist das Wichtigste in meinem Leben.«

Sie richtete den Blick aufs Wasser, und er spürte, wie sich ihr Körper versteifte. Er versuchte, ihre Anspannung mit einer kleinen Ablenkung zu lösen.

»Alles Gute zum Zehntägigen unseres ersten Kusses seit vierzehn Jahren.«

Amy zog die Augenbrauen zusammen und schaute ihn an. »Zum Zehntägigen unseres Kusses?«

Er nickte. »Und ich lade dich heute Abend zum Essen ein, um das zu feiern. Nur wir beide.«

»Tony, allein die Tatsache, dass du überhaupt *weißt*, wie viele Tage es her ist, dass wir uns zum ersten Mal wieder geküsst haben, ist unglaublich.« Amy schlang die Arme um seine Taille und schmiegte ihre Wange an seine Brust. »Ich liebe dich so sehr.«

Sein Herz schlug schneller, denn er wusste, dass sie bereit war, ihr Leben weiterzuleben, und dass sie beide sich nicht mehr vor der Vergangenheit verstecken würden.

Mit einem geräuschvollen Ausatmen löste Amy sich von ihm und griff nach dem Surfbrett.

»Wollen wir es hinter uns bringen?«

»Pass auf, dass du nicht abhebst vor Begeisterung«, neckte Tony sie.

Amy trug das lange Surfbrett zum Wasser und der Anblick versetzte Tony um Jahre zurück. Er sah sie wieder vor sich, wie sie mit achtzehn grinsend in die Wellen rannte und im kalten Wasser genauso zusammenzuckte wie jetzt.

»Ich habe dir gesagt, dass du einen Neoprenanzug anziehen sollst.« Tony schüttelte den Kopf. Damals war es auch so gewesen.

»Und du weißt, was ich davon halte.« Sie legte sich flach auf das Brett und paddelte aufs Meer hinaus. Tony blieb dicht an ihrer Seite und stabilisierte ihr Surfbrett mit einer Hand. »Ich sehe noch mehr aus wie eine Robbe, wenn ich schwarz trage.«

»Süße, du bist so heiß, dass ein Hai zu sehr mit Sabbern

beschäftigt wäre, um dich zu beißen.« Mit einem Grinsen, das er sich nicht verkneifen konnte, gab er ihr einen kräftigen Schubs. *Seine* Amy nahm es wieder mit den Wellen auf.

Für ihn.

Für uns.

Er liebte sie so sehr.

Sie waren inzwischen weit draußen auf dem Wasser und warteten auf die richtige Welle. Aufgeregt fragte Tony sich, ob sie gerade an jenen schicksalhaften Tag dachte oder sich nur auf das Hier und Jetzt konzentrierte. Am liebsten hätte er seine Frage laut ausgesprochen, aber er wollte sie nicht ablenken. Sie würde ihre ganze Aufmerksamkeit brauchen, um wieder auf dem Brett stehen zu können.

Ein nervöses Lächeln zeigte sich auf Amys Lippen, doch gleichzeitig trat ein schelmischer Funke in ihren Blick. Ja, sie war nervös und aufgeregt, doch offensichtlich war ihr die Begeisterung für den Nervenkitzel des Surfens nicht abhandengekommen – und das freute ihn unendlich.

Die Wellen gewannen an Kraft. Er berührte Amy an der Wade und spürte, wie sie zitterte, wahrscheinlich wegen der Kälte, aber auch, weil sie so viele Jahre lang nicht mehr auf einem Brett gestanden hatte.

»Geht's dir gut, Kätzchen? Die da sieht gut aus.«

In ihren Augen zeigte sich die grimmige Entschlossenheit, die ihn schon Jahre zuvor überrascht hatte.

»Oh, ja. Ich schaffe das.«

Gott, er hoffte es so sehr. »Okay. Ich bin direkt hinter dir, Süße. Konzentrier dich. Du schaffst das.«

Sie nickte, und er entfernte sich ein wenig von ihr, ließ ihr Platz und beobachtete sie mit Argusaugen, als die Welle anschwoll und sie anhob. Amy packte die Kante des Surfbretts.

»Komm schon, Süße, hoch mit dir«, drängte er sie mit zusammengebissenen Zähnen.

Mit einer kraftvollen Bewegung drückte Amy sich nach oben und zog die Füße unter den Körper. Tony hielt den Atem an. Einer ihrer Füße rutschte nach vorne weg, als die Welle höher stieg, brachte das Brett aus dem Gleichgewicht, und Amy stürzte kopfüber ins Meer. In Windeseile war Tony bei ihr. Sie hustete und keuchte, ließ aber zu, dass er sie um die Taille fasste und ihren Kopf über Wasser hielt.

»Ist okay. Ich hab dich.« Tony war so verdammt stolz auf sie, dass sie es überhaupt versucht hatte. Er hielt sie über Wasser und hatte ihr Brett mit einer Hand im Griff, während er Amy mit der anderen fest an sich drückte. »Du bist die mutigste Frau, die ich kenne. Das war großartig.«

Sie lachte und drückte sich von seiner Brust weg. »Das war gar nichts und ich werde es viel besser machen. Und ja, ich bin mutig. Aber ich habe ja auch einen Freund, mit dem ich mithalten muss.«

Tony küsste ihr das Lachen von den Lippen. »Keine Panik?«

»Nein, und das überrascht mich genauso sehr wie dich.« Schwer atmend strampelte sie mit den Beinen, um an der Oberfläche zu bleiben. »Nur ein bisschen Angst, dass ich heute nicht stehend aufs Brett komme.«

»Du bist echt unglaublich.«

Sie paddelten wieder hinaus, und Amy versuchte, die nächsten paar Wellen zu erwischen, wobei sie jedes Mal ins Wasser stürzte und Tony gleich darauf zur Stelle war, um ihr zu helfen.

»Die nächste schaffe ich«, versicherte sie ihm mit zitternden, blau verfärbten Lippen.

»Süße, ich könnte das den ganzen Tag lang mit dir machen, aber du solltest vielleicht eine Pause einlegen und dich aufwärmen.« Er paddelte neben ihrem Brett her, doch als sie ihm aus zusammengekniffenen Augen einen finsteren Blick zuwarf, hob er beschwichtigend die Hände.

Die nächste Welle schwoll viel größer an als die letzten. »Amy?«, rief er warnend.

Mit zusammengebissenen Zähnen scheuchte sie ihn weg, ohne den Blick vom Wasser abzuwenden. Ihr Brett hob sich mit der Welle und ihre Finger schlossen sich fest um die Kanten. Sie drückte sich hoch und stellte ihre Füße auf, den linken Fuß voran, dann richtete sie sich mit einem kleinen Freudenschrei ganz auf.

»Ja!«, brüllte er begeistert.

Amy hielt das Gleichgewicht, ihre Arme locker zur Seite ausgestreckt, lehnte sich leicht nach vorne und senkte ihren Schwerpunkt, so wie er es ihr beigebracht hatte. Tony reckte triumphierend eine Faust in die Luft. *Seine* Amy war zurück. *Wirklich zurück.*

Und dieses Mal würde er sie nicht mehr loslassen.

Zwanzig

Den Abend hätte Amy sich gar nicht perfekter ausmalen können. Gemeinsam mit Tony saß sie auf einer Decke oben auf den Dünen am Race Point, benannt nach den heftigen Strömungen, die um die Spitze des Capes entstanden. Ihr Abendessen hatte Tony bei Mac's Seafood besorgt. Sie hatten sich Austern und Miesmuscheln geteilt sowie einen Teller Meeresfrüchte-Lasagne und waren nun auf dem besten Weg durch eine Flasche Wein. Amy sinnierte darüber, wie lange sie Tony schon liebte und wie viel er ihr mittlerweile bedeutete. Er war ihr Fels in der Brandung, der einzige Mensch, der sie wirklich kannte und verstand. Ihre Freundinnen taten das auf andere Weise, doch nur Tony wusste, wie er sie berühren musste, wenn sie nervös war oder Angst hatte, oder wann sie in den Arm genommen werden wollte. Nur Tony hatte die Macht ihrer Liebe in jenem Sommer gespürt und die immense Brutalität ihres Verlustes.

Amy wurde auch bewusst, dass es mehr als Liebe war, das sie die ganze Zeit über davon abgehalten hatte, eine tiefere Bindung zu einem anderen Mann aufzubauen. Ihr Verlust schweißte Tony und sie auf besondere Weise zusammen und hatte eine Lücke hinterlassen, die nur er füllen konnte, das verstand sie jetzt. Ihre Vergangenheit würde immer da sein – ein Teil von ihnen. Sie war nicht als leichtsinniger Teenager bei einem One-Night-Stand schwanger geworden, und das Ganze musste auch nicht weiter analysiert werden, als sie es ohnehin schon getan hatten. Es war passiert. Sie hatten es überlebt und vielleicht waren sie dadurch sogar zu besseren Menschen geworden. Vielleicht hatte es passieren müssen, damit sie später, zum richtigen Zeitpunkt in ihrem Leben, wieder zusammenkommen konnten. Auf jeden Fall konnten sie jetzt ihr Leben weiterleben.

Als ob er ihre Gedanken gelesen hätte, umschloss Tony ihre Finger mit seinen. Lächelnd blickte er aufs Wasser hinaus und wirkte dabei so entspannt, wie Amy es den ganzen Sommer über nicht gesehen hatte. Wie seit vielen Jahren nicht mehr. Seine weiße Leinenhose war bis über die Knöchel hochgekrempelt. Sein lockeres, kurzärmeliges Hemd enthüllte einen Teil seiner gebräunten Brust, und in seinen Augen – oh, wie sehr sie es liebte, dass sie alle seine Gefühle darin lesen konnte – stand nicht mehr diese unendliche Trauer.

»Danke für heute.« Sie stellte ihr Weinglas ab und verschränkte ihre Finger miteinander.

»Du warst unglaublich da draußen. Ich hatte fast vergessen, wie ehrgeizig du sein kannst.«

Sie zog die Augenbrauen hoch, strich sich die Haare hinters Ohr und versuchte, ihm mit den Augen zu verstehen zu geben, dass er sie nicht unterschätzen sollte, aber sie war auch stolz auf sich. So stolz.

»Fast so ehrgeizig wie ich«, fügte er rau hinzu, während er sich über die Decke beugte und sie küsste.

»Ich habe schließlich vom Besten gelernt«, scherzte sie.

Sie tranken ihren Wein aus, und Tony packte ihre Sachen

zurück in seinen Rucksack, stand dann auf und griff nach Amys Hand.

»Ich habe eine Überraschung für dich. Keine Ahnung, ob es dir gefallen wird, aber ich habe das schon eine Weile vor und möchte es gerne mit dir teilen.«

»Tony Black, was schaust du denn so besorgt? Ist es was Schmutziges?« Sie kniff die Augen zusammen, um Ernsthaftigkeit vorzutäuschen, doch gleichzeitig breitete sich ein aufregendes Kribbeln in ihr aus.

Er lehnte sich so nah zu ihr, dass sie den Wein in seinem Atem riechen konnte. »Nein, Kätzchen. Es ist nichts Schmutziges. Aber wenn du willst, kann ich dir auch ein paar schmutzige Überraschungen zaubern.« Er drückte seine Lippen wieder auf ihre.

»Ich bin … offen in dieser Hinsicht. Mit dir, meine ich«, flüsterte sie und fühlte sich dabei verlegen und mutig zugleich.

Er küsste sie erneut. »Das«, raunte er heiser, »werde ich mir merken müssen.« Er schloss sie in die Arme. »Aber jetzt möchte ich erst mal auf den Leuchtturm und zu Ehren meines Vaters eine Papierlaterne steigen lassen.«

Amy schmiegte sich an seine Brust. »Tony, es wäre mir eine Ehre, diesen Moment mit dir zu teilen.«

Tony lehnte seine Stirn gegen ihre und schloss die Augen. Er roch nach Mann und Sommer und Liebe, alles verpackt in einem sinnlichen Duft.

»Kätzchen, ich möchte auch eine Laterne für das Kind, das wir verloren haben, in den Himmel entlassen.«

Amy stockte der Atem. Tränen ließen ihr Sichtfeld verschwimmen, als sie tief in sich hineinblickte und sich dann zum Sprechen zwang.

»Tony«, flüsterte sie.

»Zu viel?«

»Nein.« Tränen liefen ihr über die Wangen. »Perfekt« war alles, was sie herausbrachte. Amy vergrub das Gesicht an seiner Brust und sog Tonys Trost und seine Stärke auf wie ein Schwamm.

Sie packten ihre Sachen ins Auto und Tony nahm eine Tasche vom Rücksitz.

»Wie hast du das hinbekommen? Er ist normalerweise nur zweimal im Jahr geöffnet«, fragte sie, als ein junger, adrett aussehender Mann ihnen die Tür zum Leuchtturm öffnete.

Als sie die rote Wendeltreppe zur obersten Ebene hinaufstiegen, half das Gewicht von Tonys Hand auf ihrem Rücken Amy dabei, in diesem Moment zu bleiben. Sie hielt sich mit einer Hand an der Backsteinmauer und mit der anderen am Geländer fest. Ihr Herz raste, als sie durch die Tür und auf die Plattform in die kühle Nachtluft hinaustraten.

»Sagen wir einfach, dass ich Caden einen großen Gefallen schulde. Er hat einen Freund bei der Küstenwache, und der hat dafür gesorgt, dass Kyle uns reinlässt.«

Tony stellte die Tasche mit den Himmelslaternen ab und nahm Amy wieder in die Arme. Sie klammerte sich auf der Suche nach Halt an sein Hemd, denn der Gedanke an das, was sie gleich tun würde, war überwältigend. Tony strich ihr die Haare nach hinten und küsste sie zärtlich.

»Alles okay?«

Amy nickte und öffnete den Mund, um zu antworten, aber es kam nichts heraus.

»Ist schon in Ordnung. Nehmen wir uns einen Moment Zeit und sind einfach nur zusammen hier.« Er hielt sie fest, und sie schloss die Augen und genoss sein Verständnis und seine Liebe.

Irgendwann spürte sie, wie er den Kopf hob, und klammerte sich noch fester an ihn, als wollte sie ihn nie wieder loslassen. Sie stellte sich einen Moment lang vor, wie sie sich an Tony klammerte, während er surfte. Das Bild war so lächerlich, dass es ihr ein kleines Grinsen entlockte, und Amy zwang sich, ihren Griff zu lockern und aufs Wasser hinauszusehen.

»Wow. Das ist einfach wunderschön.« Sie sah zu Tony auf, und ihre Liebe zu ihm wurde so stark, dass sie sich erneut an ihm festhalten musste. Jetzt war sie noch intensiver als damals – reifer. Es war die Art von Liebe, auf die sie in guten und in schlechten Zeiten zählen konnte. Die Art von Liebe, die sie nie wieder verstecken würde, für nichts und niemanden. Es war wahre, erwachsene Liebe.

»Der ganze Abend war wundervoll. Danke, dass du mich nicht aufgegeben hast, obwohl ich dich weggeschickt habe, Tony. Danke, dass du mich liebst.«

Er umfasste ihr Gesicht mit beiden Händen und küsste sie. »Süße, ich habe dich damals geliebt und werde dich immer lieben, und ich werde dich nie wieder verlassen, selbst wenn du versuchst, mich loszuwerden.«

Sie umarmten sich und eine ganze Weile später holte Tony die Papierlaternen aus der Tasche. Eine war hellgrün, die andere weiß. Sie sahen aus wie normale Deko-Lampions, nur viel größer, und an der offenen Unterseite war mit vier Schnüren ein quadratischer Behälter befestigt.

Tony hielt die weiße Laterne hoch und zeigte darauf.

»Da ist der Brennstoff drin. Wir zünden sie an und die Hitze trägt die Laterne in den Himmel. Ich habe die weiße für meinen Vater gekauft und die grüne für …«

»Für unser Kind.« Sie wusste nicht, wie sie diese Worte so leicht aussprechen konnte, aber unter Tonys ernstem Blick fühlten sie sich richtig an. Die Angst war verschwunden. »Es war eine gute Entscheidung.«

»Ja«, flüsterte er. »Wollen wir die für meinen Vater zuerst anzünden?«

»Ja.« Amy atmete tief ein und hatte immer mehr das Gefühl, dass sie das Richtige taten. Sie hielt die Laterne, während Tony die Flamme entzündete. Dann nahm er sie ihr aus den Händen und hielt sie etwas höher, damit der Wind sie erfassen konnte.

»Willst du etwas sagen?« Sie legte ihre Hand auf seinen unteren Rücken und hoffte, dass die Berührung ihm die gleiche Beruhigung spendete, die er ihr geschenkt hatte.

Die Muskeln in seinem Kiefer spannten sich an, ebenso wie sein Bizeps.

»Ich habe dich lieb, Dad, und ich hoffe, du schaust auf mich herunter und bist genauso stolz, mein Vater zu sein, wie ich es bin, dein Sohn zu sein.« Damit ließ er die Laterne los und sie schwebte hinauf zu den Sternen. Der Wind trug sie übers Wasser hinaus.

Amy schlang die Arme wieder um ihn. »Ich bin sicher, dass er sehr stolz auf dich ist.«

»Ja. Das glaube ich auch.«

Tony gab ihr einen Kuss auf den Kopf, dann griff er nach der anderen Laterne.

»Es ist Zeit, die Vergangenheit hinter uns zu lassen und uns auf unsere Zukunft zu konzentrieren.« Amy meinte jedes Wort absolut ernst.

»Unsere Vergangenheit wird immer ein Teil von uns sein. Und wer weiß? Wenn wir nicht so eine harte Zeit durchgemacht hätten, wären wir jetzt vielleicht nicht mehr zusammen. Das Schicksal geht manchmal seltsame Wege.«

»Darf ich sie anzünden?« Amy wollte aktiv daran mitwirken,

die Vergangenheit loszulassen und sich von den Schuldgefühlen und dem Schmerz zu befreien, die mit ihr einhergingen. Ja, all das würde immer ein Teil von ihnen sein, aber es musste nicht bestimmen, wer sie jetzt waren, und auch nicht die Zukunft, die noch vor ihnen lag.

»Natürlich.« Tony reichte ihr das Feuerzeug und hielt die hellgrüne Laterne in die Höhe. Als sie angezündet war, hielten sie sie gemeinsam und warteten darauf, dass eine Windböe sie erfasste. Als sie den Zug spürten, ließen sie los, und Tony drückte Amy fest an sich. Sie sahen zu, wie die Laterne in die Nacht entschwebte.

»Ich werde nie vergessen, was wir durchgemacht haben«, meinte Amy leise. »Aber ich werde es nie wieder verstecken oder Angst davor haben. Ich möchte von nun an zu allen Gefühlen stehen.«

Tony nickte. Seine Augen waren feucht, als er in seine Tasche griff und sich dann auf ein Knie sinken ließ.

Amy blickte zu ihm hinunter und fragte sich, was er da tat. Er nahm ihre Hände in seine und lächelte zu ihr hoch.

»Tony?« Ihr Puls beschleunigte sich. »Was machst du da?« *Heiliger Strohsack ... Willst du ...?*

»Genau das, was du wahrscheinlich denkst. Ich wünschte, ich hätte in jenem Sommer die Möglichkeit dazu gehabt. Amy Maples, Kätzchen, meine Süße.« Er küsste ihre Handrücken. »Willst du mich heiraten?«

Dich heiraten? Dich heiraten! Ja! Ja! Oh mein Gott! Prompt verschlug es ihr die Sprache, sie konnte sich kaum noch daran erinnern, wie man atmete.

»Wir werden die Familie haben, die wir immer haben wollten. Und die Sommer verbringen wir hier mit unseren Kindern.«

Sie sank neben ihm auf die Knie, weil ihre Beine schlicht unter ihr nachgaben. *Ja, ich will dich heiraten!* Sie öffnete den Mund, aber was herauskam, war nicht das, was sie erwartet hatte. »Was ist mit dem Job, und …?«

Seine Augen verdunkelten sich, voller Liebe und Hoffnung, so greifbar, dass Amy davon eingehüllt wurde.

»Nimm den Job bei Duke an. Ich komme mit dir. Wir werden das schaffen.«

»Nimm den … du … ich …« Sie blinzelte die Freudentränen weg. »Wir sind erst so kurz wieder zusammen und du würdest dein Leben für mich auf den Kopf stellen?«

»Zusammen sind wir noch nicht lange, aber wir lieben uns schon ein Leben lang. Ja, ich würde alles für dich tun.« Tony gab ihr einen Kuss auf den Mundwinkel und dann noch einen richtigen mitten auf die Lippen, während Amy wie betäubt, bebend und vollkommen überwältigt dasaß.

»Ich will nicht, dass du dein Leben für mich zurückstellst, Süße. Das hast du so lange getan, dass es für eine halbe Ewigkeit reicht. Jetzt bist du an der Reihe, deinen Träumen zu folgen, und ich werde dich dabei unterstützen, was auch immer dafür nötig ist. Ich weiß, dass wir das schaffen können, auch wenn du in Australien arbeitest.« Er küsste ihre Fingerknöchel. »Sag einfach Ja, und ich verspreche dir, dass wir alles andere hinbekommen werden. Ich sorge dafür, dass dein Leben fantastisch wird.«

»Ja. Ja. Oh Gott, Tony. Ja!« Amy stürzte sich auf ihn, sodass sie beide nach hinten kippten, während sie sein Gesicht mit Küssen bedeckte. »Ja.« Sie küsste ihn erneut. »Ja.« Und noch einmal. »Ja.« Und noch einmal.

Tony lachte an ihren Lippen und setzte sich mit ihr in den Armen wieder auf. Dann nahm er ihre zitternde Hand in seine und öffnete die Faust. Sie spürte, wie sich ihre Augen beim Anblick des roségoldenen Rings mit dem quadratisch geschliffenen Diamanten weiteten.

»Tony, ist das …?«

Er nickte und schob ihn auf ihren Finger. Der Ring passte perfekt. »Ich habe ihn gekauft, bevor ich dich im Wohnheim besucht habe. Ich wollte dich schon damals fragen, ob du mich heiraten willst.«

Tränen strömten ihr über die Wangen. *Du wolltest mich fragen, ob ich dich heiraten will?* »Oh, Tony …« Sie schaute wieder auf den Ring. Sie hatten ihn in jenem Sommer in einem kleinen Juweliergeschäft in Provincetown entdeckt, und sie hatte gesagt, dass sie sich diesen Ring zur Verlobung wünschte. Unglaublich, dass Tony ihn tatsächlich gekauft hatte. Sie konnte kaum atmen, so eng wurde ihre Kehle.

»Als meine Mutter mir das Ferienhaus übergeben hat, habe ich den Ring hier in den Safe gelegt. Seitdem ist er da und wartet auf dich.«

Sie weinte nun hemmungslos, unfähig zu sprechen, obwohl sie so viel sagen wollte. Tonys Mutter hatte ihm das Ferienhaus ein Jahr nach dem Tod seines Vaters geschenkt. Ihr waren die Erinnerungen zu viel gewesen. *Der Ring war all die Jahre hier?*

»Amy, du machst mich zum glücklichsten Mann der Welt, und ich meine es ernst. Wie auch immer du dich beruflich entscheidest, ich werde dich bei jedem Schritt unterstützen.«

Sie zwang ihr Gehirn, seine Arbeit wieder aufzunehmen. »Was … was ist mit deinen Wettkämpfen und …?« Sie hielt inne und wischte sich die Tränen ab.

»Das bekomme ich schon hin.«

Die Wahrheit und die Sorgen sprudelten ohne ihre Erlaubnis aus ihr heraus. »Aber ich will nicht von dir getrennt leben.

Du bist ständig unterwegs und auf Wettkämpfen, und wenn ich diesen Job annehme …« Sie konnte ihn nicht bitten, seine Surfkarriere an den Nagel zu hängen. Was wollte sie eigentlich?

»Werden wir nicht, Süße. Wir finden eine Lösung. Ich muss nicht an jedem Wettkampf teilnehmen. Ich habe alles gewonnen, was es zu gewinnen gibt. Der Rest ist nur noch Bonus. Jetzt sind wir mal dran. Das will ich mehr als alles andere.« Er musste die Frage in ihren Augen gesehen haben, denn er fügte hinzu: »Einschließlich Surfen.«

Die Aufrichtigkeit in seiner Stimme und die tiefen Gefühle in seinem Blick bewiesen seine Ehrlichkeit.

»Und ich weiß, dass du und die Mädels euch eine Gruppenhochzeit wünscht. Wenn du mit ihnen zusammen heiraten willst, ist das in Ordnung. Wenn ihr morgen zum nächsten Friedensrichter gehen wollt, bin ich dabei. Wenn du eine große Hochzeit auf einer tropischen Insel willst, bin ich dabei.«

»Ich brauche keine tropische Insel. Eine schöne, ruhige Hochzeit am Strand mit den Mädels wäre noch ein Traum, der wahr wird.«

»Wenn du das willst, tun wir das. Ich wünsche mir nur, dass du mich sehr bald heiratest – am Ende änderst du deine Meinung sonst wieder.«

Amy lehnte die Stirn an Tonys. Sie würde ihre Meinung ganz sicher nicht ändern.

Einundzwanzig

Am Freitagmorgen war Tony erneut vor Sonnenaufgang auf, doch dieses Mal nicht, um Stress abzubauen. Sie hatten vor, ihren Freunden beim Frühstück von ihrer Verlobung zu erzählen, und er wusste, dass Amy von ihren Freundinnen bis nach der Hochzeit in Beschlag genommen werden würde, sobald die Neuigkeit heraus war. Sie hatte auch immer noch nicht mit ihrem Vater gesprochen, und er fragte sich, wann sie dazu kommen würde, wollte sie jedoch nicht unter Druck setzen. Da kam ein schwieriges Gespräch auf sie zu, aber sie würde sich der Situation stellen, sobald sie dazu bereit war – genauso wie sie vor Jamies Hochzeit Tonys Aufmerksamkeit wieder auf sich gezogen hatte. Gerade wollte er einfach ein paar ruhige Momente allein mit ihr verbringen, bevor die Hochzeit in den Mittelpunkt rückte.

Sie lag neben ihm in ihrem Bett, benutzte ihren Arm als Kopfkissen und hatte den anderen über Tonys Bauch gelegt. Ihre Haare fielen ihr in goldenen Strähnen über den Rücken des rosafarbenen Nachthemdes, das er ihr im letzten Winter geschenkt hatte. Er konnte den Schwanz des Kätzchens sehen, das vorne aufgedruckt war. Es lag zu einem Ball zusammengerollt mit einem offenen Auge da, darüber standen die Worte

»Stroke me« und darunter: *»I'm into heavy petting«*.

Er machte sich bereits Gedanken darüber, wo sie wohnen würden, wenn sie den Job bei Duke annahm. Tony besaß Häuser an der Ost- und Westküste der USA sowie das Ferienhaus am Cape. Ein zusätzliches Haus in Australien war für ihn kein Problem, solange Amy glücklich war. Sorge bereitete ihm dabei die Entfernung zu ihren Freunden. Amy sah sie zwar außerhalb der Sommermonate nicht oft, aber wollte sie jetzt, wo die anderen ganzjährig am Cape lebten, nicht lieber hier bei ihnen wohnen? Ihr Freundeskreis war wie eine Familie für sie beide. Er überlegte hin und her, wie er sie danach fragen sollte, ohne dass es so klang, als würde er nicht mit ihr nach Australien ziehen wollen. In diesem Moment rührte Amy sich und vertrieb mit ihrem verschlafenen Lächeln und dem Blick unter halb gesenkten Lidern hervor jeden vernünftigen Gedanken aus seinem Kopf.

Sie drückte ihre Lippen auf seine Seite, und das allein reichte schon aus, damit er hart wurde. Rasch drehte Tony sie auf den Rücken, spürte ihre nackten Schenkel an seinen und die weiche Haut ihres Bauches an seiner Erektion. Er ließ seine Hand über ihre Hüfte gleiten und stöhnte beim Gefühl ihrer bloßen Haut unter seinen Fingern auf. Sie hatte sich in der vergangenen Nacht keinen Slip angezogen, nachdem sie sich geliebt hatten. Während er die feste Rundung ihres Hinterns umfasste, strich er mit seiner Zunge an ihrem Hals entlang.

»Oh«, flüsterte sie.

Er spürte, wie ihr Körper zitterte, als er das Nachthemd hochschob und ihre Brüste entblößte.

»Mein Gott, du bist so schön.« Er rieb sein Becken an ihrem Bauch, liebkoste erst die eine, dann die andere Brustwarze, genoss, wie ihr Körper auf ihn reagierte und wie ihre Nippel sich unter seiner Zunge verhärteten. Als er eine Hand zwischen ihre Beine schob, musste er ein sehnsüchtiges Stöhnen unterdrücken. Sie war so feucht.

»Du bist so bereit für mich.« Er versiegelte ihre Lippen mit einem Kuss, während er sich zwischen ihren Beinen positionierte. »Ich liebe dich so sehr, Amy.«

Sie klammerte sich an seine Hüften und spornte ihn an.

»Hast du es eilig?«, fragte er lächelnd.

»Ein bisschen. Ich platze gleich, wenn ich dich nicht bald in mir spüre.«

Tony schmiegte sein Gesicht an ihren Hals. »Ich mag es, wenn du so gierig wirst.«

Er drang tief in sie ein, umfasste ihre Oberschenkel und hob sie an, was Amy ein sexy Stöhnen entlockte. Immer tiefer und härter bewegte er sich in ihr und spürte, wie sich ihre Muskeln anspannten. Sie grub die Fingernägel in seine Schultern und ihr Atem beschleunigte sich. Sie stand kurz vor dem Höhepunkt. Er saugte an ihrem Hals, bis sie sich ihm entgegenbäumte und den Kopf in den Nacken warf. Nur mit Mühe konnte er verhindern, dass er auf der Stelle kam, als ihr Keuchen immer schneller wurde. Ihr Körper erbebte unter ihm, pulsierte um ihn, und schließlich öffnete sie die Augen wieder.

»Wow«, flüsterte sie. »Mit dir fühle ich mich so gut.«

»Gleich fühlst du dich noch viel besser.«

Er zog sich aus ihr zurück, was ihr ein sehnsüchtiges Wimmern entlockte. Aber er ließ sie nicht lange allein. Mit unzähligen Küssen auf ihre Brüste, die Brustwarzen, die weiche Unterseite der perfekten Wölbungen arbeitete er sich über ihren Körper nach unten, was ihren ganzen Körper zum Erbeben brachte. Er schob seine Hände unter ihren Hintern und hob ihr Becken an, liebkoste ihre feuchte Mitte mit seiner Zunge und erweckte ihre Lust von Neuem. Beinah sofort kam sie ein weiteres Mal. Nie würde er genug von ihrem süßen Geschmack bekommen. Bevor sie sich von ihrem heftigen Orgasmus erholen konnte, glitt er wieder nach oben, drang erneut in sie ein und verschloss ihre Lippen mit seinen. Sie krallte die Hände in seine Haare, kam jeder seiner harten Bewegungen entgegen und verschaffte ihm einen derart intensiven Höhepunkt, dass er tatsächlich Sterne sah, als sie sich einem dritten Orgasmus hingab. Sie schmiegten sich aneinander, bis ihr Atem wieder ruhiger ging. Erst dann zog er sich widerwillig aus ihr zurück, drückte sie jedoch sofort wieder an sich.

»Tony?« Sie verschränkte ihre Finger mit seinen.

»Hm?«

»Was, wenn wir heiraten und ich schwanger werde und …« Sie senkte die Stimme. »Und ich das Baby wieder verliere?«

Er stützte sich auf einen Ellbogen auf, um ihr ins Gesicht sehen zu können. »Hoffentlich wird das nicht passieren. Wir werden vorsichtiger sein – kein Surfen, wenn du schwanger bist –, und wir besprechen das mit einem Arzt. Ob das etwas ist, worüber wir uns Sorgen machen müssen.«

»Das habe ich schon. Er sagte, dass er keinen medizinischen Grund für ein erhöhtes Risiko einer weiteren Fehlgeburt sieht.«

Erleichterung durchfuhr ihn. »Macht es dir Angst? Möchtest du lieber keine eigenen Kinder bekommen? Ich würde adoptierte Kinder genauso sehr lieben wie leibliche.«

Amy lächelte. »Nein. Ich will es versuchen, aber danke. Ich möchte dich einfach nicht enttäuschen.«

Er führte ihre Hand an seine Lippen und küsste ihre Fingerknöchel. »Süße, du könntest mich nie enttäuschen. Meine Liebe zu dir ist bedingungslos. Wenn wir Kinder haben, wunderbar. Wenn wir adoptieren, auch toll. Und wenn wir den

Rest unseres Lebens allein miteinander verbringen, wird es genauso perfekt sein.«

»Hättest du nicht das Gefühl, etwas zu verpassen?« Sie schien in seinem Blick etwas zu suchen, und er hoffte, dass sie die Wahrheit darin erkannte.

»Ich habe vierzehn Jahre lang etwas verpasst.« Er küsste sie und drückte sie an sich. »Ich liebe dich, Amy. Ich will ein Leben mit dir. Kinder sind das Sahnehäubchen.«

»Ich will das Sahnehäubchen mit Kirsche«, murmelte sie an seiner Brust. »Mehrfach.«

Lächelnd lehnte er sich zurück. »Dann bekommst du genau das. So oft, wie du willst. Und wenn uns wirklich noch mal eine Fehlgeburt passiert, werden wir gemeinsam damit fertig. Ich werde nicht zulassen, dass du mich noch einmal ausschließt, und ich werde dich auf keinen Fall verlassen. Das ist ein Versprechen.«

Babys, Babys, Babys. Das war alles, woran Amy denken konnte, nachdem sie und Tony an diesem Morgen über Kinder gesprochen hatten. Jetzt, Stunden später, frühstückten sie mit ihren Freunden auf Bellas Terrasse und Amy schaute in die Runde. Wie würde es sich wohl anfühlen, wenn die Mädels Kinder bekommen könnten und sie selbst nicht? Würde sie es ihnen übel nehmen, wenn sie mit Babybauch unter ihren Sommerkleidern durch die Gegend laufen würden und sie die Einzige mit einem bedauernswert flachen Bauch wäre? Nein. Zumindest hoffte sie, dass sie nicht so kleinmütig sein würde, aber man suchte sich seine Gefühle nicht aus. Ihr Training an der Dartscheibe bestätigte das.

»Ich kann immer noch nicht glauben, dass wir alle heiraten werden«, meinte Bella.

»Na ja, fast alle von uns«, wandte Sky ein, die gerade Jennas Haare zu einem französischen Zopf flocht.

»Kein Grund zur Eile, Schwesterherz.« Pete warf Sky einen brüderlich-finsteren Blick zu, bevor er Joey streichelte, die zu seinen Füßen saß.

Jenna schlug ihm auf den Oberschenkel. »Sie ist fünfundzwanzig, Pete. Sie kann tun, was sie will.«

»Ich habe es nicht eilig, vielen Dank. Ich finde es gerade gut, nichts Festes zu haben.« Sky band den Zopf am Ende zusammen und tätschelte Jenna den Rücken, als Signal, dass sie sich wieder frei bewegen konnte. »Wann soll die Hochzeit denn stattfinden? Meine Freundin Lizzie hat einen Blumenladen in P-town. Ich wette, sie würde sich gern um die Brautsträuße kümmern.«

»Das wäre großartig«, sagte Jenna. »Wir müssen alles aufeinander abstimmen, die Kleider, die Blumen, die *Schuhe* …«

»Oh Gott, jetzt geht's los. Unsere kleine Miss Ordnungszwang kommt auf Touren«, stichelte Bella. »Und die da drüben kann nicht aufhören, ihren Verlobungsring anzustarren.« Sie deutete mit dem Kopf auf Amy.

»Kannst du mir das verübeln?« Amy streckte ihre Hand aus und wackelte mit den Fingern. Tony drückte sacht ihr Bein. Er saß neben ihr mit dem gleichen lächerlich glücklichen Grinsen, das er schon den ganzen Morgen im Gesicht hatte.

»Er ist wunderschön.« Sky betrachtete den Ring genauer.

»Ich weiß nicht, wie es euch geht, aber ich wünsche mir eine einfache Hochzeit«, warf Leanna ein. »Ich muss los zum Flohmarkt, also gebe ich hiermit meine Stimme ab: Strandhochzeit, legere Kleider, nur wir.«

»Moment, Liebling.« Kurt streichelte Pepper, der sich auf seinen Schoß gekuschelt hatte. »Für mich klingt das mehr als perfekt, aber ich glaube, meine Schwester und meine Mutter hätten ein Problem damit, nicht dabei zu sein.« Er setzte den Hund auf den Boden, woraufhin der direkt zu Amy flitzte und sich vor ihr auf den Rücken warf.

Amy kraulte ihm den Bauch und Joey drängelte sich sofort dazwischen, um ebenfalls Streicheleinheiten abzubekommen.

»Oh, stimmt. Na ja, meine Familie möchte wahrscheinlich auch dabei sein.« Leanna sah die anderen an. »Und eure wohl auch.«

Pete stöhnte leise auf.

Sky lachte. »Ja, ganz sicher. Dad wäre sauer, wenn er nicht kommen darf. Und glaub mir, Hunter, Matt und Grayson möchten auf jeden Fall dabei sein, wenn der erste Lacroux in den Hafen der Ehe einläuft.«

»Meine Eltern auch«, fügte Caden hinzu.

Tony nahm einen Schluck von seinem Kaffee und warf Amy einen Seitenblick zu. »Süße, deine Eltern werden auch dabei sein wollen. Ich glaube, diese Hochzeit wird viel größer, als wir dachten.«

»Aber … alle haben extra auf uns gewartet«, sagte Amy.

»Jamie und Jessica nicht«, erinnerte Bella sie.

»Na ja, Jamie war ja sowieso nie so wirklich bei dem Pakt dabei. Ich glaube, er hatte Angst, dass ich mich nie verlobe, und er konnte es einfach nicht erwarten, Jessica zu heiraten. Es war sicher schwer für ihn, überhaupt so lange zu warten.« Amy überlegte, was sie wirklich wollte. Wenn sie daran dachte, Tony zu heiraten, war das einzige Bild, das ihr in den Sinn kam, die gesamte Seaside-Gang am Strand, die sich zusammen trauen ließ. Sie sah sich am Tisch um, und so sehr sie auch versuchte, die Hochzeit in ihrem Kopf so zu drehen, dass alle Familien dabei waren, es funktionierte nicht.

»Ich glaube, ich habe eine Idee«, meinte sie und alle Blicke richteten sich auf sie. »Wie wäre es, wenn wir unsere private Strandhochzeit abhalten. Nur wir, und natürlich Theresa. Sie gehört ja zu Seaside. Wir können warten, bis Jamie und Jessica mit Vera zurückkommen. Und später kann jeder von uns eine weitere Hochzeit mit seinen eigenen Familien feiern.«

Tony legte ihr einen Arm um die Schultern und zog sie näher zu sich heran. »Brillant.« Er küsste sie auf die Wange. »Das gefällt mir. Unsere Familien sind uns wichtig, aber wenn wir alle zusammenbringen, wird das ein Riesenzirkus. Leannas Bruder Dae wird etwas in die Luft jagen wollen. Grayson und Hunter werden eine Stahlskulptur zur Erinnerung an den Tag aufstellen …«

»Und du kennst meine Schwester Siena noch nicht«, meldete sich Kurt zu Wort. »Sie und meine Mutter wollen sich sicher an der Planung beteiligen, von den Kleidern bis hin zum Essen.«

»Hat jemand Einwände?« Amy musterte die Gesichter ihrer Freunde. Pete warf Jenna einen fragenden Blick zu, die lächelte und nickte. Bella und Caden flüsterten miteinander, und Leanna und Kurt stimmten ebenfalls zu.

Evan kam nach draußen auf die Terrasse, in der einen Hand einen Schokodonut, in der anderen sein Handy. »Ich bin für die Strandhochzeit.« Er nahm einen Bissen von seinem Donut.

»Na, wenn Evan einverstanden ist, sind wir uns einig.« Tony hob eine Hand und Evan gab ihm ein High-Five.

»Ich kann mich um die Musik kümmern«, bot Evan an. »Und ich kann filmen, wenn ihr wollt.«

»Das wäre toll«, erwiderte Bella.

»Ich muss dann los«, verkündete Leanna. »Für mich hört es sich gut an, wenn Kurt auch einverstanden ist.«

Kurt klopfte sich aufs Bein und Pepper kam zu ihm, um sich von ihm auf den Arm nehmen zu lassen. »Klingt perfekt für mich. Ich darf dich zweimal heiraten. Lasst mich einfach wissen, was ich beitragen kann, finanziell oder bei der Organisation, was auch immer. Ich fahre heute zum Schreiben an die Bay.«

Nachdem Kurt und Leanna gegangen waren, verschwand Jenna kurz nach drinnen und kam mit einem Notizblock wieder zurück. »Okay. Ich bin bereit. Wann wollen wir das machen?«

Pete, Caden und Tony warfen sich einen bedeutungsvollen Blick zu und standen auf. Nichts wie weg hier.

»Hat sonst noch jemand das Bedürfnis, Holz zu hacken oder mit einem Bären zu ringen?«, fragte Tony.

»Ich, und wie.« Pete küsste Jenna auf den Kopf und lockte Joey zu sich, die bereitwillig an seine Seite kam. »Lassen wir den Mädelskram den Mädels.«

Sky lachte. »Ab mit euch, Männer. Wir kriegen das schon hin. Wir sagen euch, wann ihr wo auftauchen müsst.«

»Klingt perfekt«, sagte Caden. »Komm, Evan. Lass uns verschwinden.«

»Ich fahre mit dem Schoner raus. Wollt ihr mitkommen?«, fragte Pete.

»Unbedingt.« Tony gab Amy noch einen Kuss, dann machten sich die Männer auf den Weg zu Jennas und Petes Ferienhaus.

»Da gehen sie hin, unsere Männer«, kommentierte Jenna.

»Eure Männer, mein Bruder«, erinnerte Sky sie. »Das wird großartig. Mir ist da gerade dieser tolle kleine Laden in der Nähe des Blumengeschäfts meiner Freundin Lizzie eingefallen. Da gibt es Sommerkleider, die schick genug für eine Strandhochzeit sind, aber nicht zu schick, sodass man sie danach auch noch tragen kann.«

»Klingt, als bräuchten wir einen Tag in Provincetown für Blumen, Kleider und ... was noch?« Jenna kritzelte etwas auf den Notizblock.

»Oh, wisst ihr, was toll wäre?« Sky lehnte sich aufgeregt über den Tisch. »Ihr könntet ein Wochenende draus machen. Am Strand heiraten und dann mit Petes Schiff nach Nantucket oder Martha's Vineyard fahren, um dort eine kleine Hochzeitsreise zu machen.«

»Wir waren erst im Mai auf Martha's Vineyard.« Bella tippte Jenna gegen den Arm. »Weißt du noch? Du und Leanna habt euch die gleichen Taschen gekauft.«

»Ach echt? Davon wusste ich noch gar nichts.« Was hatte Amy noch verpasst? Und warum hatte sie das Gefühl, dass es jetzt schon zu viel war? Sie fragte sich, ob sie vielleicht wegen ihres bevorstehenden Umzugs nach Australien übermäßig empfindlich war.

»Ich dachte, das hätten wir dir erzählt«, meinte Bella. »Wir sind mit der Nachtfähre zurückgefahren.«

»Und haben auf dem Oberdeck geknutscht wie Teenager.« Jenna wackelte mit den Augenbrauen.

»Geknutscht wie Teenager?« Amy fühlte sich, als hätte sie nicht am Abschlussball teilnehmen dürfen.

»Mach dir nichts draus, Amy. Ich war auch nicht dabei.« Sky tätschelte ihre Hand.

»Jamie und Jessica kommen nächste Woche zurück, aber ich weiß nicht, wie lange sie bleiben. Vera bringen sie auf jeden Fall mit«, fuhr Jenna fort. »Sie sollte sowieso hier bei uns sein.« Erneut notierte sie etwas. »Ich glaube, Pete hat am zweiten Wochenende im August einen Termin mit einem neuen

Kunden. Ist es uns egal, ob wir an einem Wochenende oder unter der Woche feiern?«

»Ich muss in Cadens Dienstplan schauen und die Wochenenden fallen wegen Leannas Flohmarktverkauf aus«, erinnerte Bella sie.

»Ich könnte ihren Stand betreuen«, bot Sky an. »Oh, warte, dann würde ich ja die Hochzeit verpassen. Aber ich wette, dass Carey das übernehmen kann.« Carey betrieb ebenfalls einen Stand auf dem Flohmarkt, an dem er alte Schallplatten und andere Musiksachen verkaufte. Leanna war eng mit ihm befreundet.

»Ist Carey diesen Sommer überhaupt hier?«, fragte Amy. »Ich habe ihn bisher noch nicht gesehen.«

»Nein, aber er war im April da und hat erzählt, dass er dienstags und mittwochs auf den Flohmärkten auf dem Festland verkauft«, erklärte Sky. »Er hat Leanna gesagt, dass er gerne ihren Stand übernimmt, wenn sie und Kurt mal ein Wochenende frei haben wollen, sofern sie ihn auch seine Platten verkaufen lässt.«

April? Amy fragte sich, was in den Monaten ihrer Abwesenheit sonst noch so passierte. Und wenn sie nach der Hochzeit nach Australien zog, wie würde es dann sein, wenn sie alle Kinder bekamen? Sofern sie Kinder bekommen konnte. *Natürlich werden wir Kinder haben. Hör auf damit.* Sie würde wohl eine Menge verpassen. Die anderen konnten sich treffen, um mit runden Bäuchen und leuchtenden Augen über ihre Schwangerschaften zu reden. Sie würden wahrscheinlich sogar versuchen, zur gleichen Zeit schwanger zu werden.

»Amy ist nur noch bis zum achtzehnten August hier, bevor sie wieder arbeiten muss, und ich vermute mal, auch ihre Firma abwickeln wird – oder, Amy?«

»Hmhm«, murmelte sie und dachte an die Abreise. Das war noch etwas, das sie mit Tony besprechen musste. Sie beendete den Sommerurlaub immer um diese Zeit. Würde er mit ihr kommen? Sollte sie versuchen, länger zu bleiben? Konnte sie das überhaupt? Was war mit ihren Kunden? Sie hatte so viel im Kopf, dass sie das Gefühl hatte, zu ertrinken.

»Dann lieber früher als später. Und Amy zieht im Dezember um, also …« Bella trommelte mit den Fingernägeln auf der Tischplatte herum.

Amy legte ächzend die Stirn auf den Tisch. »Ich fühle mich wegen der Monate, in denen ich nicht hier bin und ihr alle zusammen seid, jetzt schon ein bisschen wie eine Außenseiterin. Wie schlimm wird das noch werden, wenn ich erst mal in Australien lebe?«

»Ach, Amy. So wild ist es doch nicht, und es sind doch nur zwei Jahre, oder?«, fragte Jenna.

»Doch, es ist so wild.« Amy schaute sie traurig an. »Ich meine, es ist nicht so schlimm, wenn ich mit Arbeiten beschäftigt bin und keine Zeit habe, darüber nachzudenken. Wenn ich nicht weiß, dass ihr lustige Ausflüge macht und Partnerlook-Sachen kauft.«

»Ist ja nicht so, dass wir dich ausschließen oder es vor dir verheimlichen«, meinte Bella.

»Das weiß ich. Ich grüble nur ständig darüber, wie es sein wird, wenn wir Kinder haben, weißt du? Ich möchte das alles mit euch *zusammen* erleben, nicht Tausende von Meilen entfernt.« Amy lehnte sich zurück und fummelte am Saum ihres Tanktops herum. »Ich habe auch ein bisschen Angst.«

»Wovor?« Jennas Tonfall war voller Mitgefühl.

Amy traten Tränen in die Augen und sie wandte sich ab.

»Amy?« Jenna umrundete den Tisch und hockte sich neben

sie. »Was ist los?«

»Was ist, wenn ich keine Kinder bekommen kann?«, flüsterte Amy.

»Hat dein Arzt irgendwas in diese Richtung gesagt?«, wollte Bella wissen. »Wenn es bei dir nicht geht, können wir deine Leihmütter sein. Ich biete mich gerne dafür an.«

»Ich auch«, stimmte Jenna ihr zu.

Tränen liefen Amy über die Wangen. »Das würdet ihr einfach so machen?«

»Natürlich«, erwiderte Bella. »Warum denn nicht? Ich meine, ich werde nicht mit Tony schlafen, aber wofür gibt's Pipetten?«

Amy wischte sich lachend über die Augen.

Sky rückte ihren Stuhl näher an Amys heran. »Amy, nur weil du einmal eine Fehlgeburt hattest, heißt das nicht, dass du wieder eine haben wirst. Als ich noch in New York gewohnt habe, hatte meine Freundin Carol eine, und im Jahr darauf bekamen sie und ihr Mann einen wunderschönen Jungen.«

Amy schluckte, um das enge Gefühl in ihrer Kehle loszuwerden. »Ich weiß. Ich habe das nur schon mal alles allein durchgemacht. Das war natürlich meine Entscheidung, und ich weiß, dass Tony bei mir wäre, wenn es wieder passieren würde, aber ... Ach, es kommt einfach zu viel zusammen. Ich will bei euch sein. Ihr habt eure Männer, euer Leben und ihr wohnt nahe beieinander. Ich will mit euch Fähre fahren und mit Tony knutschen. Ich will Carey im April sehen. Na ja, nicht speziell ihn, aber ihr wisst schon, was ich meine. Ist das egoistisch von mir? Ich habe nämlich das Gefühl, dass ich im Moment verdammt egoistisch bin.«

»Ich mag die egoistische Amy«, entgegnete Bella. »Ich wollte von Anfang an nicht, dass du den Job annimmst.«

Amy legte den Kopf wieder stöhnend auf den Tisch. »Der Job. Ich liebe diesen Job. Ich will diesen Job. Aber gleichzeitig will ich hier leben.«

Sie hob den Kopf, als sie Tonys Stimme hörte, und sah ihn über die Rasenfläche eilen.

»Was habt ihr denn mit meiner Verlobten gemacht?« Er nahm die Terrassenstufen mit einem großen Satz und ging neben Amy in die Hocke. »Was ist los, Süße?«

Die Worte sprudelten nur so aus ihr heraus, zusammen mit einem neuen Tränenstrom. »Ich will nicht nach Australien ziehen. Ich will hier leben und mit dir auf der Fähre knutschen.«

Tony runzelte die Stirn, lächelte dann aber. Ein kleines Lachen entwich ihm und er streichelte Amy über die Wange. »Ich bin voll dafür, dass wir auf der Fähre rumknutschen, auch wenn ich nicht so genau weiß, was das mit Australien zu tun hat. Süße, wir können leben, wo immer du willst. Es ist mir egal, wo unser Zuhause ist, das weißt du. Entscheide dich für das, was *dich* am glücklichsten macht.«

»Oh wie süß«, meinte Jenna.

»Ist das dein Ernst, Tony?« Bella schaute ihm direkt in die Augen. »Ich meine, ist es dir wirklich egal, wo du wohnst? Nicht nur jetzt gerade, wo Amy in Tränen aufgelöst ist. Hast du nicht einen Terminkalender und andere Dinge zu berücksichtigen?«

»Das Einzige, was ich berücksichtigen will, sind Amys Wünsche.« Tony richtete seine Aufmerksamkeit wieder auf Amy. »Wir finden eine Lösung, wo auch immer du wohnen willst. Du musst nie wieder arbeiten, wenn du das nicht möchtest. Und ich streng genommen auch nicht.«

»Wow«, flüsterte Sky.

»Allerdings, wow«, wiederholte Bella.

»Aber ich liebe meine Arbeit.« Amy wischte sich die Tränen aus den Augen. »Ich will den Job bei Duke, aber ich will auch hier leben, mit dir und den Mädels. Ich will zur gleichen Zeit wie sie Kinder haben und Jenna zuhören, wie sie darüber meckert, dass ihre Brüste durch die Schwangerschaft zu groß werden. Ich will sehen, wie Leanna sich wie ein Hippie anzieht, wenn sie schwanger ist, und ich will mit Bella einkaufen gehen, damit sie mir sagen kann, dass es nicht fair ist, dass mein Bauch schöner ist als ihrer.«

»Hey«, protestierte Bella augenzwinkernd.

»Du weißt, was ich meine«, entgegnete Amy. »Ich möchte an die Bay fahren und Jenna in ihrem Atelier beim Malen zusehen, während es draußen schneit. Ich möchte mitbekommen, wie Evan in den Winterferien nach Hause kommt und sein Grinsen sehen, wenn er allen erzählt, wie sein erstes Collegesemester war.« Amy atmete tief ein und ließ die Luft langsam wieder entweichen.

»Ich rede wirres Zeug. Ich muss Duke sagen, dass ich den Job nicht annehmen kann, weil ich wirklich, wirklich lieber hier mit allen leben will, glaube ich.« *Will ich das? Ja? Vielleicht?* Ihr wurde klar, dass sie einfach so davon ausging, dass Tony wirklich ernst meinte, was er über das Leben an einem anderen Ort gesagt hatte. Amy hatte schon immer hier am Cape wohnen wollen, aber sie hatte nie ernsthaft in Erwägung gezogen, den Schritt zu wagen. Zu Hause wartete ein ganzes Leben auf sie, doch wenn sie einen Umzug nach Australien in Erwägung zog, warum dann nicht auch einen an ihren Wunschort – zu den Freunden und mit dem Mann, mit dem sie wirklich zusammen sein wollte?

»Ich meine, wenn das für dich in Ordnung ist«, sagte sie zu

Tony.

Der zog sie zu sich heran. »Süße, mir ist das vollkommen recht. Hier sind wir ein Paar geworden. Hier sollten wir auch eine Familie werden.« Er hielt sie fest, bis ihre Tränen versiegten.

»Was soll ich Duke sagen? Mir gefällt das nicht, ihn so im Stich zu lassen.«

»Duke ist Geschäftsmann, aber Familie ist ihm enorm wichtig. Er wird es verstehen«, erwiderte Tony.

»Er ist dieses Wochenende hier am Cape«, sagte Sky. »Er schaut sich mit Blue den Leuchtturm drüben auf Bowers Bluff an.«

»Ich weiß. Ich treffe mich morgen früh mit ihm. Ich will ihn einfach nicht enttäuschen.« Amy griff nach Tonys Hand. »Warum bist du eigentlich nicht mit den Jungs zum Hafen gefahren?«

»Mache ich noch. Ich musste meine Schlüssel holen, und als ich dich hier so gesehen habe, mit dem Kopf auf dem Tisch, habe ich mir Sorgen um dich gemacht.«

»Oh, danke. Mir geht's gut. Glaube ich.«

»Nimm dir Zeit und entscheide in Ruhe, was du tun willst. Duke wird es in jedem Fall verstehen, da bin ich mir sicher. Ist es für dich wirklich okay, wenn ich jetzt fahre?«

»Natürlich.« Amy gab ihm einen Abschiedskuss, erleichtert, aber immer noch hin- und hergerissen wegen des Jobs. Tony und sie hatten keine Freunde in Australien, aber die Stelle klang wirklich nach allem, was sie sich jemals für ihre Karriere gewünscht hatte. Das war die beste Chance, die sie sich erhoffen konnte.

Sie schaute in die Runde und ihr Herz gewann die Oberhand. Sie wollte unbedingt am Cape leben, so viel stand für sie fest. Sie wünschte nur, es gäbe eine Möglichkeit, sowohl den Job als auch das Cape zu bekommen. Andererseits konnte sie sich glücklich schätzen. Sie war mit Tony zusammen, und das war mehr, als sie je zu hoffen gewagt hatte. Es war an der Zeit, sich zusammenzunehmen und mit Duke zu sprechen. Mit etwas Glück würde er ihr keine Vorwürfe machen, weil sie ihre Meinung geändert hatte.

Zweiundzwanzig

Am Sonntagmorgen saß Amy in ihrem Auto vor dem Bookstore Restaurant und versuchte, ihre Hände dazu zu bringen, mit dem Zittern aufzuhören. Sie hatte sich dreimal umgezogen, bevor sie das Haus verließ, und sich schließlich für ein schlichtes, geblümtes Sommerkleid entschieden. Duke hatte sie schon in Badesachen, Shorts und feinem Zwirn gesehen. Sie kannten sich bereits seit ein paar Jahren. Derart nervös sollte sie also nicht sein. So eng befreundet wie mit Jamie, Caden, Pete oder Kurt war sie mit ihm nicht, aber ihre Beziehung ging über eine gute Bekanntschaft hinaus und bedeutete Amy viel. Er war ein kluger, vernünftiger Mann. Bestimmt würde er ihre Entscheidung verstehen.

Oder doch nicht?

Ihm war Familie so wichtig, dass er es wohl zumindest zum Teil nachvollziehen konnte. Die Frage war nur, ob dieser Teil groß genug war, um ihre Freundschaft zu erhalten. Amy sprach sich selbst noch ein wenig Mut zu und betrat dann das Restaurant. Nun konnte sie nur noch das Beste hoffen.

Duke saß auf der Veranda an einem Tisch für zwei Personen und winkte Amy zu sich. Selbst ohne seinen Anzug hatte der Mann etwas Erhabenes an sich. Und dazu noch alle

Elemente klassischer Attraktivität: breite Schultern, kantiges Kinn, intelligente Augen, die zwar eher klein waren, ihr aber herzlich und einladend entgegenblickten. Er stand auf, um Amy zu begrüßen, und sie bemerkte, dass sein graues T-Shirt und seine Jeans vollkommen knitterfrei waren. Seine aschblonden Haare waren leicht verwuschelt, was ihm einen lässigen Touch verlieh.

Amys zierliche Gestalt verschwand praktisch in seiner Umarmung.

»Schön, dich wiederzusehen, Amy.« Duke zog ihr den Stuhl vom Tisch zurück und wartete, bis sie sich darauf niedergelassen hatte, bevor er sich setzte. Immer ganz der Gentleman.

»Ebenfalls, Duke. Hat euch die Immobilie gefallen, die du dir mit Blue angeschaut hast?« Amys Puls raste so schnell, dass sie befürchtete, jeden Moment mit einem *Ich kann den Job nicht annehmen!* herauszuplatzen. Deshalb versuchte sie alles, um sich mit anderen Themen abzulenken.

»Ja, sehr sogar. Sehr vielversprechend, aber wie ich meinen Bruder kenne, wird er sie für sich selbst behalten, anstatt sie für eine gewerbliche Nutzung zu renovieren. Er hatte diesen Ausdruck in den Augen.« Duke winkte den Kellner heran. »Möchtest du etwas essen, Amy? Einen Kaffee?«

»Nur ein Wasser mit Eis, bitte.« *Ich bin zu nervös, um etwas zu essen.*

Duke bestellte für sich noch eine Tasse schwarzen Kaffee bei dem jungen Mann und wandte sich dann wieder Amy zu. Sein Blick fiel auf ihren Verlobungsring, der wie ein Leuchtfeuer an ihrer linken Hand funkelte, und seine Lippen verzogen sich zu einem Lächeln.

»Ah, ich sehe, es sind Glückwünsche angebracht.«

Amys Wangen wurden heiß. Sie schaute ebenfalls auf ihren

Ring und ein Lächeln umspielte ihre Lippen. »Ja, danke. Tony und ich werden heiraten.«

Duke nickte und griff nach ihrer Hand, um den Ring genauer zu betrachten. »Ein schöner Ring. Tony ist ein Glückspilz. Das erklärt auch, warum ich ihn bei der Hochzeit als besitzergreifend wahrgenommen habe.«

»Besitzergreifend?« Amy erinnerte sich an die Hochzeit, als Tony beobachtet hatte, wie sie mit Duke sprach, kurz bevor er Amy gesagt hatte, dass sie den Job annehmen sollte. Sie schluckte das ungute Gefühl hinunter, das die Erinnerung mit sich brachte. Tony hatte so sehr versucht, dagegen anzukämpfen – und sie war so froh, dass sie einfach nicht voneinander losgekommen waren.

»Das tut mir leid. Es war eine schwierige Zeit für uns beide. Hinter uns liegt eine bewegte Vergangenheit.«

»Amy, du musst dich für nichts entschuldigen. Ich freue mich für euch beide. Tony ist ein guter Mann, den ich sehr respektiere. Und er wird Australien lieben.«

Schuldgefühle schnürten ihr die Kehle zu. Amy war erleichtert, als der Kellner ihr Eiswasser brachte.

»Danke.« Sie hatte trotzdem Angst, nach dem Glas zu greifen, denn ihre Hände zitterten wieder wegen der Bemerkung über Australien und dem, was sie Duke zu sagen hatte.

»Wann ist denn der große Tag?«, fragte Duke.

Sie atmete erleichtert auf. Mit diesem Thema konnte sie viel besser umgehen als mit dem *Ich kann den Job nicht annehmen,* das ihr noch bevorstand. »Bald. Wir überlegen, eine kleine Trauung hier am Strand mit unseren Freunden stattfinden zu lassen, und anschließend feiern wir alle getrennt mit unseren Familien größer. Du und Blue kommt hoffentlich auch?« Sie konnte nicht fassen, dass sie tatsächlich über ihre Heirat mit

Tony sprach, dass das wirklich passieren würde. So lange hatte sie davon geträumt und nun lud sie Duke und seinen Bruder zu ihrer Hochzeit ein.

Unsere Hochzeit!

»Ich würde es um nichts in der Welt verpassen wollen.« Duke nippte an seinem Kaffee. »Ich würde gerne euch allen eine Woche in der Flitterwochensuite eines Ryder Resorts schenken. In welchem dürft ihr euch aussuchen.«

Amy blieb der Mund offen stehen. »Das ist wirklich nicht nötig, Duke.«

»Es ist deine Hochzeit, Amy. Hoffentlich kommt dieser Tag nur einmal in deinem Leben – genauso wie für Bella, Leanna und Jenna. Es ist mir ein Vergnügen.«

»Im Ernst? Das ist sehr großzügig von dir.« Wie konnte sie nun den Job ablehnen, nachdem er ihr das angeboten hatte?

»Was nützt es, Luxusresorts zu besitzen, wenn man den Spaß nicht mit Freunden teilen kann?« Duke lehnte sich zurück und blickte auf den Hafen hinaus. »Ich habe eine Schwäche für die Liebe. Lasst mich einfach wissen, wann und wo ihr die Zimmer haben wollt, und die Sache ist geritzt.«

Amy senkte den Blick und versuchte, den Mut aufzubringen, endlich auszusprechen, weswegen sie gekommen war. Sie straffte die Schultern, legte die Hände in den Schoß und verschränkte die Finger fest ineinander. Als sie Duke wieder in die Augen sah, lächelte er immer noch. Ihr wurde flau im Magen, denn sie wusste, dass sie dabei war, seine komplette Planung über den Haufen zu werfen.

»Duke, bevor ich dein großzügiges Geschenk annehme, muss ich mit dir über den Job sprechen.« *Ich kann das. Ich schaffe das.*

Er zog die Brauen zusammen. »Sollte ich mir Sorgen machen, dass wir reden müssen, bevor du das Geschenk annimmst?«

»Wahrscheinlich.«

Duke lehnte sich in seinem Stuhl zurück, überschlug lässig die Beine und stützte den Ellbogen auf die Stuhllehne. »Du kannst es mir genauso gut direkt sagen, Amy.«

»Direkt.« *Klar doch.* »Okay, gut. Das fällt mir sehr schwer, weil ich wirklich, wirklich gerne mit dir arbeiten möchte. Die Stelle, die du mir angeboten hast, ist genau das, worauf ich all die Jahre hingearbeitet habe, und ich weiß, dass ich hervorragende Arbeit leisten würde.« Amy hielt inne, doch Dukes Gesichtsausdruck verriet nichts. Sie rückte das Besteck auf dem Tisch zurecht und faltete ihre Serviette neu, um die nervöse Energie loszuwerden, die unter dem Gewicht seines ruhigen Blicks in ihr vibrierte.

»Es ist nur … Ich muss ehrlich zu dir sein, Duke. Ich will unsere Freundschaft nicht ruinieren und ich will diesen Job wirklich nicht aufgeben, aber meine Lebensumstände haben sich geändert. Jetzt, wo Tony und ich heiraten, möchte ich Kinder haben und eine Familie gründen. Und zwar hier. Am Cape. Mit meinen Freunden.« Das war's. Sie hatte alles offen ausgesprochen und war dabei nicht mal in Ohnmacht gefallen.

Duke schwieg.

So ein Mist. Sie befürchtete, dass sie mit der Absage des Jobs auch ihrer Freundschaft Schaden zugefügt hatte und versuchte, es ihm weiter zu erklären.

»Es tut mir wirklich leid. Normalerweise bin ich nicht der Typ Mensch, der sich aus einer Zusage zurückzieht.« *Doch, bin ich. Ich habe damals mit Tony Schluss gemacht.*

Das musste ich. Oder etwa nicht?

Duke lehnte sich nach vorn, die Hände unterm Kinn verschränkt. »Nun, das gibt der Situation eine interessante Wendung.«

Seine Worte holten sie in die Gegenwart zurück. *Interessante Wendung?* Sie wusste nicht, was sie darauf antworten sollte, und in Gedanken war sie immer noch bei der Abfuhr, die sie Tony vor all den Jahren erteilt hatte. Das hatte sie zu seinem Schutz getan, ja, aber sie hatte damit auch ihr eigenes Überleben gesichert. Es war so schwer gewesen, die Trauer in Tonys Augen zu sehen, dass sie daran beinahe erstickt wäre. Sie war kaum in der Lage gewesen, sich von Tag zu Tag zu hangeln, und das Bestehen ihrer Prüfungen war gefährdet gewesen, hätte sie sich nicht zusammengerissen. Sie war ein Kind gewesen, das eine Entscheidung aus Angst heraus getroffen hatte.

Passierte das jetzt wieder? Wollte sie irgendwen oder irgendwas retten? Ihre Beziehung zu Tony? Nein. Er würde mit ihr gehen, wohin sie wollte.

Jetzt traf sie eine Entscheidung als Erwachsene. Sie sorgte erneut egoistisch für sich selbst, denn sie *wollte* die Zeit, die sie mit ihren Freundinnen am Cape verbringen konnte. War das so falsch?

Duke schaute sie fragend an.

Nein. Es war nicht falsch. Sie hatte ein Leben lang darauf gewartet, Tony zu heiraten.

Ich habe auch ein Leben lang auf so einen Job gewartet.

»Ist das eine Alles-oder-nichts-Entscheidung?«, hakte Duke nach.

»Wie meinst du das?«

»Amy, ich habe dir den Job nicht angeboten, weil wir Freunde sind. Ich habe dir den Job angeboten, weil du die Beste dafür bist.« Er machte eine Pause, um seine Worte sacken zu lassen.

Die Beste dafür. Das ging runter wie Öl. Und Dukes Blick war todernst. Amy war so sehr damit beschäftigt gewesen, sich um ihre Freundschaft zu sorgen, dass sie gar nicht bedacht hatte, *warum* er sie eingestellt hatte.

»Du besitzt die Professionalität und die Kompetenz, dieses Konferenzzentrum zum Erfolg zu machen, und die Vision, um es in die Zukunft zu führen. Ganz zu schweigen davon, dass du gut mit Kunden umgehen kannst.« Duke setzte sich aufrechter hin, und Amy hatte plötzlich das Gefühl, nicht mit ihrem Freund Duke, sondern mit dem Immobilien-Tycoon Duke Gerald Ryder zu sprechen. Und der Immobilien-Tycoon wollte *sie* für diesen Job haben.

Amy straffte die Schultern. Die letzten Wochen waren für sie so emotional gewesen, dass sie die Tatsache aus den Augen verloren hatte, dass sie auch Amy Maples, Geschäftsführerin von Maples Logistical & Conference Consulting, war.

Ihr Privatleben entwickelte sich in eine unglaublich positive Richtung, und das alles nur, weil sie sich getraut hatte, ein Risiko einzugehen. Sie warf einen Blick auf ihren Verlobungsring. Auch wenn sie als Verführerin kläglich versagt hatte, musste sie wohl doch irgendetwas richtig gemacht haben, denn sie hatte Tonys Aufmerksamkeit erregt. In diesem Fall war es eher Glück gewesen, aber auf beruflicher Ebene wusste sie *genau*, was sie tat.

Sie freute sich über diese Erkenntnis und nutzte das neue Selbstvertrauen, wie sie es bei jedem Kunden tun würde, um das zu bekommen, was sie wollte.

»Vielleicht sollten wir dann über unsere Optionen sprechen.«

Eine Stunde später saß Amy wieder in ihrem Auto. Sie fuhr zum Ende des Piers in Wellfleet und parkte am Bootshaus. Mit ihrem Handy in der Hand ging sie hinunter zu den Docks, wo sie früher morgens mit ihrem Vater den Fischern beim Auslaufen zugeschaut hatte. Sie setzte sich, lehnte sich mit dem Rücken an einen der Holzpfähle und rief ihren Vater an.

»Hallo, Prinzessin.«

Sie hörte das Lächeln in seiner Stimme und ihre Entschlossenheit geriet ins Wanken. »Hi, Dad.«

»Wie geht es dir, mein Schatz? Können wir deinen Businessplan fürs kommende Jahr durchsprechen? Ich habe nachgedacht und …«

»Dad!« Sie unterbrach ihn, bevor der Mut sie noch verließ.

»Was ist los, Schatz? Brauchst du ein paar Minuten, um deine Unterlagen zu sortieren, bevor wir sie durchgehen?«

»Nein, Dad. Ich muss mein Leben neu sortieren. Allein.«

»Ich … Tut mir leid, Prinzessin. Ich weiß nicht, ob ich das verstehe.« Seine Stimme wurde ernst.

»Das ist mir klar, und ich wusste es bis vor Kurzem selbst noch nicht. Dad, ich bin dir sehr dankbar für all deine Hilfe und Unterstützung.«

»Aber natürlich. Dafür ist dein alter Herr ja auch da. Um sicherzustellen, dass du nicht den falschen Weg einschlägst.«

Amy schloss die Augen und atmete tief durch. Sie straffte die Schultern und starrte auf die Schiffe hinaus. »Dad, weißt du noch, wie du mich früher immer zum Hafen mitgenommen hast?«

»Sicher. Das waren schöne Zeiten.«

»Ja, das stimmt.« Sie lächelte bei den warmen Erinnerungen, doch dann verblasste ihr Lächeln, als sie ihren Gedanken zu Ende führte. »Weißt du noch, wie du mir die Geschichte von dir und Onkel Sal auf diesem Angelausflug erzählt hast? Als Grandpa Onkel Sal nicht erlaubt hat, den Fisch selbst einzuholen, weil er dachte, dass er ihn verliert, und du Mitleid mit Onkel Sal hattest, weil du wusstest, dass er es selbst geschafft hätte?«

Ihr Vater lachte. »Ich kann nicht fassen, dass du dir das gemerkt hast.«

Amy lachte nicht. Sie hielt den Atem an, denn das, was sie als Nächstes zu sagen hatte, war fast genauso schwierig wie mit Tony über ihre Vergangenheit zu reden. Sie schluckte ihre Angst hinunter und zwang sich, es einfach auszusprechen.

»Ich muss meinen Fisch selbst an Land ziehen, Dad. Du hast mir so viel beigebracht, aber ich kann mein Geschäft selbst führen und meine Marketingpläne selbst erstellen.« Sie kniff die Augen zusammen und hoffte, dass er nicht wütend wurde.

»Das weiß ich doch, Prinzessin. Warum erzählst du mir das?«

Wie konnte er das nicht verstehen? Musste sie ihm das wirklich haarklein erklären? Ganz offensichtlich. Sie stand auf und marschierte auf dem Steg auf und ab. »Ich erzähle dir das, weil du ... weil du mir immer noch ständig im Nacken sitzt. Du hast mich nach jeder Prüfung gefragt, die ich abgelegt habe, du hast wöchentlich meine Lernfortschritte kontrolliert, und als ich meine Firma gegründet habe, warst du bei den Treffen mit meinem Anwalt dabei. Ich weiß das alles zu schätzen, aber jetzt ist es an der Zeit, meinen eigenen Weg zu gehen. Ich kann alleine schwimmen, und wenn ich untergehe, dann ist das eben so. Aber ich muss es alleine schaffen, Dad.«

»Aber du schaffst es doch schon alleine, Amy. Du hast dein Geschäft aufgebaut, nicht ich. Du machst die Arbeit, nicht ich. Ich bin nur hier, um dich anzuleiten.«

Amy stieß einen frustrierten Seufzer aus. »Ich bin froh, dass du das so anerkennst, aber ich brauche deine Hilfe bei meinem

Businessplan wirklich nicht, Dad. Oder bei meinen Verträgen. Ich schaffe das.«

Sie lauschte auf seinen Atem und wünschte, er würde etwas sagen.

Irgendetwas.

»Dad?«

»Ich bin noch dran. Es tut mir leid.«

Schuldgefühle drohten sie zu ersticken. »Dad …«

»Nein. Du hast recht, Amy. Das war einer der Gründe, warum deine Mutter uns verlassen hat – weil ich mich ständig bei ihr eingemischt habe. Ihr immer über die Schulter geschaut habe, so hat sie es genannt.« Seine Stimme war voller Bedauern.

»Dad, es ist nicht unangenehm, wenn du mir über die Schulter schaust. Ich weiß, du meinst es gut, aber …«

»Aber ich setze dich zu sehr unter Druck und lasse dich nicht deine eigenen Entscheidungen treffen. Ich verstehe, Amy, und es liegt nicht daran, dass ich kein Vertrauen in deine Entscheidungen oder deine Fähigkeiten habe. Du bist brillant und kompetent, genau wie deine Mutter.«

»Warum tust du es dann?« Das war ihr vollkommen neu. Ihre Mutter hatte nie etwas in die Richtung gesagt. Andererseits hatte Amy immer darauf geachtet, sich bei ihrer Mutter nicht darüber zu beschweren, dass ihr Vater sich so sehr einmischte. Sie hatte bei den beiden immer sehr zwischen den Stühlen gesessen. Jetzt wünschte sie sich, sie hätte dieses Gespräch nicht so lange aufgeschoben.

Er seufzte. »Keine Ahnung. So bin ich nun mal, schätze ich. Ich will nur das Beste für dich. Aber ein bisschen was musst du mir schon zugestehen. Ich habe mir oft auf die Zunge gebissen, als du noch jünger warst. Zum Beispiel, wenn du dich mit den Mädels zum Pool rausgeschlichen hast. Und in dem Sommer, als du mit Tony Black zusammen warst. Wie sehr wollte ich da was sagen. Nicht, dass ich Tony nicht mag, aber ich hatte Angst, dass du ihn heiraten und mit ihm durch die Weltgeschichte gondeln würdest, statt aufs College zu gehen. Aber ich habe es mir verkniffen und du hattest einen tollen Sommer. Ich dachte mir, dass du noch ein paar schöne Wochen haben solltest, bevor der Ernst des Lernens losgeht.«

Amy bekam keine Luft und sie ließ sich mit offenem Mund auf dem Steg nieder. »Du ... du ... wusstest es?«

Er lachte. »Schatz, wie sollte ich denn nicht? Ihr habt doch kaum eine Minute getrennt voneinander verbracht.«

»Du wusstest es.« Sie sagte es mehr zu sich selbst als zu ihm. Tränen traten ihr in die Augen. »Du hast nie was gesagt. In dem Sommer ... hast du immer nur davon geredet, dass ich mich im Herbst zusammenreißen muss und keine Zeit für Jungs und Verabredungen haben werde.«

»Ganz genau. Deshalb habe ich auch nichts gesagt, als ihr beide so verknallt ineinander wart. Es erschien mir auch eher harmlos. Ich habe nicht einmal mitbekommen, dass ihr euch geküsst hättet. Eine kleine Schwärmerei war sicher okay, bevor du dich in deine Kurse stürzen musstest und jeder Tag zählte.«

»Eine kleine Schwärmerei.« Tränen strömten Amy über die Wangen und sie schüttelte den Kopf. Wäre es anders gelaufen, wenn sie das gewusst hätte? Sie dachte darüber nach, während ihr Vater weiter davon erzählte, dass er und die anderen Eltern das süß gefunden hatten und überrascht waren, dass nicht auch zwischen Jamie und einem der anderen Mädchen etwas gelaufen war.

Sie wollte ihn anschreien, ihm sagen, dass es nicht nur eine Schwärmerei gewesen war, dass sie Tony von ganzem Herzen geliebt hatte und immer noch liebte. Sie wollte ihm sagen, dass sie eine Fehlgeburt allein durchgestanden hatte, weil die Angst, ihn zu enttäuschen, so groß gewesen war, dass sie nicht gewagt hatte, es jemandem zu erzählen. Doch wie sie da so auf dem Steg in der Sonne saß und dem beruhigenden Geräusch des Wassers lauschte, das in der sanften Brise gegen die Boote plätscherte, kam nichts davon über ihre Lippen. Das war ihre Sache. Und Tonys. Es war ihr persönlicher Kummer, und dass ihr Vater es erfuhr, würde nichts an dem ändern, was sie erlebt hatten.

Sie atmete noch einmal tief durch – was sie in letzter Zeit ständig tat – und sprach dann aus, was sie im Grunde sagen wollte.

»Dad, ich hab dich lieb, aber von jetzt an werden wir die Einzelheiten meiner Unternehmensführung außen vor lassen, okay?«

»Okay, Prinzessin. Ich verspreche, es zu versuchen, aber du weißt ja, was Hänschen nicht lernt … Es wird mir nicht ganz leichtfallen.«

Sie lächelte. »Ja, ich weiß. Und darauf nehme ich auch Rücksicht. Ein bisschen.«

»In Ordnung, mehr kann ich nicht verlangen. Ich bewundere den Mut, den du sicherlich gebraucht hast, um mich anzurufen.«

»Danke. Ja, es war nicht einfach.« Bis eben war ihr gar nicht klar gewesen, wie viel. »Noch etwas, Dad. Ich werde Tony heiraten.«

»Du wirst …«

»Tony Black heiraten. Ich liebe ihn. Ich habe ihn immer geliebt. Und wenn du etwas Negatives darüber zu sagen hast, dann lass es einfach. Denn es ist mir egal, ob du ihn für nicht gut genug hältst oder ob es dir lieber wäre, wenn ich mit jemand anderem zusammen wäre, der …«

»Amy, Stopp.«

Sie verstummte angesichts des strengen Tonfalls, den er ihr gegenüber selten anschlug.

»Ich mag Tony genauso gerne wie die anderen Kinder. Nun, wohl eher die anderen Männer und Frauen. Kinder sind sie ja nun nicht mehr. Ich habe nichts gegen ihn. Er hat sich immer nett und anständig verhalten.«

Sie atmete erleichtert auf. »Ja, er ist ein guter Mann.«

»Ich wollte nur nicht, dass du mit achtzehn mit ihm auf und davon gehst. Du solltest einen Abschluss machen, um auf eigenen Beinen zu stehen.«

»Schon irgendwie ironisch, wenn man bedenkt, wie sehr du dich in jede meine Entscheidungen eingemischt hast.« Unglaublich, dass sie das laut gesagt hatte. Wo war das denn auf einmal hergekommen und warum hatte ihr Verstand die Worte nicht aufgehalten?

»Wow. Wie lange kaust du darauf schon herum, Prinzessin?«

Sie war erleichtert, ein Lächeln in seiner Stimme zu hören. »Wahrscheinlich länger, als ich zugeben will.« Sie hatte das Gefühl, als wäre ihr eine riesige Last von den Schultern genommen worden, und wollte unbedingt herausfinden, wie sich ein Leben ohne sie anfühlte.

»Okay, und das habe ich auch verdient. Du bist selbstständig, Amy. Wie ich schon sagte, war ich als Berater da, aber du warst diejenige, die die Firma aufgebaut hat. Du bist kompetent, und mir ist klar, dass ich mich zurückhalten muss. Aber was am meisten zählt: Bist du glücklich?«

»Sehr.«

»Das ist alles, was ich mir je für dich gewünscht habe. Also war es wohl nicht bloß eine Schwärmerei.«

»Nicht einmal annähernd«, gab sie zu.

»Ich wusste gar nicht, dass ihr wieder zusammen seid. Wie lange schon? Oder besser gesagt, wie lange liebst du ihn schon?«

Amy überlegte einen Moment, wie sie darauf reagieren sollte. Wie lange sie schon zusammen waren? *Jeden Tag und jede Nacht in meinen Träumen.* Wie lange sie ihn liebte?

»Schon immer.«

Tony schaute zum gefühlt hundertsten Mal auf sein Handy. Immer noch keine Nachricht von Amy.

»Alter.« Pete schüttelte den Kopf. »Sie wird anrufen, wenn sie dir was zu sagen hat. Setz dich, nimm dir was zu trinken und entspann dich.« Er klopfte neben sich auf den Holzsteg.

Sie hatten den Vormittag auf dem alten Segelschiff verbracht, das Pete vor zwei Jahren restauriert hatte, und waren seit etwa zwanzig Minuten zurück im Jachthafen. Tony ließ sich neben Pete auf dem Steg nieder und nahm das Bier an, das er ihm reichte. »Ich mache mir nur Sorgen um Amy. Was ist, wenn es mit Duke nicht gut läuft? Du kennst sie doch, sie ist sensibel. Sie wird wochenlang ein schlechtes Gewissen haben, weil sie ihn im Stich gelassen hat.«

»Sie hat schon echt ein Herz aus Gold.« Caden setzte sich auf Petes andere Seite, lehnte das angebotene Bier aber ab. »Jemand muss sich ans Gesetz halten. Ich bin der nüchterne Fahrer.«

Pete schüttelte den Kopf. »Immer ganz der Cop.«

»Ich trinke nur das eine Bier.« Tony hielt seine Flasche

hoch.

»Ist diese Gruppenhochzeit für euch okay?«, fragte Caden.

»Pfft. Warum nicht?« Pete nahm einen großen Schluck von seinem Bier. »Wenn es die Mädels glücklich macht.«

»Hey, ihr und die Mädels seid genauso meine Familie wie meine Mutter. Ich bin voll dafür.« Tony stellte seine Flasche auf dem Steg ab. »Und haben Bella und Jenna nicht extra gewartet, bis Amy auch verlobt ist? Oh, und Leanna natürlich auch.«

»Jep.« Caden fuhr sich seufzend mit der Hand durch die Haare. »Nenn mich konservativ, aber ich möchte lieber früher als später heiraten. Ich habe es Evan noch nicht gesagt, aber Bella und ich würden gerne versuchen, ein gemeinsames Kind zu bekommen.«

Tony lächelte. »Ich glaube, Amy hat es damit auch ein bisschen eilig.«

»Jenna auch.« Pete drehte die Flasche zwischen den Händen. Sein Blick wurde ernst. »Tony, ich weiß nicht, ob das jetzt unpassend ist, aber Jenna hat mir erzählt, was ihr durchgemacht habt.«

Ein scharfer Stich fuhr Tony in die Brust. »Ja? Das ist okay.«

»Es tut mir leid, Mann.« Pete klopfte ihm freundschaftlich auf den Rücken. »Das muss schwer gewesen sein.«

»Ja. Damals bin ich fast durchgedreht.« Tony trank sein Bier aus und stellte die Flasche wieder neben sich ab.

»Bella hat es mir auch erzählt. Ich kann dir aus eigener Erfahrung sagen, dass es nicht einfach ist, so jung ein Kind aufzuziehen. Ich will nicht kleinreden, was du durchgemacht hast. Ich will damit nur sagen … Du weißt, was ich meine. Es tut mir wirklich leid.« Caden hatte die volle Verantwortung für Evan übernommen, als er selbst noch auf dem College war. Er hatte das Studium abgebrochen, um sich um den Jungen zu kümmern, und war Polizist geworden, weil er so nachts arbeiten und tagsüber mehr Zeit mit Evan verbringen konnte, als dieser noch ein Baby war.

»Ja, ich weiß schon. Danke, Mann«, erwiderte Tony. »Amy macht sich Sorgen, dass sie noch eine Fehlgeburt haben könnte. Das wird wohl auch ein Grund sein, dass sie hier am Cape bei ihren Freundinnen bleiben will. Sie hätte sie damals gebraucht, hat sich aber völlig zurückgezogen.«

»Ihre Unterstützung wird sie bekommen, so viel steht fest. Aber du wirst auch unsere haben, Tony.« Pete stieß geräuschvoll einen Atemzug aus. »Ich finde es gut, dass sie alle hier zusammen sein werden. Fühlt sich irgendwie an, als sollte es genau so sein.«

Tony blickte auf, als er schnelle Schritte auf dem Steg hörte. Amy rannte in ihrem Sommerkleid mit nackten Füßen den Steg entlang, gestikulierte dabei wild, und ihre Haare wehten offen hinter ihr her. Sie rannte zu schnell. Tony erhob sich, um sie aufzufangen, doch Amy kollidierte prompt mit ihm, sodass sie beide über die Kante des Stegs ins Wasser stürzten. Amy ruderte mit Armen und Beinen. Ihre Augen waren weit aufgerissen, und ihre Wangen blähten sich auf, als sie den Atem anhielt. Ihr Haar floss in Zeitlupe um ihr Gesicht, als Tony sie unter den Armen packte und an die Wasseroberfläche zog. Nach Luft schnappend kamen sie nach oben.

»Alles in Ordnung?« Er drückte sie an sich und strampelte mit den Beinen, um sie beide über Wasser zu halten, während Amy wieder zu Atem kam.

»Ja.« Sie warf ungehemmt lachend den Kopf in den Nacken und Tony stimmte mit ein.

»Alles okay?« Pete warf einen Rettungsring ins Wasser.

»Ja, alles gut.« Tony drückte ihr den Rettungsring vor die

Brust. »Ich hab dich, aber halt dich gut fest. Bist du sicher, dass es dir gut geht?«

»Alles bestens.« Amy gab ihm einen Kuss auf den Mund. »Duke und ich haben alles geklärt.«

Tony hielt sich mit einer Hand am Steg fest, während er mit der anderen weiter Amy umklammerte. »Das ist großartig. Glaube ich. Hast du erreicht, was du wolltest?« *Ziehen wir nach Australien?*

»Ja!« Sie küsste ihn erneut, ein feuchter, ungeschickter Kuss, während sie keuchend nach Luft schnappte. Sie ließ den Rettungsring los und schlang die Arme um Tonys Hals. »Wir können hierbleiben.«

»Hier? Hier!« Er küsste sie und schlang die Arme um sie, dabei vergaß er völlig, dass er sie oben halten wollte. Sie sanken unter die Wasseroberfläche, ohne voneinander abzulasssen. Unter Wasser öffneten sich ihre Augen weit, und als sie wieder auftauchten, lächelten sie beide.

Sie durchbrachen wieder die Oberfläche, lachten und küssten sich wieder. Pete und Caden schüttelten nur die Köpfe.

Amy wischte sich das Wasser aus den Augen. »Und ich habe mit meinem Vater gesprochen. Ich habe ihm gesagt, dass wir heiraten werden und dass er sich aus meiner Arbeit raushalten soll.«

»Amy.« Er hielt in ihren Augen nach Anzeichen von Sorge Ausschau, aber sie strahlte immer noch vor Glück. »Es ist gut gelaufen?«

»Besser als gut.« Amy umarmte ihn fest. »Ein Neuanfang.«

»Ein Neuanfang. Du bist unglaublich. Wirklich unglaublich.« Tony küsste sie noch einmal, und als sie dieses Mal unter die Oberfläche sanken, hauchte er Luft in Amys Lunge, so wie sie ihm neues Leben eingehaucht hatte.

Dreiundzwanzig

Drei Wochen später

Vielleicht war es ein Fehler gewesen, sich im Schlafzimmer von Jennas und Petes Haus an der Bay für die Hochzeit fertigzumachen. Denn Amy starrte schon seit zwanzig Minuten aus dem Fenster auf den Strand. Theresa hatte sie alle damit überrascht, dass sie von ihrer Kirche dazu berechtigt war, Trauungen durchzuführen, und ihnen anbot die Zeremonie abzuhalten. Das hatten sie begeistert angenommen, aber Theresa war bislang nicht eingetroffen, und jetzt machte Amy sich Sorgen, dass sie vielleicht gar nicht kommen würde. Vielleicht war das Theresas Rache für Bellas zahlreiche Streiche.

Natürlich hatte Amy auch noch einen anderen Grund, die letzten zwanzig Minuten am Fenster zu kleben – um ihren Kerl zu bewundern, der in seinem dunklen Anzug mit den anderen Bräutigamen und Jamie, Evan, Blue und Duke unten am Strand wartete. Die Männer hatten ihre Hosenbeine hochgekrempelt, und bei Tonys Anblick, barfuß im Anzug, fing Amy beinahe an zu sabbern.

Sie beobachtete, wie Skys Freundin Lizzie, eine zierliche, energiegeladene Brünette, um das mit Blumen geschmückte Sonnensegel herumlief, um sicherzustellen, dass die Bänder und

Blüten sicher befestigt waren. Duke und Blue schauten ihr hinterher, als wäre sie ein besonders leckeres Stück der Hochzeitstorte. Würde das wohl in einem Wettstreit der Brüder enden? Hoffentlich machte das Sky nicht allzu sauer.

Bella lehnte sich gegen den Fensterrahmen. »Genießt du die Aussicht?«

»Hmhm.« Amy streichelte Joey, die mit hängender Zunge zu ihren Füßen lag. Der Hund rollte sich auf den Rücken, um sich den Bauch kraulen zu lassen.

»Vielleicht könntest du dich trotzdem mal fertig machen, damit wir rausgehen und unsere Männer heiraten können.«

Amy blickte auf und lächelte über den neckenden Ausdruck in Bellas Augen. Sie sah wunderschön aus. Das taten sie alle, in ihren cremefarbenen Sommerkleidern, die knapp über den Knien endeten. Sky und Jessica trugen dazu passende Kleider in blassrosa. Jessicas Haut war von den Flitterwochen tief gebräunt. Sie und Jamie kamen gar nicht mehr aus dem Grinsen heraus, seit sie wieder da waren.

»Wenn du mich letzte Nacht nicht gezwungen hättest, von Tony getrennt zu schlafen, würde ich heute vielleicht nicht ständig sabbern.« Amy wandte sich widerwillig vom Fenster ab.

»Zu meiner Zeit haben sich Braut und Bräutigam erst zur Trauung wiedergesehen.« Vera saß in einem hübschen, blauen Kleid und bequemen Turnschuhen, die Jenna gerade mit blauen Schleifen schmückte, in einem Sessel. Vera war Mitte achtzig und trug ihre silberweißen Haare in einer Pixie-Frisur. Ihre Haut sah trotz der Falten samtig weich aus, und wenn sie lächelte, trat ein warmer Ausdruck in ihre graublauen Augen.

»Ach …« Jenna warf Bella einen herausfordernden Blick zu, sprach aber zu Vera. »Dann hast du dich also definitiv nicht am Abend vor deiner Hochzeit heimlich zu deinem Verlobten geschlichen.«

»Was denn?« Bella drehte sich grinsend weg.

Amy biss sich auf die Unterlippe und wandte den Blick ebenfalls ab. Die Freundinnen hatten die Nacht in Petes und Jennas Haus verbracht, und die Jungs hatten bei Kurt übernachtet, der mit Leanna nur ein paar Meilen entfernt wohnte. Da sie allein in einem von Jennas Gästezimmern untergekommen war, hatte Amy die Gelegenheit genutzt und eine Stunde in Tonys Armen in den Dünen verbracht. Eigentlich sollte davon niemand etwas mitbekommen haben, aber nun war sie sich nicht mehr so sicher.

»Du hast dich rausgeschlichen«, meinte Jenna.

Bella und Amy drehten sich gleichzeitig um. »Nein, habe ich nicht.«

»Vielleicht war ich es ja.« Leanna hob eine Hand. »Du hast wahrscheinlich mich gehört. Ich konnte einfach nicht anders. Ich hatte solche Sehnsucht nach Kurt, aber ich wusste, dass euch das nicht gefallen wird, also habe ich mich nur für ein paar Minuten mit ihm getroffen.« Leannas Wangen röteten sich.

»*Du* hast dich rausgeschlichen?«, fragte Jenna.

»Ja.« Leanna lächelte. »Es tut mir leid. Wir waren auch wirklich nicht lange … in Petes Bootswerkstatt.«

»In der Scheune?« Jenna riss die Augen auf, aber das freche Grinsen auf ihren Lippen machte Amy neugierig.

»Wo warst du denn letzte Nacht, Jenna? Als ich zur Toilette gegangen bin, habe ich dich nicht gesehen.« Das war eine dreiste Lüge, aber Amy konnte sehen, dass Jenna etwas verbarg. Leanna sollte nicht allein leiden müssen.

»Ich habe geschlafen.«

Vera hielt sich eine Hand so an den Mund, als würde sie ihnen ein Geheimnis verraten. »Sie flunkert bestimmt.«

»Vera!« Jenna lachte. »Na schön. Ich habe mich für eine Stunde mit Pete in meinem Kunstatelier getroffen.«

»Oh mein Gott.« Bella ließ sich aufs Bett fallen. »Caden hat am Ende der Einfahrt auf mich gewartet. Wir kommen alle in die Hölle.«

»Allerdings, denn der Mann da draußen war mit mir in den Dünen.« Amy setzte sich neben Bella. »Und dafür lohnt es sich, in die Hölle zu gehen.« Sie brach in Gelächter aus und die anderen stimmten mit ein. Selbst Vera konnte sich ein Kichern nicht verkneifen.

»Na, wenn wir schon bei Geheimnissen sind …« Vera schaute an die Decke und legte sich eine Hand aufs Herz. »Wir haben uns in der Nacht vor unserer Hochzeit auch rausgeschlichen.«

Jessica keuchte. »Vera!« Sie umarmte die alte Dame. »Keine Sorge. Ich werde es Jamie nicht verraten. Ich will sein Bild von der perfekten Großmutter nicht zerstören.«

»Oh, wenn ihr wüsstet«, sagte Vera mit einem amüsierten Achselzucken.

»Dann wäre das ja jetzt geklärt. Wenn ich heirate, überspringe ich einfach dieses Ritual, dass man den Bräutigam nicht sehen darf, und nehme den direkten Weg zur Hölle.« Sky lachte, während sie sich ihren Patchwork-Rucksack schnappte.

»Ich habe euch was mitgebracht.« Die Mädels versammelten sich um Sky, als sie hellblaue Strumpfbänder aus dem Rucksack holte, die entlang der Spitzenkante mit winzigen Seesternen besetzt waren. Sie reichte jeder der Bräute eins.

»Die sind so süß! Hast du die selbst gemacht? Danke.« Amy umarmte Sky fest und küsste sie auf die Wange.

»Gern geschehen! Die Seesterne stammen noch aus den Nähsachen meiner Mutter«, erklärte Sky. »Ich denke, das zählt als etwas Blaues und etwas Altes.«

Jenna und Bella zogen sich ihre Strumpfbänder an, während Leanna Sky umarmte. »Das ist so lieb von dir. Danke.«

»Vera hat euch auch was mitgebracht. Etwas Altes *und* Neues.« Jessica reichte jedem von ihnen einen kleinen Samtbeutel.

»Das wäre doch nicht nötig gewesen, Vera«, protestierte Bella.

»Das weiß ich. Ich habe die gleiche für Jessica machen lassen, als sie Jamie geheiratet hat, und Sky, für dich liegt auch eine bereit.« Vera griff nach Skys Hand. »Keine Eile, Liebes.«

Leanna, Jenna, Bella und Amy öffneten die Beutel und warfen sich ungläubige Blicke zu.

»Vera, ich weiß nicht, was ich sagen soll.« Amy zog eine silberne Halskette mit Perlenanhänger heraus. »Sie ist umwerfend schön.«

»Mein Onkel war Fischer in Wellfleet und hat auch nach Perlen getaucht. Ich habe eine Handvoll davon, die er mir im Laufe der Jahre geschenkt hat.« Vera griff nach Jessicas Hand und zog sie zu sich heran. »Als Jessica Teil unserer Familie wurde, wusste ich, dass die Perlen dazu bestimmt waren, mit anderen geteilt zu werden, und nicht in einem Safe herumliegen sollten.«

Jessica berührte ihre Perlenkette. »Danke, Vera. Ich werde meine immer in Ehren halten.«

»Das weiß ich doch, Liebes.« Vera schaute in die Runde. »Ich kenne euch praktisch seit eurer Geburt. Ihr gehört für mich ebenso zur Familie wie Jamie. Deswegen möchte ich, dass ihr sie bekommt. Ich fühle mich so gesegnet, dass ihr mich eingeladen habt, an eurem besonderen Tag teilzuhaben.«

Die Freundinnen kamen in einer Gruppenumarmung zusammen und Joey drängte sich gegen ihre Beine.

»Du gehörst genauso zu unserer Familie wie wir zu deiner«, sagte Amy. »Danke.« Sie und die anderen halfen sich gegenseitig, ihre Halsketten anzulegen, dann schaute Amy wieder aus dem Fenster. »Theresa ist immer noch nicht da. Meint ihr, sie versetzt uns?«

»Niemals. Das würde sie nicht tun. Sie hat vor einer Weile eine Nachricht geschickt, dass sie sich ein wenig verspätet, aber rechtzeitig zur Zeremonie da sein wird.«

»Okay, gut. Wenn sie nicht kommt, können wir nicht heiraten.« Ein mulmiges Gefühl breitete sich in Amys Magen aus.

»Das wird schon klappen, Amy. Mach dir keine Sorgen«, versicherte Jenna ihr.

»Oh Scheiße!«, entfuhr es Bella.

»Was?« Amy warf ihr einen missbilligenden Blick zu, weil sie *Scheiße* gesagt hatte.

»Wir haben nichts Geliehenes. Hat jemand was Geliehenes?« Bella drehte sich im Kreis und fuchtelte hektisch mit den Händen herum. »Wir brauchen was Geliehenes.«

»Ich habe eine Idee!« Leanna griff nach ihrer Handtasche, kramte darin herum und zog schließlich lächelnd drei lange Bänder in rot, weiß und blau heraus. »Jenna! Schere!«

Jenna rannte aus dem Zimmer und kam mit einer Schere zurück.

»Wir schneiden die durch und binden uns damit die Haare zurück«, erklärte Leanna.

»Aber ich habe mir doch gerade die Haare gemacht«, beschwerte sich Jenna.

»Ach, komm schon.« Leanna schnitt die Bänder durch. »Sei keine Spielverderberin. Dreh dich um.«

Jenna verzog das Gesicht, schnappte sich dann aber das rote Band, das Leanna ihr hinhielt, und tauschte es gegen das blaue aus.

»Gib Rot und Weiß jemandem, der keinen Farbfimmel hat. Das blaue passt zum Strumpfband.« Jenna wandte Leanna den Rücken zu, damit die sich um ihre Haare kümmern konnte.

Sky band Amy und Bella die Haare zusammen, während Jessica sich Leannas widmete.

Vera erhob sich aus ihrem Sessel. »Ihr seht reizend aus. Einfach reizend.«

Sie fassten sich an den Händen und grinsten um die Wette.

»Wir machen das wirklich«, flüsterte Amy. »Wir sind Bräute!«

»Wir sind wunderschöne Bräute«, sagte Leanna.

»Und wir heiraten unsere Traumprinzen«, quietschte Jenna begeistert.

»Ich könnte mir keine schönere Hochzeit vorstellen und wüsste auch nicht, mit wem ich diesen Tag lieber verbringen würde.« Amy hatte Tränen in den Augen. »Ihr seid meine Schwestern, und ich bin so froh, dass Duke dem Plan zugestimmt hat, im Wechsel drei Wochen vor Ort in Australien und dann vier Monate von zu Hause aus zu arbeiten. Ich kann es kaum erwarten, ein gemeinsames Leben mit Tony zu beginnen, hierherzuziehen und eine Zukunft mit euch aufzubauen. Ich hab euch so lieb.«

»Ach, Amy.« Leanna umarmte sie. »Ich dich auch.«

»Ich auch«, sagte Jenna.

»Okay, okay.« Bella verdrehte die Augen. »Wir haben uns alle lieb. Lasst uns heiraten!«

Tonys Mund wurde staubtrocken, als Amy in ihrem cremefarbenen Kleid über die Düne kam. Der schlichte Schnitt und die zurückgebundenen Haare verliehen ihr Eleganz. Ihre Augen funkelten, und als sich ihre Blicke trafen, rieselte ihm ein wohliger Schauer über den Rücken bei der Erinnerung daran, wie sie sich in der Nacht zuvor in den Dünen geliebt hatten. Sie war so schön gewesen, nackt und in Mondlicht getaucht. Am liebsten wäre Tony bis zum Morgengrauen mit ihr unter den Sternen liegen geblieben, aber sie hatten schon mit der Tradition gebrochen, indem sie sich überhaupt trafen. Allerdings war an ihrer Liebesgeschichte nichts traditionell verlaufen, und mit dieser Logik hatte er versucht, Amy zum Bleiben zu bewegen. Sie hatte jedoch nur ihr bezauberndes Lächeln aufgesetzt und ihn mit einem sinnlichen Kuss zum Schweigen gebracht. Tony konnte ihr einfach nichts abschlagen und das würde auch immer so sein.

Er beobachtete, wie Evan die Mädels filmte, als sie mit Joey im Schlepptau die Dünen überquerten. Lizzie reichte jeder einen Strauß aus weißen Rosen und befestigte ein weißes Band an Joeys Halsband. Sie war eine lebhafte, zierliche Frau, die mit der Anmut eines kleinen Vogels umhereilte. Tony warf seinen besten Freunden einen Seitenblick zu, die genauso gebannt von ihren jeweiligen Bräuten waren wie er selbst von seiner. Duke fing seinen Blick auf und nickte ihm zu, als wollte er sagen: *Du bist ein Glückspilz.* Tony war so dankbar, dass Amy die Sache mit ihm hatte klären können. Duke hatte ihn letzte Woche angerufen, um ihm zu versichern – nur falls er Zweifel daran hegte –, dass es keineswegs ein Gefallen für Amy gewesen war, dass er dem neuen Arbeitsplan zugestimmt hatte. Amy tat *ihm* damit einen Gefallen. Tony war noch nie so stolz gewesen wie in diesem Moment. Er wusste, wie großartig Amy war, aber es fühlte sich auch gut an, es von jemand anderem zu hören.

Als Amy jetzt auf bloßen Füßen über den Sand an seine Seite kam, war das Gefühl noch ungleich stärker.

»Ich liebe dich«, flüsterte Tony ihr zu, als die anderen ihre Plätze neben ihnen einnahmen.

»Ich liebe dich auch, aber hast du Theresa gesehen?«

Tony deutete mit dem Kopf in Richtung der Dünen.

Amy wandte sich um. »Ist das Theresa? Ich wusste gar nicht, dass sie ein Date mitbringt.«

Alle drehten sich zu dem Paar um, das über die Dünen kam. Als die beiden sich näherten, entfuhr den Frauen ein kollektiver Aufschrei.

»Ach du Scheiße«, platzte Pete heraus.

»Bella, ich glaube, der Punkt geht an sie.« Caden gab ihr einen Kuss auf die Schläfe.

»Oh mein Gott. Ist das …« Amy blieb der Mund offen stehen.

»Bradley Cooper«, ergänzte Tony. »Verdammt.«

»Hallo die Damen.« Theresa richtete ihren Blick grinsend auf Bella. »Meinen Freund Brad Cooper kennt ihr vielleicht?«

»Das kann doch nicht sein.« Bella trat dicht an Bradley heran und beugte sich vor, um sein Gesicht von allen Seiten zu betrachten. »Sind Sie wirklich Bradley Cooper oder ein verdammt gutes Double?«

Er schenkte ihr sein berüchtigtes Grinsen und lachte dann. »Ich bin es wirklich. Terry sagte, dass ihr mich vielleicht mal kennenlernen wollt.« Bradley reichte ihr eine Hand zur Begrüßung.

»Terry?« Bella schüttelte seine Hand mit hochgezogenen Augenbrauen.

»Ja.« Er sah Theresa an. »Terry war früher meine Babysitterin. Stimmt's, Ter?«

»Ganz genau.« Theresa schlenderte mit einem zufriedenen Grinsen auf den schmalen Lippen an Bella vorbei. »Wollen wir dann mal?«

Amy stellte sich auf die Zehenspitzen und flüsterte Tony ins Ohr: »Du siehst zehnmal so gut aus wie er.«

Es war ihm egal, ob das stimmte oder nicht. Wenn Amy das sagte, reichte ihm das.

Die Zeremonie war kurz und sehr schön. Amy und Tony sprachen ihr Gelübde, dann kamen Bella und Caden an die Reihe. Als sie fertig waren, übernahmen Jenna und Pete und anschließend Leanna und Kurt. Danach schauten die Mädels sich fragend an, aber Tony ließ Amy während der gesamten Zeremonie nicht aus den Augen. Er wollte sich genau daran erinnern, wie sich ein paar feine Haarsträhnen aus dem Band lösten und ihr Gesicht umrahmten. An den Duft der Brise, die ihr Parfüm zu ihm trug, und daran, wie ihre Augen in der Nachmittagssonne einen lebendigen, smaragdfarbenen Schimmer bekamen. In jenem Sommer damals hatte Tony davon geträumt, Amy genau so zu heiraten, am Strand, im Kreis ihrer Freunde. Er sinnierte gerade darüber nach, welche Umwege das Leben manchmal ging, als Theresas Stimme ihn in die Realität zurückholte.

»Meine Herren, ihr dürft eure Bräute jetzt küssen.«

Tony schloss Amy in die Arme. »Ich liebe dich nicht nur, Kätzchen. Ich bete dich an, und ich werde jede Minute meines Lebens damit verbringen, dir das zu beweisen.«

Sie stellte sich auf die Zehenspitzen und schlang die Arme um seinen Nacken. »Wenn du mich nicht bald küsst, muss ich vielleicht mal fragen, ob Bradley das übernimmt.«

Tony lachte und dann küsste er sie, bis sie sich an ihn

schmiegte und ihr Griff um seinen Hals ganz weich wurde. Atemlos löste sie sich von ihm, Augen immer noch geschlossen.

»Brad wer?«, flüsterte sie.

»Das ist mein Kätzchen.« Er hob sie auf die Arme.

Die anderen johlten und klatschten, doch Tony wollte Amy einfach nur in sein Ferienhaus bringen und zum ersten Mal als Ehemann seine Ehefrau lieben.

»Ich muss doch noch den Strauß werfen«, erinnerte sie ihn mit einem verlegenen Kichern.

»Wo wollt ihr denn hin?«, brüllte Bella ihnen nach, als sie schon auf halbem Weg zu den Dünen waren.

Tony stöhnte auf, trug Amy aber brav zurück zur Gruppe. Er hatte gehofft, sie mitsamt Strauß entführen zu können.

»Ich wollte sie eben nach Hause tragen. Könnt ihr mir wohl kaum vorwerfen«, erwiderte Tony lachend.

»Angeber«, gab Pete zurück.

»Kommt, Mädels, Zeit für die Brautsträuße!« Lizzie scheuchte sie alle in eine Reihe. Dann nahm sie ihren Platz neben Sky ein und die beiden reckten die Hände in die Luft.

»Theresa, willst du nicht mitmachen?«, fragte Bella.

»Um Gottes willen, nein.« Theresa wich einen Schritt zurück. »Ich beschränke mich aufs Zusehen, vielen Dank.«

»Rückt ein bisschen näher zusammen«, wies Evan sie an.

Die Freundinnen gehorchten kichernd.

»Perfekt, jetzt habe ich alle drauf, auch Blue, Brad und Duke, die anscheinend so weit wie möglich vom Straußwerfen entfernt stehen.« Evan lachte.

»Diese ganze Hochzeitssache könnte ja ansteckend sein«, stichelte Blue.

»Wenn du Glück hast!«, rief Tony.

Amy, Bella, Leanna und Jenna zählten gemeinsam: »Eins.

Zwei. Drei!« Damit warfen sie die Sträuße nach hinten und drehten sich gerade noch rechtzeitig um, um zu sehen, wie Lizzie einen und Sky die anderen drei auffing.

»Sieht so aus, als würde da jemandem die ganz große Liebe bevorstehen«, kommentierte Jessica.

Sky riss erschrocken die Augen auf und warf Lizzie alle drei Sträuße zu, als hätte sie sich die Finger verbrannt. Lizzie musste sich anstrengen, um sie nicht fallen zu lassen.

»Gut gefangen.« Blue griff beherzt zu, um Lizzie zu helfen.

Jenna stieß Amy mit dem Ellbogen an und deutete mit dem Kopf auf Sky, die sich mit Brad unterhielt, während Blue und Lizzie miteinander lachten.

»Wow. Auf einmal verändert sich hier alles. Was wohl als Nächstes kommt?«, fragte Jenna.

Amy warf sich Tony in die Arme. »Ich weiß ja nicht, was ihr vorhabt, aber ich werde jetzt die perfekte Welle reiten.«

Tony trug sie in Richtung der Dünen. »Sie sind ein wirklich ungezogenes Mädchen, Mrs. Black.«

»Ich korrigiere, ich bin *dein* wirklich ungezogenes Mädchen.«

Eins

»Ich kann es kaum glauben, dass die Wohnung und das Tattoo-
Studio schon in wenigen Wochen fertig renoviert sein werden.
Blue, du bist der Wahnsinn!« Sky Lacroux verstaute ihren
Lieblingsgedichtband in der Patchworktasche und schloss die
Eingangstür zu ihrem Studio ab. Sie ließ ein paar Leute
vorbeigehen, bevor sie auf den belebten Gehsteig trat und ihren
Laden bewunderte. Die Fassade wollte sie noch streichen und
das Schild über der Tür musste noch fertiggestellt werden,

ebenso wie sie die Renovierung im Inneren noch abwarten musste, aber dennoch: Als sie das schmale Gebäude betrachtete, dessen Eigentümerin sie nun war, schwoll ihre Brust vor Stolz an.

Ihr Tattoo-Studio Inky Skies befand sich an der Commercial Street, der lebhaften Hauptstraße des Künstlerstädtchens Provincetown, und lag zwischen dem Blumenladen ihrer Freundin Lizzie Barber namens P-town Petals, vor dessen hellblauer Fassade sich Blumen und Grünpflanzen um Säulen rankten, und dem knalllila Spieleshop Puzzle Me This. Sky hatte vor, die Fassade ihres Studios hellgelb zu streichen. Als Blue Ryder, einer ihrer besten Freunde, den Arm um sie legte und sie vom Laden wegzog, hatte sie das Gefühl, auf Wolken zu gehen. Wenn sich doch jetzt nur noch das Universum auf zauberhafte Weise einmischen und den perfekten Mann für sie finden würde, mit dem sie ihre Freude teilen konnte.

Ja, klar. Als wenn das in einem Ort mit einer großen Regenbogen-Community passieren würde, vor allem wenn sie die ganze Zeit arbeitete. *Eher unwahrscheinlich.* Ihr Bruder Hunter ging im Gleichschritt an ihrer anderen Seite. *Vollkommen unwahrscheinlich, wenn diese beiden hier mich besser bewachen als Fort Knox.*

»Planst du immer noch eine große Eröffnungsfeier, obwohl das Studio ja schon geöffnet ist, seit du es gekauft hast?«, wollte Blue wissen. Er war einer von Skys besten Freunden, seit sie vor drei Jahren von New York zurück ans Cape gezogen war, um den Baumarkt ihres Vaters zu leiten, während er in einer Entziehungskur gegen seine Alkoholsucht angekämpft hatte. Zum Glück war ihr Vater auch nach der Kur trocken geblieben und kümmerte sich nun wieder um sein Geschäft, sodass Sky hatte ausziehen und ihren Traum von einem eigenen Tattoo-

Studio verwirklichen können. Zwei Monate zuvor hatte sie den Laden gekauft, in dem sie bereits in Teilzeit gearbeitet hatte, und Blue renovierte als begehrter Bauhandwerker sowohl den Laden als auch die Wohnung darüber für sie.

»Und ob! Es spielt keine Rolle, dass es während der Renovierungsarbeiten schon geöffnet war. Ich muss doch Inky Skies feiern, meinen Traum, meine Leidenschaft, mein …«

Blue stöhnte auf, und Sky lachte und knuffte ihn in die Seite, während sie an der Ecke über die Straße gingen, um ihre Freunde zu treffen.

»Und ihr beide werdet kommen, ob es euch nun gefällt oder nicht.«

»Um nichts auf der Welt würde ich das verpassen. Ich bin stolz auf dich, Schwesterherz.« Hunter legte eine Hand auf Skys Unterarm, als sie an einen Bordstein kamen und ein Fahrradfahrer an ihnen vorbeisauste.

»Hunter, ich weiß, dass man am Bordstein anhält, vielen Dank auch.« Sie verdrehte die Augen angesichts des beschützenden Verhaltens ihres Bruders.

Sie war es gewohnt, dass man auf sie aufpasste, schließlich hatte sie vier ältere Brüder. Und ihr leicht überfürsorglicher Freund Blue tat es ihnen in den letzten Jahren gleich. Aber im Alter von sechsundzwanzig Jahren, mit einem neuen Geschäft und einer neuen Wohnung, war sie bereit, auf eigenen Füßen zu stehen.

»Hey, ich will ja nur, dass dir nichts passiert.« Hunters dunkle Haare waren raspelkurz geschnitten, und mit seinen dunklen Augen und den kräftigen Muskeln konnte er ziemlich furchteinflößend wirken, aber das verschmitzte Grinsen in seinem Gesicht offenbarte den Bruder mit dem großen Herzen, den Sky so liebte.

»Hallo, meine Süße!« Freudig winkte eine Dragqueen, die tagsüber als Marcus unterwegs war und, wenn sie auftrat, als Maxine, über die Straße herüber. Marcus hatte seinen Partner Howie vor ein paar Jahren an Krebs verloren, und so sehr Sky sich für ihn wünschte, dass er sich wieder verliebte, so sah sie doch – sobald er von Howie sprach – in seinen Augen, dass diese beiden eine Liebe verbunden hatte, die man nur einmal im Leben erfuhr. Und seit vier ihrer Freunde im vergangenen Sommer geheiratet hatten, sehnte sie sich danach, diese Art von Liebe auch zu erleben.

»Hallo, Marcus«, rief Sky. »Keine Show heute Abend?« Tagsüber tummelten sich Familien in dem Ort, um zu shoppen und die Straßenkünstler zu bewundern, aber abends wurde Provincetown zu einem bunten Universum aus Dragqueens, Tanzclubs und Standup-Comedy-Shows.

»Hab heute Abend frei.« Marcus sagte etwas, das den Mann an seiner Seite zum Lachen brachte. Dann rief er: »Wie ich sehe, hast du deine Bodyguards wieder bei dir. Hey, Blue! Hallo, Hunter! Wenn ihr keine Lust mehr habt, auf Sky aufzupassen, kümmert euch doch mal um mich.«

Blue lachte. »Du wärst mit mir überfordert, Bro.«

»Käme auf einen Versuch an.«

Blue war hetero durch und durch, doch Marcus ärgerte ihn zu gern. Als Sky in dem Tattoo-Studio angefangen hatte, waren ihr die Leute hier schnell ans Herz gewachsen. In einer schwul-lesbischen Hochburg zu leben, war ihrem Wunsch, einen Mann zu finden, nicht gerade zuträglich – es war eine Ewigkeit her, dass sie einem Typen auf solche Art begegnet war –, aber sie liebte die Diversität und die Warmherzigkeit der Menschen. Provincetown war jetzt ihr Zuhause.

Sie schlängelten sich durch die Menschenmassen, die sich

draußen vor dem Governor Bradford drängten, einem Restaurant mit Bar, in dem Blue im Jahr zuvor die Renovierung durchgeführt hatte. So groß, breit und gut aussehend, wie Hunter und Blue waren, war es für sie ein Leichtes, den Weg freizumachen und Sky hineinzugeleiten. Das Governor Bradford war heimelig beleuchtet, hatte links eine Theke, gegenüber vom Eingang eine kleine Bühne und eine Tanzfläche. Der Restaurantbereich lag rechts von der Bühne. Der Duft von Gebratenem und Salbei hing in der Luft.

Sky folgte Blue um die Tanzfläche herum und hielt an einem Tisch mit bärtigen Kerlen an, die sich früher am Tag bei ihr im Studio Tattoos hatten stechen lassen, und umarmte einen von ihnen. Die meisten ihrer Kunden lernte Sky gut kennen, während sie sie tätowierte.

»Hallo, Jungs. Ich hoffe, ihr werdet heute Abend beim Open Mic auch etwas zum Besten geben.«

»Glaub mir, du willst uns nicht singen hören«, erwiderte der Korpulenteste von ihnen lachend.

»Angsthase«, rief Sky ihm noch zu, während Blue sie schon an der Hand zum anderen Ende der Tanzfläche zog, wo ihre Schwägerin Jenna und ihre Freundinnen Bella Grand und Amy Black auf sie warteten.

»Endlich.« Jenna stand auf, um Sky zu umarmen. Sie war nur etwa eins fünfzig, hatte Kurven, die mit Marilyn Monroes hätten mithalten können, und da sie im fünften Monat schwanger war, sah sie noch sinnlicher aus als sonst. »Wie ich sehe, haben deine Bodyguards dich sicher hierherbegleitet.«

Sky lachte. »Deine neue Frisur ist toll!« Jenna hatte sich ein paar Zentimeter von ihren langen braunen Haaren abschneiden lassen. Sie reichten ihr jetzt gerade bis über die Schultern.

»Danke! Das ist meine Sommerfrisur.« Jenna strich sich

über die Haare.

Sky schlang die Arme um Bellas ausladenden Bauch, um sie zu umarmen, und begrüßte dann Amy auf die gleiche Weise. »Ihr beide habt die schönsten Bowlingkugelbäuche! Kaum zu glauben, dass ihr beide schon im achten Monat seid – und dass eure Männer euch noch immer zum Open-Mic-Abend gehen lassen.«

»Sie wissen einfach, dass wir unsere P-Town-Abende brauchen. Außerdem sind sie alle bei eurem Dad auf dem Boot.« Bella schaute Hunter und Blue an. »Warum seid ihr nicht dort?«

Hunter war gerade damit beschäftigt, bei einer Kellnerin mit pechschwarzen Haaren Getränke zu bestellen.

»Ich war noch mit den Renovierungsarbeiten bei Sky beschäftigt.« Blue zog einen Stuhl für Sky herbei.

»Tut mir leid«, sagte Sky, während sie ihm auf den Rücken klopfte und sich neben ihn setzte. »Aber ich bin dir wirklich dankbar dafür, dass du dich so reinhängst, und ich habe sogar versucht, Lizzie dazu zu bringen, sich heute Abend mit uns zu treffen.« Sie zuckte vielsagend mit den Augenbrauen. »Ich habe mir alle Mühe gegeben, euch zu verkuppeln. So, wie du und Duke Lizzie auf der Hochzeit angeschmachtet habt, hätte ich gedacht, dass du sie schon längst um ein Date gebeten hättest.«

»Sie ist heiß.« Hunters Blick war auf eine Gruppe blonder Damen am anderen Ende der Theke gerichtet.

Blue fuhr sich durch die vollen dunklen Haare und zuckte mit den Schultern. »War ziemlich beschäftigt.«

»Ein ganzes Jahr lang?«, hakte Bella nach.

»Sie ist im letzten Jahr ein paar Mal mit uns unterwegs gewesen«, konterte er und legte den Arm auf Skys Stuhllehne.

»Ja, mit *uns*. Ich sagte, *du* solltest sie mal einladen.« Sky schüttelte den Kopf, und als die Kellnerin ihre Getränke brachte, schoss ihr ein beunruhigender Gedanke durch den Kopf. »Oh Gott, Blue! Glaubst du, wir haben zu viel Zeit miteinander verbracht? Nehme ich dich zu sehr in Anspruch? Habe ich dir die Tour vermasselt und verhindert, dass du sie flachlegen kannst?«

»Hey, Schwesterherz!« Hunter hielt eine Hand hoch, damit sie nicht weitersprach.

»Was? Männer dürfen das sagen, aber Frauen nicht?«, wollte Bella wissen. Ergeben hob Hunter nun beide Hände. Bella konnte knallhart sein, aber auch sanft wie eine Sommerbrise. In diesem Moment ließ ihr Blick auf irgendetwas dazwischen schließen.

»Nein, du hast mir nicht die Tour vermasselt«, meinte Blue lachend. »Ich dir vielleicht?«

»Nein«, antwortete sie erleichtert. »Ich habe nur gerade beschlossen, dass der nächste Typ, den ich date, jemand sein muss, der wirklich gefühlvoll ist und mich total umhaut, und hier in der Gegend ist die Auswahl ziemlich dürftig.«

Grinsend hob Blue sein Bier. »Männer sind nicht gerade für ihr gefühlvolles Wesen bekannt.«

»Was du nicht sagst«, meinte Hunter.

»Ach, kommt schon. Überall gibt es gefühlvolle Menschen. Man muss nur richtig nach ihnen Ausschau halten.« Jenna sah sich an der Theke um. »Ich bin auf der Jagd nach einem Mann für Sky.«

»Okay, Schluss mit dem Ein-Mann-für-meine-Schwester-Gerede«, sagte Hunter. »Ich habe einen Blick auf die Open-Mic-Liste geworfen. Da haben sich tolle Leute für heute Abend eingetragen. Comedians, Karaoke-Sänger ... und seht ihr den Typen da drüben?« Er zeigte auf einen Mann, der allein an der

Theke saß und eine Gitarre zu seinen Füßen stehen hatte. Sein dunkles T-Shirt lag eng über seinem muskulösen Oberkörper. Ein starker Arm lag lässig auf der Lehne des Hockers, mit der anderen Hand hielt er den Hals der Gitarre fest. Seine Haare waren schwarz wie die Nacht und ein Dreitagebart zierte seinen markanten Kiefer. Mit zusammengezogenen Augenbrauen schaute er zu einer Gruppe auf der anderen Seite des Raumes, als würde er sie genau betrachten oder als wäre er in Gedanken versunken. Was von beidem zutraf, konnte Sky nicht sagen.

»Er hat hier vor etwa zwei Monaten schon mal gespielt und er ist großartig.« Hunter schaute zu seiner Schwester. »Du wirst ihn mögen, Sky.«

»Hallo, ist der heiß!« Jenna packte Bella am Arm. »Wo kommt der denn auf einmal her?«

»Du bist verheiratet«, erinnerte Amy sie.

»Und schwanger.« Bella tätschelte Jennas Bauch. »Pete würde ihm ordentlich zusetzen, wenn der Typ dich nur ansehen würde.« Skys Bruder neigte dazu, seine Frau etwas zu sehr zu beschützen.

»Mein Interesse wurde von diesem gut aussehenden Wesen jedenfalls bereits geweckt«, sagte Sky mehr zu sich selbst.

»Das will ich gar nicht hören. Ich dachte nur, dir würde seine Musik wahrscheinlich gefallen.« Hunter beäugte den Mann. »Sieht etwas tough aus, Sky. So gar nicht wie der erdverbundene Hippie-Typ, auf den du sonst so stehst.«

Sky ignorierte die Einschätzung ihres Bruders. Ja, sie hatte eher einen erdigen Stil und glaubte an Schicksal, Vorsehung und magische Fügungen, aber das hieß noch lange nicht, dass sie nicht einen heißen Typen in Augenschein nehmen konnte, der nicht ihrem üblichen Geschmack entsprach.

Während Bella, Amy und Jenna über ihre Babypläne sprachen und Blue und Hunter sich über Arbeit und Frauen unterhielten, betrachtete Sky weiter diesen Mann mit den dunklen Augen, der sich bisher kein bisschen gerührt hatte.

Der Moderator kündigte die nächste Karaoke-Sängerin an und sie ließen eine piepsige Version von Madonnas »Like a Virgin« über sich ergehen. Das Publikum tanzte und sang, während einige weitere mäßig begabte Sänger ihre Lieder zum Besten gaben. Sky wollte gerade ihren Gedichtband hervorholen, der wesentlich interessanter war als das Geschehen auf der Bühne, als der Moderator »Sawyer Bass« aufrief und der Typ mit der Gitarre sich erhob und sich reckte, sodass Sky sehen konnte, wie heiß er wirklich war. In seinen schwarzen Motorradstiefeln schritt er über die Tanzfläche. Der Gitarrengurt lag lässig über einer Schulter, so als trüge er einfach ein Stück Holz.

Blue stieß sie mit dem Ellbogen an und reichte ihr eine Serviette.

»Was soll ich damit?«, fragte sie, ohne den Blick von Sawyer Bass abzuwenden. *Sogar sein Name ist heiß.*

»Den Sabber abwischen.«

Sie riss ihm die Serviette aus der Hand und konnte den Blick noch immer nicht von Sawyer abwenden, der sich in der Mitte der Bühne auf einen Hocker setzte – welcher für einen Mann seiner Größe viel zu klein war. Er wirkte vollkommen cool, Schultern und Kiefer entspannt, den Blick auf den Boden gerichtet, als würde er jeden Abend vor einem gut gefüllten Raum sitzen. Er straffte die breiten Schultern und dehnte den Hals in beide Richtungen, was ihn aus irgendeinem Grund noch attraktiver wirken ließ.

Sawyer sah in die Menge, nahm alles in Augenschein und wirkte doch irgendwie so, als sehe er überhaupt nichts. Sein Blick glitt über Sky, und kurz stockte ihr der Atem, doch er schaute rasch weiter, und ob sie es wollte oder nicht ... sie war enttäuscht.

»Der Typ hat einen wahnsinnigen Sexappeal.« Bella schaute sich um. »Die Hälfte aller Frauen sind hin und weg. Selbst die meisten Kerle starren ihn an.«

Sky nippte an ihrem Drink und wandte den Blick von dem Mann ab, der die Aufmerksamkeit aller erregte. Aus ihrer Handtasche holte sie ihren Gedichtband von C. J. Moon. Lieber wollte sie sich auf etwas konzentrieren, das sie genoss, als einen Kerl anzustarren, den alle wollten. Wahrscheinlich war er sowieso nicht so gelassen. Bestimmt gab er sich nur so cool, wie manche Typen es eben taten, wenn sie wussten, dass sie heiß waren.

»Du wirst doch jetzt wohl nicht etwa lesen, oder?« Blue legte den Arm wieder über ihre Rückenlehne und zog sie näher an sich.

»Sie ist nun mal *mondsüchtig*«, meinte Jenna belustigt. »Blue, nimm ihr das weg. Sie wird nie einen Kerl abkriegen, wenn sie immer ihrer *Mondsucht* nachgibt.« Jenna machte sich gerne über sie lustig, wenn sie die Nase in den Gedichtband von C. J. Moon steckte.

Blue lehnte sich zu Sky herüber. »Du scheinst irgendwie nicht gut drauf zu sein. Liegt es an der Renovierung? Lange dauert das sicher nicht mehr.«

Sky hatte ein Ferienhaus in der Seaside-Siedlung gemietet, in der auch Bella, Jenna und Amy wohnten. Vor ein paar Wochen hatte Blue einen Rohrbruch in ihrer Wohnung über dem Tattoo-Studio entdeckt, da war es einfacher, wenn sie sich etwas mietete, anstatt ihm täglich im Weg zu sein. Sie war gern in Seaside, und sie fand es wunderbar von Blue, dass er sich Gedanken machte.

»Du bist wirklich ein großartiger Freund, Blue. Daran liegt es nicht. Du machst deine Arbeit super. Ich habe keine Ahnung, woran es liegt.«

Sky ließ den Blick wieder in das Buch fallen und las ihr Lieblingsgedicht.

Wenig später erfüllte eine tiefe, leidenschaftliche Stimme den Raum und ließ Sky zu dem Mann aufschauen, dem diese Stimme gehörte. Sawyer saß auf dem Hocker, die Augen geschlossen, spielte auf der Gitarre und sang mit einer Intensität, die einen verführerischen Schauer durch den gesamten Raum strömen ließ. Sky beobachtete, wie souverän seine Finger über die Saiten glitten. Bei den längeren Tönen zog er die Augenbrauen zusammen, senkte den Kopf, wenn die Worte von Traurigkeit erfüllt waren, und die Muskeln an seinem Hals traten hervor. Mit jeder Zeile verströmte er Leidenschaft.

»Was ist das für ein Lied?«, fragte Sky. Der Songtext gab ihr ein Gefühl von schmerzhafter Einsamkeit. *Dunkelheit ist nicht genug. Meilen sind zu nah. Nichts löscht dich aus, nichts tilgt den Schmerz, den du hinterlässt.*

»Keine Ahnung«, antwortete Blue.

»Noch nie gehört.« Hunter konnte den Blick nicht von einer Blondine losreißen, die auf der anderen Seite des Raumes stand.

Sky schaute wieder zu Sawyer. Seine Stimme wurde sanfter, als er zum Ende des Liedes kam, und mit jedem Ton geriet sie tiefer in seinen Sog.

Ende des Auszugs

Wenn Ihnen die Vorschau gefallen hat, können Sie *Nächte in Seaside* gleich bei Ihrem Online-Buchhändler bestellen!

Bereit für die sündhaft sexy Ryders?

Während Blue Lizzies Küche renoviert, ist der Ofen nicht das Einzige, das schon mal anheizt. Doch sie hat ein Geheimnis – ob er damit umgehen kann?

Lizzie Barber führt tagsüber einen Blumenladen, doch nachts schlüpft sie als »Naked Baker« in ihrem Webcast in eine sexy Rolle, um ihrer jüngeren Schwester das College zu finanzieren. Damit Freunde und Familie nicht hinter ihr Geheimnis kommen, hat sie ihr Privatleben auf Eis gelegt, bis die Studiengebühren abbezahlt sind und sie die Videos nicht mehr aufnehmen muss.

Blue Ryder hat sich Hals über Kopf in Lizzie Barber verliebt, als er sie vor einem Jahr kennengelernt hat, und muss seither ununterbrochen an sie denken. Alles an der temperamentvollen Brünetten berührt sein Herz, von ihrem wunderschönen Körper bis hin zu ihrem verführerischen Lächeln. Obwohl Lizzie bisher jede seiner Einladungen abgelehnt hat, ist Blue weit davon entfernt aufzugeben.

Während der Renovierung von Lizzies Küche lernen die beiden sich besser kennen, und der Ofen ist nicht das Einzige, das schon mal vorheizt. Eines Abends verändert ein spektakulärer Kuss alles. Aber als Lizzies geheimes Leben aufgedeckt wird und die schützende Blase, in der sie sich versteckt hat, platzt, ist nicht sicher, ob wahre Liebe ausreicht, um die Scherben wieder zusammenzusetzen.

Bestellen Sie *Von der Liebe bestimmt* bei Ihrem Online-Buchhändler.

men und führt zu einer Nacht voller Leidenschaft und Aufrichtigkeit. Als Max ihre schmerzhafte Vergangenheit offenbart, ist Treat bereit, alles zu geben, um ihr Herz für immer zu erobern – und ihr zu helfen, sich von ihren Dämonen zu befreien.

Bestellen Sie *Im Herzen eins – neu erzählt* bei Ihrem Online-Buchhändler.

Eine fesselnde Liebesgeschichte für alle, die brandheiße loyale Helden, selbstbewusste sexy Heldinnen, Familienbande, Biker, Babys und mehr lieben!

Unter der Haut eines Killers verbirgt sich das Herz eines Liebenden …

Truman Gritt würde alles tun, um seine Familie zu beschützen – und so verbringt er Jahre im Gefängnis für ein Verbrechen, das er nicht begangen hat. Nach seiner Entlassung stellt der Drogentod seiner Mutter sein Leben erneut auf den Kopf, und so übernimmt er die Verantwortung für die Kinder, die sie zurückgelassen hat. Truman ist hart, er ist verschlossen, und er versucht, einen Bruder zu retten, der mit noch mehr

Problemen zu kämpfen hat als er selbst. Sein Leben lang hat Truman keine Hilfe gebraucht, und als die schöne Gemma Wright versucht, ihm unter die Arme zu greifen, reagiert er nicht gerade charmant. Aber Gemma hat ihre ganz eigene Art und schafft es schließlich, den Panzer um sein Herz zu durchdringen. Als Trumans dunkle Vergangenheit seine Zukunft in Gefahr bringt, steht seine Loyalität auf dem Prüfstand und er muss die schwerste aller Entscheidungen treffen.

Bestellen Sie *Tru Blue – Im Herzen stark* bei Ihrem Online-Buchhändler.

Neu bei »Love in Bloom – Herzen im Aufbruch«?

Ich hoffe, Ihnen hat es genauso viel Vergnügen bereitet, die Freunde aus Seaside kennenzulernen, wie mir, über sie zu schreiben. Falls dieser Band Ihr erstes Buch aus der Reihe »Love in Bloom – Herzen im Aufbruch« ist, warten noch jede Menge Geschichten über unsere sexy, selbstbewussten und loyalen Heldinnen und Helden auf Sie.

Seaside Summers ist nur eine der Serien aus meiner großen Sammlung von Liebesromanen mit Tiefgang, Humor und Happy-End-Garantie. In allen Büchern finden Sie eine abgeschlossene Geschichte, die auch für sich allein gelesen werden kann. Figuren aus den einzelnen Serien und Büchern der weitverzweigten »Love in Bloom – Herzen im Aufbruch«-Familien tauchen immer wieder auch in den anderen Bänden auf. So verpassen Sie nie eine Verlobung, eine Hochzeit oder eine Geburt. Wenn Sie mögen, lernen Sie doch auch die anderen Serien der Reihe kennen! Eine vollständige Liste aller auf Deutsch erschienenen und geplanten Bücher gibt es am Ende des Buches und unter dem folgenden Link finden Sie weitere Informationen:

www.MelissaFoster.com/Herzen-im-Aufbruch

Erdbeer-Chili-Marmelade

Ergibt 8 Gläser (250 ml)

250 ml Wasser

50–55 g Pektinpulver

750 ml Erdbeerwein

4 ganze Chilis

900 g Zucker

Das Wasser in einem großen Topf zum Kochen bringen und währenddessen langsam das Pektin einrühren. Den Wein hinzugeben, wenn es kocht. Dann die Chilis ohne Stiele hinzufügen und alles noch einmal zum Kochen bringen. Jetzt den Zucker hinzufügen und drei Minuten sprudelnd kochen lassen. Eine Minute ruhen lassen, die Chilis und eventuell Kerne herausnehmen und in die Gläser abfüllen.

Luscious Leanna's Sweet Treats sind auf www.alsbackwoods berrie.com erhältlich!

Danksagung

Wenn Sie mir auf Facebook folgen, wissen Sie, dass das Schreiben meine größte Freude ist, und über die Seaside-Clique zu schreiben, bringt dazu noch Cape Cod ins Spiel, was es sogar noch besser macht. Ich möchte mich bei all meinen Leserinnen bedanken, die über die Jahre Kontakt zu mir aufgenommen und sich in den Schreibprozess eingebracht haben. Von ihnen stammen zum Beispiel Figurennamen oder Berufe und weitere wesentliche Bestandteile einiger Geschichten. Auch für jede Mundpropaganda bin ich wirklich dankbar, denn das ist immer noch der beste Weg, neue Leser zu erreichen. Ich hoffe, dass Sie mich weiterhin kontaktieren und bei Geschenk-Aktionen, Wortgefechten und sexy Fotos, die ich auf Social Media teile, dabei sind.

Ich danke Elise Sax für Statuen und Podeste. Du bist die witzigste Person, die ich kenne, und unsere Freundschaft bedeutet mir viel. Liebe Leserinnen, falls Sie Elises Bücher nicht kennen, sollten Sie das unbedingt ändern. Sie werden sich totlachen! Ein Riesendank an Amy Manemann, der vermutlich gar nicht bewusst ist, wie sehr sie mich zu Amy Maples inspiriert hat. Natürlich hat ihr Leben nichts mit der Geschichte von Amy Maples gemein, aber manche Eigenschaften sind sehr ähnlich.

Mein Redaktionsteam ist für mich wie die Luft zum Atmen. Ich wüsste nicht, was ich ohne euch tun sollte. Kristen Weber, Penina Lopez, Elaini Caruso, Juliette Hill, Lynn Mullan,

Justinn Harrison sowie Stefanie Kersten, Stephanie Schotten-
hamel und Judith Zimmer – danke für eure Liebe zum Detail.

An meine Familie: Danke für eure immerwährende Unterstützung.

Die Bradens (Peaceful Harbor)

Geheilte Herzen
Voller Einsatz für die Liebe
Liebe gegen den Strom
Vereinte Herzen
Melodie der Liebe
Sieg für die Liebe
Endlich Liebe – ein Braden-Flirt

Die Remingtons

Spiel der Herzen
Im Dschungel der Liebe
Herzen in Flammen
Herzen im Schnee
Liebe zwischen den Zeilen
Von der Liebe berührt

Die Bradens & Montgomerys (Pleasant Hill – Oak Falls)

Von der Liebe umarmt
Alles für die Liebe
Pfade der Liebe
Wilde Herzen
Schenk mir dein Herz
Der Liebe auf der Spur
Verrückt nach Liebe
Liebe süß und sündig
Und dann kam die Liebe
Eine unerwartete Liebe

Die Whiskeys: Dark Knights aus Peaceful Harbor

Tru Blue – Im Herzen stark
Truly, Madly, Whiskey – Für immer und ganz
Driving Whiskey Wild – Herz über Kopf
Wicked Whiskey Love – Ganz und gar Liebe
Mad About Moon – Verrückt nach dir
Taming My Whiskey – Im Herzen wild
The Gritty Truth – Kein Blick zurück
In For A Penny – Süßes Glück
Running on Diesel – Harte Zeiten für die Liebe

Seaside Summers

Träume in Seaside
Herzen in Seaside
Hoffnung in Seaside
Geheimnisse in Seaside
Nächte in Seaside
Herzklopfen in Seaside
Sehnsucht in Seaside
Geflüster in Seaside
Sternenhimmel über Seaside

Die Ryders

Von der Liebe bestimmt
Von der Liebe erobert
Von der Liebe verführt
Von der Liebe gerettet
Von der Liebe gefunden

Entdecken Sie Melissa Fosters Bücher auch auf:
www.MelissaFoster.com/Herzen-im-Aufbruch